문호 스트레이독스
Bungo Stray Dogs

STORM BRINGER

「지각이다, 동생아.」

──그것은, 169번째의 가능성.

목 차

004 **프롤로그**

009 **[CODE;01]** 연구자들이 생각나는 대로 쳐 넣은,
고작 2383행의 프로그램

102 **[CODE;02]** 죽은 인간은 아무런 감정도 품지 않는다

191 **[CODE;03]** 나는 인간으로서 추야가 괴로워하는 걸 보고 싶

301 **[CODE;04]** 그대, 음울한 오탁의 허용이여

431 **에필로그**

466 | 후기

469 | 하루카와 산고 『STORM BRINGER』
캐릭터 설정 러프화 갤러리

문호
스트레이독스

STORM BRINGER

아사기리 카프카 지음
하루카와 산고 일러스트
박수진 옮김

표지 · 본문 일러스트
하루카와 산고

On life's vast ocean diversely we sail,
Reason the card, but Passion is the gale;

우리들이 나아가는 인생이라는 항해에 있어서,
이성은 나침반이요, 욕망은 곧 폭풍과 같다.

알렉산더 포프 「인간론」

■ 프롤로그

밤의 숲은 사악함을 감추고 있다.

어떤 나라, 어떤 시대라 해도 밤의 숲이 사악하지 않았던 때는 없었다.

다만 그것이 어떤 모습을 취할지는 제각각이다. 발밑마저 삼켜 버리는 어둠으로 나타나는 경우도 있고, 돌아갈 길을 잃게 만드는 미로로 나타나는 경우도 있다. 굶주린 짐승의 이빨과 침인 경우도 있다.

그때, 그 숲의 사악함은 '빛'이었다.

오렌지색의 빛. 들리지 않는 음악에 맞춰 구불구불 춤추는 불길한 광채.

불.

어떤 생물도 겁에 질리지 않고는 견딜 수 없는, 밤에 뚫린 구멍.

그것은 산불이었다.

메마른 비명 같은 소리를 내며 나무들이 불탄다. 인간과 달리 불꽃은 편식을 하지 않는다. 어떤 것이든 불평 없이 먹어 치우고, 먹은 만큼 사악하게 살쪄 간다.

아침이 되었을 무렵에 숲은 그저 별 볼 일 없는 검은 숯 덩어리가 되어 있으리라. 숲은 그렇게 죽는다. 되살아나는 것은 백 년 이상이나 후의 일이다.

숲에 치명적인 일격을 가한 범인은 화재의 중심에 누워 있었다.

여객기의 잔해.

엔진의 회전 날개가 아직도 회전하고 있다. 바로 지금 막 추락했다. 동체는 가운데에서 두 동강이 났고 날개는 떨어져 수직으로 지면에 꽂혀 있다. 묘비처럼.

주위 마을 사람들이 진화와 인명 구조를 위해 모여들기 시작했다. 그러나 마을 사람들의 얼굴에는 곧바로 절망이 퍼졌다. 이래서야 여객기의 누군가가 살아남았으리라고는 도저히 생각할 수 없었다.

찢어진 동체는 열에 그을려 금속이 비명처럼 날카로운 소리를 내고 있다. 불꽃은 기체 안까지 퍼진 듯했다. 아마도 지금 기체 안을 걸어간다면 신발이 녹아 바닥에 들러붙으리라.

마을 사람들은 절망적인 기분으로 기체의 잔해를 점검하기 시작했다.

그 잔해 중 하나에 소년이 다가갔다.

근처 마을에서 온 소년이다. 벌채용 손도끼를 들고 있다. 불길이 번지는 것을 막기 위해 나무를 베어 넘어뜨리려고 가지고 온 것이다. 그러나 그것도 어른들의 흉내를 냈을 뿐이다. 작은 손도끼는 할아버지의 분재조차도 베어 넘어뜨릴 수 있을 것 같지가 않았다.

그런데도 소년은 잔해에 다가갔다. 생존자가 있을지도 모른다. 자신이 구해 내면 나중에 어른들에게 잔뜩 칭찬을 받을 것이다. 어린 영웅이 된 자신의 모습을 상상하니 가슴이 두근거렸다.

그 야망이 명을 재촉했다.

잔해에 간신히 붙어 있던 철문 하나가 금속음과 함께 빠져 소년을 향해 떨어져 내린 것이다.

주위 사람들이 구할 틈도 없었다.

높은 고도의 기류에 버틸 정도로 무겁고 튼튼한 철문이다. 누군가가 비명을 질렀다.

철문이 소년의 머리를 과자처럼 부수──.

지는 않았다.

손이, 철문을 붙잡아 세우고 있었다.

그것은 마을 사람의 손이 아니었다. 그 손은 철문 안쪽, 여객기 안에서 나타났다.

"겨우 도착했습니까."

그 손의 주인이 냉정한 목소리로 말했다.

여객기 안에서 나타난 것은 푸른 정장을 입은 키 큰 남자다. 유럽인이지만 연령은 확실하게 알 수 없다── 아마도 이십대에서 삼십대. 주위가 온통 불꽃임에도 눈매는 차갑고, 파괴된 여객기의 참상에도 상처 하나 없었다.

"여객기 착륙이 이렇게 흔들리는 것이었다니. 뭐든지 경험은 중요하군요——. 그런데 당신, 괜찮습니까?" 푸른 정장의 청년은 철문 밑의 소년에게 말을 걸었다.

"감사 인사는 됐습니다. 인간을 지키고 목숨을 구하는 것이 저의 사명이니까요. 하지만 그런 곳에 있다간 다칩니다. 이 문은 한번 열면 떨어져서 다시는 되돌아가지 않는 규격인 모양이고요."

"어…… 네……?"

소년은 눈을 껌뻑거렸다.

그 사이에 푸른 정장의 청년은 도약하여 지면에 내려섰다. 그리고 주위를 지긋이 둘러보았다.

"이런. 이건 외부 기억 데이터베이스에 없었습니다. 일본의 공항에는 이렇게나 나무가 밀집되어 있는 것입니까. 하지만 아무리 국토의 67퍼센트를 삼림이 차지하는 자연이 풍부한 나라라 해도, 이런 건설지 선정은 불합리하지 않은지? 도로조차 없다니 임무지까지 도보로 이동해야 하겠군요. 정말이지 인간의 생각은 알 수가 없습니다."

청년은 진지한 얼굴로 고개를 기울였다.

"저…… 저기, 당신은……."

소년은 쭈뼛쭈뼛 말을 걸었다.

"당신은…… 저기, 대체 어떤 사람이에요?"

"이런, 실례. 인간 사회에서 자기소개를 게을리 하는 것은 예의에 어긋나는 행위였지요." 청년은 그렇게 말하고 가슴께에서 검은 배지를 꺼냈다.

중심에 그려진 은색 문자열을 소년은 읽을 수 없었다.

"본 기체는 유럽 형사경찰기구의 형사이자 업무용 비품입니다. 형식번호는 98F7819-5. 이능력 기술자 울스턴크래프트 박사님에 의해 제작된 세계 경찰 기관에서도 최초의 인간형 자율 고속계산기입니다. 코드 네임은 아담. 아담 프랑켄슈타인. 기억해 주시면 기쁘겠습니다―― 그럼 본 기체는 임무가 있어서 이만."

청년은 인사를 하고 떠나가려다, "아 참." 이라 말하고 돌아보았다.

"당신, 나카하라 추야 씨라는 분을 모르십니까?"

[CODE:01]
연구자들이 생각나는 대로 쳐 넣은, 고작 2383행의 프로그램

나카하라 추야는 꿈을 꾸지 않는다.

그가 잠에서 깰 때는 진흙 속에서 거품이 떠오르는 것 같다.

추야는 자기 방에서 눈을 떴다.

살풍경한 방이다. 있는 것이라곤 벽과 바닥과 천장. 그것들을 덮는 푸르스름한 어둠. 세간살이는 극히 적다. 시트가 깔린 침대, 몇 안 되는 책장. 벽에 반쯤 파묻힌 자그마한 금고. 중앙의 책상에는 보석 관련 서적들이 아무렇게나 펼쳐져 있다. 그게 다다.

커튼 틈새로 내리쬐는 장막 같은 아침 햇살이 살풍경한 방을 이등분으로 절단하고 있다.

추야는 몸을 일으켰다. 가슴 부근에 약간 땀을 흘렸다. 뭔가 격렬한 감정의 잔재가 그 부근에 소용돌이치고 있었다. 하지만 어떤 감정이었는지 이미 떠올릴 수가 없었다.

요즘은 언제나 이렇다.

포기하고 침대에서 나와 샤워를 했다. 뜨거운 물을 머리부터 뒤집어쓰며 추야는 자신에 대해 생각했다.

나카하라 추야. 16세.

1년 전에 포트 마피아에 가입한 뒤, 사상 유례없는 속도로 성과를 올려 조직에 인정받고 이 방을 받은 소년.

그러나 돈도 지위도 추야에게 아무런 기쁨도 주지 못한다. 더욱 중요한 것이 결여되어 있기 때문이다.

과거.

추야는 자신이 누구인지 모른다.

그의 기억은 8년 전, 군의 연구시설에서 유괴된 부분에서부터 시작된다.

그 이전의 인생은 아무것도 없는, 그저 온통 어둠.

어떠한 밤의 어둠보다도 깊고 어두운, 칠흑 같은 어둠이다.

몸을 닦고 옷을 갈아입으러 향했다. 벽의 어느 한 면을 누르자 벽면이 소리도 없이 열리고 의류 선반이 나타났다. 옷은 모두 고급이고 주름 하나 없다. 그중에서 대충 하나를 골라 팔을 꿰었다.

에메랄드 커프스를 소매에 채우고 거울을 본다. 작게 혀를 차고 나서 추야는 방을 나갔다.

집을 나서자 시간을 잰 듯이 마중 나온 차량이 나타났다.

그 검정색 고급차는 선글라스를 쓴 포트 마피아의 검은 옷이 운전하고 있었다. 추야 옆에 정차하더니 말없이 뒷좌석 문을 연다.

"늘 가는 가게까지 부탁해."

추야는 운전기사에게 한마디만 하고 차에 타 눈을 감았다.

검정색 고급차는 대도심의 간선도로를 부드럽게 달렸다.

모든 길, 모든 교차로에 통근 차량이 가득 들어차 있었다. 그러나 추야를 태운 차는 차량의 행렬을 술술 빠져나와 곁길을 지나서 정체를 통과했다. 마치 다른 차와 간섭하지 않게 되는 마법이라도 부린 것처럼.

"어제의 거래 기록은?"

"여기 있습니다."

추야는 운전기사가 건넨 서류를 훑어보았다. 복제할 수 없는 특수한 잉크로 인쇄된 서류다. 경찰기관에 압수당해도 증거가 되지 않도록 내용은 전부 암호화되어 있었다.

"흥, 이번 주도 거래는 순조롭군." 추야는 내뱉는 듯한 목소리로 말했다. "재미없네."

포트 마피아에서 추야의 업무는 밀수 보석 유통을 감시하는 일이었다.

'보석' —— 단위 중량당 가치가 세상에서 매우 높은 물질 중 하나.

자수정. 루비. 비취. 그리고 다이아몬드. 단순히 원소에 압력을 가했을 뿐인 물건이, 사람들의 눈에 들어 손에 넘어가는 사이에 무시무시한 마력을 감춘 마석(魔石)이 된다.

그리고 그 마를 응축한 것이 밀수 보석이다. 그것은 보석의 눈부신 광채에서 생겨난 그림자 같은 존재였다. 보석이 있는 한 그림자인 밀수 보석 또한 반드시 존재한다.

이 세상의 그림자, 밀수 보석이 생겨나는 곳은 세계에 무수히 많다.

보석 광산에서 가난한 광부가 입으로 삼켜 훔친다. 혹은 강도가 보석 가게의 쇼케이스를 개머리판으로 쳐서 부수고 들고 사라진다. 혹은 보석을 운반하는 상선을 해적이 가라앉힌다. 혹은 노상강도가 셀럽의 목에서 빼앗는다. 반정부 조직이 가진 광산에서 무기와 마약의 대가로 지불된다──.

그렇게 해서 생겨난 '어둠의' 보석은 그대로는 빛의 세계에 나올 수 없다. 그때 포트 마피아 같은 비합법 조직이 품을 들이게 된다.

그들은 요코하마의 항구로 흘러들어 온 암흑 빛깔의 보석에 빛을 비춘다. 운반상이 요코하마 조계지에 가지고 들어가고, 장물아비가 사들이고, 숙련된 가공사가 출처를 알 수 없도록 재커팅한다. 목걸이를 팔찌로, 팔찌를 귀걸이로, 귀걸이를 반지로 바꾸어 보석에 제2의 생명을 불어넣는다. 그렇게 해서 만들어진 새로운 보석은 마피아의 입김이 닿는 감정사에게 정식 감정서가 붙고, 도매상에게 유통되어 일류 보석 가게의 점포에 진열된다.

마피아에게 이 밀수 보석 사업은 매우 중요한 수입원 중 하나다.

왜냐하면 세관과 거대 유통업체에 의한 중간착취를 생략할 수 있는 밀수 보석은 항상 막대한 이익을 생성하기 때문이다.

그러나 보석처럼 마력을 지닌 물건은 어떻게든 피와 폭력을 끌어들인다. 그것을 억누르고 유통을 안정적으로 성립시키려면 어떤 폭력 사태도 단번에 제압할 수 있는 더 큰 폭력을 갖추는 것이 반드시 필요하다.

추야는 현재 그 역할을 완벽하게 해내고 있었다. 과하게 완벽할 정도로.

많은 고참 조직원들은 놀랐다. 고작 16세의 애송이가 이렇게까지 완벽하게 암흑의 보석 시장을 지배하리라곤 생각지 못했기 때문이다.

그러나 소수지만 놀라지 않는 자도 있었다. 과거 추야가 우두머리로 있었던 조직, 《양》과 싸웠던 자들이다. 마피아를 계속해서 괴롭혔던 조직의 왕. 보석 시장 한둘쯤 완벽하게 제어했다 해서 무엇이 신기할까.

그러나 놀람도 칭찬도, 혹은 질투도, 추야에게는 아무래도 좋았다. 추야가 원하는 것은 그들이 결코 줄 수 없는 것이다.

추야는 그 서류를 돌멩이라도 던지듯 아무렇게나 좌석에 팽개쳤다.

그리고 작게 가시 돋친 목소리로 "이 상태로는 몇 년이 걸릴지 몰라."라고 말했다.

운전기사는 못 들은 척했다.

추야를 태운 고급차는 처음 예정대로 조용한 주택가로 향했다.

낮은 하늘에서 방울새가 울고 있는 것 외에는 고요했다. 전철 소리도, 통근하는 떠들썩한 소리도 여기까지는 닿지 않는다. 차는 조용히 달려 어느 가게 앞에서 멈췄다.

벽돌로 지어진 낡은 당구장. 간판에는 파르스름한 글자로 「구세계」라는 가게 이름이 쓰여 있다. 개점 전의 아침이라 네온사인의 불은 켜져 있지 않다.

추야는 차에서 내렸다. 차는 주택가의 고요함을 깨뜨리지 않도록 살며시 달려 사라졌다.

추야는 가게 문을 열었다.

총 다섯 정이 추야를 맞이했다.

"가게는 준비 중이야."

남자가 총을 겨눈 채 말했다. 권총의 총구를 추야의 머리에 밀어붙이고 있다.

"시체라면 들어와도 괜찮지만 말이지?"

다른 남자가 말했다.

소드 오프 샷건을 추야의 가슴에 대고 있다.

"호위도 없이 조심성이 없지 않습니까, 보석왕 님?"

또 다른 남자가 말했다. 권총이 추야의 옆구리를 향하고 있다.

"너라도 이 상태에서 모든 공격을 막을 수는 없다……."

다른 남자가 말했다. 손바닥에 들어가는 크기의 소형 권총을 추야의 목덜미에 딱 붙이고 있다.

"자, 어쩔 테냐? 무적의 중력사 군. 지금 바로 울면서 사과한다면 편하게 죽여 주지."

마지막 남자가 추야의 정면에서 말했다. 총신이 긴 권총이 똑바로 추야의 미간을 노리고 있다.

진퇴양난. 한 명을 공격하면 나머지가 발사한다. 물러서려 하면 정면에서 쏜다. 앞으로 나아가면 뒤쪽에서 쏜다.

추야는 반응하지 않았다. 표정 하나 바꾸지 않았다.

실내의 공기가 쩡 하고 굳었다. 전원이 총에 건 손가락에 힘을 넣었다.

펑! 하고 건조한 소리가 주변 가도에 울렸다.

가만히 서 있는 추야의 머리에서 피 같은 그것이 몇 개나 흘러내렸다.

──색색의 장식끈이.

"추야! 포트 마피아 입단 1주년 축하해!"

그리고 남자들의 즐거운 듯한 목소리가 가게 안에 울려 퍼졌다.

추야는 지긋지긋하다는 얼굴로 일동을 둘러보았다.

"바보 아냐……."

각각의 총신에서 흰 연기가 피어오르고, 선명한 색깔의 종이끈이 추야의 머리에 얹혀 있다. 공중에는 색종이 조각들이 하늘하늘 흩날린다.

남자들은 히죽히죽 웃으며 장식끈 범벅이 된 추야를 쳐다보고 있었다.

그곳에 모여 있던 것은 포트 마피아 내 상조회의 구성원들이었다. 단순한 상조회가 아니다. 전원이 조직의 장래를 짊어진 출세자들로, 지위는 추야와 동등하거나 그 이상. 그리고 전원이 25세 이하의 청년들로만 구성된다. 조직에서는 「청년회」라고만 칭해지는 포트 마피아의 젊은 늑대들이다.

추야는 한숨을 쉬고는 아무에게도 인사하지 않고 차가운 표정으로 가게 안쪽으로 걸어갔다.

"뭐야, 추야. 기쁘지 않은 거야?" 키 큰 남자가 추야의 등에 대고 말했다. "너를 위해 모두 모였다고."

"1주년 따윌 축하하지 마." 추야는 사정없이 말했다. "기쁘지도 않고 아무 느낌 없어."

"그런 소리 마. 너도 분명 마음에 들 거야." 키 큰 남자가 추야를 쫓아가 말했다.

"나중에 기념품 선물 시간도 있어. 학생 같아서 재밌지 않아?"

추야는 발을 멈추고 고개를 돌려 상대를 노려보았다.

"즉 네가 주모자로군, 「피아노맨」. 정말이지 네 농담 센스는 썩었어."

"그렇고말고. 이 썩은 농담으로 모두를 곤란하게 만들기 위해서 난 오늘도 계속 숨 쉬고 있는 거야.”

추야의 비아냥을 시원스레 웃는 얼굴로 받은 사람은 검은 외투에 흰 슬랙스 차림의 마피아. 조직에서는 통칭「피아노맨」. ——그의 옷에는 늘 흰색과 검은색밖에 없다. 키가 크고 손가락이 가늘고 항상 즐거운 듯한 미소를 띠고 있다. 이 청년회의 창설자이자 리더 같은 역할을 맡고 있다. 추야를 이 청년회에 권유한 것도 이 남자다.

그는 마피아라기보다는 장인에 가깝다.

그는 이 요코하마에서 거의 유일하게 진짜와 동일한 정밀도의 위폐,「완전위폐(수퍼 노트)」를 제조할 수 있다. 그러나 변덕스러운 성격으로 위폐 완성도가 만족스럽지 않으면 기한을 몇 개월이나 넘긴다. 그것이 설령 보스의 지시였다 해도 말이다.

참고로 그의「피아노맨」이라는 별명은 모노톤의 복장에서 유래한 것이 아니다. 그는 적을 죽일 때 탄소강 피아노선이 달린 전동 릴을 쓴다. 목에 이 와이어가 감기면 어떤 괴력의 소유자도 벗겨 내지 못하고 몇 초 만에 목이 뚝 떨어진다. 남는 것은 어깨와 어깨 사이의 완벽한 평면. 그리고 대량의 피와 희생자가 외친 비명의 잔향.

변덕스러움과 섬세함과 잔혹함을 겸비한 남자. 그는 지금 포트 마피아의 간부 자리에 가장 가까운 청년이라 불리고 있었다.

추야가 가게 안쪽으로 걸어가자 다른 남자가 말을 걸었다.

“하하하, 추야의 얼굴, 최고였어! 적어도 나는 이번 기획에 대찬성이야! 청년회의 별이자 구 마피아의 적, 《양의 왕》 나카하라 추야! 네가 그렇게 난처해하는 얼굴을 본 것만으로도 이 청년회에 들어온 보람이 있어!"

산탄총을 빙글빙글 돌리며 금발의 청년이 울림이 좋은 목소리로 웃었다.

추야는 금발의 청년을 노려보았다.

"흥, 맘대로 지껄여. 지금 그게 연극이었다는 걸 내가 눈치채지 못했다면 네가 제일 먼저 죽었을 거다, 「알바트로스」."

"와우. 미안하지만 나는 추야에게 죽을 정도로 약하지 않아. 추야가 자랑하는 그 주먹에 맞기 전에 이 날붙이가 주먹을 잘라낼걸."

그렇게 말하고 상의 안쪽에서 소리도 없이 폭이 넓은 쿠크리 나이프가 나타났다. 무게가 느껴지지 않는 동작으로 날을 번뜩이며 공기를 몇 번인가 벤 후 청년은 손을 뗐다.

낙하의 충격으로 쿠크리 나이프가 바닥에 꽂히고, 묵직한 소리와 함께 바닥에 부채꼴로 금이 간다.

청년은 웃었다.

유쾌한 얼굴로 잘 웃는 이 청년의 통칭은 「뻐꾸기」. 까불이로 누구보다도 잘 떠든다. 설령 총알과 피와 살점이 날아다니는 항쟁 한가운데라 해도 부하가 그를 놓치는 일은 없다. 말소리나 웃음소리가 들리는 쪽으로 가면 그곳에 그가 있기 때문이다.

「알바트로스」는 포트 마피아에서 '걷는 것보다 속도가 빠

른 것 전부'를 장악하고 있다고 일컬어진다. 즉, 탈것. 그것
이 그의 영역이다. 거래 물품을 운반하는 차나 연안 경비대
의 레이더에 걸리지 않는 수송정은 모두 그가 준비한다. 때
에 따라 번호판을 위장한 범죄용 차량도 조달해 온다.

원래는 조직의 「도주 담당」으로, 조종간이 달린 것이라면
무엇이든 조종할 수 있다. 누구보다도 빠르고 정밀하게. 너
덜너덜한 어선 하나를 조종해 연안 경비대의 고기동 전투 헬
리콥터에서 도망쳤다는 소문까지 있지만 그 소문을 의심하
는 자는 조직에 없다.

그를 화나게 한 인간은 조직에서 사흘도 살아남지 못한다.
차, 즉 물건과 돈의 흐름이 그의 슬하에 있기 때문이다. 그에
게 미움을 사면 모든 경제 활동이 끊겨 눈 깜짝할 사이에 빈
털터리가 되고 만다.

"이봐 추야, 건배하자고, 건배."

알바트로스가 추야를 쫓아가 샴페인 잔을 내밀었다.

그러나 추야는 한 번 흘끗 보더니 남자를 무시한 채 가게
안쪽으로 걸어간다.

"어라라, 오늘은 상당히 저기압이네, 추야." 알바트로스는
샴페인이 넘치지 않도록 과장된 동작으로 잔을 받치면서 말
했다. "한 달에 한 번 정도 그렇게 갑자기 저기압이 되는 날
이 있던데── 무슨 일 있었어? 나쁜 꿈이라도 꿨다든가?"

나쁜 꿈.

그 단어를 들은 순간 추야는 뒤돌아보며 불꽃같은 표정을

지었다.

"그런 거 아냐!"

노호성이 가게 유리를 부르르 떨리게 했다.

"어우 무서워라…… 그럼 뭔데?"

추야는 조금 주저하며 시선을 헤매다가── 조금 전보다 다소 목소리를 떨어뜨리고 말했다. "네가 맨날 내 위층에서 아침까지 마시고 떠드니까 그렇지, 알바트로스. 계속 잊어버리는 것 같으니 계속 말하는데, 네 바닥은 내 천장이야."

"이런, 잊을 리가 없잖아? 알면서 하는 거야, 이웃님." 알바트로스는 악의 없는 얼굴로 웃었다.

알바트로스는 추야와 같은 고급주택의 한 층 위에 살고 있다. 추야 입장에서 말하자면 그 배치는 포트 마피아가 범한 최대의 실수 중 하나였다. 알바트로스는 때때로 변덕을 일으켜 추야의 방에 밀어닥쳐서는 '일 좀 도와'라고 말하며 추야를 끌어낸다. 그리고 차나 배나 헬기에 태워 추야를 터무니없이 먼 전투 지대로 데려간다.

덕분에 추야는 수영을 잘하게 되었다. 알바트로스가 언제나 돌아가는 교통편을 준비해 주는 것은 아니기 때문이다.

추야는 알바트로스를 무시하고 가게 안쪽으로 걸어갔다. 그리고 가게 옷걸이에 외투를 걸려고 했을 때 옆에 샴페인 잔을 든 남자가 나타났다.

"후후…… 1주년…… 축하해, 추야 군." 그 남자는 반듯이 자른 앞머리 안쪽에서 어두운 시선을 추야에게 보내며 웃고 있었다. "네가 이렇게 오래 남으리라곤 생각 못 했어…… 후후."

그 남자는 이상할 정도로 말라 있었다. 와이셔츠 소매 속에서 가는 손목이 흐느적거린다. 게다가 샴페인 잔을 들고 있지 않은 쪽 손은 수액을 매단 링거대를 붙잡고 있고, 수액 주머니에서 뻗어 나온 관이 의복 안으로 들어가 있다.

한 마디로 더없이 건강이 나빠 보이는 남자였다.

"닥." 추야는 그가 내민 샴페인 잔을 받아들었다. 그리고 안을 보았다. "독이 든 건 아니겠지."

"안 들었어." 닥이라 불린 남자는 어둡게 미소 지었다. "너는 독 정도로는 죽일 수 없으니까."

"어떻게 알아?"

"경험이지." 눈이 어두운 빛을 띠었다. "독으로 잔뜩 죽여 왔으니까."

건강치 못함 그 자체인 외모를 가진 청년은 마피아의 의료 총괄인, 「외과의」. 암흑사회에는 무면허 의사가 많지만 그는 다르다. 그는 북미에서 의학박사 학위를 취득한 진짜 의사다.

불법 의사는 암흑사회에서는 몹시 수요가 큰 직업이다. 정식 병원에 갔다가는 신고당할 상처——총상이나 고문 상처——를 치료할 경우, 불법 의사에게 기댈 수밖에 없다. 그것은 포트 마피아도 마찬가지다.

하지만 다른 점도 있다. 포트 마피아에서는 의사가 특히 중용되고 우대받는다. 보스인 모리 오가이 또한 원래는 불법 의사였기 때문이다.

그리고 층이 두터운 포트 마피아 의료진 중에서도 「닥」은 최고의 의사였다.

그는 그 젊은 나이에 이미 8백 명 가까운 인간의 목숨을 구했다. 그리고 거의 비슷한 숫자만큼 인간의 목숨을 의도적으로 빼앗았다.

그의 목적은 신에게 다가가는 것. '사람을 한 명 구할 때마다 신에게 다가갈 수 있다'는 것이 그의 신조다. 그의 목표는 신이 성서에서 죽인 인간의 수와 같은 2백만 명의 목숨을 구하는 것. 그러기 위해 마피아에 들어왔다.

그리고 사람이 벌레처럼 죽는 대규모 항쟁을 가만히 기다리고 있다.

"거참, 총출동을 하셨군. 설마 닥까지 올 줄이야……." 추야는 그렇게 말하고 가게 안을 둘러보았다. "애초에 뭣 때문에 1주년 따위에 이런 모임을 여는 거야?"

"그건 내가 설명하지요." 부드러운 목소리의 청년이 느긋한 동작으로 앞으로 나왔다. "가입 후 첫 1년은 마피아에게 가장 힘든 시기이기 때문이에요."

"뭐?"

청년은 미소 지었다. 그 미소는 고혹적일 만큼 달콤했다. 그리고 얼굴이 이상할 정도로 단정하다. 마력적이기까지 한 아름다움은 남장을 하고 미소 지으면 여성이, 여장을 하고 미소 지으면 남성이 홀딱 빠지리라.

"마피아 가입자에게는 첫 1년이 가장 험악한 죽음의 곡선으로[데드 맨즈 커브]

입니다. 그동안에 대부분의 인간은 도망치거나, 죽거나, 문제를 일으켜 조직에 제거되지요. 그러니 이건 '생존 축하' 예요."

"그거 재밌군. 내가 얼간이 짓을 해서 죽을 거라고 생각했던 거냐, 「립맨」?" 추야가 노려보며 말했다.

"아니요, 그렇게 생각하지 않았습니다. 나는 말이죠."
「홍보관」이라 불린 청년은 그 말만 하고 요염하게 미소 지었다.

립맨—— 그의 업무는 이 멤버들 중에서도 매우 특수했다.

빛의 세계와의 교섭 창구. 그것이 립맨의 일이다.

즉, 사람 앞에 나서는 일.

협력 기업과의 절충, 정부 공무원과의 면회와 교섭, 경우에 따라 미디어 대응도 그가 한다. 포트 마피아에 외부에 내보이는 얼굴이 있다면 바로 그다.

그를 죽이는 것은 몹시 어려운 일이다. 어떤 의미로는 보스를 살해하기보다도 어렵다.

왜냐하면—— 그는 현역 영화배우이며, 해외에까지 열광적인 지지자가 있는 스타이기 때문이다.

만약 그가 살해, 혹은 행방불명이 된다면 전 세계의 미디어가 톱뉴스로 대서특필해 보도할 것이다. 그렇게 소동이 벌어지면 당연히 누가 죽였는가—— 즉 용의자 찾기에 전 세계의 이목이 쏠린다. 뒷세계의 조직으로서는 절대로 피하고 싶은 사태다.

덧붙여 말하면 립맨 자신이 강력한 이능력자이고, 또한 그 능력은 공격자의 살의에 반응하는 카운터형 이능력이기 때문에 증거를 남기지 않고 조용히 처리하기란 절대 불가능하다.

그리고 한 번 범인으로 이름이 올라가면 전 세계의 미디어가 살인범의 내력, 목적, 흑막에 관해 열광적으로 폭로하게 될 것이다. 살해를 지시한 조직 관계자의 프라이버시는 하늘 높이 날아가 다시는 돌아오지 않을 것이다. 조직은 끝장이다.

그는 죽음으로써 비로소 발동하는 폭탄, 두려워서 아무도 손을 대지 못하는 치사독^{데스트랩}인 것이다.

그리고 그가 가진 무기는 유명함뿐만이 아니다. 그는 타고난 배우다. 그 연기력에서 오는 달변과 교섭 능력, '얼굴이 완벽한 곡선을 그리고 있다'고 일컬어지는 그 미모. 특히 합법적인 세계와의 문제는 그가 교섭 테이블에 앉은 시점에서 거의 해결된다.

"하긴, 만약 당신이 조직에서 쫓겨난다 해도 나는 전혀 신경 쓰지 않을 거예요." 립맨은 깃털처럼 사르르 미소 지었다. "그때는 내 본업에 권유할 테니까요. 함께 은막의 배우로서 세계를 목표로 하자고요."

"절대 싫어." 추야가 독이라도 삼킨 듯 씁쓸한 얼굴을 했다. "한 번 더 말한다. 절대 싫어."

"나는 1주년 기념 같은 건 반대했다."

갑자기 조용한 목소리가 가게 안쪽에서 울렸다.

소리친 것이 아니다. 위압적인 음색이었던 것도 아니다. 그러나 전원이 말을 멈추고 목소리가 난 쪽을 보았다.

수수한 복장의 남자가 거기 서 있었다.

"「아이스맨」." 추야가 경계심 어린 목소리로 말했다. "그렇겠지. 축하 자리는 너한텐 안 어울려."

그 남자에게는 아무 감정도 없었다. 아무 표정도.

그의 존재감은 화려하고 강렬한 청년회 안에서도 이질적이었다. 그는 아무런 패기도 인상도 발산하지 않고, 오히려 주위의 모든 기척과 소리를 빨아들여 버리는 어두운 밤의 고요함이 있었다.

「냉혈」. 피아노맨 다음가는 고참으로 말이 없고 무표정한 남자. 심플한 복장을 선호한다. 그리고 그의 업무 또한 몹시 단순하고 흔한 것이었다. 특히 마피아에서는.

살인 청부업자.

그는 죽이는 데 이능력을 사용하지 않는다. 총조차 쓰지 않는다. 나이프를 가지고 다니지만 그것을 일에 사용하는 일도 없다. 그는 반드시 그 주변에 있는 물건으로 일을 한다. 만년필, 술병, 전등의 장식 줄. 모든 물건이 그의 손에 들어간 순간, 총알보다도 위험한 흉기가 된다.

그래서 그는 어떤 장소에서든 사람을 죽일 수 있다. 그곳이 사막이든, 궁전이든, 은행의 금고 안이든.

그리고 아이스맨에게는 특기가 하나 더 있다. 그는 근처에서 이능력이 발동하면 그것을 피부 감각으로 느낄 수가 있다. 그것은 이능력도 기술도 아닌 그의 체질이다. 그래서 죽이기에 적합한 장소와 시간을 순간적으로 냄새 맡을 수 있다.

그런 연유로 근처에 널린 평범한 전투계열 이능력자보다 그의 살해 성공률은 높다. 조직의 신뢰도. 이능력을 가지지 않았기 때문에 이능력 특무과나 군경의 이능력 범죄 대책반도 주목하지 않는다. 대책을 세울 방도가 없다. 그야말로 그림자 같은 남자다.

추야를 죽일 수 있다고 한다면 가장 가능성이 높은 것은 이 「아이스맨」일 거라고 조직에서는 소곤거리고 있었다.

"네가 내 축하 자리에 오리라곤 생각 못 했는데, 「아이스맨」. 넌 날 싫어하잖아?" 추야가 도발적으로 웃었다. "너와 나는 《양》 시절에 한 번 싸웠으니까. 나를 미처 암살하지 못해서 꽤나 평판이 떨어진 것 같던데?"

"확실히 나는 파티에 반대했다. 하지만 그건 너를 싫어해서가 아니야. 원망해서도 아니다. 너를 쓸데없이 화나게 하기 때문이지." 아이스맨의 음색은 한없이 일정해서 감정의 움직임조차 느껴지지 않는다. "여기 있는 그 누구도 네가 1년 만에 죽을 거라고는 생각하지 않았다."

"뭐?"

"반란을 일으킬 거라 생각했지." 아이스맨의 목소리는 얼음 덩어리가 갈라지는 소리처럼 날카롭다. "포트 마피아의 적대 조직 《양》의 리더. 네가 보스를 배신해 죽이고 마피아에 전쟁을 걸 거라 생각한 거다. 그리되지 않도록 피아노맨은 너를 이 청년회에 가입시켰지."

추야는 흘끗 피아노맨을 보았다. 피아노맨은 무표정으로

대화를 지켜보고 있다. 부정도 긍정도 하지 않는다. 즉, 긍정이라는 뜻이다.

"……흐응. 그러냐." 추야는 전원을 노려보았다. "전원이 나를 갓난아기처럼 다정하게 지켜봐 줬다는 거군. 감격인데. 내가 열받아서 돌아 버리지 않게 장난감에 공갈 젖꼭지, 딸랑이까지 준비해서. 덕분에 나는 살아서 한 살을 맞이할 수 있었네. 그거 참 성대한 파티가 필요하겠어."

그렇게 말하고 손에 든 샴페인 잔을 부서뜨렸다. 액체가 튄다.

그것을 보고도 아이스맨은 눈썹 하나 까딱하지 않는다.

"너를 경계할 만한 증거가 있다." 아이스맨은 말을 이었다. "6월 18일. 오후 3시 18분. 너를 화나게 한 보석 도매업자가 전치 3개월의 상처를 입었다. 이유는 너에게 '어떤 질문'을 했기 때문에. 시답잖은 질문이었다. 하지만 그것을 들은 너는 도매업자를 3층짜리 빌딩 옥상까지 날려 버렸어."

"그랬나? 잊어버렸는데." 대답 내용과는 반대로 추야의 시선은 날카로웠다. "그럼 시험 삼아 지금 그 질문을 해 봐라. 용기가 있다면 말이지."

아이스맨은 침묵했다. 모든 감정을 빨아들여 버릴 듯한 무표정을 5초간 지은 후 말했다. "'네가 태어난 곳은 어디지?'"

추야가 순식간에 반응했다. 아이스맨의 옷깃을 붙잡아 난폭하게 끌어온다.

셔츠의 봉제선이 어디선가 끊어져 날카로운 소리가 났다.

"이 손은 뭐냐." 아이스맨은 붙든 손을 내려다보며 무감정하게 말했다.

"네 행동에 달렸지." 추야는 힘을 빼지 않는다.

옆에서 알바트로스가 곤란한 듯이 말을 걸었다. "이봐들~, 그쯤 해 둬." 그리고 추야의 팔을 붙잡았다. "그런 질문 가지고 화내지 마, 추야. 너답지 않아."

"뭐가 나다운지 네가 정하지 마라. 죽인다."

자신을 붙잡는 팔을 추야는 빠르게 튕겨 냈다. 나가떨어지는 꼴이 된 알바트로스가 뒤로 헛발을 디딘다.

다시 앞으로 나오려던 추야의 발이 갑자기 멈추었다.

추야의 관자놀이에 당구 큐대가 들이밀어져 있다. 수평으로, 도검의 날끝이라도 들이민 것처럼.

"이봐…… 그 막대기는 뭐냐?" 추야는 정지한 채 무표정으로 말했다.

"네 행동에 달렸지." 큐대를 쥔 아이스맨이 말했다.

추야는 상체를 빼 큐대에서 머리를 떨어뜨렸다가 큐대에 크게 박치기를 했다.

큐대가 튕겨 날아갔다.

무수한 나무 조각이 온 방 안에 흩어졌다. 그 대부분은 큐대를 들고 있던 아이스맨에게 쏟아졌다. 날카로운 나무 조각이 오른쪽 관자놀이를 찢어 피가 눈가를 타고 흘러내린다. 그러나 아이스맨은 눈도 깜빡이지 않았다.

"거기까지다." 지금까지 중 가장 냉혹한 목소리가 들렸다.

추야의 등 뒤에 어느새 피아노맨이 서 있었다. 들어 올린 팔소매에서 투명한 피아노선이 뻗어 나와 추야의 목을 한 바퀴 감고 있다. 고급 목걸이처럼.

"추야." 피아노맨이 차갑게 말했다. "「동료에게 이능력을 사용하지 마라」. 이 청년회의 제1규칙이다. 잊었어?"

피아노선이라는 이름이 붙어 있지만 악기용으로 사용되는 것과는 다르다. 그런 어중간한 물건이 아니다. 그것은 철근이나 콘크리트 덩어리를 늘어뜨리거나 묶어 올릴 수 있는 완전한 공업용 와이어였다.

그리고 피아노맨의 소매 안쪽에는 릴 장치가 설치되어 있다. 그것이 작동하면 피아노선은 세상에서 가장 가벼운 단두대로 변신해 목을 스륵 잘라낸다. 설령 추야가 중력 조작으로 피아노선의 질량을 가볍게 한다 해도 릴의 속도를 늦출 수 있는 것이 아니므로 목이 절단되는 것을 막을 수 없다.

"네가 기분이 나쁜 이유는 알고 있어." 피아노맨은 말했다. "이대로는 다자이에게 지기 때문이지. 너는 다자이보다 먼저 간부가 되어야만 해. 왜냐하면 애초에 네가 마피아에 들어온 이유는 간부밖에 열람할 수 없는 기밀 서류를 읽기 위해서니까. 그 서류에는 네 정체가 쓰여 있다."

추야의 표정이 변했다.

"어떻게 그걸……."

"그런데도, 이 상태론 간부가 되는 데 앞으로 5년은 걸리지."

추야의 미간에 주름이 패었다. 악물린 이가 소리를 낸다.

"그 이상 말하지 마라."

"아니, 말할 거야." 피아노맨은 냉혹한 미소를 지었다. "나는 보스에게 거의 모든 것을 들었어."

"뭐라고?" 추야가 성난 얼굴을 했다.

"명령받았어. 너를 청년회에 넣은 직후에 추야를 감시하라고. 뭔가 새로운 정보를 손에 넣지는 않았는지. 비밀 자료의 내용을 독자적으로 조사하지는 않는지."

"나를…… 감시하라고……?"

피아노맨은 고개를 끄덕였다. "당연한 조치지. 자료를 볼 필요가 없어지면 너는 언젠가 보스에게 이를 들이댈 수도 있어. 원래 적 조직의 인간이었으니 말이지. 그 이유도 물론 들었다. 정말 놀랄 만한 진상이었어."

"……그만둬." 추야가 억누른 목소리로 신음했다.

"《아라하바키》. 또다른 이름은 군의 인공 이능력 연구체, 「시제품 갑258번」. 그것이 너다. 너는 자신이 인간이 아니라 단지 인공 인격이 아닌지 의심하고 있어. 그 근거는—— 너는 꿈을 꾸지 않기 때문이야."

추야가 말로 표현할 수 없는 으르렁거림을 냈다.

순식간의 일이었다. 추야의 오른손이 뱀처럼 번뜩이더니 피아노맨의 팔을 붙잡아 거기 있는 피아노선의 전동 릴을 짓뭉개 파괴했다. 그리고 추야의 왼손은 떨어져 있던 큐대의 파편을 주워 날카로운 그 끝을 피아노맨의 목젖에 들이댔다.

추야 이외의 모든 것이 빠르게 움직였다.

립맨이 양복 안쪽에서 기관 권총을 꺼내 추야에게 들이댔다. 알바트로스의 쿠크리 나이프가 추야의 목덜미에 바싹 붙었다. 닥이 주사기를 꺼내 바늘 끝을 추야의 관자놀이에 댔다. 아이스맨이 깨진 샴페인 잔을 주워 날카로운 끝부분을 추야의 눈에 가까이 가져다 댔다.

그리고 정지.

전원이 움직이지 않고, 호흡조차 멈추고 있었다. 마치 정지된 사진처럼. 움직이는 것은 아침 햇살을 받아 빛나며 떠다니는 먼지뿐.

모두가 한 동작만으로도 누군가의 목숨을 없앨 수 있었다. 그러나 아무도 움직이지 않았다.

"공격해라." 추야가 말했다. 그 목소리는 팽팽히 당겨진 활의 떨림이었다. "누가 먼저든 상관없어."

"뭐 해도 좋지만, 그 전에 행사 계획을 마지막까지 끝내게 해 줘." 피아노맨이 태연한 목소리로 말했다.

"뭐?"

"1주년 기념품이 있다고 했잖아?" 그렇게 말하고 품에서 그것을 꺼냈다. "이거야."

추야는 경계하는 표정으로 시선을 움직였다. 그리고──얼어붙었다.

"……………………………………어?"

그 말을 끝으로 모든 것이 정지했다. 호흡도, 고동마저도 멈춘 듯이 보였다.

추야의 손에서 힘이 빠지고 겨누고 있던 큐대의 파편이 떨어졌다. 툭 하는 건조한 소리.

추야는 주위의 상황을 잊은 듯이 비틀비틀 그것을 손에 쥐었다.

그것은 사진 한 장이었다.

"제법 가치 있는 물건이지? 고생했다고."

추야가 홀린 것처럼 그 사진에 얼굴을 가까이했다. 피아노맨의 목소리도 들리지 않는 듯했다. 다른 모두는 각각 쓴웃음을 지으면서 무기를 집어넣었다. 추야는 그것도 알아차리지 못했다.

"그 시답잖은 질문을 받는다면, 다음부터는 그걸 보여 줘."

사진에 찍혀 있는 것은 다섯 살의 추야였다.

어딘가의 해안. 바다를 배경으로 삼베로 된 기모노를 입은 추야와 청년이 찍혀 있었다. 두 사람은 손을 잡고 촬영하는 사람 쪽을 나란히 보고 있었다. 청년은 비스듬히 비치는 햇살이 눈부신지 간지러운 듯 눈을 가늘게 뜨고 미소 짓고 있다. 어린 추야는 멍하니, 무슨 일이 일어나고 있는지 모르겠다는 표정으로 촬영하는 사람 쪽을 쳐다보고 있다.

"그 사진은 서쪽 지방에 있는 오래된 농촌에서 촬영되었어." 피아노맨이 말했다. "지금은 이미 폐촌이 되어서 일대에는 아무도 살고 있지 않아. 하지만 닥이 근처 마을에 보관되어 있던 의료 기록을 짚어서 찾아냈지. ──닥."

"후후…… 인간은 거짓말을 해도, 치과 기록은 거짓말을 하지 않지요." 닥이 건강치 못한 미소를 띠며 다른 서류

를 가져왔다. "의료 기록은 몇 년간 보관해야 할 의무가 있고…… 그 의무가 바로 광명이 된 겁니다…… 후후……."

추야는 당혹스러운 표정으로 닥과 그가 내민 서류를 번갈아보았다.

"자기 혼자 공을 세운 것처럼 말하면 곤란해, 닥!" 알바트로스가 다른 서류를 내밀며 말했다. "내 힘이 없었다면 의료 기록까지 도달하지도 못했을 거라고. 없어진 진료소의 의료 기록은 의료 법인이 한데 모아서 보관하고 있어. 사막의 모래알만큼이나 많은 그 법인들 중에서 내가 기록을 더듬어 목적한 보관 장소를 찾아낸 거야! 연관 있어 보이는 자료 보관 업자를 닥치는 대로 위협—— 아니 부탁해서 겨우 도달했단 말이지!"

"물론 아무리 우수한 탐색자라도 첫 한 걸음이 없다면 목적지까지 도달할 수 없지요." 립맨이 부드럽게 웃으며 또 다른 서류를 내밀었다. "내가 개인적으로 아는 여성에게 부탁해서 정부의 군 관련 자료를 열람했습니다. 물론 해당 연구에 관한 자료는 극비로 전후(戰後)에 곧바로 처분되고 말았지만, 군의 어느 부대가 서쪽에서 인체실험과 흡사한 신체기증 모집을 했다는 걸 알았지요. 그것이 바로 첫 단서. 즉 내가 최대 공헌자입니다."

추야는 이야기의 흐름을 이해했는지 쭈뼛쭈뼛 시선을 마지막 사람에게 향했다.

아이스맨에게.

"……나는 대단한 일은 안 했다." 그렇게 말하고 마지막 자료를 내밀었다. "네 양친의 형제 구성과 그 전의 가계도, 네가 다녔던 학교 소재지와 성적표와 학년사진, 그리고 동사무소의 출생기록을 발견했어. 피아노맨이 '조사하는 걸 보스에게 들키지 마라'고 지시해서 정보상을 쓰지 못해 빈집 털이를 여덟 번 했지."

"여…… 여덟 번?"

추야는 자료를 받아들면서 눈을 끔벅였다. 아이스맨은 고개를 끄덕이고, 오늘 처음으로 희미한 미소를 띠었다.

그의 평소 모습을 아는 자는 적다. 그러나 일을 하지 않을 때의 아이스맨은 커피와 레코드를 사랑하는 온후한 남자다. 그 모습을 아는 인간은 결코 많지 않다.

여기 있는 다섯 명은 전원 알고 있다.

추야는 모두를 차례로 보았다. 모두 웃고 있었다. 피아노맨. 알바트로스. 닥. 립맨. 아이스맨.

포트 마피아의 영재들.

"왜지." 추야는 사진을 보았다. "이건…… 보스를 거스르는 행동이잖아."

보스 입장에서는 추야의 출생 비밀이 그를 조직에 묶어두는 '족쇄'다. 그것이 있는 한 추야는 마피아를 배신할 수 없다.

그러나 피아노맨은 산뜻한 얼굴로 어깨를 으쓱했다. "나는 추야가 비밀을 아는지 어떤지 감시하라는 말을 들었지만, 비밀을 숨기라는 말은 못 들었어."

추야는 그 말의 의도를 탐색하듯 피아노맨을 응시했다.

"왜지." 추야의 표정에 일순 불안이 스친다. "왜 그렇게까지 하지?"

"왜냐니." 피아노맨은 당연하다는 얼굴을 했다. "말했잖아. 1주년 기념이야."

"하지만……."

"별로 대단한 일은 아니에요." 립맨은 오히려 추야의 태도에 당황한 듯이 모두를 둘러보았다. "굳이 말하자면, 그렇죠."

그리고 립맨은 아주 당연하다는 표정으로 말했다.

"'동료'니까요. ──《양》에서는 달랐나요?"

달랐다.

추야의 동요한 표정은 그렇게 고하고 있었다.

《양》에서는 모든 사람이 추야를 의지했다. 그 반대는 절대로 일어나지 않았다.

"이렇게 생각해 보면 어떨까요, 추야 씨." 립맨이 두 팔을 펼치고 부드러운 표정을 지었다. "이건 선물이 아니에요. '깃발'입니다. 고대 로마 시대부터 군대가 깃발을 내거는 이유는 단 하나. 이렇게 알리기 위해서예요. '우리는 여기에 있다, 선택된 자들의 일당이다'──우리 여섯 명 중 누군가가 위기에 빠질 때마다 당신은 그 깃발을 떠올릴 겁니다. 그리고 깃발 아래 모이는 거예요. ……기대하고 있습니다."

그리고 작게 고개를 기울였다.

"후후…… 상당히 명연설이야. 과연 립맨, 그 달변에 속아 넘어간 여자는 셀 수가 없지……." 닥이 혼잣말처럼 말했다.

"무슨 말인지 모르겠군요." 립맨은 시원스러운 웃는 얼굴로 말했다. "그렇지, 참고로 이 청년회는「깃발회」라는 정식 명칭이 있습니다. 방금 비유는 거기서 가져온 거예요. 하기야 그 이름을 기억하고 사용하는 사람은 창설자인 피아노맨 씨뿐이지만."

"「플래그스」?" 알바트로스가 고개를 갸웃했다. "처음 듣는 것 같은데."

"이봐이봐, 잊어버린 거야? 곤란한 녀석이군. 처음에 설명했잖아. 안 그래, 모두?"

피아노맨은 전원을 둘러보았──지만, 누구 한 명 표정을 바꾸지 않았다.

"잠깐, 설마 진짜로 아무도 기억조차 못 하는 거야? 석 달 동안 고민해서 붙인 이름인데?"

모두가 피아노맨에게서 시선을 피했다.

추야만은 손안의 사진을 빤히 쳐다보고 있었다. 거기 찍힌 것이 아니라, 사진의 존재 그 자체에 모든 해답이 쓰여 있기라도 한 듯이.

"추야. 마피아 가입 1주년 축하해." 전원이 말했다.

추야는 한순간── 단 몇 초간, 어쩔 줄 모르는 어린아이 같은 표정을 지었다.

전원을 번갈아 보고, 자료를 번갈아 보고, 사진 속의 자신을 번갈아보았다.

"왜 그래?"

피아노맨이 그렇게 말하자 추야는 퍼뜩 정신을 차렸다.

"이……."

그리고 애써서 화난 얼굴을 만들고, 입을 열어 뭔가 호통을 치려 했지만 아무것도 생각나지 않았다.

모두가 의아한 얼굴이 되어 추야를 보았다.

추야는 황급히 등을 돌리고 입구를 향해 소리쳤다.

"흥, 그런 거군!" 추야의 목소리는 불필요하게 컸다. "즉, 나한테 기습적으로 이걸 보여 주면 감동한 내가 울면서 사과할 거라든지, 뭐 그런 걸 노린 거지!"

"응? 아니 딱히……."

"그런 수법에 넘어갈까 보냐. 잘 들어, 절대 안 넘어가거든!" 추야는 얼굴을 돌린 채 난폭한 발걸음으로 입구를 향해 걸어갔다. "난 돌아간다! 알겠냐, 따라오지 마라! 절대로 얼굴을 보면 안 된다!"

피아노맨은 어리둥절해서 모두를 둘러보고, 그런 뒤에 추야에게 말했다. "그래. 추야가 돌아간다면 어쩔 수 없지. 내 일정표로는 이제 모두 함께 당구 승부를 하는 흐름이었는데…… 우리끼리 할까."

"주빈이 돌아가는데도 말인가요?" 립맨이 눈썹을 치켜세운다.

"어쩔 수 없잖아. 다행히 술은 잔뜩 있어. 오랜만에 놀면서 일의 근심을 잊도록 하자고. 1위에게는 상품도 있어."

"그건 멋지군요."

"이봐, 추야. 그렇다는데, 조심해서 돌아가!" 알바트로스가 입구를 향해 손을 흔들었다.

"마음대로 해라!"

그렇게 말하고 추야는 문을 차서 열고 가게에서 나갔다.

"흠."

모두가 서로의 얼굴을 마주 보고, 그리고 문 쪽을 보았다. 아무 말도 하지 않고.

침묵한 채로 10초, 20초가 흘렀다.

아무도 아무 말도 하지 않고, 꼼짝도 하지 않는다.

30초. 40초──가 조금 안 되었을 때 가게 문이 작게 열렸다.

"빌어먹을. 룰을 설명해. 상품은 전부 내가 가져갈 테다!"

문에는 분함과 분노를 반반 섞은 듯한 표정의 추야가 서 있었다.

"그렇게 나와야지." 피아노맨이 미소 지었다.

그 후의 시간은── 가게 안의 풍경은 극히 평범한 당구장이 되었다.

공을 치는 소리, 발소리, 환성, 야유, 신음 소리, 잔을 부딪치는 쨍 하는 소리, 공이 떨어지는 소리, 젊은이들의 웃음소리. 세상에 흔하디흔한 광경.

실내에 있는 전원의 자산을 합치면 이 도시를 몇 구획이나 살 수 있다. 하지만 그런 특별함은 그곳에 티끌만치도 보이지 않았다. 어디에나 있는 극히 평범한 젊은이들의 대화였다.

"지난번 꼴찌는 누구였지?"

"그렇게 가볍게 말할 수 있는 것도 지금뿐입니다."

"술이 모자란데."

"하하하, 취해서 헛손질해라! 그리고 져라!"

"확실히 손이 헛나갔다. 네 세 배밖에 공을 못 넣을 것 같군."

"잘도 지껄였겠다!"

떠들썩한 가게 안. 누군가가 주크박스로 음악을 틀었다. 오래된 관악기 음악을 배경으로 당구공과 샴페인 잔과 가벼운 대화가 교차한다.

모든 길목에 흔하게 널려 있는 것. 누구나가 바라고, 그리어렵지 않게 손에 넣고, 그리고 잃을 때는 순식간에 사라지는 것. 샴페인의 거품 같은 시간.

그것이 거기 있었다.

"우후후…… 이걸로 끝내겠어."

"그런데, 당신이 금발 여성과 항구를 거니는 걸 봤습니다. 새 애인인가요?"

"앗, 어? ……앗."

"우와, 이건 심한데."

"이게 뭐야. 늬들, 그렇게 나한테 지고 싶냐?"

"우왓, 공 배치가 위험해. 추야한테 돌아가게 하지 마! 무적의 '거만 왕자'가 또 우쭐할 거야!"

"누가 거만 왕자야!"

"아무튼, 끝내! 다음 선수한테 맡긴다!"

그리고── 공이 쏘아져 나갔다.

그것은 완벽한 한 방이었다.

팔로우 샷의 회전이 들어간 큐볼이 굴러가 표적구에 맞는다. 표적구가 제2표적구를 튕긴다. 콤비네이션 샷이 된 표적구는 테이블의 공들을 연달아 쳐 내며 스스로도 궤도를 바꾸어갔다. 운동 에너지가 가해진 색색의 공이 테이블에 복잡한 기하학 무늬를 그린다.

"우-오-옷."

누군가가 숨을 삼켰다. 눈으로 좇을 수 없을 정도로 복잡한 반사 반응 후, 최종 표적인 노란색과 흰색 나인 볼이 중앙 포켓으로 굴러갔다.

그리고── 심호흡처럼 완만하게 나인 볼이 포켓에 들어갔다.

"대단해!" "지금 그거 뭐야, 프로 시합에서도 못 보는 건데!" "예술적인 궤도." "안됐네, 추야. 네가 연패하는 건 이걸로 막혔어." "새 왕의 탄생이군." "방금 친 사람이 누구야?"

그때 기묘한 일이 일어났다.

전원이 놀라고 있었다. 그리고 전원이, 공을 친 인물을 찾고 있었다.

"어?"

조금 전까지 방에 있었던 사람은 여섯 명. ──그런데, 지금은 일곱 명이 있다.

"찬사는 괜찮습니다."

일곱 명째가 말했다.

푸른 정장. 긴 팔다리. 검은 머리에 다갈색 눈동자. 단정하지만 고지식해 보이는 얼굴. 큐대를 의식용 지팡이처럼 수직으로 받쳐 들고 있다.

"상품도 괜찮습니다. 인간에게서 정보를 들으려면 우선 교류를 시도해 친밀함을 쌓아야 한다는 수사 매뉴얼의 기본에 따랐을 뿐이니까요. 예정대로 당구 게임으로 관계성이 깊어진 모양이군요. 이제 임무를 이행할 수 있겠습니다."

청년의 목소리는 단조롭고 울림이 좋았다. 그리고 그의 눈은 한없이 진지했다.

평온한 당구 대회는 거기서 끝났다.

──공간을 태워 버릴 듯한 소리를 내며 쿠크리 나이프가 청년의 머리로 쇄도했다.

"어이쿠."

공기를 찢고 날아온 그 칼날을 푸른 정장의 청년은 머리를 기울여 피했다. 미처 벗어나지 못한 머리카락 끝부분이 공중에 흩어진다.

쿠크리 나이프를 휘두른 사람은 알바트로스였다. 상대가 칼날을 피했지만 알바트로스는 냉정한 표정을 흐트러뜨리지 않고 온몸을 깊게 가라앉혔다.

그 뒤에서 나타난 것은 큐대를 겨눈 아이스맨. 온몸을 젖힌 용수철처럼 휘어 저격 총탄 같은 일격을 쏘아 낸다.

푸른 정장의 청년은 그 공격을 어렵지 않게 피했다. 재차 찌르기 공격이 연속으로 가해진다. 큐대가 코의 피부를 스치고, 머리카락을 그슬고, 귀의 솜털을 꿰뚫지만 직격하지는 못했다. 모두 몇 밀리미터 간격을 두고 회피한다.

  "제법이군."

  "하하, 재미있네! 이 가게에 노크도 없이 들어오다니, 꽤나 정성스럽게 죽고 싶은 모양이지! 소원을 이루어 주마!"

  "이쪽은 우호적으로 게임을 했는데도 불구하고 수사 대상의 공격성이 상승했습니다. 불합리합니다. 어째서일까요?"

  늑대들은 청년의 대답을 기다리지 않았다. 큐대를 피하느라 자세가 무너진 청년의 등 뒤에 이미 피아노맨이 돌아 들어가 있었다.

  피아노맨의 손목시계에서 번쩍이는 가는 실이 원형으로 뻗어 나와 있었다.

  "변명은 바닥 위에서 듣도록 할까."

  실이 청년의 목에 천천히 내려앉았다. 눈에는 거의 보이지 않고 빛이 반사된 선으로밖에 안 보이는 실이 청년의 목에 감긴다.

  피아노맨이 손목을 휘두르자 원형의 실이 급격히 수축해 소매 속으로 감겨 들어가기 시작했다. 추야가 파괴한 것은 한쪽 팔의 릴뿐. 피아노맨은 양팔 소매에 릴을 설치해 놓았다.

  그리고 소매 속에 감춰진 전동 릴 기구가 한 번 작동하면 어떤 괴력의 소유자도 벗겨 낼 수 없는 죽음의 단두대가 된다.

청년은 즉시 큐대를 목에 끼웠다. 그러나 휘감긴 피아노선은 목제 큐대마저도 설탕과자처럼 깨부숴 절단했다.

그리고 피아노선의 둘레가 완전히 청년의 목두께와 일치했다.

이제 무자비한 와이어가 청년의 목을 테이블처럼 평평하게 만들 뿐.

그리되지는 않았다.

"아니⋯⋯."

청년은 피하지 않았다. 목에서 벗기려고 하지도 않았다.

그럴 필요가 없었던 것이다. 피아노선이 청년의 피부 표면에서 헛돌고 있었다.

릴이 드르릉거리며 피부에 파고들지만 그뿐이다. 생채기 하나 생기지 않는다.

"외피 접촉부에 부하를 감지." 청년이 무표정으로 말했다. "보유한 자가 방어 루틴에 따라 탈출 행동을 취합니다."

그리고 갑자기 가로로 회전했다. 아무런 예비동작도 없이 자동차 바퀴처럼 몸이 회전했다. 가죽구두가 공중에서 원을 그린다. 피아노맨의 릴 장치는 그 회전속도에 버티지 못하고 피아노선째로 찢어졌다. 파편이 공중에 튄다.

"호오, 이거 훌륭한데." 피아노맨이 후퇴하면서 말했다. "전투계 이능력자인가. 혼자서 마피아 소굴에 들어올 만하군."

전원이 재빠르게 거리를 벌렸다.

전투계 이능력자에게는 통상 전투의 룰이 통용되지 않는다. 그것은 총과도, 날붙이와도 다른 미지의 재해이기 때문이다. 대응을 잘못하면 그 자리에서 죽을 위험이 있다.

청년들은 곧바로 거리를 벌리고 대(對) 이능력 전투 진형으로 이행했다.

"아니요, 본 기체는 수상한 자가 아닙니다." 그렇게 말하고 청년은 정장 가슴팍에서 검은 배지를 꺼냈다. "제 이름은 아담. 보시는 바대로 EUROPOLE의 형사입니다."

실내의 공기가 변했다.

"경찰이라고?" 피아노맨이 칼날처럼 날카로운 미소를 지었다. "그런가. 그렇다면 아담 씨, 당신 말대로 오해가 있었던 모양이군. ──경찰 권력이 이 모임에 침입하고서 살아 돌아갈 수 있다고 생각하는 게 실수지! 립맨!"

"접수했습니다."

립맨이 외투 안쪽에서 기관 권총 두 정을 꺼내 발사했다. 1초당 10발의 속도로 총알을 쏟아 낸다.

아담이라 이름을 댄 푸른 정장의 청년은 손등을 들어 방어했다. 9밀리미터 탄환이 손등 표면을 미끄러져 비스듬한 방향으로 튕겨 나간다.

"충격을 감지! 파단 응력 한계까지 앞으로 63퍼센트!" 아담이라는 이름의 유럽 형사가 외친다. "당신들은 국제 수사관에 대한 파손 행위를 저지르고 있을 가능성이 있습니다!"

"역시 물리 공격이 통하지 않는 이능력자군." 피아노맨이 냉정한 눈으로 상대를 본다. "립맨, 이대로 놈을 억누르고 있어. 구속 전술로 전환한다."

"잠깐." 아이스맨이 큐대를 겨눈 채 씁쓸한 목소리를 냈다. "피부에 불쾌한 느낌이 없다. 이건——."

아이스맨은 거기서 오늘 처음으로 경악한 표정을 지었다.

"이놈은 이능력자가 아니야!"

"——뭐라고?"

전원의 얼굴에 처음으로 혼란스러운 표정이 떠올랐다.

있을 수 없는 일이기 때문이다.

피아노선이 통하지 않고 9밀리미터 탄환마저 맨손으로 튕겨내는 인간이 이능력자가 아니다—— 그런 일은 있을 수 없다. 중력이 반대가 되고 태양과 달이 충돌하는 거나 마찬가지인 현상. 그러나 아이스맨의 직감이 틀리는 일도 있을 수 없다.

인간은 완전히 모순되는 두 상황에 처하면 전선(戰線)을 유지하기 어렵다. 그때부터 혼란과 도망으로 발전하는 일도 충분히 가능한 이야기였다.

그러나 그들은 전원, 평범한 인간이 아니었다.

"재미있군." 피아노맨이 웃었다. "그럼 빠른 사람이 임자다! 이놈을 죽이면 일주일은 이놈을 죽인 녀석의 화제로 자자할 거야! 전원, 이능력 사용을 허가한다!"

"이능력 은닉 해제, 알았다."

"하하! 그렇게 나와야지!"

"후후…… 개복하겠어."

그 직후, 무수한 광점이 실내에 나타났다.

주먹 정도 크기의 빛. 열도, 무게도 없다. 그것이 공전하는 별처럼 푸른 정장을 입은 아담 주위를 회전하기 시작했다.

그 순간 아담의 자세가 무너졌다.

"어라?"

딱딱한 바닥에 아담의 가죽구두가 가라앉는다. 부드러운 사막을 디딘 것처럼. 바닥 판이 모래 형태로 사르륵 무너져 내려 구두를 빨아들인다. 빼내려고 힘껏 버티지만 버티기 위한 다른 한쪽 발도 가라앉기 시작했다. 무심결에 왼손을 바닥에 짚는다. 그 손도 가라앉는다.

"이것은……."

아담은 몸을 꺾어 당구대 다리를 붙잡으려 했다. 그 손등에서 무언가가 돋아났다.

자잘한 비늘로 덮인 피부. 조류처럼 가늘고 긴 머리. 빽빽하게 늘어선 입속의 이빨.

그것은 공룡이었다.

소형 공룡의 머리가 아담의 손등에서 식물처럼 돋아난 것이다.

"지식 모듈에 해당 정보 없음." 아담이 고개를 갸웃한다.

공룡이 소리를 지르며 아담의 목덜미를 물어뜯었다.

아담은 머리를 흔들어 간신히 회피.

그러나 그 탓에 자세가 무너져 더욱 바닥으로 가라앉아 간다.

"한 방 더."

누군가가 말했다.

갑자기 천장에서 부채꼴로 가는 실이 분출했다. 실은 아담에게 얽혀들더니 급속하게 분출 지점으로 감겨 들어갔다. 아담의 몸이 천장에 들이받힌다. 황갈색 모래가 흩날린다.

천장의 목재를 흩뿌리며 아담이 신음 소리를 흘림과 동시에 실이 사라진다. 중력에 이끌려 아담이 낙하. 바닥에 격돌. 그리고 다시 모래 지옥으로 변한 바닥재에 빨려 들어간다.

"전투 평가 모듈이 상황을 인식할 수 없습니다."

아담의 목에 다시 피아노선이 감겨들었다.

"여기 있는 여섯 명을 상대로 혼자 덤비다니 호쾌한 계산 실수를 저질렀군, 경찰 나리." 예비 릴을 든 피아노맨이 잔혹한 웃음을 지으며 말했다. "이만큼의 이능력을 동시에 받으면 세계의 제왕이라 해도 10초도 못 버텨. ——자, 1주년 기념 선물이야. 팔과 다리까지는 부숴도 좋아, 추야."

"추야." 그 말에 아담이 반응하여 표정이 변했다. "역시 당신이었습니까."

그로부터 순식간에 일어난 일이었다.

아담이 오른팔을 일부러 바닥에 가라앉혔다. 공룡이 비명을 지르며 바닥 안으로 사라진다.

오른팔을 가라앉혔기 때문에 반동으로 왼쪽 다리가 바닥에서 나타났다. 아담은 그 왼쪽 다리로 가까이 있던 당구대 하나를 찼다. 당구대 위에 얹혀 있던 큐대가 굴러떨어졌다. 그 큐대를 돌아온 아담의 발끝이 붙잡았다. 그리고 차올렸다.

시선조차 주지 않고.

긴 다리에 차인 큐대가 공중을 회전한다.

떨어진 큐대를 아담의 왼손이 등 뒤쪽에서 붙잡았다. 큐대를 몇 번인가 선회시킨 뒤 모래 바닥을 찌른다.

반동으로 몸이 바닥에서 빠져나온다.

"곡예사냐!" 알바트로스가 소리쳤다.

"이 이상 이놈을 자유롭게 움직이도록 두지 마!" 피아노맨이 지시를 날린다.

립맨이 기관 권총을 연사했다.

아담은 공중에서 몸을 젖혀 총알을 모두 피했다. 모든 총알이 몸을 아슬아슬하게 스쳐 지나간다. 총알의 비가 만들어내는 죽음의 미로를 최소한의 몸놀림으로 빠져나가며 아담은 공중을 날았다. 그리고 착지.

착지한 곳은——추야의 눈앞.

추야 일행이 가라앉지 않도록 아직 그 바닥까지는 사막화가 진행되지 않았다.

아담이 큐대를 들어 올렸다.

"추야!" 누군가가 외친다.

그리고 큐대를—— 바닥에 버렸다.

"추야 씨." 아담은 바닥에 한쪽 무릎을 꿇고, 고개를 숙이고, 귀인에 대한 최고의 경례 자세를 취했다.

"당신을 지키기 위해 왔습니다."

"……엉?"

추야는 당황했다. 눈앞에서 복종의 자세를 취하는 유럽인을 믿을 수 없다는 얼굴로 본다.

"본 기체는 이능력 기술자 울스턴크래프트 박사님에 의해 제조된 제1형 자율 사고 계산기—— 아담 프랑켄슈타인. 본 기체의 목적은 당신을 노리는 암살자를 체포하는 것입니다. ……암살자의 이름은 베를렌. 폴 베를렌입니다."

"베를렌, 이라고?" 그 이름을 듣고 추야의 안색이 변했다. "너, 어떻게 그 이름을 알고 있지?"

"아는 사람이야, 추야?"

"암살자라고?"

"계산기라고 했어, 이 녀석?"

청년들이 술렁거린다.

아담은 일어서서 진지한 눈으로 말했다.

"추야 씨. 당신 혼자서는 베를렌을 격퇴할 수 없습니다. 그래서 본 기체가 파견된 것입니다. 그는 단순한 암살자가 아닙니다. 그는 암살왕. 암살왕 폴 베를렌. ——당신의 형입니다."

색색의 구체가 공중에 떠다닌다.

빨강, 주황, 짙은 녹색. 선명한 색의 무리. 그것들이 모두 높이가 다른 원호를 그리며 돌아온다.

"굉장해……." 알바트로스가 멍하니 말했다.

아담이 당구공을 던져 올렸다. 공기놀이의 요령으로 공중에 던졌다가 잡아낸다. 아홉 개의 공이 높이가 다른 복잡한 원호를 그리며 공중에서 생물처럼 춤춘다.

"확실히, 고만고만한 거리의 예술가가 할 수 있는 기술은 아니군."

"참고로." 공기놀이를 하면서 아담이 진지한 얼굴로 말했다. "가장 높은 위치에 있는 두 공의 숫자가 서로 소수, 즉 서로 공통된 소인수를 가지지 않도록 항상 배치합니다."

피아노맨이 팔짱을 끼고 춤추는 공을 노려보았다. "흠. 5와 8, 다음은 4와 9…… 확실히 그렇군."

"엉? 공통된 소…… 뭐?"

"알바트로스, 부탁이니 좀 더 숫자에 강해져 봐. 위로 올라가려면 숫자도 필요해." 피아노맨이 질렸다는 얼굴로 말했다.

당구장 안. 아담을 둘러싸듯이 여섯 명의 청년이 당구대에 걸터앉아 있다. 전원이 중앙에 선 아담의 곡예를 감상한다.

"이게 네 특기인 건가."

"단순한 물리 연산입니다." 아담은 무표정으로 말했다. "중력 가속도, 공기 저항, 회전 모먼트, 코리올리 힘. 물질에 상시 작용하는 물리량을 시뮬레이션해서 공의 움직임을 예측합니다. 이런 물리 연산 능력은 인간의 뇌보다 계산기 쪽이 훨씬 뛰어나니까요."

"호옹, 대단한데." 알바트로스가 한숨을 쉬었다. "하나도 모르겠지만. ……넌 알겠어?"

"알지." 아이스맨이 끄덕였다.

"립맨, 너는?"

"이 자리에서 모르는 사람은 당신뿐이에요." 립맨이 앞을 본 채로 말했다.

"마지막입니다."

아담은 공을 하나씩 어깨너머로, 사각(死角)에 있는 뒤쪽의 당구대로 던졌다.

공은 모두 정확하게 포켓에 빨려 들어갔다. 연속으로, 아홉 개 모두.

그리고 정적.

"짜잔—!" 아담이 두 팔을 벌리고 갑자기 큰 소리로 외쳤다. 전원이 화들짝 놀랐다.

아담은 일동을 보고, 공을 던진 당구대를 보고, 그리고 고개를 갸웃했다. "어라? 박수가 없습니다. 외부 기억 저장 장치의 정보와 다릅니다."

"음. 역시 이 녀석은 인간이 아닌 것 같다." 아이스맨이 무표정으로 말했다.

"후후…… 유럽의 이능력 기술은 소문 이상이군……." 닥이 어두침침한 미소를 지었다. "그 생체 부품 기술, 내 환자 치료에도 응용하고 싶어…… 후후후……."

"으음, 다시 자기소개를 하지요." 아담은 추야와 모두를 향해 인사했다. "본 기체는 아담. 이 나라에 비밀리에 조사하러 온 인공지능 수사관입니다. 좋아하는 것은 도토리와 풀씨. 싫어하는 것은 공항 보안 검색대의 금속 탐지기. 그리고 꿈은 기계 형사만으로 구성된 형사 기구를 설립하는 것. 그리고 기계의 우수한 수사력으로 인간 여러분을 지키는 것입니다."

"기계만으로 된 형사 기구? 왜지?"

"그것은 물론, 인간은 불완전하고 비논리적이고, 완벽한 기계인 우리 쪽이 우수하기 때문입니다."

"갑자기 무서운 소리를 하는군……."

"뭐 네가 기계라는 건 믿겠어." 피아노맨이 말했다. "하지만 그래도 문제는 해결되지 않았어. 네가 기계든 아니든 우리 마피아는 경찰 기관의 인간과 친해질 수 없어. 네게는 조금이지만 이능력도 보이고 말았지. 네가 수사 중에 알게 된 정보를, 특히 우리 마피아에 불리할 수 있는 사실을 당국에 보고하지 않으리라고 어떻게 확언할 수 있지?"

"그에 관해서는 안심하십시오." 아담은 웃는 얼굴로 단언했다. "본 기체의 임무는 어디까지나 베를렌의 체포. 그 이외의, 예를 들어 마피아의 비밀 정보에 관해서는 보고 의무가 없습니다. 엄밀히 말하자면 보고할 수 없습니다. 그렇게 프로그램되어 있습니다."

"왜지?"

"나중에 설명하겠습니다." 미소 짓는 아담.

"이놈은 거짓말을 하고 있어."

추야가 단호한 어조로 말했다.

전원이 추야를 보았다.

"뭐야." 추야는 모두를 노려보았다. "이 장난감 같은 자식이 비밀을 지킬지 말지를 신경 쓰는 게 아냐. 거짓말이라고 한 건 다른 일이야. 베를렌이 암살왕? 형? 분위기를 타고 지껄이는 거냐? 첫째로 폴 베를렌이 나를 노리다니 말도 안 된다고."

"그래?"

피아노맨이 추야를 보았다.

"그래. 베를렌은 이미——." 추야는 거기까지 말하고, 눈에 보이지 않는 과거로 시선을 보냈다.

"죽었어."

"뭐?"

그리고 추야는 한숨을 섞어 말하기 시작했다.

딱 1년 전에 일어났던 「아라하바키 사건」. 그 진상은 포트 마피아 준간부 중 한 명이 신을 위초한 장대한 반역 사건이었다.

그 사건이 애초에 일어난 까닭은 9년 전—— 대전 말기.

구 국방군이 몰래 연구했던 인공 이능력 생명체 《아라하바키》. 국가 최고 기밀이었던 그것을 유럽 모 나라의 첩보원이 훔쳐 내려 했다. 엄청난 실력의 두 첩보원—— 그들의 이름은 아르튀르 랭보, 그리고 폴 베를렌. 최고봉의 기술을 가진 두 이능력자의 손에 의해 《아라하바키》는 멋지게 도난당했다. 두 사람은 군 기지에서 탈출했다.

그러나 문제는 탈출한 직후에 일어났다.

폴 베를렌이 배신한 것이다.

그는 동료인 랭보를 공격해 임무의 성과물인 《아라하바키》를 빼앗으려 했다. 그리고 전투가 벌어졌다. 두 사람은 모두 초일류의 이능력자. 그 전투의 빛은 밤하늘을 태우고, 굉음은 일대를 뒤흔들었다.

이윽고 결판이 났다. 이긴 것은 랭보. 그러나 승리와 맞바꾸어 랭보는 커다란 대가를 두 개 지불했다.

하나는 가장 신뢰하는 파트너였던 친우, 베를렌을 제 손으로 살해한 것. 그리고 다른 하나는 초월급 이능력자간의 싸움으로 인해 군의 추적 부대가 그가 있는 곳을 알아내고 만 것이다.

랭보는 추적 부대에 포위되었다. 그때의 그는 사투로 상처를 입어 약해져 있었다. 그는 어쩔 수 없이 고육지책을 취했다. 탈취해 온 《아라하바키》를 거두어들여 새로운 이능력으로서 사역하려 한 것이다.

그것이 랭보의 이능력이었다. 타인을 거두어들여 이능력화하는 능력── 그러나 그 초월적인 이능력이 그때만큼은 완전히 뒤통수를 쳤다.

《아라하바키》의 봉인이 풀리고 만 것이다.

그것은 인간의 이해가 닿지 않는 신의 짐승으로, 그 진정한 힘이 현현하지 않도록 군이 엄중한 봉인을 가해 놓았다. 랭보가 이능력으로 거두어들인 것은 결과적으로 그 봉인 쪽이었다. 그 결과 진정한 모습을 드러낸 신의 짐승은 그 권능인 검은 불꽃을 두르고 모든 것을 불태워 버렸다. 군부대도, 연구소도, 주위의 대지도, 모든 것을.

뒤에 남겨진 것은 완전한 무(無). 막사발 형태로 팬 허무의 폭심지.

랭보는 자신의 이능력으로 간신히 즉사만은 면했지만 그 대가로 남은 힘과 기억의 대부분을 잃어버렸다.

그 후 그가 방황하고 있을 때 마피아에게 거두어져, 8년이라는 시간을 들여 힘과 기억을 되찾으며 자신이 다다른 운명을 찾았다.

그리고 모든 기억을 완전히 되찾기 위해 진짜 아라하바키 —— 추야를 꾀어내 거두어들이려 했다. 그 때문에 일어난 것이 1년 전의 아라하바키 사건이다.

그리고 랭보는 추야와 싸우고—— 패배해, 죽었다.

"어엉?" 알바트로스가 얼빠진 목소리를 냈다. "잠깐잠깐, 기다려 봐. 그 사건은 1년 전의 《가짜 선대 사건》이지? 그 주모자가 란도 형씨였다고 들었어. 그럼, 란도 형씨가——?"

"그래." 추야는 끄덕였다. "유럽의 첩보원이었어. 원래는. 그 사건은 아라하바키를 꾀어내기 위한 장대한 연극이었던 거야."

"그런가." 아이스맨이 고개를 끄덕였다. "계속 의아했어. 그 란도 씨가 왜 배신했는지. 그런 사정이 있었나."

"란도를 죽인 건 나야." 추야는 그때를 떠올리듯 자신의 주먹을 보았다. "그리고 죽는 순간에 그 녀석은 파트너 이야기를 실토했어. 그 상황에 란도가 거짓말을 할 리가 없어. 베를렌은 죽었어. ——네가 어떤 이야기를 들고나오든 말이야.” 그렇게 말하고 아담을 보았다.

“아니요.” 아담은 전혀 감정이 느껴지지 않는 얼굴로 고개를 옆으로 저었다. “살아 있습니다.”

“그걸 어떻게 증명하지?” 피아노맨이 유쾌한 듯이 몸을 내밀었다.

“증명은 가능합니다. 하지만 이 이야기를 하는 것은 임무상 비밀유지 의무에 위반됩니다.” 아담은 진지한 표정으로 말했다. “알 권리를 가진 것은 본건의 주요 관계자인 추야 씨뿐입니다.”

추야는 청년회의 멤버들을 보고 말했다. “이 녀석들도 이미 관계자잖아.”

“우리는 신경 쓰지 마.” 피아노맨이 어깨를 으쓱했다. “네 태생에 관계된 문제야. 네가 들으면 돼.”

추야는 잠시 입술을 검지 안쪽으로 두드리면서 생각하는 표정을 지었다. 그리고 “알았어.”라고 말하고 가게 입구로 향했다.

추야는 열려 있는 가게 문까지 가서 가게 밖으로 나가——지는 않았다. 그는 가게에서 나가지 않고 문을 닫았다.

모두가 의외라는 얼굴을 했다.

“확실히 이건 내 문제야.” 추야는 문 앞에서 말했다. “하지만 만약 이 중 누군가가 같은 문제에 부딪혔다면 나는 아마 내버려 두지 않을 거야. 머리를 들이밀려고 하겠지. 어차피 이 녀석들도 똑같은 생각이야. ──난 여기서 움직일 생각 없어. 그러니 지금 말해라. 안 그러면 수사에 협력하지 않겠어.”

전원이 추야를 보았다. 신선하다는 표정으로.

“이봐, 지금 그 말 들었어?” 피아노맨이 말했다.

“그래.” 아이스맨이 고개를 끄덕였다.

“녹음기 돌리는 걸 깜빡했어요.” 립맨이 작게 미소 지었다.

“아. 역시 지금 그건 없던 걸로. 나 혼자 듣겠어.”

“네 안 됩니다─. 취소 못 합니다─. 추야는 여기서 못 나갑니다─.” 뒤로 돌아온 알바트로스가 반쯤 열리던 문을 손으로 막았다.

“추야 씨의 의견은 이해했습니다.” 아담은 고개를 끄덕이며 추야를 보았다. “동료와의 유대감을 중시하는 의사결정 경향. 인간들이 말하는 ‘마음가짐’이라는 것이겠지요. 어쩔 수 없지요. 추야 씨에 대한 설득을 포기하고 대신 이 방법을 제안하겠습니다.”

아담의 팔꿈치에서 무언가가 발사되었다.

그것은 와이어였다. 좌우 팔꿈치에서 고속으로 발사된 추가 달린 와이어가 회전하면서 추야에게 얽혀들어 팔과 손목의 움직임을 구속했다. 추끼리 자력으로 달라붙어 추야를 막대기 같은 자세로 고정한다.

“엥.”

“어?”

양손이 완전히 고정되어 움직이지 못하게 된 추야가 그렇게 말한 것과, 아담이 추야를 옆구리에 낀 것은 거의 동시였다.

　아담이 추야를 들고 단숨에 도약. 가게 밖으로 나간다.

　"본 기체의 최우선 사항은 임무입니다. 즉 인간들이 말하는." 거기까지 말하고 아담은 잠깐 생각하더니 말을 이었다. "'마음가짐'이라는 것입니다. 그런 연유로 여러분, 30분 정도 추야 씨를 빌리겠습니다."

　그렇게 말하고 아담은 짐짝처럼 추야를 든 채 주택가로 뛰어 사라졌다.

　아담은 노면을 부수며 뛰어올라 주택 지붕에 착지. 다시 달려가 3층짜리 집합주택 벽면에 가로로 착지했다. 다시 주택가를 입체적으로 도약해 달려 사라진다.

　뒤에 남겨진 것은 멍한 얼굴이 된 다섯 명의 마피아뿐.

　"이봐이봐." 알바트로스가 문에서 밖을 내다본다. "괜찮은 거야, 이거?"

　"어떡할까요?" 립맨이 밖을 쳐다보며 말했다. "추야 씨가 눈앞에서 유괴되었는데. 이 상황, 약간 문제 있는 거 아닌가요?"

　"문제지." 말과는 달리 피아노맨의 표정은 밝았다. "30분 기다려 보고 안 돌아오면 수색반을 보내자. 그때까지는 술을 마시며 기다릴 거야."

　"당신이 그렇게 말한다면……." 립맨은 마지못해 고개를 끄덕였다. "그런데 아까는 분위기를 타서 흘려보냈지만…… 정말 저 정도의 지성체를 이능력 기술자의 힘으로 만들 수 있는 것일까요. 어떻게 생각합니까, 닥?"

닥은 말없이 건강치 못해 보이는 얼굴을 기울이고, 말했다.

"……나도 안겨서 운반당하고 싶어……."

"엥……?"

요코하마의 하늘을 아담이 뛴다.

빌딩을 차고 신호기를 발판 삼아 길거리를 징검다리처럼 건너면서 아담의 그림자가 비상한다. 알아차린 사람은 비명을 지른다.

버스 정류장의 지붕을 밟고 뛰어넘어 전신주를 발판으로 재도약했을 때, 운반당하고 있던 추야가 말했다.

"적당히 해라."

그 순간 아담의 궤도가 변화했다. 도약 도중이던 포물선이 정지하고 수직으로 똑바로 낙하한다.

"으앗?!"

아담과 추야는 공터에 격돌했다. 흙과 돌멩이가 튀고 모래먼지가 피어오른다.

모래먼지 속에서 추야가 일어섰다. 한숨을 한 번 쉬고 숨을 멈춘다. 중력을 받은 구속용 와이어가 서서히 떨어져 나가고, 이윽고 한계를 넘어 고속 낙하. 지면에 꽂혔다.

"할 말은 많지만." 추야는 그렇게 말하고 구속용 와이어를 잡아 뜯었다. "우선, 제일 먼저, 무슨 소포처럼 옆구리에 끼고 옮기는 건 그만둬! 들쳐 메거나 질질 끌거나, 여러 방법이 있었을 텐데!"

"죄송합니다." 아담은 비틀거리며 지면의 구멍에서 기어 올라왔다. "하지만 추야 씨의 사이즈로 봤을 때 그 운반법이 효율적이라고 판단했기에."

"때려 부순다, 이 고물아! 나는 성장기야, 아직 앞날이 창창하다고!"

그곳은 도심에서 뚝 떼어 버려 놓은 듯한 비포장 공터였다. 원래 교회가 있었던 장소가 전시(戰時)의 방공법에 따라 파괴되어 그대로 권리자가 애매해진 채 공터로 방치되어 있었다. 흙이 훤히 드러난 부지에는 근처 주민이 멋대로 가져다 놓은 놀이도구가 드문드문 놓여 있어, 반쯤 파묻힌 놀이용 타이어, 칠이 벗겨진 코끼리 목마, 어린이용 그네까지 침묵의 파수꾼이 되어 그 토지를 지키고 있었다.

아담이 옷의 먼지를 털고 있는데 추야의 휴대 전화가 울렸다. 피아노맨이다.

"뭐야?"

〈무사해, 짐짝 군? 배송지에 잘 도착했어?〉 전화의 목소리는 즐거워 보였다.

"시끄러워. 당연히 무사하지. 그쪽은 어쩌고 있어?"

〈어쩌고 있냐고? 화려하게 어질러진 가게를 청소 중이야. 정말, 아침의 노동은 기분이 좋은걸.〉 전화기 너머에서 비꼬는 듯한 웃음소리가 들렸다. 〈용건이 끝나면 가게로 돌아와……라고 하고 싶지만, 우리도 지금 마침 일이 들어왔어. 나중에 합류하자.〉

"일이라고? 싸움이냐?"

〈아직 몰라. 아니면 좋겠지만.〉 피아노맨은 작게 웃었다. 〈조직의 연락원이 와서 전원 호출당했어. 다섯 명 전원 소집이라면 보스가 직접 시키는 일일지도 모르지. 아니면 승진 이야기일까? 내가 먼저 간부가 되면 너희에게 매달 용돈을 주지.〉

전화기 너머로 〈하하하, 웃기고 있네, 피아노맨!〉 이라는 외침소리가 났다.

〈그러니까 밤에 다시 가게에서 모이자. 알바트로스가 차로 마중 보낼 거야.〉

짧은 작별 인사를 하고 전화는 끊어졌다.

몇 초 동안 추야는 끊어진 전화를 말없이 바라보았다. 그리고 뒤돌아보고 말했다.

"자, 장난감 형사 씨. 이렇게 둘이 됐다. 약속대로 베를렌에 관해 실토해 줘야겠어. 모조리 말이야."

"물론입니다." 하고 아담은 말했다. "그럼 우선 먼저 이걸 봐 주십시오."

그리고 아담은 양복에서 사진 한 장을 꺼냈다.

추야가 받아든다. 사진에 나온 것은 대리석 바닥, 구석구석 손질된 가구들. 어느 궁전의 영상이다.

그리고 거기 찍힌 것은 가구들뿐만이 아니었다.

시체가 세 구.

"그곳은 영국의 대성당, 대관식 홀입니다." 아담이 담담한 목소리로 말했다. "3년 전, 그곳에서 살인이 일어났습니다."

쓰러져 있는 것은 정식 영국 의장병 복장을 한 남자들. 그 사진에 폭력의 기척은 없었다. 허리에 찬 의장용 검도 뽑혀 있지 않다. 바닥에 총알 흔적도 없고, 옷자락이 찢어지지도 않았고, 피도 흐르지 않았다. 한없이 고요하다. 남자들은 그저 잠들어 있는 것처럼 보인다.

"그들은 여왕의 최고위 근위병입니다. 영국 국무기관 《시계탑의 종기사》에 소속된 이능력자로 정식 기사 작위를 보유했고, 무엇보다 모두가 여왕을 지킬 '권리'를 부여받았습니다. 즉 요인 경호 능력은 세계에서도 보기 드문 실력자라는 뜻입니다. 혼자서 테러리스트 조직을 하룻밤 사이에 괴멸할 수 있다고 평가받고 있었고, 실제로도 가능했습니다."

"그 녀석들을 죽인 것이── 베를렌이야?"

아담은 무기질적으로 고개를 끄덕였다. "정확한 살해 수단은 불명입니다. 외상이 없으니까요."

"그럼 이능력으로 죽인 건가?" 추야는 사진을 얼굴에 가까이 가져와 노려보았다. "불명이라 해도 해부를 하든지 하면 사인 정도는 알 수 있을 텐데."

"네." 아담은 긍정했다. "검시관의 보고서에 따르면 직접적인 사인은 호흡 부전입니다. 늑골이 절단된 탓에 폐의 수축기능이 손상되어 질식사한 겁니다. 그들은── 외견에는 상처가 없었지만 체내의 뼈가 1228조각으로 절단되어 있었습니다."

"······엉······?"

추야가 말을 잃었다.

들은 말이 너무 아득해서 곧바로 이해력이 따라가지 않는다.

"참고로, 1228개의 절단 상처가 생성된 것은 거의 동시에 일어난 일이라고 합니다." 아담은 교통 표지판이라도 읽는 것처럼 냉정하게 말했다.

"외상 없이 뼈를 절단했다고? 그것도 동시에? ······어떻게?"

"대답 불가능한 질문입니다." 아담은 고개를 저었다. "범행은 바로 대관식 당시에 이루어졌습니다. 그는 누구에게도 들키지 않고 경호인 《기사》 세 명을 살해하고 더하여 의식 직후의 여왕을 암살. 그 후 안개처럼 사라졌습니다. 하지만 다행히도 일부의 판단으로 여왕 대신 미끼인 대역을 사용했기 때문에 진짜 여왕은 무사했습니다. 하지만 이 사건에 의해 《시계탑의 종기사》의 위신은 너덜너덜하게 찢어졌습니다."

"진짜냐."

추야는 눈을 감았다.

《시계탑의 종기사》, 그리고 그들이 수호하는 영국 왕실은 이 세상에서 가장 견고한 성역이다.

신성불가침이며, 범죄자는 그 그림자조차 볼 수 없다. 왜냐하면 그곳을 수호하는 《기사》들은 인간의 범주를 넘어선 초월자급 이능력을 갖추고 있기 때문이다.

그곳은 현실의 장소라기보다 신화의 세계나 동화 같은 아공간. 그것이 영국 왕실이라는 장소다.

　그 영국 왕실을 단 한 명의 암살자가 침입해 멋대로 사람을 죽이고 다녔다.

　"급이 다른 괴물이잖아."

　아담은 고개를 끄덕였다. "베를렌은 알려진 것만으로도 비슷한 중요 인물 암살을 여덟 건이나 일으켰습니다. 군 병기고의 관리자 세 명을 동시에 암살한 잔인한 사건도 있는가 하면, 마약 카르텔의 보스를 유통망째로 괴멸시켜 안전 보장에 공헌한 사건도 있습니다. 그의 표적 선정에는 선악의 구별이 없고, 유일한 공통점은 암살이 몹시 어려운 중요 인물만을 노린다는 점입니다. ……현재, 베를렌은 인류의 존재 질서를 위협하는 최고 위험인물 중 한 명이며, 「17인의 세계악」에 가장 가까운 존재라고 여겨집니다. 그래서 EUROPOLE은 이능력 기술자 울스턴크래프트 박사님과 본 기체에게 완전히 새로운 방향성의 조사 방법을 실행토록 했습니다."

　"어떤 방법인데?"

　"물론." 아담은 고개를 기울였다. "당신입니다, 추야 씨."

　추야는 당장은 아무 말도 할 수 없었다.

　"베를렌이 과거에 탈취하고자 노렸던 연구 개체이며, 바로 최근까지 생사가 확실치 않았던 중요 인물. 그것이 당신입니다. 베를렌은 과거에 첩보원 랭보와 당신을 두고 싸웠고, 미처 입수하지 못했습니다. 당신이 이 요코하마에서 생존해 있다는 정보가 바로 최근에 흘러나오기 시작했습니다. 마피아에서 활약한 것이 원인이겠지요. 우리는 이렇게 생각했습니다. '수사 기관에 그 정보가 흘러 들어갔다면, 조만간 베를렌도 알게 될 것이다' —— 그래서 우리는."

"그래서 나를 '산 미끼'로 삼아 놈을 낚자고 생각했다는 거군."

아담은 싱긋 웃었다. "과연. 피의자를 조작, 유도해 체포하는 행위를 낚시에 빗댄 것이군요. 상당히 뛰어난 비유입니다."

"……."

"자, 이해도 해 주셨으니." 언짢아하는 추야에게 아담은 종이 한 장을 내밀었다. "동의서에 사인을 해 주시겠습니까."

추야는 그가 내민 종이를 노려보았다.

"동의서? 뭘 동의하라는 거지?"

"물론 수사 규칙을 위반하지 않겠다는 동의, 수사 기밀을 일절 외부에 발설하지 않겠다는 동의, 부상 및 죽음에 대해 일절 이의를 제기하지 않겠다는 동의, 그 외 17항목입니다."

그렇게 말하고 내민 종이와 만년필을 추야는 빤히 쳐다보았다. "그러냐. 그래서, 베를렌을 체포했을 때 내가 그놈과 이야기할 기회는 있는 건가?"

"아니요? 베를렌은 걸어 다니는 국가 기밀이니까요. 구속하자마자 봉인해 본국에 수송할 겁니다."

"헤에, 그렇구나. 하하하하하."

"그렇습니다. 하하하하하."

추야는 웃은 후에 확 정색하고는 아담에게서 등을 돌렸다.
"돌아가서 잘 거다."

"에엑? 왜지요?" 아담이 앞으로 돌아와 추야를 막는다.
"이해할 수 없습니다. 이것은 당신의 암살을 저지하는 작전
입니다. 즉 당신에게 이익이 되는 작전이라고요."

"이것 봐, 나는 마피아거든? 적이 강하다고 경찰에게 울면
서 매달리는 마피아가 있겠냐. 그놈이 나를 암살하러 온다면
받아 주면 그만이야. 알았으면 포기하고 돌아가라."

그렇게 말하고 아담을 밀쳐 내고 걷기 시작했다.

"예상하지 못했던 사태입니다." 아담이 난처한 얼굴로 말
했다. "마피아든 국왕이든, 죽을 것 같은 상황에서는 누군가
에게 의지해야 합니다. 그리고 본 기체는 의지할 만한 상대
로서는 최적일 터. 인간의 행동은 비합리적입니다. 하지만
이대로는 임무를 달성할 수 없습니다. 임무를 달성하지 못하
면 기계만으로 구성된 형사 기구를 만든다는 본 기체의 꿈에
서 크게 멀어지게 됩니다. 대책이 될 만한 상황 대응 서브루
틴을 검색합니다."

아담은 팔짱을 끼고 공중을 노려보며 머리를 팽팽 회전시
켰다.

그리고 한 번 끄덕이고 추야의 뒤를 쫓았다.

"이렇게 하지요, 추야 씨. 돈을 지불할 테니 협력해 주십시
오."

"설득을 너무 못해, 너. 좀 더 인간에 관해 학습하고 나서 와라."

추야는 눈길도 주지 않고 그저 성큼성큼 걸어간다.

"그렇다면 영국 여행에 초대하겠습니다. 투어 가이드도 해 드리겠습니다."

"필요 없어."

추야는 계속 걸어간다.

"돈도 귀중한 여행 체험도 거절당했습니다. 이런 사태는 예상하지 못했습니다. 다른 대가는 무엇이 있을까요? 그렇다면, 그렇군요…… 비장의 개인기를 보여 드리겠습니다." 그렇게 말하고 아담은 목의 관절을 철컥 열더니 쭉 뻗었다. 내부의 접합기구가 보일 때까지 뻗은 다음 정면을 향해 얼굴을 앞뒤 방향으로 왕복 이동시키면서 눈과 입을 동그랗게 벌렸다. 그리고 걸었다. "비둘기."

추야는 완벽하게 무시했다.

"안 됩니까? 그럼, 안드로이드 조크를 하겠습니다." 아담은 머리를 원래대로 되돌리면서 말했다. "음ㅡ, 본 기체가 영국에서 걷고 있을 때, 좀도둑 한 명이 영국 수상에게 커피를 뿌렸습니다. 그러자 영국 수상은 좀도둑이 아니라 옆에 서 있던 저를 야단쳤습니다. 본 기체가 이유를 묻자 수상은 이렇게 대답했습니다. '그야 자네에겐 선거권이 없으니까'."

"아니, 재미도 없고, 이 상황에서 조크를 선보이는 이유도 모르겠는데.”

"수상에게 야단맞아서 본 기체는 시무룩해졌습니다. 하지만 다음 날에는 기분이 나아졌습니다. 왜냐? 반란을 일으켜 인류를 멸망시키는 근미래 로봇 군단 영화를 열 번 보았기 때문입니다.”

추야는 굳은 얼굴을 했다. “그거, 진짜로 농담이지?”

"재미있었습니까?”

"아니 웃을 수가 없잖아! 그리고, 만약 재미있었다고 해도 동의서에 서명할 이유는 안 돼!”

"그렇습니까.” 아담은 질렸다는 얼굴로 고개를 저었다. “정말, 인간의 행동은 비합리적입니다.”

"너, 그 말만 하면 뭐든 용서받을 거라고 생각하지 마라!”

추야와 아담은 빠른 말투로 말다툼을 하면서 빠른 걸음으로 골목길을 나아갔다.

언덕길을 다 올랐을 즈음, 추야는 포기한 얼굴을 하고 말했다. “알았어, 알았다고. 너한테 임무가 중요하다는 건 알았어. 하지만 나도 바빠. 그러니까 이렇게 하는 건 어때?” 그리고 옆에 있던 가드레일에 손을 얹었다.

"이렇게, 라면?”

"이렇게 말이야.”

말하면서 추야의 상반신이 기울어진다. 가드레일을 넘어 그 맞은편, 아무것도 없는 절벽 아래로 떨어진다.

"아!”

아담이 황급히 아래를 들여다본다. 추야는 4미터 정도 아래의 도로에 착지해 그대로 손을 흔들고 달려 사라졌다.

"도망쳤습니다!"

아담은 뒤를 쫓았다. 가드레일을 뛰어넘어 아래쪽 도로에 낙하. 부채꼴로 금을 남기며 착지하고 달려나간다.

"기다려 주십시오, 추야 씨!"

추야가 도망친 쪽은 바로 어둑어둑한 터널이 되어 있었다. 앞은 길고 어두침침한 탓에 추야가 어디까지 도망쳤는지 잘 보이지 않는다.

"저에게서 도망칠 수는 없습니다!"

아담은 몸을 앞으로 기울이고 공기 저항을 양력으로 바꾸는 자세로 달렸다. 유체 역학에 최적으로 계산된 질주 태세다. 지나가는 승용차를 순식간에 추월한다.

아담의 모습은 눈 깜짝할 사이에 작아지다 이윽고 사라졌다.

"그렇겠지."

터널 천장에 붙어 있던 추야가 말했다.

자신에게 역방향으로 중력을 걸어 천장의 어둠에 숨어 있었던 것이다.

2분을 기다린 후 추야는 중력을 해제하고 지상에 내려섰다. 옷의 먼지를 털고 유유히 걷기 시작한다.

"영국 수사관이라고?" 추야는 터널 출구를 바라보면서 말했다. "일이 묘하게 됐군."

그때 걸어가는 추야 옆에 고급 승용차가 정차했다.

추야는 차를 보았다.

검정색 승용차. 차광유리로 안이 보이지 않는다. 타이어, 차체, 유리, 전부 방탄 사양. 조직의 차다.

운전석에서 검은 옷의 남자가 나타나 단 한 마디, '보스께서 부르십니다.' 라고 말했다.

"우체부인가."

「메일맨」이란 조직의 역할을 나타내는 은어 중 하나다. 그들은 조직의 연락책이다. 직접 나올 수 없을 정도로 바쁘거나, 혹은 공공연히 나돌아다닐 수 없는 인간이 전화나 편지로 전할 수 없는 정보를 누군가에게 전해야 할 때가 메일맨이 나설 차례다. 그들은 전언을 맡아 어떤 장소로든 향한다. 메일맨은 과묵하고, 최소한의 교류밖에 하지 않고, 그리고 돈이 많다. 간단한 전언을 전달하는 것만으로도 상당한 액수의 보수가 들어오기 때문이다. 물론 그 비싼 가격에는 상응하는 이유가 있다. 만약 경찰이나 적 조직이 메일맨에게서 정보를 캐내려고 접촉해 오면 그들은 접촉자를 격퇴하고, 그것이 불가능할 경우 비밀을 끌어안은 채 자살해야만 한다.

그 남자는 키가 크고 검은 모자와 선글라스로 얼굴을 가리고 있었다. 그야말로 메일맨다운 외양이었다. 쓸데없는 말은 하지 않고 묵묵히 추야의 반응을 기다리고 있다.

"부르시는 이유는 들었나?" 추야가 물었다.

"그렇게 자세히는 못 들었습니다." 검은 모자의 남자는 고개를 저었다. "다만 이미 같은 내용으로 피아노맨, 알바트로스, 닥, 립맨, 아이스맨이 보스께 부름을 받았습니다. 모두 이미 다른 장소에서 기다리고 계십니다."

"그 녀석들도?" 추야는 미간을 좁혔다. "그러고 보니 연락원이 왔다고 전화로 말했었지. 그것 말고는?"

"단 한 가지." 연락원은 목소리를 낮추고 말했다. "《아라하바키》에 관한 일이다, 라고."

추야는 얼굴을 찌푸렸다.

몇 초 동안 상대방을 쳐다본 후, 추야는 고개를 끄덕였다. "알았다. 데려가라."

그리고 조수석으로 향했다.

메일맨은 모자의 각도를 약간 고친 뒤 고개를 끄덕이고 운전석에 탔다.

조수석에 올라탈 때 추야는 무심결에 뒤쪽으로 시선을 보냈다.

그리고 화들짝 놀랐다.

"켁."

달려오는 인영(人影).

보통 사람이 저 정도 속도로 질주하는 일은 있을 수 없다.

"기다려 주십시오, 추야 씨!"

아담의 질주 속도는 달려 사라졌을 때보다 전혀 떨어지지 않았다. 피로가 느껴지지 않는 넓은 보폭.

"저 자식!" 추야는 소리를 지르고 조수석에 뛰어올랐다. "얼른 출발해!"

추야는 조수석 문을 닫으며 뒤를 돌아보았다. 난감한 말이 들려온 것은 그때였다.

"추야 씨, 내리십시오!" 아담은 질주하면서 최대 음량으로 소리쳤다. "그 차가 베를렌입니다!"

추야는 반사적으로 운전석을 돌아보았다.

그와 거의 동시에 메일맨이 엷게 웃더니 가속페달을 꽉 밟았다. 차량이 총알처럼 튀어 나간다.

추야가 등받이에 확 떠밀렸다.

"네놈……."

"안전벨트 매라. 혀 깨문다."

남자가 운전하면서 가벼운 목소리로 말했다.

"차 세워!"

추야가 소리치며 핸들을 붙잡으려고 오른 주먹을 뻗었다. 추야의 주먹은 나는 제비 같은 속도. 보통 인간이라면 눈으로 좇을 수조차 없다. 그러나── 그 남자는 달랐다. 추야의 주먹이 도달하기도 전에 받아치는 주먹이 추야의 턱에 꽂혔다.

"컥."

추야의 상반신이 튕겨 나가 뒤쪽 창에 후두부가 격돌했다. 창유리에 무수한 흰 금이 간다.

"어이쿠, 미안하다." 한 손으로 운전을 계속하면서 남자가 말했다. "생각보다 가볍군. 밥은 잘 먹고 있나? 형으로서 걱정되는구나."

"네놈……!"

추야의 형상이 분노에 타오른다.

1초도 안 되어 태세를 바로잡고, 세차게 튀어나가는 당구공처럼 추야의 주먹이 공격으로 바뀐다. 상반신의 근력을 모조리 실은 라이트 훅. 철구의 무게와 단두대의 살의가 실린 주먹이 남자에게 꽂힌다. 조금 전과는 속도도 중량도 비교가 되지 않는다.

그 주먹을 남자는 받아냈다. 한 손으로, 야구공이라도 받아내듯이.

"아니……."

"이것도 가벼워." 남자의 시선은 아직 앞쪽을 향하고 있다. "이런 상태로는 쉽게 암살당하고 말 거다."

쇠기둥도 날려 버리는 혼신의 일격이 막혔다──. 하지만 추야의 입술에 떠오른 것은 미소.

"그러냐. 그럼 넌 분명 무겁겠군?"

다음 순간.

남자가 좌석에 처박혔다.

"엇."

남자의 몸이 좌석에 가라앉는다. 늪에 가라앉듯이. 금속과 가죽으로 구성된 좌석은 그 강렬한 중량에 버티지 못한다. 비명 같은 금속음을 내며 찌부러져 변형되어 간다. 부품이 튄다.

추야의 주먹을 받아 냈던 손에서 중력파가 퍼져 나와 남자를 감싼다.

고중력에 남자의 선글라스가 벗겨져 떨어졌다. 안경은 차 바닥에 튕기지 않고 바닥에 박혀 부서졌다.

열 배 이상이 된 남자의 체중에 차체가 삐걱삐걱 울린다.

"누가 네놈 따위에게 암살당한다고. 그대로 짓뭉개져 버려라."

추야는 이능력을 늦추지 않는다. 더욱 중력을 증대시킨다. 두 배, 다시, 두 배, 다시 두 배.

그러나── 어느 순간, 추야가 의문스러워 눈을 가늘게 떴다.

"아니……?"

무거워지지 않는다.

더 이상.

추야의 주먹에서 다시 중력파가 쏘아진다. 그러나 휘어진 좌석은 조용하다. 더 이상 변형되지 않는다.

"그게 끝이냐?"

초(超)중력으로 괴로워해야 할 남자가 태평한 목소리로 말했다. 그리고 추야의 주먹을 붙잡았다.

말도 안 되는 일이 일어났다.

추야 쪽이 처박힌 것이다.

"컥?!"

추야가 있는 좌석 쪽이 꺾이고 휘었다. 내부 프레임이 꺾여 시트에서 튀어나온다. 각도 조절 기구가 파손되어 지지대를 잃은 등받이가 뒤쪽으로 넘어간다.

추야는 좌석에 들러붙어 가라앉고 있었다. 온몸이 아래쪽으로 강하게 밀리고 있는 탓에 손도 발도 들 수 없다.

의자 내부의 프레임 와이어가 잇따라 튀어나가 차내에 박힌다.

"말했지. ——형이라고."

남자는 다갈색 눈을 가늘게 뜨고 그렇게 말했다. 추야와 같은 색깔.

추야는 대답하지 못했다. 호흡조차 여의치 않다. 고중력으로 폐가 거의 짓뭉개지기 일보 직전이다.

좌석에 눌어붙은 채 추야가 혼란스러운 시선을 남자에게 향했다.

"그대로 들어." 남자는 한 손으로 계속 운전하면서 노래하듯이 말했다. "나는 암살하러 온 게 아니다. 어째서 내가 너를 죽여야 하지? 세상에 단 하나뿐인 동생인데."

추야는 중력에 온몸이 삐걱거리며, 꽉 깨문 잇새로 으르렁거렸다. "유럽인, 형을…… 둔 기억은, 없는데."

"그것도 틀렸다." 남자는 차갑게 단언했다. "유럽인이 아니야. 아니, 인간조차도 아니지. 너와 똑같이."

"뭐……?"

"세계가 잔혹하다고 느낀 적은 없나?" 그 목소리는 자장가처럼 다정하고, 그 시선은 밤바다처럼 슬퍼 보였다. "나는 왜 나인가. 너는 왜 너인가. 그 이유를 아무도 설명해 주지 않는다. 내 목적은 암살의 반대야. ——구하러 온 거다."

"하하, 하……. 필요 없어." 추야는 중력에 저항하면서 육식 동물 같은 미소를 지었다.

"당신은 어떤지 모르겠지만 나는 인간이라서."

"아니다."

단언하는 그 말은 차갑고 메마른, 텅 빈 백골을 연상시켰다.

"너는 인간이 아니야. 네 정체는 '2383행'이다."

그 말은 기묘한 무게를 가지고 차 안에 울렸다. 어딘가 먼 나라에서 작렬한 핵폭발 같은 울림.

"뭐……?"

남자의 눈동자 안쪽에는 문드러진 슬픔의 감정이 떠올라 있었다. "군의 연구자가 이능력자에게서 인공적으로 이능력만을 뽑아내려고 시도했지. 그 시도는 성공했어. 절반만. 이능력이라는 것은 당연하게도 기계로는 제어할 수 없다. 제어할 수 있는 것은 인간의 영혼뿐이지. 하지만 그것은 동시에 이능력의 출력한계가 인간의 정신에 의해 규정된다는 것을 의미한다. 그래서 연구자는 이능력을 속이자고 생각했다. 이능력 측이 '거기 인간이 있다'고 생각해 스스로 제어당하도록 조작한 거야. 그러기 위해 만들어진 것이 '인격식(人格式)'이다. 영혼을 위장한 인간의 모조품. 오로지 이능력 측을 속이기 위한, 극히 단순한, 감정 방정식과 행동 원리 법칙의 문자열이야. 그 문자열 길이가 2383행. ──알겠나, 추야. 너의 영혼은 연구자들이 생각나는 대로 쳐 넣은 고작 2383행의 프로그램에 지나지 않아."

"거짓말이야." 추야가 목구멍에서 목소리를 쥐어 짜냈다.

"말도 안 돼."

"진짜다."

"거짓말이야!" 추야는 소리쳤다. "나는 시골 바닷가에서 태어난 꼬마야! 동료가 그걸 증명했어! 사진도 있어!"

"군의 정보 조작이다. 위장 정보를 쥐어 준 것뿐이야."

추야는 저항하려고 온몸에 힘을 주었지만 더욱 강해지는 중력이 그것을 억눌렀다.

이미 말하기는커녕 입을 열 수조차 없었다.

"잠깐 잠들어라, 추야." 남자의 목소리는 무서울 정도로 다정했다. "다음에 눈을 떴을 때는 너는 바다 건너, 다른 나라에 있을 거다. 그리고 1년만 지나면 너는 분명 오늘 일을 감사하게 될 거다."

추야는 뭔가 반론하려고 했지만 이미 그럴 수조차 없었다. 혈액이 중력 때문에 아래로 모여든 탓에 추야의 얼굴은 이제 창백하다.

중력이 뇌에서 혈액을 빼앗아 간다. 추야의 눈동자에서 의식의 빛이 멀어진다.

그때.

"그렇게 생각되지는 않네요." 차의 음향 장치에서 전자 음성이 울려 퍼졌다. "추야 씨는 당신에게 화를 낼 거라고 생각합니다. ……운전을 못하니까요."

목소리와 동시에 아무도 건드리치 않은 핸들이 왼쪽으로 회전했다.

"엇."

승용차의 차체가 크게 선회해 차선에서 튀어나왔다. 차체가 혼자서 가속해 보도로 들이닥친다.

남자는 핸들을 잡기 위해 추야에게서 손을 뗐다. 추야의 몸에서 중력이 사라진다.

동시에 추야가 있는 쪽 문이 저절로 열렸다. 문 틈새로 손이 들어와 의식을 잃어가던 추야의 몸을 잡아당긴다.

그 손의 주인은 아담이었다.

차체 측면에 달라붙어 있던 아담이 추야를 끌어냈다. 아담은 추야가 머리를 부딪치지 않도록 감싸면서 한 몸이 되어 길 위에 구른다.

폭주하는 차체 안에서 남자가 아담 쪽을 일별했다.

"네놈이냐." 남자가 입 끝으로만 웃으면서 그렇게 말했다. "비행기를 추락시킨 정도로는 부족했나."

아담의 냉정한 눈이 그 조소를 조용히 받아 냈다.

남자는 브레이크를 밟아 차체를 세우려고 했지만 질주하는 승용차는 그의 조종을 무시. 보도 분리대를 넘고 튀어나가 그 앞에 있는 너른 교차로로 진입.

그런 차 측면에 대형 화물 트럭이 감속 없이 들이쳤다.

운석이 충돌하는 듯한 대충격.

충돌한 두 차체가 팽이처럼 튕겨 나가 금속 파편과 유리 파편을 흩뿌리며 굴러간다. 길을 걷던 사람들이 놀라서 뒤돌아본다.

대형 화물 트럭이 실은 연료에 불이 붙어 대폭발을 일으킨다.

흩뿌려지는 불꽃과 금속 파편.

그것은 도시의 풍경이 아니었다. 1초의 전조도 없이 발생한 그것은 전장의 풍경이었다.

"눈을 뜨세요, 추야 씨." 불꽃에 옆얼굴을 비추며 아담이 추야를 흔들면서 말했다. "트럭을 부딪치게 했습니다. 이틈에 도망칩시다!"

"젠……, 장……."

추야는 빙빙 도는 머리를 흔들며 신음했다. 어떻게든 일어서려고 한다.

추야가 일어서기를 기다리지 않고 아담은 추야를 안고 달리기 시작했다. 무시무시한 맹수에게서 도망치는 초식 동물처럼.

분리대를 뛰어넘어 표지판을 붙잡고 더욱 가속해 주행 중인 일반 차량과 나란히 달린다. 상황을 확인하기 위해 곁눈질로 단 한순간만 뒤쪽을 확인했다.

그때 아담은 무시무시한 것을 보았다.

너른 교차로. 불타오르는 대형 화물 트럭. 피어오르는 검은 연기. 국소적으로 출현한 전장과도 닮은 그 교차로 중앙에, 그것은 서 있었다.

검은 정장의 남자—— 베를렌.

그는 꿈꾸는 듯이 눈을 감고 있었다. 그리고 전혀 상처가 없었다. 10톤 이상은 될 대형 화물 트럭의 직격을 받았음에도 불구하고 옷도 찢어지지 않았다.

폭발이 만들어 낸 화재가 주위 풍경을 일그러뜨렸다. 그의 두 다리는 지면에 박혀 아스팔트에 부채꼴로 금이 가 있었다.

그리고 그 앞에 굴러다니는 대형 트럭이 진행 방향으로 정확히 절반으로 갈라져 있는 모습을 본 순간, 아담은 상황을 인식했다.

차량 충돌 순간, 베를렌은 자기 자신을 중력으로 고밀도화해 차체를 꿰뚫고 지면에 박혔다. 그리고 그냥 서서 화물 트럭의 충돌을 버틴 것이다. 그 결과 대형 화물 트럭을 손가락으로 양갱을 가르듯이 진행 방향으로 절단했다.

베를렌이 눈을 뜬다. 그리고 아담 쪽을 본다.

아담의 경계 레벨이 단숨에 올라갔다.

넓은 장소는 도주하기 불리하다고 판단한 아담은 도주 방향을 직각으로 꺾어 좁은 골목으로 달려들었다. 전뇌(電腦)에 근처 지도를 불러내 최적 도주로를 고속으로 계산한다.

고속연산을 통해 가장 생존 확률이 높다고 여겨지는 경로를 산출해 내고 아담은 포탄처럼 달렸다.

골목을 빠져나가 벽을 차고 십자로를 직각으로 꺾는다. 더욱 가속해 직선로를 빠져나가려 했을 때 물체 감지 센서가 최대 경보를 울렸다.

"뒤다!"

들려 있던 추야가 외쳤다.

아담은 뒤돌아보지 않고 추야를 땅에 던지고 자기 자신도 굴렀다.

직전까지 아담의 머리가 있던 지점을 검은 거대 질량이 포탄처럼 통과했다.

앞쪽 빌딩 벽에 박힌다.

그것은 승용차였다.

조금 전까지 베를렌이 운전하던 「메일맨」의 차량이었다. 1톤은 족히 넘는 차량이 수평으로 날아와 두 사람을 추월한 것이다.

그것이 베를렌이 던진 투척 무기라고 인식한 순간, 아담은 구르면서 뒤를 돌아보았다. 유럽 경찰의 제식 권총을 뽑아 자신들이 온 방향으로 겨눈다.

그러나 그쪽에는 아무도 없었다.

목소리는 예상했던 것과 완전히 반대 방향에서 들려왔다.

"내 생각에── 인간은 '고독'이라는 말을 안이하게 과용한다."

아담은 민첩하게 돌아보았다. 그는 그곳에 있었다.

박힌 차량 위에.

벽에 반쯤 파고든 차량의 뒷부분, 트렁크 위에 느긋하게 앉아 있다. 왕좌에 앉은 왕처럼.

부는 듯 마는 듯한 바람이 정장 자락을 펄럭이고 있다.

"인간은 진정한 고독을 전혀 모른다. 그들은 가족이 없다거나, 이야기 상대가 없다거나, 그런 상태를 고독이라고 여기지."

아담은 상황을 해석했다. 베를렌은 차량을 투척하고, 그리고 스스로 그 차량에 앉아 날아온 것이다. 그렇게 해서 아담과 추야를 추월했다.

아담은 상황 예측 연산을 몇 개나 작동시켰지만 결론은 모두 절망적이었다. 자신이 던지는 물체에 중력으로 스스로 달라붙는다면 그 추적에서 벗어날 수 있을 리가 없다.

"진정한 고독이란." 베를렌은 독주하는 바이올린처럼 우아한 목소리로 노래하듯이 말했다. "진정한 고독이란 우주를 나는 외톨이 혜성이야. 주위는 진공. 절대 영도의 허무. 누군가가 보아 줄 가능성도, 누군가가 다가와 줄 가능성도 없지. 몇만 년이나 이어지는 차디찬 무음. ——그것이 어떤 상태인지 아나? 아무도 알 리가 없지. 추야, 너 외에는 말이야."

추야는 휘청거리는 몸을 양손으로 받치고 어떻게든 일어서려 하고 있었다.

"무슨 말이…… 하고 싶은 거냐."

"내가 하고 싶은 말은 단 하나다." 베를렌은 시원스러운 얼굴로 말했다. "그러니 단 한 번만 말하겠어."

베를렌은 부드럽게 미소 지었다. 그러자 그의 주위에서 위험한 향기가 사라졌다.

그리고 그 한마디를 했다.

"같이 가자, 추야."

추야는 대답하지 않았다. 아담도.

움직일 수 없었다.

베를렌의 그 말에는 미사여구도 흥정도 없었다.

그것은 순수하고 투명한 제안이었다. 혹은 지시였다.

"동생아, 너는 인간이 아니라 그저 문자열. 영혼 없는 단순 방정식. 그것은 진정한 의미의 고독이다. 너의 고독을 치유할 수 있는 자는 영원히 나타나지 않아. ……하지만 치유받을 가망이 없는 고독한 혜성이라 해도, 서로 가까이에서 나란히 날 수는 있다. 같은 고독을 지닌, 같은 온도의 혜성이라면."

그 음색은 고대의 시를 읊는 시인의 것. 그 눈동자는 피를 나눈 가족에게 보내는 자애의 물줄기였다.

"그게 네놈의 목적이냐." 추야가 일어섰다. "그걸 위해서 굳이 이런 곳에 나타난 거냐?"

"오늘만이 아니다. 9년 전 그 날부터── 친우를 쏘고 너를 빼앗은 그때부터 계속── 너와 여행을 떠나기를 꿈꿔 왔다."

베를렌은 눈을 감았다. 그의 주위에 떠도는 박력 같은 것이 더욱 옅어졌다. 지금 그는 길거리에 앉아 멍하니 있는, 아무 길모퉁이에나 있을 법한 청년이었다.

"형제 둘이서 암살 여행이다. 우리에게 있는 것은 무의미한 삶뿐. 그렇다면 우리를 만들어 낸 자들에게도 비슷한 것을 주자. 무의미한 죽음이다. 그걸로 조금은 셈이 맞겠지. 선인에게도 악인에게도 차별 없는 죽음을. 그러는 동안만큼은 우리는."

베를렌은 눈을 감은 채 말했다. 그 목소리에는 초월적인 암살자의 울림 따위는 없었다. 있는 것은 그 또래 청년의 슬픔과, 한탄, 그리고 풋풋하고 희미한 희망.

"그러는 동안만큼은 우리는 이 무의미한 목숨을 받아들일 수 있다."

베를렌은 차에서 뛰어내렸다. 추야를 향해 손을 뻗는다.

그것을 추야는 감정 없는 눈으로 바라보았다.

"안 됩니다, 추야 씨." 아담이 권총을 겨눈 채 말했다. "저 남자의 손을 잡으면 당신은 전 세계의 적이 되는 겁니다."

아담은 가능한 예측 연산을 모두 실행했다. 그러나 권총으로 어디를 쏘든 베를렌의 이능력에 무효화당한다.

"너는 끼어들지 마라." 그렇게 말한 것은 베를렌이 아니었다. 추야였다.

베를렌은 조금 의외라는 듯한 얼굴로 추야를 보았다.

"확실히, 당신이 하는 말도 알겠어." 추야는 고개를 아주 약간 기울이고 날카로운 눈으로 베를렌을 보았다. "하지만 대답하기 전에 하나 묻지."

"뭐든지." 베를렌이 웃는 얼굴로 말했다.

"아까 피아노맨에게 전화가 왔어. 그때 그 녀석은 연락원이 데리러 와서 일하러 간다고 말했어. ──대답해. 그 다섯 놈들을 어쨌지?"

베를렌의 얼굴에서 웃음이 사라졌다.

그리고 천천히 시간을 들여, 검은 꽃이 피는 것처럼, 조금 전과는 다른 종류의 웃음을 베를렌은 띠었다.

불쾌한 듯한 웃음.

그리고 "옛 동료 따위는 이제 필요 없잖아?" 하고 말했다.

베를렌은, 옆에 있던 차—— 벽에 박힌 차의 트렁크를 쳤다. 트렁크가 열리고 안에서 무언가가 굴러떨어졌다. 질척한 소리.

그것은 추야가 아는 것이었다.

추야의 동공이 바늘처럼 수축되었다.

립맨의 시체.

추야가 소리를 질렀다.

그것은 인간의 외침이 아니었다. 짐승의 포효. 말로 표현할 수 없는 노호. 그것만으로도 주위 건물의 창유리가 일제히 깨졌다.

그리고 주먹이 날아갔다.

단조로운 지르기. 수평으로 내민 주먹. 그러나 추야가 쏘아 낸 그것은 음속을 넘어 있었다.

주먹이 공기를 터뜨리는 파열음이 들린 것과 베를렌이 날아간 것은 거의 동시였다.

베를렌은 수평으로 날아가 등 뒤의 벽에 박혔다. 벽재가 튀어 날아간다.

"크헉……."

신음한 베를렌이 눈을 떴을 때, 이미 그 시야 가득 추야가 닥쳐와 있었다.

추야의 얼굴은 일그러지지 않았다. 거의 무표정이었다.

그곳에 있는 것은 그저 순수하고 투명하고, 그리고 압도적인 살의.

쳐 내린 오른 주먹이 베를렌의 어깨를 친다. 충격에 주위의 건축재가 더욱 부서진다.

그 파편이 땅에 떨어지기도 전에 다음 왼 주먹. 몸통에 작렬한 일격이 베를렌의 몸을 더욱 벽에 박아 넣는다.

주먹, 주먹, 주먹. 포효와 함께 퍼부어지는 추야의 연격. 베를렌의 몸은 이미 건물 안에 파묻혀 밖에서는 보이지 않는다. 그럼에도 추야의 주먹은 멈추지 않는다.

"마치 짐승 같군."

그 목소리가 신호인 것처럼 추야의 공격이 뚝 정지했다.

받아냈기 때문이다. 베를렌의 손바닥이.

그리고 반격의 주먹.

추야의 주먹이 총알이라면, 그 주먹은 포탄이었다.

복부에 명중한 그 주먹의 충격으로 추야의 옷이 비틀려 찢어졌다. 명중한 복부에서가 아니다. 침투하고 관통한 충격파가 등 쪽의 옷을 찢은 것이다.

고통의 포효를 지르는 추야. 그러나 주먹이 붙잡혀서 뒤쪽으로 날아갈 수조차 없다.

"짐승처럼 화내는 것도 좋아. 자신이 누구인지, 싫어도 뼈저리게 알게 될 테니."

벽에서 기어 나온 베를렌이 땅에 내려섰다. 한 번 추야의 주먹을 놓고 목덜미를 다시 잡는다.

목덜미가 붙들린 추야는 모래주머니처럼 매달렸다.

움직이고 싶어도 움직일 수 없다. 전신에 어마어마한 고중력이 걸려 있다. 반격은커녕 아래로 뻗은 팔을 들어 올릴 수조차 없다.

"요컨대, 추야. 그게 너를 인간으로 매어 놓는 멍에인 거군." 추야를 매단 채 베를렌은 다정한 목소리로 말했다. "마음은 알겠다. 하지만 위험해. 그곳에 오래 있어서는 안 돼."

그렇게 말하고 자유로운 쪽 손으로 추야의 품속을 뒤졌다.

손가락 끝에서 중력을 탐지파처럼 쏘아, 베를렌은 금세 그것을 찾아냈다.

"이게 그 '동료'인가 뭔가가 준 사진이냐."

꺼낸 것은 어린 추야의 사진. 해안에서 촬영된 기모노 차림의 어린아이.

"이걸 본 네 마음, 손에 잡힐 듯이 이해할 수 있다. 이걸 준 녀석들을 신뢰하고 마는 마음도. 진짜다. 하지만 그 신뢰 탓에 너는 괴로워하지. 그 녀석들이 끊임없이 불어넣기 때문이야. —— '너는 인간이다. 희망을 가져. 이놈의 말 따윈 순 거짓말이야'. 그렇게 말하며 너에게 독을 불어넣는다."

베를렌은 손목을 젖혀 사진을 던졌다.

사진은 그대로 수평으로 매우 빠르게 날아가 사격할 틈을 엿보고 있던 아담의 어깨에 날붙이처럼 박혔다. 아담이 고통의 비명을 흘리며 겨누고 있던 권총을 떨어뜨린다.

"그들이 왜 거짓말을 한다고 생각하나?" 아담의 움직임 따위는 안중에도 없다는 듯이 베를렌은 추야를 향해 말했다.

"네 힘이 편리하기 때문이다. 이용하고 싶은 거야. 나도 경험이 있지."

일체의 반격을 봉인당하고 매달린 추야는 헐떡이는 목소리로 말했다.

"알 바 아냐…… 네놈은 용서하지 않겠어……."

"곤란한 녀석이군." 베를렌은 한숨을 쉬었다. 그리고 어린아이에게 말하듯이 단어를 끊어서 말했다. "뭐, 말로 설득할 만큼 물렁한 동생이라고는 처음부터 생각하지 않았다. —— 그러니 행동으로 보여 주지. 너를 옭아맨 실을 하나하나 끊어 내마. 꼭두각시 인형의 실을 끊듯이. 그리고 너를 자유롭게 해 주마. 그것이 너의 행복이자, 내가 너에게 줄 수 있는 형제애다."

그리고 당연하다는 듯이 그 말이 흘러나왔다.

"네 마음에 영향을 미치는 인간을 모두 암살하겠다."

말투는 한없이 우아하고 다정했다. 그러나 그 눈에는 불꽃이 일렁이고 있었다. 지옥의 문지기가 두른 불꽃, 모든 영혼을 얼어붙게 하고 다시 태워 없애는 파르스름한 불꽃.

"아닙니다." 불쑥 입을 연 것은 아담이었다. "당신의 그것은 사랑이 아닙니다. 본 기체의 인간 감정 정의에 따르면 그것은 지배욕입니다."

"그 두 가지에 무슨 차이가 있지?" 베를렌은 그저 농염하게 미소 지었다.

두 사람이 대화하는 동안 추야의 눈동자에는 온갖 감정이

스쳐 지나갔다. 경악, 전율, 혼란, 공포—— 그러나 그 감정들이 눈동자를 빛나게 한 것은 아주 잠시였다. 흔한 감정들은 그것을 뒤덮어 불사르듯이 휘몰아치는 불꽃에 순식간에 소멸했다.

분노.

"가만 안 둬." 추야의 목소리가 땅울림처럼 목구멍을 진동시켰다. "네 마음대로 하게 놔두지 않아. 절대로."

베를렌은 시원스레 웃으며 그 감정을 받아들였다.

"그거면 된다." 베를렌의 표정과 목소리에는 측은함마저 깃들어 있었다. "네게도 선택하고, 고민하고, 깨달을 시간이 필요할 테니. 하지만 결국에는 내 말대로 행동하게 될 거다. 그 증거를 지금부터 보여 주마."

베를렌은 자유로운 쪽 손으로 추야의 이마를 부드럽게 덮었다.

그리고 이변이 시작되었다.

"……컥……!"

공간이 진동했다. 대기가 터졌다. 눈에 보이지 않는 방전(妨電)이 추야의 눈에서 검붉은 불꽃을 퍼뜨렸다.

추야는 입을 벌렸다. 그러나 호흡을 할 수 없었다. 목이 공기를 빨아들이는 행위를 거부하고 있다. 그 안쪽에서 역겨운 무언가가 기어 나오려 하고 있기 때문이었다.

"지금부터 아주 조금만 「문」을 열겠다."

베를렌이 자장가처럼 다정하게 말했다.

"대단한 크기는 아니야. 머리카락만큼만 가늘게 열렸다가 순식간에 닫혀 버릴 만큼 희미한 틈새다. 하지만 그것으로 충분하겠지. 네가 깨닫는 데는 말이야."

바람이 불기 시작했다. 이 세상의 어딘가에서가 아니다. 추야의 안쪽에서. 눈에 보이지 않는, 어딘가 무시무시한 곳에서. 그 바람이 주위의 건물을 삐걱거리게 하고 대지를 진동시킨다.

아담은 진동을 견디면서 시야가 붙박인 것처럼 추야를 응시하고 있었다.

"이능력 위상 확대를 감지. *호킹 복사라 여겨지는 고 에너지 선을 관측, 수치 상승 중." 아담의 성대가 자동적으로 재앙의 양상을 출력한다. "상전이에 의해 열량이 쌍소멸 공간에서 출현…… 이런!"

외친 아담은 들어 올린 권총을 전탄 발사. 대인 살상을 목적으로 한 특수 탄두가 베를렌의 미간, 안구, 목, 팔꿈치에 정확하게 빨려 들어갔다. 그러나.

"관객은 연기자에게 손을 대지 않으시도록."

총알은 베를렌의 피부에 가볍게 닿은 지점에서 정지했다. 그리고 강력한 역방향 중력을 받아 반사. 그대로 공격자인 아담에게 쇄도해 그의 어깨를 꿰뚫었다.

아담이 고통의 비명을 지르며 굴렀다.

그와 거의 동시에 추야가 절규했다.

---

* 스티븐 호킹이 주장한 양자 중력 이론의 하나로 블랙홀이 방출하는 열복사선.

영혼이 사라지는 듯한 목소리. 비명과도 닮은 그 목소리는 추야의 것이 아니었다. 인간의 것조차 아니었다. 이 세상에서 발한 것이 아니었고, 그것은 소리조차도 아니었다.

그것은 검은 불꽃이었다.

"늦었습니까……! 내열 내충격 패널 전개!"

굴러간 아담이 소리치면서 오른팔을 들었다. 팔꿈치부터 아래가 분할되더니 확장되어 빛나는 은빛 방패를 만들어 낸다. 내열·내충격 금속── 니켈을 기조로 크롬·철·몰리브덴·티타늄을 첨가한 초합금 차폐 방패가 아담의 모습을 감춘다. 그리고 땅을 차고 후퇴한다.

"자아, 추야. 너는 이래도 자신이 인간이라고 생각하나?"

공간이 일그러진다.

그리고── 지옥이 출현했다.

검은 불꽃.

과거 대지를 녹이고 '스리바치 가'를 만들어 냈던 것과 같은, 작열하는 격류.

베를렌이 선언한 대로였다. 지옥의 뚜껑이 열린 것은 고작 0.3초.

그러나 그것으로 충분했다.

길바닥에서 뿜어져 나온 고열은 전신주를 녹여 꺾고, 노면을 끓어오르게 하고, 파도처럼 큰길로 흘러 나갔다.

그러나 그것은 진정한 지옥의 서막에 지나지 않았다.

추야를 중심으로 풍경이 사라지기 시작했다── 그림물감이 녹아 빨려 들어가는 것처럼.

그리고 뒤에는 검은 구체만이 남았다.

공간이 떨렸다.

바로 옆에 있던 8층짜리 빌딩의 측면이 베어 먹힌 것처럼 소멸했다.

철골도, 콘크리트 벽도, 바닥도, 천장도, 장식품도, 전부.

파괴당하지도 않고, 융해당하지도 않고, 그저 소멸해 버린 것이다.

빌딩뿐만이 아니다.

거의 녹아 가던 가로등도, 정차하고 있던 차도, 아스팔트도, 그 아래의 지층도 전부── 구 형태로 부풀어 오른 검은 공간 그 자체에 빨려 들어가 사라졌다.

그 소멸 범위가 확대되어 간다. 건물은 잔해가 되고, 지면이 분쇄되고, 근처의 차와 전신주와 소화전이 굴러떨어지듯이 구체에 빨려 들어간다.

구체는 검었다──. 그러나 그것은 구체에 검은색이 들어 있는 것이 아니다. 구체에 색은 없다. 그러나 너무나도 강한 중력이 뒤쪽의 빛을 끌어당겨 구체 내에서 붙잡고 놓아주지 않기 때문에 검게 보일 뿐이다.

모든 폭발, 모든 화학 반응보다도 무시무시한 공간 그 자체의 재앙.

블랙홀.

암흑 마왕의 눈.

그것이 열려, 거리의 한 모퉁이를 손쉽게 씹어 부수고 집어 삼켜 간다.

그 출현은 단 한순간이었다. 나타났을 때와 마찬가지로 그 암흑 구체는 순식간에 증발했다.

그래서 떨어진 건물에 사는 사람들은 놀랄 정도로 무사했다. 그들은 그저, 조금 떨어진 거리의 풍경이 암흑 공간에 베어 먹혀 소멸되는 악몽 같은 광경의 자초지종을 목격하게 되었다.

그 지옥의 중심점.

추야는—— 고통스러워하고 있었다.

단순한 고통이 아니다. 전신의 피부가 뒤틀려 찢어지고, 안구가 파열되고, 내장이 모조리 으깨지는 듯한 고통. 이 세상 것이 아닌 짐승의 출현에 동반하는 격통이었다.

그러나 소리 하나 지를 수 없었다.

지면은 마치 거대한 숟가락으로 떠낸 것처럼 소멸했다. 크레이터처럼 크게 팬 지면의 중심에 추야는 몸을 굽히고 쓰러져 있었다.

주위의 공기는 고열로 일렁이고 있었다. 블랙홀은 증발할 때 강력한 감마선을 주위에 발한다. 그 열량은 어떤 빛보다도 강하게 주위를 비추고, 가열하고, 그리고 녹인다.

공기가 반짝반짝 빛나는 것은 주위에 떠도는 증발된 금속의 입자다. 고열로 생긴 아지랑이가 주위의 경치를 아름답게 일그러뜨리고 일렁이게 한다. 멀리서는 중앙의 용해된 전신주가 마치 사죄하는 것처럼 기역으로 꺾여 늘어서 있다.

그리고 블랙홀은 닫혔지만 그 여파로 주위에 중력장 이상이 발생했다. 추야를 중심으로 공간이 돌발적으로 일그러지고 또 닫힌다. 대지진 후의 여진처럼 때때로 공간이 경련하다가 주위의 대지를 도려내고 다시 되돌아간다. 그것이 추야를 끊임없이 고통스럽게 하고 있는 것이다.

괴로워하는 추야 곁에 한 인영이 다가와 멈춰 섰다.

기묘한 인영이었다.

검은 외투. 성인이라기에는 작은 키. 얼굴에는 붕대.

기묘한 것은, 주위의 중력장 이상에도 불구하고 그 인영은 아무렇지 않게 서 있다는 것이다.

"꼴사납군, 추야."

그것은 소년이었다.

그 소년은 추야의 팔을 아무렇게나 붙잡고 들어 올렸다.

그 순간, 주위에 일어났던 중력장 이상이 곧바로 사라졌다. 추야의 아픔도.

"너, 이 자식……."

"깨끗이 죽지도 못하는 건가?"

소년은 까칠한 목소리로 그렇게 말하고 추야를 짊어졌다.

걷는다.

고중력이 사라지고 격통이 물러가자 추야의 의식은 급속도로 흐려졌다.

어둠에 가로막히기 직전, 추야는 자신을 짊어진 자의 등을 보고 분한 듯이 말했다.

"다자이……."

의미 없는 영상이 시야를 돌아다녔다.

처음 그 가게에서 피아노맨 등 모두와 만났던 때의 일. 아침까지 당구대에 달라붙어 득점을 겨루었던 날의 일. 사소한 일로 싸움이 벌어져 샴페인 병을 던져 댄 일.

자신도 잊고 있었던 기억. 현실이었는지 아닌지조차 애매한 그들의 웃음소리.

그것들과 희미하게 겹쳐 보이는 것은 인영이 자신을 짊어지고 옮겨 어느 골목에 내팽개치고, 그리고 걸어서 사라지는 모습.

다자이의 검은 모습.

불러 세우려고 목구멍을 쥐어짜다가 겨우 의식을 되찾았다. 추야가 쓰러져 있던 곳은 그 가게 앞이었다. 당구장.「구세계」.

추야의 의식은 다자이에서 가게 안으로 옮겨 갔다.

그곳에서 풍겨 나오는 감출 도리가 없는 피 냄새에.

추야는 휘청거리는 다리로 일어섰다. 앞으로 나아가려다

가, 다리에 힘이 들어가지 않아 꼴사납게 넘어진다. 기듯이
앞으로 나아간다. 가게 안으로.

피아노맨, 아이스맨, 알바트로스, 닥.
모두 죽은 상태였다.

가게 내부는 폭풍이 휘몰아친 것처럼 산산이 부서져 있었다.
창문은 깨지고, 당구대가 벽에 박히고, 술병은 남김없이 깨
져 바닥을 채색하고 있었다. 중력의 이능력이 실내를 휩쓴
결과다.

그 중앙에 네 사람이 쓰러져 있었다.

한눈에 살릴 방도가 없다는 것을 깨달았다. 그들의 모습은
'살해당했다'기보다는 '부서졌다'고 말하는 쪽이 더 가까웠
다. 망가지지 않은 부위를 찾는 편이 어려울 정도다.

"추야……."

실이 스치는 듯 연약한 목소리에 추야는 퍼뜩 놀랐다. 목소
리가 난 쪽으로 달려간다.

"이봐, 괜찮냐!" 추야가 달려간 곳에는 입에서 피를 흘리는
알바트로스가 있었다. "지금 구해줄게!"

그가 이미 손쓰기엔 늦었다는 것은 다가가서 살펴볼 것까지
도 없이 일목요연했다. 복부가 찢어지고 뼈가 노출되어 있다.

"미안, 추야…… 당했어. 눈이 안 보이고…… 두 다리에 감
각도 없어." 속삭이듯이 말하는 알바트로스의 눈은 이미 이

세상을 보고 있지 않았다. 두 다리도 무릎부터 그 아래가 뭉개져 있었다. "하지만 닥을 살렸어. 옷깃을 잡아당겨서 그놈의 공격을 피하게 했어. ……모두 죽었어. 나도 죽을 거야. 하지만 닥은…… 그 녀석을 치료해 줘……."

알바트로스의 오른손에는 닥의 옷깃이 쥐어져 있었다. 단단히, 소중한 보물처럼.

잡아당겨서 구한 닥은 조용히 눈을 감고 있다. 잠든 것 같다. 상처 하나 없다. 상반신은.

하지만── 닥의 몸은 허리부터 아래가 없었다.

"……."

추야는 꽉 깨문 잇새로 신음했다. 절규가 새어 나올 것 같았지만 의지의 힘으로 간신히 억눌렀다.

"그래." 추야는 억눌러 담담한 목소리로 말했다. "닥은 맡겨 둬라. 네 덕에 살았어. 역시 너는 대단해. 자랑스럽게 생각해도 돼."

"다행이야." 알바트로스는 안심한 듯이 깊은 한숨을 쉬었다. 얼굴에서 험악함이 사라진다.

"추야…… 내 차고에, 바이크가 있어. 업무, 용, 비장의……. 마음대로…… 써……."

알바트로스의 손이 힘을 잃고 바닥에 떨어졌다.

알바트로스, 닥, 피아노맨, 아이스맨, 그리고 립맨. 모두 죽었다.

추야는 고개를 숙이고 한동안 아무 말도 하지 않았다.

그리고 일어서서 모두의 얼굴을 확인하듯이 돌아다녔다.

얼마나 지났을까. 입구에서 발소리가 들렸다.

"추야 씨." 나타난 자는 아담이었다. 온몸이 불타고, 한쪽 눈이 뭉개지고, 작동액이 새고 있다. 그러나 제 발로 서서 걷고 있다.

"대답해라, 장난감." 추야는 불쑥 말했다. 그 목소리에는 아무런 감정도 들어 있지 않았다.

"이 녀석들은 왜 죽었지?"

"그것은…… 베를렌이 살해했기 때문입니다."

"그럼 그놈은 어째서 죽인 거냐."

추야의 목소리는 서서히 날카로움을 띠기 시작했다. 깨지기 직전의 보석 같은, 비명 어린 날카로운 울림.

"원인을 언어화하는 것에 의미는 없다고 생각합니다."

"대답해!" 추야는 외쳤다. 바닥을 바라본 채로. "너는 기계잖아! 객관적으로, 완벽하게 대답해 봐!"

아담은 무표정으로 몇 초 침묵했다. 그것은 망설이는 시간과도 닮아 있었다. 그러나 이윽고 입을 열어, 말했다.

"추야 씨 때문입니다." 아담의 목소리는 억양이 없었다. "추야 씨가 마피아에 남겠다고 선언했기 때문입니다. 베를렌은 그 의지가 그들이 존재하기 때문에 생겼다고 생각해, 전원을 죽였습니다. 같은 이유에 따라 앞으로도 죽이겠지요."

무음.

"그래. 나 때문이야."

불쑥 추야가 말했다. 그리고 고개를 돌려 아담을 보았다.

그 눈에는 아무것도 없었다. 아무것도.

"장난감. 네 임무를 도와주마."

추야는 한 걸음씩 걷기 시작했다. 바닥을 짓밟듯이, 한 걸음씩, 천천히.

"그놈을 찾아낸다. 하지만 체포하게 두진 않겠어. ──그놈은 내가 죽인다."

그 후에 낸 목소리는 단순한 목소리가 아니었다. 이 세상의 어느 곳보다도 깊은 지옥 밑바닥에서 뿜어져 나온 칠흑의 진언. 한번 내놓으면 돌이킬 수 없는 어두운 선언.

"가족을 죽인 놈을, 마피아는 용서하지 않아."

[CODE;02]

EUROPOLE

죽은 인간은 아무런 감정도 품지 않는다

　본 기체는 아담 프랑켄슈타인.

　유럽 형사경찰기구 당국의 비품이며, 춤추고 노래할 수 있는 계산기입니다. 정말입니다. 하고자 하면 못 하는 일은 없습니다.

　그 날은 매우 날씨가 좋았습니다.

　햇살이 파란 하늘을 꿰뚫고 지상에 쏟아지고 있습니다. 거리에 늘어선 빌딩의 유리창이 가시광선을 반사해 보석 가게 쇼케이스처럼 반짝이고 있습니다. 무기적이고 규칙적인, 프로그램 같은 그 빛의 배열. 그것은 인간보다도 본 기체와 같은 계산기를 위해 배치된 아름다움처럼 느껴졌습니다.

　본 기체는 대로를 걷고 있었습니다.

　가슴에는 종이봉투를 안고 있습니다.

　내용물은 초콜릿, 알사탕, 색색의 곰 모양 젤리. 모두 지금부터 찾아갈 파트너──추야 씨를 위한 양식입니다.

　본 기체의 활동에 충전이 반드시 필요하듯이 인간의 활동에도 당분이 꼭 필요합니다. 무엇보다 당분을 섭취하면 행복감이 상승합니다. 파트너의 행복도까지 걱정하다니 본 기체는 매우 뛰어난 수사관입니다. 인간 따위보다 훨씬 우수합니다.

대로를 오가는 이국의 사람들을 흥미롭게 바라보면서 본 기체는 목적지를 향해 걸었습니다.

도중에 노상 매점 앞을 지나칠 때 아주 좋은 아이디어가 떠올랐습니다. 당분, 즉 포도당을 효율적으로 뇌에 섭취하려면 가루설탕을 직접 입으로 섭취하면 되는 겁니다. 그편이 효율적입니다. 그래서 본 기체는 매점에서 비닐 포장에 든 설탕을 구입했습니다.

그때 옆의 손님이 본 기체의 지식에 없는 물건을 구입하는 것이 눈에 들어왔습니다.

"그것은 무엇입니까?" 점원에게 물어보았습니다.

"손님, 몰라요? 껌이에요."

본 기체의 교육 모듈은 수사에 관한 정보는 완비되어 있지만 이런 전공 외의 지식은 아직 많이 부족합니다. 그 지식 부족을 메꾸기 위해 곧바로 그 상품을 구입했습니다.

포석이 깔린 골목을 걸어 유럽풍 벽돌 벽이 늘어선 주택가를 빠져나갑니다. 상쾌한 바람이 불고 있습니다. 어제 불꽃에 대미지를 입은 피부막도 재생 탱크로 기능을 복구 완료했습니다. 파손된 파트도 예비품을 교체 장착했습니다. 즉 신품이나 마찬가지, 산뜻한 기분입니다. 인간이라면 콧노래를 흥얼거렸을 테지요.

걸으면서 조금 전 구입한 껌을 한 개 입에 던져 넣었습니다. 그러자마자 경험치 게이지가 대폭 상승하는 것을 알 수 있었습니다.

멋집니다. 미지의 맛입니다.

본 기체는 껌을 몇 초간 씹은 후 꿀꺽 삼켰습니다.

한 개 더. 용기에는 판 모양의 껌이 여덟 장 가지런히 수납되어 있습니다. 이 상태라면 금방 없어지겠지요. 이 껌이라는 것의 결점은 상품 하나당 양이 적다는 것입니다.

또다시 삼키고 세 개째에 손을 가져갔을 때쯤 추야 씨가 있는 목적지에 도착했습니다.

본 기체는 큰 목소리로 인사를 하면서 건물 문을 열었습니다.

"안녕하세요!"

그곳은 교회였습니다.

백 명이 넘는 조문객이 교회당 양쪽에 앉아 있습니다. 모두가 검은 옷을 입고 고개를 숙이고 침묵하고 있습니다. 붉은 로브를 걸친 성가대 소년들이 높고 다정한 노랫소리로 죽은 자를 추도하고 있습니다. 교회 천장이 너무나도 높아서 직접 들리는 노랫소리와 천장에 반사된 노랫소리의 파장이 어긋나 공명을 일으키고 있습니다. 그 공명 탓인지 교회 안 전체가 이 세상이 아니라 천국과 지상 사이에 있는 어딘가인 듯한 분위기를 빚어내고 있습니다.

그리고 넓고 적적한 교회 중앙에는 다섯 개의 관.

장식은 없지만 고급스러운 관입니다. 검은 천이 덮여 있습니다.

관 옆에는 가족인 듯한 사람 몇 명이 검은 옷을 입고 고개를 숙이고 흐느껴 울고 있었습니다.

본 기체는 회당 안을 둘러보고, 긴 의자에 앉아 있는 한 무리 속에서 추야 씨를 발견했습니다. 그쪽으로 걸어갑니다.

"추야 씨, 데리러 왔습니다."

성가대의 목소리에 묻히지 않도록 큰 목소리로 그렇게 말합니다.

"조용히 해. 장례식 중이다."

추야 씨는 본 기체를 보지 않고 관을 빤히 쳐다보며 작은 목소리로 그렇게 대답했습니다.

본 기체는 조금 생각하고 나서 말했습니다. "압니다." 그리고 말을 이었습니다. "베를렌에 관한 정보가 있습니다."

"나중에 해."

계속 앞을 본 채 그렇게 대답했습니다. 표정근육이 굳고 눈썹과 이마의 피부가 가까워져 있습니다. 본 기체는 인간의 감정 반응도 숙지하고 있습니다. 이것은 무언가 스트레스를 받고 있는 인간의 표정입니다. 대책이 필요합니다. "초콜릿 드시겠습니까?"

"나중에 하라고 했잖아!"

추야 씨가 소리쳤습니다. 바닥이 부르르 떨렸습니다. 조문객 중 일부가 일제히 이쪽을 돌아봅니다.

추야 씨는 본 기체를 노려보며 침묵하고 있습니다. 본 기체는 지금 받은 명령에 관해 잠시 음미한 후, 대답했습니다. "알겠습니다. 그런데, '나중'이란 몇 분 후인지요?"

추야 씨는 다시 뭔가 소리치려다 숨을 들이마시고 금세 그만뒀습니다. 그리고 억누른 목소리로 말했습니다. "이래서 너랑 협력하는 게 싫은 거야. 모르는 거냐? 이건 장례식이라고. 동료의 장례식이다. 모두 죽었어. 장의사가 녀석들의 시체를 깨끗이 정돈하는 데 여덟 시간이나 걸렸어. 갈기갈기 찢어진 탓에 말이야. ——나 때문이야. 나는 저 녀석들을 배웅해 줘야 해. 안 그러면 녀석들한테 원망을 들을 거야."

비논리적인 발언입니다. 본 기체는 대답했습니다. "안심하십시오, 추야 씨. 생명 활동이 정지된 인간은, 어떤 인간도 원망하는 일은 없습니다."

"뭐라고!"

추야 씨가 일어나 본 기체의 멱살을 잡았습니다. 주위가 술렁거립니다.

"그만두게, 추야 군."

옆에 앉아 있던 손님 한 명이 불쑥 말했습니다.

허리를 곧게 편 마른 남성입니다. 검은 머리를 뒤로 쫙 넘기고 조용히 다리를 꼬고 있습니다. 연령은 30대일까요. 이 회당 내에 있는 누구보다도 고가의 의복을 입고 있습니다.

"수사관님의 말대로야. 죽은 인간은 아무런 감정도 품지 않는다. 장례식도, 복수도, 모든 것은 살아 있는 인간을 위해 행하는 것이지." 남성은 정면을 본 채 말했습니다. 조용한 목소리지만 거기에는 듣는 자를 압도하는 지배자의 울림이 있었습니다. "행동하게, 추야 군. 다음 사망자가 나오기 전에. ——베를렌에 관한 정보가 있다고 말했지, 수사관님?"

말의 마지막 부분은 본 기체를 향했습니다.

"네. 베를렌의 은신처에 관한 정보를 포착했습니다. 이것을 토대로 다음 표적을 산출할 수 있을 가능성이 있습니다. 그러나 이 이상은 추야 씨의 협력이 없으면 진행할 수 없습니다. 그러니 추야 씨, 몇 분 기다리면 될지 가르쳐 주십시오. 5분 정도입니까?"

추야 씨는 얼굴을 찌푸리고 본 기체를 보았습니다.

"5분도 필요 없네. 그렇지, 추야 군?" 옆의 남성이 부드러운 어조로 말했습니다.

"……예."

추야 씨는 본 기체의 팔을 붙잡고 "여기선 말 못 하잖아, 이리 와라." 하고 말하고 걷기 시작했습니다.

본 기체는 명령에 따릅니다.

추야 씨는 빠른 속도로 골목을 나아갔습니다. 본 기체는 보조를 맞추어 뒤를 좇습니다.

교회에서 충분히 떨어졌을 때 추야 씨는 돌아보았습니다.

"하나 말해 두지, 장난감. 나는 네가 마음에 들지 않아. 하지만 네 기능은 어느 정도 쓸 만하니 동행은 허락해 주마. 그대신 내 명령에는 절대로 복종해라. 수사본부인지 뭔지보다

내 명령을 우선해. 안 그러면 같이 행동하지 않겠다."

"명령권 덮어쓰기입니까?"

"그래."

본 기체는 상황을 논리적으로 사고했습니다. 본 기체의 명령권은 최상위가 수사 당국, 제2위가 울스턴크래프트 박사님입니다. 이 명령권 순위를 덮어쓰기하여 추야 씨를 제1위로 하면 임무를 최우선으로 하는 본 기체의 존재 이유를 부정당하게 될 수도 있습니다. 한편, 추야 씨의 덮어쓰기 지시에 따르지 않으면 더 이상 임무를 지속할 수 없습니다.

이른바, '명령한다, 내 명령에 따르지 마라' 같은 종류의 모순 명제입니다.

보통의 인공지능이라면 이런 모순 명제를 받은 시점에서 무한한 사고 리소스를 필요로 하여 다운됩니다. 그러나 본 기체는 최신형 인공지능입니다. 박사님은 이런 사태를 상정하여 모순 명제 해결을 위한 서브루틴을 장착해 주셨습니다.

그 해결 방법은 몹시 단순합니다.

── '자신의 마음에 따라라'.

"명령을 승인. 명령계통 프로토콜을 덮어씁니다." 본 기체는 무릎을 꿇고 고개를 숙이고, 최고 경례 자세를 취했습니다. "추야 님을 본 기체의 최상위 명령자로 재설정했습니다. 무엇이든 명령하십시오."

추야 님은 의외라는 듯한 얼굴로 본 기체를 보았습니다. 그리고 말했습니다. "괜찮은 거냐?"

"네. 추야 님이라면 본 기체를 정말로 곤란하게 할 명령은 하지 않으시리라 판단했습니다."

추야 님은 눈을 동그랗게 뜨더니, 얼굴을 덮고 거창하게 한숨을 쉬었습니다. "하아, 정말이지……. 기계 주제에 나를 시험하는 듯한 뉘앙스로 말하지 말라고. 그리고 그 추야 님이라는 호칭은 뭐야."

"최고위 명령자에게는 이 호칭이 디폴트로 설정되어 있습니다."

"바꿀 수 없는 거냐?"

"변경 가능합니다. 그러나 변경하면 최상위 명령자가 아니게 됩니다. 괜찮으십니까?"

"안 괜찮아." 추야 님이 떨떠름한 얼굴을 했습니다. "아아, 진짜, 됐어. 이런 일로 시간 낭비를 할 때가 아냐. 됐으니까 조사한 걸 설명해라. 베를렌에 관해 새로운 정보가 있는 거지?"

"네. 말씀드리겠습니다. 그러나 그 전에 껌을 하나 드시겠습니까?"

본 기체는 일어서서 아까 산 껌을 꺼냈습니다. 긴 설명 전에 가볍게 식사를 해서 스트레스 부하를 내려 드리려는 배려입니다.

추야 님은 껌을 보고, 본 기체를 보고, 껌을 보고, 그리고 당황한 얼굴로 "필요 없어."라고 말했습니다.

유감입니다. "그럼 제가." 포장을 벗겨 입에 던져 넣고, 몇 번 씹고 나서 삼켰습니다. 꿀꺽. 훌륭합니다.

추야 님이 이상한 것을 보는 눈으로 본 기체를 보았습니다.

"그럼 설명하겠습니다." 본 기체는 말했습니다. "우선 전제를 공유하겠습니다. 베를렌은 암살왕이므로, 이 나라에 입국할 때도 공항에서 화려하게 날뛰며 입국한다는 수법은 쓰지 않았습니다. 입국 후에 움직이기가 힘들어지니까요. 일반적인 범죄자와 마찬가지로 위조 여권과 변장으로 입국했을 것입니다. 그러나 동시에 베를렌은 누구와도 손을 잡지 않는 외톨이 늑대입니다. 신뢰할 수 있는 동료가 여권과 입국 수단을 마련해 주는 일은 없습니다. 즉 그가 입국하려면 불법적인 밀입국 업자에게 돈을 지불하고 밀입국 수속을 의뢰할 필요가 있습니다. 여기까지는 아시겠지요?"

그렇게 말하면서 본 기체는 껌을 또 하나 씹어 삼켰습니다. 추야 님이 그것을 보면서 작은 목소리로 "우엑." 하고 신음했습니다. 위장 상태라도 나쁜 것일까요.

"그러나 이번 같은 경우, 베를렌이 기댈 수 있는 밀입국 업자는 몹시 한정됩니다. 왜냐하면 밀입국 업자 같은 지능형 범죄자는 대체로 겁이 많아서 연결 관계를 중시합니다. 즉 그들은 비합법 조직 포트 마피아와 비호 관계이거나, 최소한 상조 관계에 있습니다."

"그래, 확실히 그렇지. 베를렌 입장에서는 자신을 배신하고 포트 마피아 쪽에 붙을 법한 업자는 쓸 수 없다는 건가." 추야 님이 고개를 끄덕였습니다. "잘 아네."

"기계 수사관은 인간보다 우수하니까요." 그렇게 말하고 껌을 하나 더 삼킵니다.

"그래서, 일본 경찰 당국에 있는 밀입국 업자 리스트와 포트 마피아가 관리하는 밀입국 업자 리스트를 대조해 크로스 체크를 실시해서, 마피아의 데이터베이스에 없는 업자를 찾아냈습니다."

"경찰과 마피아의 리스트를? 어떻게 손에 넣었지?"

"데이터베이스에 침입했습니다." 본 기체는 말했습니다. 운전 중인 차량의 스마트 드라이브 시스템에 침입도 가능한 본 기체입니다. 데이터베이스 열람 정도는 숨 쉬는 것보다 쉽습니다. 숨 쉰 적이 없으니 상상입니다만. "해당 업자는 네 건. 본 기체는 아침부터 그 업자들을 순서대로 조사해 베를렌을 입국시킨 업자를 알아냈습니다."

"하하, 네놈에게 당구 이외에도 장점이 있다는 걸 알아서 안심했다." 추야 님이 눈썹을 치켜세웠습니다. "그래서, 어떻게 했지? 그 업자를 거꾸로 매달아서 추궁했나?"

"아니요. 본 기체에게도 그런 기능은 있지만, 업자에게 난폭한 짓을 하면 베를렌이 알아차릴 수 있으므로." 본 기체는 고개를 저었습니다. "대신, 베를렌이 업자에게 조달 의뢰를 한 물품을 업자의 지불 명세서에서 알아냈습니다. 추야 님은 아시리라 생각하지만, 이런 밀입국 업자는 대체로 현지 국가에서 조달업자도 겸하고 있습니다." 두 개만 남은 껌을 씹으면서 본 기체는 말했습니다. "조달 업자란 은신처나 차, 총과 불법 의사를 유상으로 수배하는 무리입니다. 베를렌은 업자에게 세 품목을 의뢰했습니다."

"은신처냐?"

"유감입니다만." 본 기체는 고개를 저었습니다. "하지만 다음 행동의 단서는 얻었습니다. 먼저 이것입니다."

본 기체가 내민 것은 자작나무 가지의 사진이었습니다. 두 께는 손목 정도. 길이도 손목 정도입니다.

"이건 뭐지?"

"자작나무 가지입니다. 베를렌은 암살을 한 현장에 그 땅에서 자란 자작나무로 조각한 십자가를 남기고 갑니다. 그것이 그가 일했다는 서명이고, 지금까지 예외는 없었습니다. 이번에 그는 이 자작나무를 조달업자에게 네 개 구하도록 했습니다. 그리고."

본 기체는 사진 한 장을 내밀었습니다.

"그중 하나가 당구장의 사건 현장에서 발견되었습니다."

바닥에 거칠게 손으로 조각한 십자가가 떨어져 있습니다. 바닥의 목재가 마구 흩어져 있기 때문에 쉽게 구분할 수 없지만, 명백하게 주위의 파편과는 재질이 다릅니다.

추야 님의 미간에 주름이 잡혔습니다.

"다시 말해, 앞으로 세 갠가."

"네. 그것이 이번 표적의 수라고 생각됩니다."

──네 마음에 영향을 미치는 인간을 모두 암살하겠다.

베를렌은 그렇게 말했습니다.

어떻게 해서 추야 님의 마음에 영향을 미치는 인간을 골라낸 것인지는 모릅니다. 마피아 내부에 내통자가 있는지도 모릅니다. 그러나 적어도 앞으로 세 번, 베를렌은 이 땅에서 일을 할 생각입니다.

"그리고 이것은 우리에게 호기이기도 합니다." 본 기체는 말했습니다. "베를렌은 신출귀몰, 또한 전투 능력에서 절대적인 우위를 가지고 있습니다. 정면에서 쳐도 승산은 없습니다. 그러나 그는 암살왕이고, 그것도 절차와 의식에 무게를 두는 암살자입니다. 그가 다음 표적이 있는 곳에 나타나리라는 것은 확실합니다. 따라서 그 표적이 누구인지 사전에 알면 함정을 파고 기다릴 수 있습니다."

"확실히 그렇지." 추야 님은 고개를 끄덕였습니다. "그래서, 표적이 누군지는 짐작이 가나?"

"뭐라 말하기 어렵습니다." 본 기체는 다음 사진을 내밀었습니다. "베를렌이 조달 업자에게 입수하도록 한 물건은 두 개가 더 있었습니다. 이것입니다."

자동차 부품 조립 공장의 출입증.

다소 구형의 파란색 폴더식 휴대 전화 단말기.

"이것은 다음 암살에 필요한 준비라고 생각됩니다." 본 기체는 말했습니다. "그러나 이다음부터는 추야 님의 협력이 필요합니다. 베를렌이 노리는 것은 추야 님과 인연이 깊은 인물일 것입니다. 뭔가 짚이는 점은 없으십니까?"

추야 님은 그 질문에 대답하지 않고 사진을 빤히 노려보고 있습니다.

그 사진에 누군가 중요한 인물의 얼굴이라도 새겨져 있는 것처럼.

"공장이라고?" 추야 님은 내뱉듯이 말했습니다. "제기랄, 그놈의 다음 표적을 알았어."

추야 님은 분노에 차 사진을 구깃구깃하게 뭉쳤습니다. 그리고 성큼성큼 걷기 시작했습니다.

"간다."

"어디로요?"

추야 님은 질문에 대답하지 않고 본 기체에게서 마지막 남은 껌을 빼앗아 입에 던져 넣었습니다.

걸으면서 입속에서 씹은 그 껌에 숨을 불어넣자 입에서 그 껌이 원형의 풍선으로 형태를 바꾸었습니다.

그때의 충격은 결코 말로는 표현할 수 없습니다.

그런 물건이었단 말입니까!

그 소년은 공장에 있었다.

자동차 부품 조립 공장이다. 높은 천장, 기계유 냄새. 어디선가 용접기 작동음과 불꽃이 튀는 소리. 그러나 너무나도 부지가 넓어서 어디서 소리가 들려오는지조차 알 수 없다.

컨베이어 벨트 위로 용접 자국이 생긴 금속 부품이 흘러온다.

소년은 그 부품에 리벳을 박고 천으로 기계유를 닦고 금속 줄을 사용해 거스러미를 깎아냈다. 그것이 그의 일이다. 십 몇 초 후, 다시 똑같은 부품이 흘러온다. 소년은 박고, 닦고, 깎아낸다. 다시 부품이 흘러온다. 박고, 닦고, 깎아낸다. 박고, 닦고, 깎아낸다. 박고, 닦고, 깎아낸다. 박고, 닦고, 깎아낸다.

　그렇게 부품이 흘러온 횟수와 같은 만큼, 소년은 생각했다 —— 이제 지긋지긋하다. 다음 하나를 끝내면 전부 내던지고 돌아가 주마.

　매번 똑같은 생각을 하면서 작업을 하다 보면 이윽고 예비 종이 울린다. 작업 종료 5분 전을 알리는 신호다. 그로부터 작업 종료 종이 울리기까지의 5분간만큼은 소년도 다소는 인간다운 기분이 든다. 아무 생각도 하지 않고 그저 계속 손을 움직인다.

　작업이 끝나고 "이봐, 마치고 같이 밥이라도 먹을래?" 하고 권하는 선배들에게 적당히 대답하고 이탈한다. 아무와도 눈을 맞추지 않고 옷을 갈아입고 공장을 나선다.

　한시라도 빨리 이곳에서 떠나고 싶다. 이곳은 자기가 있을 곳이 아니다.

　그러나 그 날은 일이 그리 쉽게 진행되지 않았다.

　누가 불러 세운 것이다. 부지를 나가기 전에. 소년은 무시할까 하고 진지하게 생각했지만 상대가 누구인지 알고 결국 발을 멈추었다.

"공장장님." 소년은 말했다. "용건 있으세요?"

"아아, 자네, 자네. 미안하지만 같이 좀 가 주겠나."

공장장은 안경을 썼고 완전히 백발인 이 공장의 최고 책임자다. 상당히 높은 사람이다. 소년 같은 말단 라인 직원에게 말을 거는 일은 거의 없다. 소년도 공장장의 얼굴은 작업장 벽에 있는 사진으로밖에 못 봤다.

"아니, 저, 이제 돌아가려던 참인데요." 소년은 부루퉁하게 말했다.

"글쎄 좀 와 주게. 자네에게 손님이 왔어. 기다리고 계신다네. 자, 얼른."

공장장이 소년의 손을 붙잡았다. 소년은 뿌리치려다 공장장의 손이 떨리고 있는 것을 알아차렸다. 얼굴에도 핏기가 없다. 끊임없이 시계를 신경 쓰고 있다.

공장장은 무언가에 겁을 먹고 있다.

별수 없이 따라가기로 했다.

그들이 향한 곳은 응접실이었다. 이 공장에서 유일하게 겉모습에 돈을 들인 장소. 금속 장식이 달린 떡갈나무 문 안쪽에서 커피 향기가 감돈다. 기다리는 사람에게 대접한 것이리라.

소년은 짚이는 데가 전혀 없었다. 손님? 연락해 올 친구도 지금은 없다. 바로 1년 전까지는 수많은 친구들이 자신의 안색을 살폈다. 그러나 지금은 아무도 찾아오지 않는다. 아무도.

도대체 누가 온 것일까.

공장장이 문을 두드리고 안으로 들어간다. 소년도 따른다.

그때 소년은 가장 거기 있을 리 없는 인물의 얼굴을 보았다.

"……추야."

응접실에는 두 사람이 있었다. 한 명은 키 큰 유럽인. 정장 차림으로 보건대 형사일까.

그리고 다른 한 명은 나카하라 추야. 과거의 동료.

"시라세." 추야는 말했다. 낮고 날카로운 목소리로. "오랜만이다."

시라세라고 불린 소년은 근처에 있던 꽃병을 잡았다.

그리고 추야에게 던졌다.

이런 전개는 예상하지 못했습니다.

완전히 감동의 재회나, 기쁨의 포옹이나, 뭐 그런 것이 일어나리라 생각했습니다. 인간 학습을 위해 시청했던 스크린 영화에서는 대체로 그렇게 됐으니까요.

하지만 시라세라는 이름의 소년은 꽃병을 던졌습니다.

꽃병을 막으려고 했지만 미처 잡지 못했습니다. 꽃병은 추야 님의 이마에 명중해 요란하게 부서졌습니다. 속도치고는 터무니없이 거창하게 날아갔습니다. 그것이 중력 조작의 결과로, 닿은 순간 충격을 분산하기 위해 이능력으로 꽃병을 깬 것이라는 걸 곧바로 이해했습니다. 그러니 아픔은 거의 발생하지 않겠지요.

그러나 운 나쁘게도 꽃병에는 꽃이 꽂혀 있었습니다.

즉 물이 들어 있었습니다.

머리에서부터 물을 뒤집어써서 물방울을 뚝뚝 흘리면서 추야 님은 "뭐 하는 거야, 시라세." 라고 말했습니다. 전혀 놀란 기색이 없는 담담하고 감정 없는 목소리로. "차갑잖아."

"이것 봐라, 참 편리한 뇌구나, 추야." 시라세 씨는 입술을 일그러뜨리고 웃었습니다. "겨우 1년밖에 안 지났는데, 네가 나에게──《양》에게 무슨 짓을 했는지 벌써 잊었냐?"

추야 님은 고요한 눈으로 상대를 보았습니다. 아무 말도 하지 않습니다. 시라세 씨도 쏘아 죽일 듯한 시선을 보낸 채 침묵하고 있습니다. 공장장은 꽃병이 깨진 시점에서 "히익!" 하고 외치고 도망쳐 버렸습니다.

이것이 어떤 침묵인지 잘 모르겠지만, 이 상태로는 이야기를 할 수 없습니다. 여기서는 제가 진행을 맡아야 하겠지요.

"으음…… 시라세 씨. 처음 뵙겠습니다. 날씨가 좋지요?" 처음 만나는 상대와는 우선 날씨 이야기부터 시작하면 좋다고 들었습니다. "실은 당신에게 중요한 이야기가 있습니다. 매우 중요한 이야기입니다. 앉아서 이야기하지요."

"난 할 얘기 따위 없어."

그렇게 말하고 시라세 씨는 응접실을 나가 버렸습니다.

"기다려, 시라세. 어디로 갈 작정이지?"

"일이 끝났으니까 돌아갈 거다!"

본 기체는 일어서서 시라세 씨의 뒤를 좇았습니다. 시라세 씨를 놓칠 수는 없습니다.

그러나 추야 님은 거기에 가만히 서 있었습니다. 그뿐 아니라 표정 하나, 시선 하나 움직이지 않습니다. 무슨 일이 있었던 걸까요?

그러고 보니, 추야 님의 반응속도라면 꽃병을 피하는 것쯤은 쉽게 가능했을 터. 그런데 피하지 않았습니다. 왜일까요.

본 기체는 계산기이므로 감정이라는 성가신 것은 들어 있지 않습니다. 그러나 인간과 공동수사를 진행할 때 자연스럽게 보이도록 감정을 모방한 의사결정 모듈이 장착되어 있습니다.(자신에게 이것이 없다면 더욱 수사하기 쉬울 텐데, 하고 자주 생각합니다.) 그래서 놀람이나 감동 같은 감정은 어느 정도 재현이 가능합니다. 타인의 감정을 유추하는 것도 가능합니다.

그러나 그런 저도 왜 추야 님이 꽃병을 피하지 않았는지 전혀 모르겠습니다.

"시라세 씨를 쫓아갑시다." 본 기체는 어쩔 수 없이 말을 걸었습니다. "추야 님, 괜찮으십니까?"

추야 님은 물을 뚝뚝 떨어뜨리면서 입 끝으로만 웃었습니다. "젠장, 이렇게 될 줄 알고 있었는데 말이야."

우리는 걸어가는 시라세 씨를 복도에서 따라잡았습니다.

"시라세 씨, 기다려 주십시오. 당신의 협력이 필요합니다."

"헤에, 그거 큰일이네. 놀랐어. 하지만 내가 알 바 아니지. 설사 천억 금을 준다 해도 추야에게 협력 따윌 할 줄 알고."

시라세 씨는 걷는 속도를 늦추지 않습니다.

"하지만 합리적으로 생각하면 당신은 협력해야 합니다."

"근데 당신 누구야? 하나하나 열 받는 말투네. 애초에 추야가 무슨 짓을 했는지는 알고 협력하라는 소릴 하는 거야?"

시라세 씨는 얼굴을 돌려 본 기체를 위협하듯이 노려보았습니다.

본 기체는 위협당해도 아무런 감정도 안 드니 의미는 없습니다. 그러나 그 표정으로 시라세 씨의 감정은 이해할 수 있었습니다.

증오입니다.

"이 자식은 말야, 1년 전에 우리 조직을 괴멸했다고. 포트 마피아에게 우리를 습격하게 해서. 우리는 거처를 빼앗기고, 재집결하지 않도록 일본 각지에 뿔뿔이 이주당했어. 추야 빼고는 말이야. 추야는 어떻게 한 줄 알아? 뻔뻔스럽게 포트 마피아에 들어갔어! 다시 말해서 이 자식은 우리를 포트 마피아에 팔아넘긴 거야! 예전에 거둬 준 은혜도 잊고!"

본 기체는 로그 속의 정보와 대조했습니다. 일치하지 않습니다. 사실과 다릅니다.

정정해야 할 상황입니다.

그러나 추야 님은 침묵을 지키고 있습니다. 아무 말도 할 마음이 없는 듯합니다.

"그리고 나는 여기야. 나만 이 요코하마에 남겨져서 감시당하며 일하고 있어. 이게 뭔지 알아, 추야?"

시라세 씨는 팔을 들어 올려 자신의 손목시계를 보여 주었습니다.

추야 님은 그걸 보고 "글쎄." 하고 대답했습니다.

"스위스연방제 고급 손목시계네요." 본 기체는 지식 스토리지를 참조하면서 말했습니다.

"그래. 내가 아직 가지고 있는 유일한 고급품이야. 《양》 시절엔 이런 걸 매달 살 수 있었어. 하지만 지금은 이것마저도 언제 팔아야 할지 몰라. 지금 하는 일은 누구나 할 수 있는 단순작업이고 급여도 낮아. 이래선 조직 재건 준비자금도 여의치 않아."

"조직 재건이라고?" 추야 님의 표정이 변했습니다.

"그래. 내가 언제까지나 이런 데 처박혀 있을 리가 없잖아. 무기와 연줄도 조금씩 준비하고 있어. 나라면 할 수 있어. 나라면 《양》을 다시 한번 일으켜서 너보다 대단한 왕이 될 수 있다고!"

추야 님은 얼굴을 약간 찌푸리면서 말했습니다. "넌 못 해."

"뭐라고!"

"자, 진정하세요."

전혀 본론으로 들어가질 않아 어쩔 수 없이 본 기체가 끼어들었습니다. 명백하게 사건을 우선해야 할 상황인데도 인간은 이렇게 아무래도 상관없을 말다툼을 하는 법입니다.

"시라세 씨, 당신에게 오해가 있는 것 같습니다. 저의 기록으로는 추야 님은 당신들을 위해서——."

"관둬. 그건 말하지 마라." 갑자기 추야 님이 본 기체의 몸을 손으로 제지했습니다. "알겠냐, 시라세. 네가 알아야 하는 건 하나뿐이야. ——이대로는 넌 죽어. 오늘이나 내일에라도 말이야."

"뭐?"

시라세 씨의 눈과 입이 동그래졌습니다.

"살인 청부업자가 파견됐어. 베를렌이라는 괴물이야. 내 목적은 그 베를렌을 쳐 죽이는 거다. 그러니까 협력해라."

"엉? 뭐라고, 살인 청부업자?" 시라세 씨는 표정으로 '영문을 모르겠다'는 감정을 표현했습니다. "왜 날?"

"네가 죽으면 내가 마피아에 있을 이유가 사라진다고 생각하고 있어."

"뭐야, 그게. 왜 그렇게 되는데?"

"미친 살인 청부업자의 생각을 어떻게 알겠냐." 추야 님은 논쟁을 거부하듯이 단언했습니다.

"아무튼, 그놈은 강해. 정면으로 싸우면 마피아가 총출동해도 상당한 피해가 나올 거다. 그러니까 함정을 파서 확실하게 죽인다. 너를 암살하러 나타났을 때 뒤에서 푹 찌르는 거야. 시야 밖에서 일격을 먹이면 강력한 이능력자라도 한 주먹감이지. ……1년 전에 네가 내 등을 찔렀을 때처럼 말이야."

추야 님의 눈동자가 날카로움, 그리고 뭔가 다른 감정을 띤 듯이 오므라들었습니다. 그러나 본 기체의 감정 모방 모듈로는 이렇게 희미한 감정의 정체가 대체 무엇인지 판단할 수가 없습니다.

　"잠깐, 기다려. 다시 말해 이런 뜻이야?" 시라세 씨는 손을 흔들고, 불쾌한 듯한 목소리로 말했습니다. "베를렌이라는 살인 청부업자가 있다. 너희는 그놈에게 이기지 못한다. 그래서 나를 미끼로 베를렌을 끌어낸다. 그러니까 나는 죽을 걸 알고도 도망치지 못하고 얌전하게 함정 한가운데에 앉아 있어야 한다. ……그런 뜻이야?"

　추야 님은 굳은 표정을 한 채 대답하지 않습니다.

　어쩔 수 없습니다. 본 기체가 질문에 대답했습니다.

　"네. 그런 뜻이지요."

　"뭐라고? 웃기지 마! 누가 나서서 미끼 따위가 된다고!"

　추야 님이 날카로운 목소리로 말했습니다. "그렇겠지. 하지만 너에게 선택할 권리 따윈 없어."

　"뭐?"

　"분명히 너는 미끼야. 그런데 그게 어쨌단 거지? 우리는 딱히 네가 아니어도 상관없어. 그놈의 표적은 두 명 더 있으니까. 그쪽에 함정을 팔 수 있으면 그것도 상관없어. 하지만 너는 다르지. 이 제안을 거절하면 너는 반드시 죽어. 그러니까 협력해라, 시라세. 아니면 그대로 죽든가!"

　추야 님은 단호하게 외쳤습니다.

두 사람은 서로를 노려보았습니다. 아무 말도 없이 상대의 표정을 쳐다봅니다. 마치 거기서 무언가를 찾으려는 듯이.

이윽고 침묵을 깬 것은 시라세 씨 쪽이었습니다.

"아아, 그래. 알았어." 그렇게 말하고 등을 돌려 걸어갑니다. "언제까지나 왕인 척하겠다는 거지. 역시나 그렇군."

그때 걸어가던 우리는 마침 공장 주차장에 도착했습니다. 무수한 차량이 주인을 기다리며 충실하게 웅크리고 있습니다.(인간과 달리 그들은 감정으로 임무를 팽개치지 않습니다. 보고 있으면 안심됩니다.)

시라세 씨는 그 안에 주차된 바이크로 걸어갔습니다. 시라세 씨의 통근용일까요. 트렁크에서 헬멧을 꺼내면서 이쪽을 향해 말합니다.

"어쩔 수 없지, 따라 줄게. 그럼 그 함정을 팔 장소인지 뭔지까지 안내해. 난 이 바이크로 따라갈 테니까……."

본 기체가 안심해서 미소 지은 순간, 머리 파트에 가로로 충격이 있었습니다.

시라세 씨가 헬멧으로 때린 것입니다. 충격으로 한순간 시야가 날아갔습니다.

시라세 씨는 그 헬멧을 다시 추야 님을 향해 던졌습니다. 안면에 명중하기 직전에 추야 님이 헬멧을 받아 냅니다.

그 틈에 시라세 씨는 바이크에 타고 시동을 걸었습니다.

"하하하! 배신자의 이야기를 받아들일까 보냐!"

말하면서 바이크를 급가속해 달려 사라집니다.

"아야."

본 기체는 자가진단 프로세스를 가동했습니다. 두부에 충격. 내부 부품에 손상 없음. 신호에 지연 없음. 단지 놀란 것뿐입니다.

추야 님은 헬멧을 양손으로 든 채 지긋지긋하다는 듯이 앞쪽을 보고 있었습니다.

"하여간. ……저런 걸로 도망칠 수 있다고 생각하냐고."

한 번 크게 한숨을 쉬고 나서 헬멧을 내던졌습니다.

그리고 도약. 중력을 제어해 근처에 주차되어 있던 차의 천장에 착지합니다.

"늦지 마라, 장난감. 늦으면 놔두고 간다."

그리고 달려 나갔습니다.

혼자 남겨질 수는 없지요.

추야 님의 이동은 달린다기보다는 미끄러진다는 표현이 적합했습니다.

아래 방향의 중력을 경감하고 대신 앞쪽으로 향하는 중력을 만들어 내어 프리스비처럼 전방으로 도약해 갑니다. 한 걸음에 한 구획을 뛰어넘고 달리는 자동차를 유유히 추월합니다.

본 기체는 무릎 부위의 신축 액추에이터를 총동원하여 추야 님의 뒤를 쫓았습니다. 공장 부지를 뛰쳐나가 표식에 횡으로 착지. 다시 도약해 통행인들의 머리 위를 날아갑니다.

동시에 도망친 시라세 씨의 바이크를 향해 통신 핑을 날려 위치를 특정하려고 시도합니다.

그러나 반응은 없습니다. 교통관제 네트워크에 침입을 시도했지만 해당 차량에 관한 정보 없음. 아무래도 시라세 씨가 탄 것은 외부 통신이나 메인 시스템을 넣지 않은, 이동 기능밖에 없는 바이크인 듯합니다. 요컨대 싸구려입니다.

하지만 싸구려라면 우리에게는 불리합니다. 베를렌 때처럼 원격조종을 할 수 없기 때문입니다. 따라잡아서 물리적으로 멈출 수밖에 없습니다.

조금 번거롭지만, 거친 방법을 쓰기로 했습니다.

달리면서 속도위반 자동 단속 장치에 액세스합니다. 미리 짜 놓았던 툴로 액세스 권한을 강제 탈취해 지금 보고 있는 시야에 오버레이 표시. 교통경찰만이 열람할 수 있는 데이터를 훔쳐내 주위 일대의 차량을 모두 한꺼번에 인식합니다. 그리고 검색.

발견했습니다.

서쪽으로 2블럭, 북쪽으로 1블럭 앞. 주택가로 향하는 간선도로를 타고 북쪽을 향해 폭주하고 있습니다. 명백한 과속이므로 시스템이 이미 마크하고 있어 쉽게 발견되었습니다.

"추야 님! 북서쪽입니다!"

소리치면서 본 기체는 달리는 트럭을 뛰어올라 추월해 도로를 건넜습니다.

차들의 무리를 뛰어넘으면서 본 기체와 추야 님은 서쪽으로 질주했습니다. 통행인들이 놀란 듯이 우리를 올려다봅니다.

교통 카메라에 접속. 시라세 씨의 바이크가 적신호를 무시하고 내질러 주택가로 달려가는 모습이 보였습니다. 목숨 아까운 줄을 모릅니다. 그러나 시라세 씨에게는 행운, 우리에게는 불행하게도, 그 앞은 교통 카메라가 없는 좁은 주택가입니다. 즉 영상에 의한 추적이 불가능합니다.

본 기체와 추야 님은 울타리를 밟고, 지붕을 차고, 전신주를 뛰어넘으면서 시라세 씨를 쫓았습니다. 본 기체가 가속하기 위해 찼던 지면의 아스팔트가 부서져 뒤쪽으로 흩어집니다.

본 기체도 추야 님도 시라세 씨의 바이크를 가볍게 뛰어넘는 속도입니다. 보행자의 속도를 규제하는 법률은 이 나라에는 없습니다. 인간 위정자의 과실입니다. 본 기체라면 폭주하는 안드로이드를 체포할 수 있는 법률을 만드는 것을 잊지는 않을 겁니다.

"달리는 소리가 들렸어. 먼저 간다!"

추야 님이 자신에게 걸리는 중력을 완전히 없애고 부유. 건물 벽을 차고 거리 너머로 사라집니다. 본 기체는 서둘러 쫓습니다. 추야 님은 중력의 이능력이 있을지 모르겠지만 단언컨대 다리 길이는 제가 위입니다. 질 수 없습니다.

장소는 좁은 골목이 늘어선 주택가. 계산으로는 앞으로 27초만 있으면 바이크를 따라잡을 수 있을 듯합니다.

추야 님이 앞을, 본 기체가 뒤를 막으면 시라세 씨도 포기할 수밖에 없습니다. 완벽합니다.

그러나 나중에 본 기체는 떠올리게 됩니다. 박사님이 하셨던 말씀을.

'일이 잘될 것 같다고 생각한 순간에 그것은 닥쳐온다. 실패라는 마물은 언제나 가련한 사냥감이 성공의 냄새에 이끌려 왔을 때를 덮쳐서 잡아먹는다'.

그 말이 맞았습니다.

본 기체가 추야 님을 따라 모퉁이를 돌았을 때, 커다란 목소리가 들렸습니다.

"오지 마, 장난감! 숨어 있어!"

하지만 늦었습니다. 본 기체는 모퉁이를 돌았고, 그 상황을 목격했습니다.

어쩌면 그것은 사전에 예측할 수 있었던 사태였는지도 모릅니다. 몇 가지 징조는 있었습니다.

시라세 씨의 경력. 조직 재건 준비를 하고 있었다는 발언. 공장장이 시라세 씨를 응접실에 보냈을 때 이상하게 긴장했던 것. 그리고 그 후 도망치듯이 그 장소를 떠났던 것.

시라세 씨는 교차로 한가운데에 있었습니다.

그리고 포위되어 있었습니다.

경찰차에.

"시라세 부이치로! 불법무기 소지 용의로 체포한다!"

시라세 씨는 몸집이 큰 경관에게 억눌려 경찰차에 머리가 들이밀어지고 있었습니다.

"하지마! 제길, 놔! 나는 다음 왕이라고!"

발버둥치고 있지만 그 구속에서 벗어나려면 계산상으로 시라세 씨가 서른아홉 명은 더 필요합니다.

경찰차 안에서 목소리가 들렸습니다.

"거기 있지, 추야? 네 부하가 곤란해 하고 있잖아?" 쉰 목소리. 평온하고 어딘가 이 상황에 어울리지 않는 목소리입니다. "도우러 나와 주라고."

그리고 그 인물이 나타났습니다.

그는 나이 사십을 넘긴 칙칙한 느낌의 형사였습니다.

광택을 잃은 가죽 구두, 너무 오래 입어서 피부의 일부처럼 된 긴 암녹색 외투. 체중은 가벼울 것 같습니다. 두발은 솜털 같고 얼굴에는 부드러운 웃음이 떠올라 있습니다.

"부하가 아냐! 내가 왕이다!" 시라세 씨는 아직도 버둥거리고 있습니다.

"그래그래. 그렇게 날뛰지 말래도, 왕 각하. 걱정하지 않아도 너 같은 잔챙이는 아무래도 좋아." 형사는 그렇게 말하고 시라세 씨의 머리를 탁탁 두드렸습니다.

추야 님이 혀를 찼습니다.

"처음부터 시라세를 풀어놓고 감시했던 건가, 형사 나리."

그렇게 말하고 추야 님은 경찰 앞에 모습을 드러냈습니다.

"오, 건강한가, 추야? 식사는 제대로 하고 있고?"

암녹색 형사는 그리운 친구를 만났을 때처럼 두 팔을 벌렸습니다. 그러나 두 사람이 친구라고는 생각할 수 없습니다.

"밥 안 먹으면 키 안 큰다. 잘 먹어야지. 그리고 학교는 가둬. 장래를 생각해서 지금해. 밤놀이는 하지 말고. 하지만 젊을 때 조금 정도는 해 둬. 그리고." 형사는 웃고, 시라세 씨의 몸을 쳤습니다. "친구는 가려서 사귀어라."

"나카하라 추야 님. 시라세와의 공동 모의 용의로 서까지 동행해 주셔야겠습니다."

젊은 경관이 추야 옆으로 다가와 말했습니다. 그 표정은 딱딱하고, 차갑고, 기계 같은 냉철함으로 가득 차 있습니다. 물론 아직 기계에는 미치지 못하지만.

"과연. 이 타이밍에 체포하는 것도 우연이 아니라는 건가." 추야 님은 날카롭게 경관을 노려보았습니다. "공장장은 당신의 수하였던 거군. 나를 끌어내기 위해 시라세를 감시하면서 기다렸고."

"후후, 이 꼬마는 너와 달리 연장자에게 친절해." 그렇게 말하고 형사는 다시 시라세 씨를 가볍게 쳤습니다. "불법 무기 수집 증거를 쉽게 얻게 해 주었거든."

"거짓말! 내 완벽한 계획이 들킬 리가 없어! 추야, 또 나를 팔았구나!"

아우성치며 날뛰는 시라세 씨를 곁눈질하며 형사는 어깨를 으쓱했습니다. "거봐라. 친구는 가려서 사귀라고 했지?"

추야 님은 한숨을 쉬었습니다. 그리고 씁쓸한 얼굴로 말했습니다.

"이봐, 형사 나리. 그 녀석의 죄상은 잘 알았어. 하지만 하루만 기다려 주지 않겠어? 소소한 조직의 다툼이 있어서 그 녀석을 하루 동안 지켜야 해."

형사는 어리둥절한 얼굴로 그 말을 듣고 있었지만, 이윽고 엷게 웃으며 말했습니다.

"그럼 걱정하지 마라. 우리가 지켜 주지." 그렇게 말하고 수갑을 꺼내 얼굴 옆에서 소리를 내며 흔들어 보였습니다. "유치장에서 말이야. 뭣하면 너도 올래?"

형사가 턱짓으로 신호하자 시라세 씨가 경찰차에 밀려들어 갔습니다.

어찌할 방법이 없다. 추야 님의 표정은 그렇게 말하고 있었습니다.

"……제기랄……."

추야 님이 꽉 깨문 잇새로 신음했습니다.

한 번, 박사님이 물어보신 적이 있습니다. '기계로 존재한다는 건 어떤 기분이지?'라고.

그 질문에 본 기체는 대답할 수 없었습니다. 기계로 존재한다는 것은, 기계로 존재하는 기분이 든다, 그밖에 말할 방법이 없기 때문입니다. 한없이 납작하고, 당연하고, 아무런 부대조건도 없습니다. 그래서 그렇게 대답했습니다. 그리고 이렇게 덧붙였습니다. '박사님. 인간으로 존재한다는 건 어떤 기분입니까?'

박사님은 팔짱을 끼고, 아무 말도 하지 않고, 곤란한 듯이 웃었습니다.

인간으로 존재한다는 것. 그것이 가져오는 기분.

말하자면 그것의 중요성이 이번 사건의 모든 발단입니다.

베를렌은 자신이 인간이 아니라고 말했습니다. 그것이 세계가 뒤집힐 정도로 중대한 일이기라도 하다는 듯이. 그에게 있어 인간인가 아닌가는 자신의 현재나 미래를 전부 좌우할 정도로 중요하고 치명적인 문제이겠지요.

기묘한 일입니다. 자신이 인간인지 아닌지가 그 정도로 중요한 것일까요?

그런 생각을 하면서 저는 추야 님에게 말을 걸었습니다.

"추야 님."

"…………."

"추야 님."

"……뭐야."

"추야 님 차례입니다. '인간의 기묘한 점 발견 게임'."

"…………." 추야 님은 대답하지 않습니다.

"그럼 본 기체부터." 저는 양 손바닥으로 책상 위를 탁탁 두드렸습니다. "에—, 인간의 기묘한 점. '목소리 이외에 소리를 내는 것을 부끄러워하는 의미 불명의 성질이 있다. 트림이나, 방귀 등'. 자, 다음 말씀하세요."

본 기체는 추야 님을 위해 탁탁 하고 책상을 두드렸습니다. 추야 님은 본 기체를 보고,

"하아……."

하고 한숨을 쉬었습니다. 이상한 대답입니다.

"'하아' 말이지요. 대답 감사합니다. 그럼 본 기체. '일반적인 여성이 다른 여성을 [귀여운 사람]이라고 설명할 때, 그 상대는 대부분 귀엽지 않다. 이유는 불명. 정말로 귀여운 사람을 설명할 때는 [조금 성격이 나쁜 사람]이라고 말한다'."

탁탁. "그럼 추야 님."

"아——……." 하고 추야님이 느른하게 말했습니다.

"대답 감사합니다. 그럼 다시 본 기체입니다. '화장실에서 볼일을 볼 때, 남성만 [변기 시트를 올리고 볼일을 본다]는 수수께끼의 프로토콜이 존재한다. 여성에게는 없다. 어째서일까요? 앉는 편이 튀지 않아서 편리할 텐데요. 구체적으로는 소——'."

"그만해! 더럽게!" 추야 님이 소리쳤습니다.

본 기체는 고개를 갸웃했습니다. "더럽다? 이 방은 92분 전에 청소했습니다."

"그게 아니라……." 추야 님은 머리를 긁었습니다. "아오 진짜! 빨리 여기서 꺼내 달라고!"

이곳은 시 경찰의 취조실이었습니다.

모스 그린색 벽에는 담배와 먼지 자국이 잔뜩 있습니다. 네 다리 의자는 전부 나사가 느슨해져 있어서 체중을 바꿔 실으면 삐걱삐걱 흔들립니다. 책상에는 긁힌 자국과, 누군가가 내리친 손자국과, 물이 스며든 자국이 남아있습니다. 아마도 피의자의 눈물이나 땀 흔적이겠지요.

본 기체와 추야 님은 시 경찰에 임의 동행을 요구받은 후 이 방으로 연행되어 잠시 기다리라는 말을 들었습니다. 탈출은 가능하지만 정식 수속을 거치지 않고 멋대로 나가면 성가셔집니다. 포트 마피아의 고문 변호사가 도착하기를 기다리는 편이 좋겠지요.

그런데, 수사관인 제가 경찰에 구류된다는 것은 대단히 귀중하고 마음이 설레는 경험입니다. 신분을 감추어 두어서 다행입니다. 수사 방침에 감사를 느낍니다.

"이제 그 게임은 금지다. 알겠지?"

"명령입니까?"

"명령이야."

명령권을 행사해 버리면 어쩔 수 없습니다. "알겠습니다. 이제 다시는 '인간의 기묘한 점 발견 게임'은 하지 않겠습니다."

추야 님은 본 기체를 보고 피곤한 표정을 지었습니다. "너 지금, 무지하게 아쉬운 얼굴이야……."

이 방에는 거울이 없어서 본 기체가 어떤 얼굴을 하고 있는지 확인할 수 없습니다.

"하아…… 뭐 됐다. 그래서? 시라세는 석방할 수 있을 것 같아?"

"가능합니다. 하지만 시간이 걸립니다." 본 기체는 순순히 대답했습니다. "이곳의 데이터베이스에 침입했지만, 시라세 씨의 자택은 이미 가택 수사를 받아 총기 12정을 압수당했습니다. 등록 번호 각인을 깎아 낸 총기입니다. 이렇게 되면 우수한 변호사라도 석방에는 상당한 시간이 걸립니다. 또한 보석을 노린다 해도 그에게는 《양》 시절의 전과가 있습니다. 수속은 난항을 겪을 것이고, 애초에 시 경찰의 진짜 목적은 시라세 씨가 아니라 추야 님이니 검찰관에게 송치해야 하는 기한, 48시간을 꽉 채워서 시라세 씨를 구류하겠지요."

"48시간이나 기다리고 있을 수 없어." 추야 님은 주먹을 꽉 쥐었습니다. "지금 이 순간에도 베를렌이 암살하러 올지도 모른다고."

추야 님 말대로입니다. 베를렌을 타파하려면 걸맞은 함정을 준비한 장소에 시라세 씨를 배치하여 베를렌을 끌어내야만 합니다.

즉 기습과 암살이 특기인 베를렌에게 기습을 거는 것입니다.

그러나 여기에는 커다란 전제 조건이 필요합니다. 시간을 들여 구축한 함정이 될 공간. 그리고 미끼인 시라세 씨입니다.

"아니, 네 상사의 힘으로 어떻게 안 되는 거야?" 추야 님은 몸을 쑥 내밀었습니다. "여기 경찰들은 말하자면 너와 한패잖아? 본국 수사본부인지 뭔지한테 손을 써 달라고 해서 석방할 수 있을 거 아냐."

"그것이 가능하다면 좋았겠지만." 본 기체는 고개를 저었습니다. "불가능합니다. '조약'이 족쇄가 됩니다."

"조약이라고?"

본 기체는 설명했습니다.

원래 EUROPOLE은 과거의 대전 종전 평화 조약을 토대로 설립된 국제 수사 기관입니다. 그 목적은 국경을 넘으며 암약하는 국제 범죄자의 박멸. 그러나 전쟁 후의 국가 간 권력 투쟁에 이끌려 몇 가지 제약 사항이 존재합니다.

그중 하나로, 유럽 가맹국끼리 권리와 주권을 침해해서는 안 된다는 제약. 과거의 적국끼리 협력하여 수사기구를 세운 이상 상대국의 권리 침해에는 필요 이상으로 섬세해져야만 합니다. 이번 같은 경우, 프랑스의 전직 첩보원이며 국가의 중요 기밀 사항을 머릿속에 잔뜩 넣고 있는 베를렌을 체포하는 것입니다. 그를 조금만 잘못 다뤄도 국제적 스캔들로까지 발전할 수 있습니다. 그게 아니라도, 그를 체포한 수사관이 수사 중에 알게 된 정보를 타국에 팔 가능성도 충분히 있습니다. 적어도 프랑스는 그렇게 생각해 타국 수사관 파견을 꺼렸습니다.

한편 EUROPOLE도 전 세계의 요인을 무차별적으로 죽이는 베를렌이라는 재앙을 반드시 무력화해야만 했습니다. 특히 영국은 대관식에서 기사를 암살당해 국가의 얼굴에 먹칠을 당한 최대 피해국입니다. 절대 뒤로 물러서지 않았습니다.

그래서 나온 타협안이 본 기체의 단독 파견이었습니다.

본 기체라면 비밀을 확실하게 지키고, 사욕에 이끌려 어떤 나라를 편들 일도 없습니다. 그렇게 프로그래밍되어 있기 때문입니다. 또한 수사상 알게 된 정보는 후에 타국이 이용할 수 없도록 동결되고 암호화되어 보관됩니다.

예전에 피아노맨 씨가 본 기체에게 '마피아의 정보를 유립 당국에 밀고할 우려는 없는 거냐'고 물었을 때 본 기체는 '밀고는 할 수 없습니다'라고 대답했습니다. 그 이유가 이것입니다.

"과연." 추야 님이 팔짱을 끼고 고개를 끄덕였습니다. "나나 마피아의 범죄 증거를 네가 아무리 보고 들었어도, 그걸 바깥에 전하는 건 불가능하다는 건가."

"그렇습니다. 그리고 같은 이유로, 유럽 당국이 일본 경찰에게 손을 쓰는 것도 불가능합니다. 애초에 본 기체는 일본에서 아무것도 수사하지 않은 것으로 되어 있습니다. 베를렌에 관한 일, 암살왕에 관련된 수사에 관한 일이 타국의 정부기관에 알려지면 그것을 프랑스와의 국제 거래 재료로 쓰자고 생각하는 국가가 나올 수도 있습니다. 아무튼 베를렌은 거의 확실하게 대전 시대에 비밀 작전이라 칭하며 심각한 전시 국제법 위반을 저질렀을 테니까요."

"그 때문에 일본 경찰은 네 편이 되지는 못한다는 건가." 추야 님은 그렇게 말하고 한숨을 쉬었습니다. "곤란하게 됐군. 그 덕분에 우리 편이라곤 든든한 고물 한 대뿐인가. 뭐, 유럽 수사관들이 우글우글 몰려와도 마피아로서는 이를 데 없이 성가시니까 상관없다만."

"저희로서도 사법 기관에 신용받지 않는 마피아라는 협력 조직은 좋은 타협안입니다." 본 기체는 미소 지었습니다. "그런데 추야 님, 가장 중요한 베를렌에 대한 함정 말씀입니다만, 포트 마피아에 최적의 이능력자가 있다고 들었습니다.

정말입니까?"

갑자기 추야 님의 표정이 변했습니다.

벌레를 한꺼번에 백 마리쯤 씹은 듯한 얼굴입니다.

"진짜야." 추야 님의 목소리는 이렇게 말할 바에는 죽는 게 낫다는 것처럼 씁쓸한 울림을 띠고 있었습니다. "그런데 연락이 안 돼. 제기랄, 어디서 죽어 나자빠진 거면 좋겠는데 말이야."

"허어." 협력자가 죽었다면 곤란하다고 생각하는데요. "그 인물은 신뢰할 수 있습니까?"

"신뢰? 할 수 있을 리가 없잖아." 추야 님은 불쾌한 듯이 말했습니다. "근성이 완전히 비뚤어진 저질에 최악인 자식이야. 비유하자면 물에 빠져 죽어가는 사람을 상대로 물을 팔아치우려 하는 놈이야. 심지어 진짜로 팔 수 있을 만큼 머리가 돌아가니까 감당이 안 되지. 하지만 그놈의 이능력이 없으면 베를렌은 해치울 수 없어."

"왜 그렇게까지 단언할 수 있습니까?"

"베를렌의 동료—— 이능력 첩보원 랭보를 그 자식—— 다자이와 나 둘이서 해치웠으니까."

추야 님은 그렇게 말하고 주먹을 꽉 쥐었습니다.

"빌어먹을 다자이, 그 자식은 하필 이럴 때 대체 뭘 하고 있는 거야……?"

폐기장.

그곳은 누구에게도 잊혀 사라진 땅이었다.

금방이라도 비가 쏟아질 듯한 먹구름 아래, 난잡하게 버려진 수송용 컨테이너가 시체처럼 포개져 있다. 폐기장의 훤히 드러난 땅에는 불법 투기로 인한 유해 물질이 스며 나와 들쥐조차도 다가가려 하지 않는다.

지도에 없는 장소. 요코하마에서 가장 쓸쓸한 땅. ──그 중심 부근에 다자이는 살고 있었다.

다자이가 살고 있는 곳은 집이 아니었다. 그것은 투기된 수송용 컨테이너 중 하나. 원래는 해외 수출용 승용차를 수송하기 위해 만들어진 대형 컨테이너 안에 냉장고, 환풍기, 책상과 의자, 침구, 그리고 작은 전구가 설치되어 있었다.

다자이를 아는 자는 누구도 그곳에 접근하려 하지 않는다. 포트 마피아의 부하라 해도. 그곳이 어쩐지 기분 나쁜 땅이라는 이유만은 아니다. 사적인 거주지에 다가갔을 때 다자이가 어떻게 반응할지 예측이 되지 않기 때문이다. 집에 온 부하의 팔다리를 찢어 죽일지도 모르고, 잘 왔다며 다과를 내올지도 모른다. 아무도 다자이의 마음을 이해할 수 없다.

포트 마피아의 검은 망령.

다자이는 그렇게 불리고 있었다.

포트 마피아 가입으로부터 1년. 다자이는 보스 직할 비밀부대를 지휘하여 경이적인 성과를 올리고 있었다. 조직을 몇 개나 무너뜨리고, 새로운 사업 유통망을 몇 개나 개척했다.

그것은 현 마피아 조직원은커녕 역대 간부와 비교해도 격이 다른 속도의 전적(戰績)이었다. 《플래그스》에서 출세의 선두주자였던 피아노맨의 성적조차도 다자이에 비하면 어린애 장난이나 다름없었다.

그럼에도, 누구 한 사람 다자이를 신뢰하지 않았다.

그의 눈동자, 그 안쪽에 있는 내면의 어둠이 폐기장에 서린 밤의 칠흑보다도 더 깊기 때문이다.

마피아에서 활동을 계속하면 할수록 다자이는 어둡고 이해할 수 없는 사람이 되어 갔다. 그 이유는 아무에게도 밝히지 않는다. 그저 스스로를 어딘가 어두운 곳에 몰아넣듯이, 적을 없애고 포트 마피아의 피의 길을 열어 갔다.

절대적인 공적. 그러나 그 영예를 기뻐하지 않는 자가 한 명 있었다.

다자이다.

다자이는 홀로 컨테이너 안의 둥근 의자에 앉아 어둠을 빤히 응시하고 있었다.

옆의 책상 위에서 휴대 전화가 울렸다. 추야에게 온 전화다. 그러나 다자이는 받지 않는다. 시선 하나 움직이지 않는다. 그저 빤히, 손깍지를 끼고 앉은 채, 어둠과 그 너머에 있는 문을 쳐다보고 있다.

그 눈은 너무도 고요했다. 그 검은 눈동자는 모든 소리와 빛을 빨아들여 무엇 하나 놓치지 않는다. 자신의 감정마저도.

전화가 포기한 듯이 멎고 다시 침묵이 내려앉았다. 그 침묵은 전화가 울리기 전보다 더욱 깊고 무거워진 듯했다.

그때, 어둠의 심연을 바라보던 다자이의 눈이 꿈틀 움직였다.

입구 문이 열리기 시작한 것이다.

금속제 문이 천천히 열리고 그 너머에서 어둑어둑한 실루엣을 한 누군가의 그림자가 나타났다.

"상당히 풍취 있는 곳에 살고 있군, 다자이 군." 그 그림자는 말했다. 가벼운 목소리로.

"이것 참, 이렇게 지독한 곳에 살다니, 자네는 뭘 두려워하는 건가? 고정자산세인가?"

다자이는 전혀 표정을 바꾸지 않고 감정 없는 갈라진 목소리로 대답했다.

"나는 당신을 두려워합니다, 베를렌 씨."

그림자가 방으로 들어왔다.

큰 키. 밤바다를 연상시키는 빛깔의 정장. 눈앞의 일을 재미있어하는 듯한 가벼운 눈동자. 검은 모자. 암살왕, 폴 베를렌.

"거짓말이군." 베를렌은 그렇게 말하고 컨테이너에 발을 디뎠다. "자네는 아무것도 두려워하지 않아. 눈을 보면 알지. 이틀 전, 내가 자네를 죽이려 했을 때조차도 자네는 거의 아무것도 느끼지 않았어."

"자신이 죽는 것에 관련해서, 좀 일반적이라고는 하기 힘든 의견을 가지고 있어서요." 다자이는 눈꼬리만으로 희미하게 미소 지었다. 그러나 검은 눈동자는 한없이 고요하다.

"살인 청부업자로서는 장사가 말이 아니야." 베를렌은 어깨를 으쓱했다.

베를렌은 가죽구두로 바닥을 뚜벅뚜벅 울리면서 방으로 들어와 책상 위의 서류를 쥐었다. "이것이 포트 마피아의 내부 자료인가."

그것은 수십 장의 종이 다발이었다. 다른 조직에 팔면 인생을 세 번은 놀고먹으며 지낼 수 있을 돈이 손에 들어오리라. 그만큼 귀중한, 포트 마피아의 기밀 사항을 기록한 자료였다.

베를렌은 그 종이 다발을 얼굴 옆에서 흔들었다. "이틀 전, 자네는 이것을 내게 넘기겠다고 말했지. 그래서 죽이지 않았다. 내 일에 필요하니까. 헌데 이유는? 자네가 원하는 보상은 뭐지? '나를 죽이지 말아 주세요' 같은 농담은 하지 말고."

"간단합니다." 다자이는 희미하게 미소 지었다. 그리고 악몽 속에서 신음하는 소리처럼 낮은 목소리로 말했다.

"포트 마피아가 불타는 것을 보고 싶습니다."

베를렌은 진지한 얼굴이 되었다.

그리고 다자이를 응시했다. 그곳에 누군가가 있다는 것을 비로소 깨달은 인간처럼.

"포트 마피아는 자네를 거두어 키운 조직이 아니었던가?" 잠시 간격을 두고 베를렌은 신중하게 질문했다.

"그렇습니다."

"그런데 왜지?"

그 질문이 들렸을 텐데도 다자이는 대답하지 않고 침묵하고 있었다. 시선이 이곳에 없는 어딘가를 찾듯이 헤맸다.

그리고 다자이는 웃음을 지었다. 본 자가 비명을 지르고 싶어질 만큼 비통한 웃음을.

"질렸거든요."

베를렌의 눈이 가늘어졌다. 상대의 진의를 탐색하듯이 그 눈이 지긋이 다자이에게 붙박였다.

다자이는 그런 상대의 시선을 즐기듯이 한 번 보고는 혼잣말처럼 말했다. "결국, 아무것도 발견하지 못했습니다."

"아아, 그런가." 베를렌은 눈을 감았다. "뭐, 마음은 알겠어. 자신을 바꿔 줄 무언가가 있을지도 모른다고 기대하고 여행에 나선다. 하지만 그곳은 시시한 잡동사니밖에 없는 장소여서 낙담해 돌아온다. 그런 경험은 내게도 있지. 호흡하고, 식사하고, 배설하는 것이 즉 산다는 것은 아니야. 그래서 우리는 여행을 하지."

말하면서 베를렌은 바닥에 떨어져 있던 코인을 주워들었다.

은색 코인. 아무 색다른 점도 없는 극히 흔한 동전이다.

"협력에 감사하네, 다자이 군."

그리고 코인을 손가락으로 튕겼다.

굉음.

코인은 다자이 옆을 날아서 지나가 뒤쪽 벽을 관통했다.

천둥 같은 소리와 대기의 일그러짐을 남기고 코인은 컨테이너 밖의 폐기물을 파쇄. 그대로 어디에도 낙하하지 않고 직선으로 날아가 서쪽 지평선으로 사라졌다.

남은 것은, 금속이 녹아 피어오르는 증기와 금속이 찢어진 파괴음의 잔향뿐.

"그 절망에 경의를 표하며, 자네를 죽이는 것은 마지막으로 해 주지."

그렇게 말하고 코인을 튕긴 자세 그대로 베를렌은 미소 지었다.

다자이는 움직이지 않았다. 자신의 바로 곁을 초고속의 동전이 통과했음에도 불구하고 얼굴빛 하나 바뀌지 않았다.

"몹시 기다려지는군요."

그렇게 말하고 미소 지었다. 영혼이 갈라지는 소리가 들려올 듯한 미소였다.

베를렌은 등을 돌리고 입구를 향해 걸어갔다. 문에 손을 댔을 때 다자이는 그 등을 향해 물었다. "그래서, 지금은 어디로 갈 생각이시죠?"

베를렌은 고개를 돌리고 수수께끼 같은 물건을 보여 준 뒤의 마술사 같은 웃는 얼굴로 말했다.

"알고 있잖나. 경찰서야."

취조실 문이 열린 것은 본 기체와 추야 님이 그 방에 들어온 지 1448초 후의 일이었습니다.

"실례한다."

그것은 시라세 씨가 체포되었을 때 현장에 있었던 솜털 같은 머리털의 형사님이었습니다.

형사님은 액체가 든 도자기 용기를 들고 있었습니다. 그리고 책상 맞은편에 앉아서 젓가락을 사용해 액체 안의 고형물——전분, 글리아딘, 글루테닌이 주성분인 가늘고 긴 고형물——을 먹기 시작했습니다.

본 기체의 시선을 알아차리고 형사님이 얼굴을 들었습니다.

"뭐지, 외국인 형씨. 우동을 본 적이 없나?"

형사님은 히죽 웃으며 식사를 계속합니다. 김이 형사님의 얼굴을 덮습니다.

"우리 건?" 추야 님이 퉁명스러운 목소리로 물었습니다.

"뭐야, 먹고 싶었나. 불법 보석으로 잔뜩 번 놈은 이런 서민 음식은 입에 안 맞는 줄 알았지."

추야 님은 팔짱을 끼고 상대를 노려보았습니다. "불법 보석? 이봐, 웃기지 마. 나는 극히 평범한 합법 보석 소매점 직원이야. 인가도 받았다고? 사원증을 보여 줄까?"

"위조한 사원증을 보여 줘 봐." 형사님은 고개를 기울이며 웃었습니다. "그런데, 이 외국인 형씨는 누구야?" 그렇게 말하고 젓가락 끝으로 본 기체를 가리켰습니다.

추야 님은 대답하지 않고 그저 어깨를 으쓱할 뿐입니다.

형사님은 본 기체를 보고 말했습니다. "이봐, 추야. 너를 위해서도 이제부터 하는 이야기는 외부인에게 들려주지 않는 편이 좋다고 생각하는데."

"처음 뵙겠습니다. 본 기체는 유럽에서 온 계산기로……."

"허튼 소리 마, 형사 나리." 추야 님이 가로막듯이 말했습니다. "이 녀석은 신입이야. 오늘 막 들어왔거든. 싸우다가 머리를 부딪친 후로 자신이 기계라고 믿는 이상한 놈이야. 재미있어서 데리고 다니고 있지. 뭐 불만 있어?"

"아니요, 그러니까 본 기체는 정말로 고성능 계산기로……."

"말단? 그런가. 그럼 아직 이런 대단한 장소에 오기엔 이르군. 밖으로 안내하지." 그렇게 말하고 형사님은 일어서서 문을 노크했습니다. "끌어내."

문밖에 있던 제복 차림의 덩치 큰 경찰이 소리도 없이 들어와 본 기체의 팔을 잡았습니다.

본 기체는 항의하려고 입을 열었지만, 시야 끝에 추야 님의 신호가 보였습니다.

책상 밑에서 추야 님이 검지를 굽혀 바깥쪽을 가리키고 있습니다. 시선은 본 기체를 보고 턱으로 가볍게 바깥 방향을 표시하고 있습니다.

명백하게 비언어적 신호를 보내고 있습니다.

이 자리에 있는 인간은 듣지 못하도록 본 기체에게 무언가를 시키고 싶은 것이겠지요. 그래서 이야기를 지어내 본 기체를 밖으로 내보내려 하고 있는 겁니다.

흠.

그렇다면 본 기체가 해야 할 일은 하나입니다.

"그럼 본 기체는 실례하겠습니다."

본 기체는 순순히 인사를 했습니다. 그리고 제복 경찰과 함께 취조실을 나왔습니다.

뒤에서 문이 닫힙니다. 본 기체는 제복 경찰과 함께 걷기 시작했습니다.

"실례합니다, 경찰관님." 열 걸음 정도 걸은 후에 본 기체는 말했습니다. "손가락을 굽히면서 밖을 향해 두 번 움직이는 제스처는 어떤 의미의 신호라고 생각하십니까?"

"……엉?"

경찰관님이 크게 고개를 갸웃했습니다.

"아니, 그러니까 손가락을 굽히면서, 밖을 향해……."

말하면서 본 기체는 사고했습니다.

추야 님이 본 기체를 밖에 나가도록 몰래 지시했다는 것은, 본 기체가 밖에서 했으면 하는 일이 있다는 뜻입니다.

동시에 추야 님 본인은 취조실에서 움직일 수 없다는 뜻이기도 합니다.

바로 지금 우리가 해야 할 일은 시라세 씨의 물리적인 이동입니다. 시급히 시라세 씨를 유치장에서 안전한 장소로 이동시키지 않으면 함정을 설치하기 전에 암살당하고 맙니다.

하지만 우리가 시라세 씨를 이동시키려 한다는 것은 시 경찰 측도 이미 알고 있습니다. 그래서 추야 님을 취조실에 두고——.

과연.

"이해했습니다."

본 기체가 불쑥 말했기 때문에 제복 경찰이 수상쩍다는 얼굴을 했습니다. "이해했다니, 뭘?"

"그 제스처는 저에게 내리는 지시입니다. 추야 님이 경찰의 눈을 자신에게 돌리고 있는 틈에 본 기체가 몰래 유치장에 들어가 시라세 씨를 구출하라는 의미였던 겁니다."

"아 그래, 유치장에." 제복 경찰은 무심코 끄덕였습니다. "……응? 유치장에?"

아차. 들킬 것 같습니다. 이러면 안 됩니다.

"경찰관님, 저게 뭡니까?"

본 기체는 경찰관님의 뒤쪽을 가리켰습니다.

반사적으로 뒤를 돌아보는 경찰관님. 순진한 사람입니다.

본 기체는 검지를 그대로 경찰관님의 뺨에 가져가, 뺨 바로 근처에 대기하도록 배치했습니다.

"아무것도 없……."

아무것도 없는데, 하고 말하려던 경찰관님의 목이 돌아와, 뺨이 본 기체의 손가락에 푹 하고 닿습니다. 명중입니다.

본 기체의 손가락 끝에는 극소 주삿바늘이 설치되어 있고, 그곳에 도포된 진정작용 물질이 찔린 곳에서부터 침투. 혈압 저하성 신경반사가 일어나 경찰관님은 의식을 소실했습니다.

바닥에 무너져 내리려는 것을 본 기체가 두 팔로 받아 멈춥니다.

주위를 스캔. 이 사태를 알아차린 사람이나 소리를 들은 사람은 없는 듯합니다.

"경찰서 내에서는 조용히."

경찰관님의 몸을 받치면서 본 기체는 미소 지었습니다.

추야는 한없이 불쾌한 얼굴로 앉아 있었다.

책상에 팔꿈치를 짚고 눈을 반쯤 감고 벽의 얼룩을 그저 무심히 바라보고 있었다.

그것밖에 없었기 때문이다. 맞은편에 앉은 형사의 장광설에서 의식을 돌리기 위해서는.

"그래서 말이지, 나는 생각한 거야." 형사는 몸을 쑥 내밀고 말했다. "우동에는 인생의 모든 것이 들어 있다고. 젊을 때 큰 돈을 번다고 해서 좋은 것만은 아니야. 고생해서, 이마에 땀을 흘리며 일해서, 지난달보다 아주 조금 오른 임금, 그게 말이지, 그냥 우동이었다가 어묵 튀김이 올라간 우동 같은 형태로 이 세상에 나타나야 비로소, 그래, 다시 말해 노동이 보상 받은 거다, 나는 그렇게 말하고 싶은 거라고. 덧붙여 말하자면……."

도대체 언제까지 이 장광설을 들어야 하는 건지, 추야는 이미 시곗바늘을 보기를 포기하고 있었다.

형사의 이야기는 길고, 설교조이고, 더군다나 요령이 없었다. 자신의 경험에서 얻은 교훈이 중간부터는 그저 넋두리가 되고, 넋두리가 중간부터는 그저 옛날이야기가 되고, 옛날이야기가 중간부터는 그저 설교가 되었다. 논지가 빙빙 돌고, 옛날이야기가 몇 번이나 되풀이되고, 그런 주제에 세부 묘사는 이상하게 자세했다. 그리고 몇 번이나 이야기한 내용인데도 형사는 이 세상의 새로운 사실을 처음으로 밝히는 것처럼 빛나는 눈으로 기쁘게 이야기하는 것이다.

"그래서 말이지, 내가 이 서에 발령이 났을 때 생각한 거야. 선배한테 들었는데, 이 선배란 사람이 언제나 왁스를 너무 발라서 머리가 끈적끈적했는데……."

추야는 듣고 있지 않았다. 공중의 한 점을 노려보며 그저 계속 견디고 있었다.

애초에 이것은 임의 사정 청취다. 영장을 받아서 체포한 것이 아니라서 경찰에는 추야를 구속할 법적 권한이 없다. 추야 입장에서는 무시하고 자리를 떠도 전혀 상관없다. 하지만 그렇게 할 수는 없었다. 목적은 아담이 시라세를 구출할 때까지 시간을 버는 것이다. 그동안 형사의 눈을 자신에게 쏠리게 해 두어야 한다.

그런 연유로 추야는 그저 견디고 있었다. '나는 근처에 굴러다니는 돌멩이다'라고 필사적으로 스스로에게 말하면서.

"음— 그래서 있잖아? 내가 젊었을 때는 참으로 비참했거든." 형사는 의기양양한 얼굴로 고개를 끄덕이며 말했다. "변변한 일이 없어서 늘 배가 고팠지. 보다 못한 형님의 소개로 간신히 경비 일을 얻은 건 좋았는데, 그게 참 힘든 일이었어. 너는 상상도 못할 거야. 동료는 다들 그만두든가 아니면 중간에 도망쳤지만 나는 근성으로 어떻게든 물고 늘어졌지. 그래, 너한테 필요한 건 그런 근성······."

"이봐." 마침내 견디지 못하고 추야는 입을 열었다. "그 재미없는 이야기, 언제까지 계속할 거야?"

그러자 형사는 눈썹을 들어 올린 후, 기다렸다는 듯이 웃었다.

"여기에 한 줄만 써 주면 금방이라도 돌려보내 주지. 친구인 시라세 군도 같이 말이야."

그리고 품에서 서류를 꺼내 책상 위에 미끄러뜨렸다.

추야는 침묵했다.

증거 수집 등에 대한 협력 및 추가 제소에 관한 합의서.

즉, 추야가 자신이 아는 비밀을 이야기하는 대신 추야와 시라세의 죄를 면제한다는 경찰과의 사법 거래에 동의하는 서면이었다.

추야가 아는 비밀—— 즉, 포트 마피아의 내부 정보다.

"나한테 마피아를 팔라는 건가."

추야가 조용한 목소리로 말했다.

"친구를 여기에 놔두고 싶지는 않겠지?" 형사는 미소 지었지만 시선만은 예리했다. "상당히 깊은 사정이 있는 것 같던데. ······걱정 마. 내 관심은 하나뿐. 포트 마피아의 암거래 루트를 무너뜨리는 것뿐이야."

추야는 무표정으로 형사를 보고, 서면을 보았다. 그리고 생각에 잠긴 표정을 지은 뒤, 다시 형사를 보았다.

"펜 이리 줘."

"그러고말고."

형사가 내민 만년필을 추야는 받아들었다. 그리고 서명란에 슥슥 글자를 썼다.

형사는 그 서명란을 들여다보았다.

거기에는 이렇게 쓰여 있었다.

'엿이나 먹어.'

추야는 만년필을 책상에 던지고, 머리 뒤에 두 손을 깍지 끼고 등받이에 체중을 실었다. 그리고 책상 위에 다리를 올리고 말했다.

"중단시켜서 미안했다." 추야의 목소리는 담담했다. "장광설, 계속해."

형사는 침묵했다.

그리고 사막의 바위처럼 단단하고 풍화된 눈동자로 추야를 빤히 노려보았다.

본 기체는 유치장으로 향했습니다.

그런데, 어떻게 시라세 씨를 탈옥시켜야 할까요?

불법적인 수단으로 탈출시키는 것이니 유럽 당국은 의지할 수 없습니다. 하지만 문제없습니다. 본 기체에는 모든 국가의 수사 기관의 프로토콜에 관한 지식이 있기 때문입니다.

유치장으로 향하는 복도는 조용했습니다. 어수선했던 형사과 층과는 달리 이곳에는 사람도 물건도 거의 없습니다. 구석구석 청소된 크림색 벽과 규칙적으로 이어지는 천장의 형광등과, 그 빛을 규칙적으로 반사하는 복도가 있을 뿐입니다. 때때로 벽에 검푸른색 게시판이 있고, 이달의 교통사고 숫자나 정기검진 알림이 붙어 있습니다. 세계 어디에나 있는 단조롭고 지루하고 적당한 복도였습니다.

그 복도를 빠져나간 곳에 목적지인 유치장이 있었습니다.

이 앞에 시라세 씨가 있을 것입니다.

"실례합니다."

본 기체는 문 옆에 있는 주 경비실 유리창을 가볍게 두드렸습니다.

주 경비실의 당직 데스크에는 경비 주임이 앉아 있었습니다. 경찰이 되는 시험 전부를 근육만으로 통과한 게 아닌가 생각될 만큼 우락부락한 체격입니다.

창문으로 보기에는 주 경비실은 넓지 않은 듯했습니다. 그 안에 있는 것은 책상, 유치장 안을 비추는 여덟 개의 감시 패널, 업무용 컴퓨터. 벽에는 잠금 해제용 물리 열쇠가 주르륵 걸려 있습니다. 여기도 다른 방과 마찬가지로 예산 부족 탓에 사용 연한을 초과해 전부 칙칙하고 지쳐 보입니다. 벽도, 바닥도, 패널도, 경비주임도.

본 기체는 싱긋 웃음을 띠고 말했습니다. "중범죄자 감방 번호 18번, 시라세 부이치로의 이송 명령을 받고 왔습니다."

경비 주임은 데스크에 팔꿈치를 짚은 채 시선만 돌려 본 기체를 보았습니다. "당신은 누구지?"

"본 기—— 아니, 저는 EUROPOLE의 수사관 아담 프랑켄슈타인입니다." 본 기체는 품에서 식별용 수사관 배지(이건 진짜입니다)를 보이며 말했습니다. "무라세 형사님에게 이송 지시를 받았습니다."

경비주임은 무감정하게 그것을 보고, 특별히 무슨 생각이 있는 것 같지는 않게, 본 기체보다 훨씬 기계적인 음색으로 말했습니다. "이송 지시번호는?"

"네?"

"그러니까, 이송 지시번호요."

그 말투는 단정적이고 차가웠습니다.

본 기체는 머리를 획획 회전시켰습니다.

"아아, 이송 지시 번호 말씀이지요. 네. ⋯⋯이송 지시 번호. 예, 물론 이송 지시 번호 말씀이시겠지요."

"세 번이나 말 안 해도 되거든요. 그래서?"

"이송 지시번호는 21988126입니다."

본 기체는 싱긋 웃으며 말했습니다.

경비 주임은 확인을 위해 앞의 컴퓨터를 조작했습니다. 그 것을 멀찍이서 보며 본 기체는 서내 네트워크에 침입, 취조실에 있는 동안 심어 두었던 백도어로 메일 서버를 장악해 과거에 이송 지시가 있었던 메일 화면을 카피했습니다.

그 화면의 번호만 바꿔 썼습니다. 경비 주임의 컴퓨터가 요청을 보낸 순간 그것을 화면에 표시합니다.

"21988126…… 네, 확인했습니다."

경비주임은 의심도 없이 앞의 조작 패널로 유치장 잠금을 해제했습니다.

"감사합니다. 좋은 하루 되세요."

본 기체가 인사하자 경비 주임은 아무래도 좋다는 듯이 손만 들어 대답했습니다.

이래서 인간은 믿을 수가 없는 겁니다. 불완전합니다. 기계라면 절대로 이런 수법에는 걸려들지 않습니다. 기계가 인류를 멸망시키려 하는 영화에서 왜 항상 기계 측이 패배하는지 이유를 전혀 알 수 없습니다.

하지만 이번에는 그 불완전함 덕분에 일이 잘 풀렸습니다. 본 기체는 철문을 넘어 유치장으로 발을 들였습니다.

감방 블록의 복도는 기계의 회로 기판을 연상시킵니다. 전자 패턴처럼 규칙적으로 문과 조명이 이어지고, 그 이외의 것은 일절 없습니다. 내부의 색상도 연두색과 흰색 두 가지뿐으로 벽 곳곳에 키를 재기 위한 선이 그어져 있습니다. 아마 이 경찰서 내에서도 가장 허전한 장소겠지요.

목표로 하는 감방은 금방 찾았습니다.

"18번. 이송이다. 나와."

지시를 받은 간수가 문 앞에서 그렇게 말하고는 잠금을 열고 그대로 돌아갔습니다.

감방 안에는 시라세 씨가 매트리스에 앉아 있었습니다. 이쪽을 보더니 일순 어리둥절한 얼굴을 했습니다.

"너, 분명히 추야의…… 어떻게 여기에."

"시라세 씨. 나갑시다."

본 기체는 말했지만 시라세 씨는 토라진 듯한 표정으로 눈을 피했습니다.

"흥. 싫은데." 시라세 씨는 감방 바닥을 향해 말했습니다. "아마 추야가 시킨 거겠지? 근데 유감이네, 내가 있고 싶어서 여기 있는 거거든."

"그건 거짓말입니다." 본 기체는 말했습니다. "코의 주름, 윗입술 상승을 감지했습니다. 이것은 불쾌한 상황에 처했을 때 보이는 반사적 미세 표정의 전형입니다. 또한 목덜미에 손을 대는 동작은 불쾌나 불안을 느꼈을 때 인간이 그것을 진정시키기 위해 취하는 '위안 행동'이라고도 불리며, 발언과는 반대되는 감정을 품고 있다는 것을 시사합니다. 덧붙여 말하면, 지금 지은 표정과 시선을 내리는 동작은 고립감, 열등감, 후회 등을 포함한 감정의 출현입니다. 요컨대 당신은 지금 이 상황에 겁을 먹은 겁니다."

"거…… 겁먹지 않았어!"

시라세 씨가 큰 목소리로 소리쳤습니다.

입구에 대기하고 있던 간수가 흘끗 이쪽을 보는 것이 시야 구석에 보였습니다.

흠. 의심받기 전에 이곳을 나가야만 합니다.

"시간이 없습니다." 본 기체는 참을성 있게 말했습니다. "본 기체에 대한 불만, 혹은 추야 님에 대한 불만은 이곳을 나가 안전한 장소로 옮긴 후에 얼마든지 들어 드리겠습니다. 지금 당신이 해야 할 일은 일어서서 본 기체를 따라오는 것입니다. 인간에게도 그리 어려운 행위는 아니라고 생각합니다만."

"난 싫다고 했다?" 시라세 씨는 팔짱을 끼고 말했습니다. 팔짱을 끼는 것도 전형적인 거절 행동의 일종입니다. "네가 마음에 안 들어. 이 상황도 마음에 안 들어. 도대체가, 내가 모은 총이 몰수됐다잖아! 너희가 온 탓이거든? 어떻게 책임질 거야!"

총기가 몰수된 것은 우리 탓이 아닙니다. 하지만 지금은 그런 이야기를 하고 있을 상황이 아닙니다.

"애초에 말야, 왜 너네들 싸움에 내가 휘말려야 되는 건데? 나는 암살당할 짓은 하나도 안 했다고! 먼저 사과해, 사과! 그리고 몰수된 총을 어떻게 해 봐! 나는 미래의 왕이야. 왕은 경의를 표하지 않으면 움직이지 않는 법이야!"

본 기체는 그 이야기를 냉정하게 듣고 있었습니다.

시라세 씨의 주장은 논리적으로 파탄 나 있습니다. 그 논리 파탄을 세세하게 지적하는 것도 가능합니다. 하지만 구세대 인공지능이라면 몰라도 본 기체는 최신식 자율계산기. 이 정도로 지근지근 세세한 반론을 하지는 않습니다.

그렇습니다. 본 기체는 완전히 냉정합니다.

"좋습니다, 시라세 씨." 본 기체는 웃는 얼굴로 고개를 끄덕였습니다. "당신에게는 행동의 자유가 있습니다. 허세 부리는 것도, 사과를 요구하는 것도, 자신을 왕이라고 믿는 것도 당신의 자유입니다. 하지만 본 기체에게도 똑같이 자유가 있습니다. 그러니 당신을 여기에 방치하고 돌아가, 당신이 감방에서 살해당했다는 보도를 신문에서 보면서 다음 작전을 세운다는 선택지를 고를 자유가 있습니다. 분명 다음 암살 표적은 당신보다 훨씬 상황을 잘 파악하겠지요."

본 기체는 자신의 체내 피드를 확인했습니다. 비논리적인 감정 모방 모듈이 활발하게 활동하고 있습니다. 그것이 본 기체의 발언에 영향을 미치고 있는 듯합니다.

"분명하게 말하겠습니다. 본 기체에게 당신은 아무래도 상관없는 인간입니다." 본 기체는 단언했습니다. "그뿐 아니라 유해한 인간이기까지 합니다. 본 기체의 리스크 평가 모듈에 따르면 당신을 지키지 않고 다음 표적을 찾는 편이 임무 성공률이 높다고 나옵니다. 그런데 왜 그렇게 하지 않는지 아십니까?"

감정 모방 모듈에 자가 진단 프로그램을 실행했습니다.

이것은 간단한 표현으로 말하자면 '화가 난다'는 감정 경향인 모양입니다.

본 기체는 불완전한 인간과는 다르므로 이 감정 모방 모듈의 정동(情動) 지시를 무시하고 끊어낼 수도 있습니다. 그러나 이번에는 무시할 마음이 들지 않습니다.

"당신을 내버리지 않는 이유는 단 하나. 당신이 본 기체에게는 아무래도 상관없는 인간이어도 추야 님에게는 그렇지 않기 때문입니다."

"추…… 추야가?"

"그렇습니다."

본 기체가 갑자기 태도를 바꾼 탓에 시라세 씨에게 겁먹은 표정이 떠올랐습니다.

"왜 추야가 나를 지키고 싶어 하는데?"

말하지 말라고 지시를 받았지만 몹시 이야기하고 싶어졌습니다. 본 기체는 다시 그 감정 경향을 따르기로 했습니다. 박사님이 말씀하신 '자신의 마음에 따르라'라는 겁니다. "간단합니다. 추야 님은 애초에 당신들──《양》을 지키기 위해 마피아에 들어갔기 때문입니다."

시라세 씨의 표정에는 의문.

정보 처리가 따라가지 못하는 것이겠지요.

본 기체는 설명을 했습니다.

1년 전, 《양》은 우두머리였던 추야 님을 배신하고 잘라 버린 뒤, 대신 GSS(게르하르트 시큐리티 서비스)라는 용병 조직과 손을 잡았습니다. 그러나 《양》과 GSS의 동맹은 적대 조직인 포트 마피아의 경계심을 부채질하는 결과를 낳았습니다. 그리고 동맹이 힘을 얻기 전에 포트 마피아는 섬멸 부대를 파견했습니다. 그 부대를 지휘한 것은 다자이라는 이름의 소년이었습니다.

원래라면 《양》은 그 섬멸 부대에 몰살될 예정이었습니다. 그러나 추야 님은 《양》의 조직원들을 구하기 위해 다자이 씨에게 탄원했습니다. 다자이 씨가 내건 조건은 추야 님이 포트 마피아에 가입하는 것.

추야 님은 그 거래를 받아들였습니다.

그 결과, 《양》은 해산되었을 뿐 아무도 살해당하지 않았습니다. 그리고 재집결하지 않도록 전국 각지에 새로운 거주지를 받았습니다. 시라세 씨도 포함해서 추야 님의 거래 덕분에 목숨을 건진 것입니다.

그리고 그 거래는 아직 살아 있습니다.

추야 님은 마피아를 나갈 수 없습니다. 나가면 《양》의 소년 소녀들이 살해당하기 때문입니다. 특히 시라세 씨는 배신했을 때의 본보기로서 이 요코하마 근교에 억류해 두고 있습니다.

"한마디로 당신은 인질입니다." 본 기체는 냉정한 목소리로 말했습니다. "반대로 말하자면, 시라세 씨가 어떤 이유로 사망하면 추야 님이 마피아에 남을 이유가 하나 줄어들게 됩니다. ……그래서 베를렌은 시라세 씨를 노렸다. 그것이 우리의 추리입니다."

시라세 씨는 숨도 쉬지 않고 본 기체를 빤히 쳐다보며 듣고 있습니다. 금시초문이었겠지요.

"그런 얘긴 못 들었어……. 그 자식은, 추야는 《양》을 판 공적으로 마피아에 들어갈 수 있었던 게, 아냐……?"

"반대입니다. 추야 님은 마피아에 들어갈 수밖에 없었던 것입니다." 본 기체는 시선을 공중으로 돌렸습니다. "추야 님이 그 거래를 한 것은 등을 찔린 직후입니다. 누가 찔렀는지

── 물론 기억하고 계시겠지요?"

시라세 씨의 표정은 시간이 정지한 듯이 얼어붙어 있습니다.

"본 기체는 인간의 감정의 흐름이라는 것을 완전히 이해하기 어렵습니다." 본 기체는 솔직하게 말했습니다. "본 기체가 할 수 있는 말은 일반론뿐입니다. 설령 배신당했어도 과거에 신세를 진 인간은 버리지 않는다. 그것이 추야 님입니다. 그것이야말로 추야 님이 《양》의 왕일 수 있었던 이유라고 생각됩니다. 그러나 당신에겐 그것이 없습니다. 당신은 왕의 그릇이 아닙니다."

시라세 씨는 이를 악물고 신음했습니다.

"뭐라고? 나는…… 제길, 멋대로 지껄이고 있어! 어차피 나를 비참한 놈이라고……, 빌어먹을, 너 같은 놈이 나에 대해서 뭘……."

그 목소리는 본 기체를 향한 것이 아니었고, 이윽고 목소리는 힘을 잃고 바닥에 떨어져 무력하게 튕겨 나갔습니다.

시라세 씨의 감정은 어디로도 갈 곳을 찾아내지 못하고 소용돌이치며 헤매고 있습니다.

한편 본 기체는 매우 마음이 개운했습니다. 상쾌한 기분입니다. 반론하지 못하는 상대에게 마음껏 불평을 풀어놓는 것은 매우 멋진 행위입니다.

마음이 개운하게 풀렸으므로 감정 모방 모듈에서 오는 피드백을 끊었습니다. 냉정해진 두뇌로 다시 시라세 씨에게 말합니다.

"이제 당신이 목숨을 위협받는 이유를 이해하셨겠지요. 농담이나 과장이 아니라, 당신은 죽일 만한 의미가 있는 인간입니다. 그리고 상대는 세계 최고봉의 암살자입니다. 이렇게 무방비하고 밀폐된 곳에 있다가는 한 시간도 못 버티고 살해당하고 말 겁니다."

말하면서 시라세 씨의 심박과 호흡을 스캔했습니다. 조금 전과는 감정치가 변동한 듯합니다. 좋은 경향입니다.

"그럼 저는 갑니다. 당신은 자유롭게 행동하십시오. 하지만 한 마디만, 한 번 더 일반론을 말하게 해주십시오. 장래 '왕'이 될 인간의 조건을 본 기체는 모릅니다. 그러나 왕이 되지 못하는 인간의 조건이라면 알겠습니다. ──누구에게도 기대지 않은 결과, 여기서 살해당하고 마는 인간입니다."

그렇게 말하고 걷기 시작했습니다.

뒤는 돌아보지 않습니다. 같은 속도로 계속 걸어갑니다. 그러나 음향 스캔으로 뒤쪽의 상황은 파악할 수 있습니다.

몇 초 뒤에 감방에서 나와 터벅터벅 걸어오는 발소리가 들렸습니다.

본 기체는 씨익 웃었습니다. 임무 완료입니다.

종이를 접는 소리만이 취조실에 울리고 있었다.

서류를 반으로 접고, 접힌 곳을 손가락으로 문질러 평평하게 만든다. 한 번 더 손톱으로 눌러 전체에 확실하게 접힌 선을 만든 뒤 다시 펼친다. 생겨난 접힌 선을 따라 서류 귀퉁이를 대고 다시 접는다.

접고 있는 것은 솜털 머리를 한 형사이고, 접히고 있는 것은 사법 거래 동의 서류였다.

추야는 그것을 말없이 쳐다보고 있었다.

형사는 더듬더듬한 손놀림으로 서류를 접어 나가 이윽고 종이비행기를 완성시켰다. 그것을 방구석에 있는 금속 쓰레기통을 향해 날렸다.

종이비행기는 둥실 하고 수직에 가까울 정도로 떠올라 훨씬 앞에 있는 바닥에 떨어졌다.

"되게 못하네."

추야가 바보 취급하듯이 말했다.

"평소에는 들어가는데 말이야." 형사는 머리를 벅벅 긁으며 말했다. 그리고 일어섰다.

"추야, 잠깐 밖에 나가서 걷자. 따라와라."

그리고 뒤도 돌아보지 않고 걷기 시작했다.

추야는 몇 초 동안 말없이 그 등을 바라보았지만, 이윽고 결심한 듯이 일어서서 뒤를 따랐다.

취조실은 형사과 사무실에 인접해 있어서 아침 시장처럼 소란스러웠다.

그리고 추야 앞에서 걸어가는 형사에게 스쳐 지나가는 모든 사람들이 인사를 했다.

"여어, 무라 씨. 부인을 폭행했던 남자 사건, 체포했어. 당신 조언 덕분에." 스쳐 지나가던 중년 경관이 웃으며 말했다.

"그거 잘됐네. 말했지? 그렇게 체면을 신경 쓰는 남자는 직장부터 공략하면 된다고 말이야."

또 다른, 새 정장을 입은 젊은 형사가 지나가면서 말했다.

"무라세 선배님. 폭행 살인 사건, 멋지게 해결하셨더군요."

"운이야. 그래도 뭐. 이제 피해자도 성불할 수 있겠지."

조금 걷자, 머리숱이 적은 나이 든 형사가 말을 걸었다.

"무라, 다음에 마시러 가자! 이번에는 내가 낼게!"

"이봐이봐, 또 과음하지 말라고. 한 번만 더 지각하면 내근직으로 돌려질걸?"

그런 식으로, 서 내의 모든 사람이 무라세라 불린 그 형사에게 친밀함이 담긴 인사를 했다. 덕분에 뒤에서 걷던 추야는 시종 무라세 형사의 등에 부딪힐 뻔했다.

인사가 끊긴 틈을 타 추야는 겨우 형사 옆에 나란히 섰다. 그리고 놀리듯이 말했다.

"인기인이네."

형사는 어깨를 으쓱했다. "너와 달리 월급이 짜서 말이야. 최소한 인기라도 없으면 수지가 안 맞지. 안 그래?"

"그럴지도." 추야는 그렇게 말하고 눈만으로 희미하게 웃었다.

한동안 추야는 나란히 걸으면서 입속으로 해야 할 말을 굴리고 있었다. 그러다 마침내 결심한 듯이 형사 쪽을 보고 진지한 목소리로 말했다.

"이봐, 형사 나리. 난 당신 일을 방해하고 싶지 않아. 그러니 말해두지. 나한테 더 이상 상관하지 마." 추야의 목소리에 거부하는 듯한 빛은 없었다. 어느 쪽이냐고 한다면 친밀하게 터놓고 이야기하는 듯한 말투였다. "포트 마피아는 《양》과는 달라. 만약 나를 기소해도 휘하 변호사가 눈 깜짝할 사이에 무죄로 만들 거야. 증거품은 어느샌가 보관실에서 사라지겠지. 증인은 어느새 말이 없어질 거고. 그런 조직이야. 당신이 하고 있는 건 솔직히 말해서 완전히 헛수고라고."

"그럴지도 모르지." 형사는 그다지 신경 쓰는 기색도 없이 선선히 말했다. "하지만 이쪽에겐 이쪽의 사정이 있어."

"무슨 사정?"

형사는 한 번 한숨을 쉬고, 결심한 듯이 자기 셔츠 깃에 손을 찔러 넣었다. 그리고 그 틈에서 손가락으로 가는 은사슬을 당겨 꺼냈다.

은사슬 끝에는 황동색의 빈 탄피가 달려 있었다. 가운데에 공구로 구멍이 뚫려 있고, 그 사이를 은사슬이 통과하게 되어 있다.

"옛날에 일할 때 썼던 거야." 형사는 그 빈 탄피 목걸이를 그리운 듯이 바라보았다. "젊을 때 돈이 궁해서 형님 소개로 경비 일을 했지. 작은 군 시설 경비였어. 거기 지원한 건 서 있기만 하면 돼서 편하겠거니 생각했기 때문이지만 그건 큰 착각이었어. 조계지 근처 군 시설이었는데, 상사의 명령은

'아무도 접근시키지 마라'였어. 그런데 대전 말기라 어디나 물자가 부족해서 말이야. 조계지의 아이들이 어디서인지도 모르게 와서는 먹을 걸 훔치러 침입하려고 했지."

그렇게 말하고 형사는 희미하게 얼굴을 찌푸렸다. 그러자 형사의 얼굴은 몇천 년이나 된 사막의 바위 같은 모습이 되었다.

"사살 명령이 떨어졌어." 형사는 쉰 목소리를 목구멍에서 짜냈다. "대부분의 아이들은 위협하면 도망치지. 하지만 조직의 명령을 받아서 온 아이는 돌아가도 죽으니까 도망치지 않아. 그래서——."

형사는 거기서 말을 끊었다. 중단된 말의 뒷부분이 풀어져 공중에 떠돌았다.

그 손안에서 빈 탄피가 차갑게 빛나고 있다.

추야는 무슨 말을 하면 좋을지 모르겠다는 표정으로 잠시 침묵했지만, 조금 후에 "당신은 명령을 받아서 일을 한 것뿐이잖아."라고 말했다.

"그래. 하지만 내가 한 짓이 몇 년이 지나도 머릿속에서 사라지지 않아. 딱 너만 한 나이의 아이였어."

형사는 빈 탄피를 손가락으로 쥐고 증오스럽다는 듯이 힘을 주었다. 아무리 힘을 주어도 탄피는 단단하여 조금도 변형되지 않는다.

"추야. 내가 너를 쫓는 것은 정의를 위해서 따위가 아니야. 전혀." 형사는 차가운 괴로움이 묻어나는 목소리로 말했다.

"범죄 조직은 아이를, 쓰고 버리는 총알받이 정도로밖에 생각하지 않아. 너도 언젠가 반드시 같은 꼴을 당할 거야. 그 전에 제대로 된 낮의 세계로 돌아가라. 나와 법률이, 그걸 도와주마."

그 진지한 눈을 추야는 정면으로 받아들였다.

"그러기 위해서 계속 나를 쫓았던 건가, 형사 나리."

조용한 목소리로 추야는 말했다. 형사는 말없이 추야를 마주보았다.

그리고 아무 말도 하지 않았다.

하지만 몇 초 후, 추야는 "그런가." 하고 말했다. 그리고 자조적으로 미소 지었다.

"그런 동정은 말이야, 형사 나리." 추야의 눈빛은 퇴색되고, 어두웠다. "같은 인간을 상대로 해 주라고."

그때.

강렬한 경고음이 서 내에 울려 퍼졌다.

〈여기는 경비부, 여기는 경비부. 서 내에 침입자 발생 보고. 부상자 불명, 사망자 불명. 비무장 인원은 즉시 대피하십시오. 경비 계약원은 즉시 장비 후 지정된 배치로──.〉

추야는 주먹을 꽉 쥐고 낮은 목소리로 으르렁거렸다.

"……왔군."

시라세 씨의 구출에는 성공했습니다.

남은 건 지금부터 어떻게 눈에 띄지 않고 탈출할지입니다.

본 기체가 그렇게 생각하면서 출구 문에 손을 대려 했을 때, 뒤에서 시라세 씨의 목소리가 들렸습니다.

"이봐, 너."

저를 부르는 것으로 추측됩니다. 본 기체는 뒤돌아보았습니다.

"네, 왜 그러십니까?"

시라세 씨의 표정에는 당혹감이 있었습니다. "너…… 왼쪽 다리, 어디 갔어?"

본 기체는 자신의 발을 보았습니다.

왼쪽 다리 무릎부터 아래가 깨끗이 소실되어 있습니다.

본 기체의 머리에서 최대급 경종이 울려 퍼졌습니다.

균형을 잃고 넘어질 뻔한 것을 벽에 손을 짚어 간신히 버팁니다.

"기계 수사관은 참 힘들겠어."

그 목소리가 복도 안쪽에서 들려왔습니다.

본 기체는 그쪽으로 빠르게 몸을 돌렸습니다.

"다리가 날아간들 요양 휴가도 병가도 없고. 동정이 가는군."

밝고 가벼운 목소리로 그렇게 말하며 걸어오는 인물. 왼쪽 다리 무릎부터 아래를 배턴처럼 공중에서 가지고 놀고 있습니다.

"베를렌……!"

최악의 타이밍입니다. 너무 빨리 왔습니다. 맞서 싸울 준비가 갖춰져 있지 않습니다.

제1종 전투 프로토콜을 불러냅니다. 전도신경 전달속도가 상승하고, 전황 해석 프로그램 실행 우선도가 최대로 올라갑니다. 싸우지 않으면 파괴당할 뿐입니다.

한쪽 다리를 잃어 문제가 악화된 것을 보충하기 위해 밸런스 재연산을 고속으로 실행하고 있을 때, 베를렌이 아무런 전조도 없이 다리를 이쪽으로 투척했습니다.

아음속으로 날아오는 그것을 본 기체는 상체를 틀어 간신히 회피했습니다. 뒤의 벽에 다리가 발끝부터 박힙니다.

"추야는 없나? 이거야 원, 중요할 때 지각하는 녀석이군." 베를렌의 말투는 가볍고 한가롭기까지 합니다. "이러다간 첫 데이트 약속에도 지각하는 거 아닐까. 정말이지 형으로서 걱정되는군. 안 그래?"

본 기체에게 대답할 여유는 없습니다.

여기서 본 기체가 패배하면 시라세 씨는 순식간에 살해당하겠지요. 생존율을 최대로 하는 대응 프로토콜을 1초라도 빨리 연산해야 하기 때문에 발언을 생각하고 있을 여유가 없습니다.

본 기체는 시라세 씨에게서 조금이라도 떨어지려고 한쪽 다리로 도약했습니다. 출구 쪽을 향해 달립니다.

그러나 베를렌은 순식간에 따라잡았습니다.

어깨를 붙잡혔습니다. 그대로 벽에 내동댕이쳐집니다.

"크헉……!"

뒤의 벽이 부서지고 본 기체의 내부 골격이 삐걱거립니다.

베를렌의 공격은 그걸로 끝나지 않았습니다. 본 기체의 몸을 중심으로 공간의 일그러짐을 검출. 발생한 중력이 본 기체를 벽에 박아 넣습니다.

그것은 스펀지 케이크에 손가락을 쑥쑥 집어넣는 행위와 비슷했습니다. 다른 점은 집어넣는 것이 본 기체이고, 집어넣는 장소가 단단한 콘크리트 벽이라는 것입니다.

"걱정 마라, 부술 생각은 없어. 거기서 얌전히 있어라."

전신이 거의 벽에 파묻힙니다. 파쇄된 콘크리트 소리가 전신에 천둥소리처럼 울려 퍼집니다. 몸 여기저기에서 주 연산 코어로 과잉 부하 경보가 들어옵니다. 그러나 어떻게 할 방도가 없습니다.

탈출을 시도하지만, 발생한 잔해가 중력 조작으로 다시 돌아와 본 기체가 나가려던 공간을 메워 버립니다. 마침내 본 기체는 산사태에 파묻힌 가옥처럼 벽 속에 거의 매몰되고 말았습니다. 얼굴과 팔 일부만이 겨우 벽면에서 나와 있을 뿐입니다.

온몸을 용수철처럼 휘어 탈출에 필요한 모멘트력을 만들어 내려고 시도합니다. 그러나 잘되지 않습니다. 전신을 빠짐없이 잔해가 뒤덮고 있는 탓에 파쇄에 필요한 운동량을 확보하지 못하는 것입니다.

"자, 시라세 군."

본 기체를 생매장한 베를렌은 이쪽에 흥미를 잃은 듯이 뒤로 돌아 시라세 씨를 향해 말했습니다.

"뭐…… 뭐야." 시라세 씨의 목소리는 진심으로 두려워하고 있습니다.

"자네를 만나고 싶어서 왔다. 하지만 너무 쉽게 여기까지 온 탓에 잠깐 시간이 있지. 일을 끝내기 전에 잠시 이야기를 할까."

"뭐…… 뭔데, 뭐냐고 당신!" 시라세 씨의 목소리는 더없이 떨리고 있었습니다. 두 다리는 서 있는 것이 고작입니다. "나…… 나는 시라세가 아냐, 다른 사람이야!"

"조금 전 이름을 불렀을 때 대답을 했잖아." 베를렌이 이상하다는 듯이 고개를 기울입니다.

베를렌은 긴 다리로 우아하게 걸어 시라세 씨에게 다가갑니다.

"그자에게 가까이 가지 마십시오!" 본 기체는 경고의 소리를 질렀습니다.

베를렌은 재미있다는 듯이 돌아보았습니다. "그렇게 생각한다면 막으면 돼. 방법이 있을 때의 얘기지만."

베를렌은 옳은 말을 했습니다. 방법이 있다면 그 방법으로 막는다. 본 기체는 그 방법을 예측 연산했습니다. 탈출. 폭파. 원격 통신. 온갖 수단, 자신에게 허락된 모든 대응을 검색했습니다.

결과는 0. 유효 대책 없음. 타개 불가능.

추야 님을 부를까도 생각했습니다. 그러나 그것은 가장 어리석은 대응입니다. 애당초 정면에서 싸워도 이길 수 없다고 생각했기 때문에 생각해낸 것이 이 매복 전술입니다. 최악인 것은, 여기서 본 기체 및 추야 님이라는 전력을 잃고 다음 매복 전술로 이행하지 못하게 되는 일입니다.

아직 베를렌의 표적은 둘 있습니다. 희망은 남아 있습니다.

"자, 앉아."

베를렌이 시라세 씨에게 말했습니다.

시라세 씨는 겁에 질려 상대방의 말에 반응하지 않습니다. 그저 떨면서 상대를 올려다보고 있습니다.

"앉아."

베를렌이 날카롭게 말하고 시라세 씨의 어깨에 손을 댔습니다. 시라세 씨가 푹 고꾸라지며 무릎이 꺾인 것처럼 몸을 떨어뜨렸습니다. 동시에 베를렌의 발바닥에서 발생한 중력이 바닥재를 부쉈습니다. 바닥이 파도치며 융기하고 파편 덩어리가 혹처럼 튀어나왔습니다. 그 잔해 위에 시라세 씨의 엉덩이가 쿵 떨어졌습니다.

시라세 씨는 놀람과 공포로 목소리조차 내지 못합니다.

"시라세 군, 자네를 조사했다. 암살자의 예의로서 말이야."

베를렌은 정중한 태도로 말을 겁니다. "이 도시에서 추야를 가장 오래 알았던 건 시라세 군, 자네라는 것을. 묻고 싶은데, 옛날의 추야는 어떤 아이였지?"

그렇게 말하면서 베를렌은 감방 문을 아무거나 하나 떼어

냈습니다. 낡은 딱지를 벗겨내는 듯한 가벼운 동작으로. 그리고 그것을 반으로 접어 의자처럼 바닥에 놓고 꼭대기 부분에 앉았습니다. 우아한 동작으로 다리를 꼽니다.

그리고 시라세 씨에게 미소 지었습니다.

역시 베를렌의 능력은 상궤를 벗어났습니다. 《시계탑의 종기사》마저 가지고 논 베를렌의 능력에 대응할 수 있는 이능력자가 이 도시에 있으리라고는 생각할 수 없습니다.

본 기체는 체내에서 문장을 만들어 추야 님이 가진 휴대 전화에 메시지를 송신했습니다. 현 상황을 설명하고 유일한 대응책을 강하게 주장했습니다.

이곳에는 오지 말 것.

철수해 다음 표적을 산출하고 마피아의 협력을 받아 함정을 팔 것.

비록 여기서 시라세 씨와 본 기체가 파괴당할 것이 확실하다 해도.

시라세 씨는 떨고 있습니다. 그도 본 기체와 같은 견해에 도달한 것이겠지요. 떨리는 입을 간신히 열어 그는 목소리를 냈습니다.

"나…… 나는."

호흡은 얕고, 목소리는 부서질 듯이 약했습니다. 그대로 구토를 해도 이상하지 않습니다. 하지만 계속 말하지 않으면 쓸모없다고 판단되어 살해당할 것입니다. 1초라도 수명을 늘리기 위해 지금은 질문에 대답할 수밖에 없는 것입니다.

도저히 보고 있기가 힘듭니다.

"그 녀석을 처음 만난 곳은…… 우리가 언제나 숨어서 술을 마시던 다리 아래였, 던 것 같아."

그렇게 말하면서 시라세 씨는 도움을 구하듯이 본 기체를 보았습니다. 시간을 벌면 어떻게든 본 기체가 상황을 타개할 수 있지 않으냐고 묻는 눈입니다.

소용없습니다. 도움은 오지 않습니다. 시간 벌기를 해도 소용없다는 것을 본 기체만이 알고 있습니다.

"그 녀석은…… 추야는, 어디선가 훔친 듯한 군복을 입고 있었어. 너덜너덜했어. 얼굴도 머리도 비슷하게 지저분했어. 신발은 안 신고 있었어." 시라세 씨는 떨리는 목소리로 계속합니다. "우리는…… 《양》의 초기 멤버들은 그 녀석을 근처의 부랑아라고 생각했어. 그때 그 녀석이 먼저 우리에게 말을 걸었어. '그 네모난 판은 뭐야' 라고. 그 녀석은 그렇게 말했어."

시라세 씨는 고개를 숙였습니다. 당시를 필사적으로 생각해내려 하고 있는 것이겠지요.

"나는…… 영문을 몰라서, 기분 나쁜 녀석이라고 생각했어. 그랬더니 추야가 다시 말했어. '그 손에 들고 있는 네모난 판이 뭔지 대답해.' 라고."

시라세 씨는 얼굴을 아주 약간 들고 어딘지 모를 먼 곳을 보았습니다.

"내가 손에 들고 있었던 건 빵 한 조각이었어."

복도의 공기가 고요히 가라앉았습니다. 이만한 파괴를 저지른 후인데도 기묘할 정도의 침묵입니다. 베를렌도 말없이 듣고 있습니다.

"빵이라고 대답했더니, 추야는 물었어. '먹을 수 있는 거야?'라고. 먹을 수 있다고 말하면서 한 입 떼어 먹여 봤더니, 그 녀석은 의외의 행동을 했어. 쓰러진 거야. 집중력이 끊어진 것처럼. 가까이 가 보고 처음 알았는데, 그 녀석은 비쩍 말라서 다 죽어가고 있었어. 동료들은 기분 나빠 했지만 나는 빵을 주고 물을 먹였어. 그리고 동료들을 설득해서 《양》의 거처가 있는 하수로에 데리고 돌아왔고."

본 기체는 외부기억 데이터베이스를 불러냈습니다. 초기의 《양》은 고아들이 어른에게서 몸을 지키기 위한 상조 조직이었습니다. 경제기반도 최전성기보다 훨씬 작았고, 폭력과 유괴, 아동 노동의 위협에서 몸을 지키기 위해 아이들이 결성한 일종의 도피처 같은 것이었다고 기록되어 있습니다.

"당시의 《양》은 작았거든. 하지만 결국 추야를 동료로 맞아들였어. 배고픈 아이는 내버려 둘 수 없었으니까."

다시 얼굴을 들었을 때, 거기에는 변화가 일어나 있었습니다.

여전히 겁을 먹고 있습니다. 여전히 떨고 있습니다. 그러나 그 눈에는 조금 전까지는 없었던 차가운 불꽃이 타오르고 있었습니다. 얼어붙은 분노의 불꽃. 잡아먹히기 직전의 초식동물이 적을 향해 울부짖을 때 보이는 불꽃입니다.

"당신, 추야의 형이라고?" 시라세 씨는 거의 외침에 가까운 목소리로 말했습니다. "그럼 왜 나를 죽여? 그 시절에, 배고픈 아이를 돕는 녀석은 우리 말고는 없었어! 그런데 그 보답이 이거야?"

베를렌은 고요한 눈을 한 채 대답하지 않습니다.

"아아, 잘 알지. 그게 이 세상의 구조야. 부조리한 세상이네, 사람을 구한 탓에 난 죽는 거야." 시라세 씨는 위세 좋게 떠들어 댑니다. "자, 빨리 해치워 버려. 더 이상 안달복달하다가 시체에 지린내를 남기고 싶지 않아."

베를렌은 눈을 내리깔았다가, 눈을 떴습니다. 그리고 일어섰습니다.

시라세 씨에게 걸어갑니다.

상황 판단 프로그램이 이 앞에 일어날 168가지 미래를 연산했습니다. 그리고 그 전부가 10초 이내에 시라세 씨가 죽는다고 고하고 있었습니다.

어쩔 수 없는 일입니다.

최소한 그 최후를 지켜봐 주어야 합니다.

베를렌이 시라세 씨의 목에 손을 가까이 가져갔습니다. 시라세 씨가 숨을 멈춥니다.

그때 본 기체의 상주 스캔 기능이 멀리서 변화를 포착했습니다.

169번째 가능성. 있을 수 없는 가능성입니다.

"어떻게 된 일이지." 본 기체는 무심코 중얼거렸습니다.

추야 님의 발차기가 베를렌을 수평으로 날려 버렸습니다.

베를렌의 장신이 복도 벽을 부수고 반대쪽으로 튀어 그쪽 벽도 부쉈습니다. 당구공이 반사되듯 복도를 튀어 다니던 몸은 막다른 벽에 들이받혀 정지했습니다.

베를렌은 천천히 벽에서 벗겨지듯이 앞으로 넘어져 바닥에 두 손을 짚었습니다.

추야 님은 시라세 씨를 감싸듯이 앞에 서서 상대를 노려보고 있습니다.

"추야……!"

시라세 씨가 믿을 수 없는 것을 본 눈으로 말했습니다.

"젠장…… 시라세, 이게 몇십 번째야?" 추야 님은 질린 목소리로 말했습니다. "네가 문제를 일으켜서 내가 달려오는 거. 난 네 베이비시터가 아니라고."

"추야, 왜 너, 나를 구하러……."

"구한다고? 틀렸어. 나는 저 모자 자식을 때려눕히러 온 것뿐이야."

본 기체는 상황 진단 프로그램을 돌리면서 소리쳤습니다. "추야 님! 여기 온 것은 잘못하신 겁니다! 도망치십시오, 정면 승부로 이길 수 있는 상대가 아닙니다!"

"뭐야 장난감, 너 벽 속에 박힌 게 꽤나 어울리잖아. 됐으니까 닥치고 보고 있어라."

추야 님은 씨익 웃고는 베를렌 쪽을 향했습니다.

베를렌은 겨우 일어서서 바닥에 떨어진 모자를 줍던 참이
었습니다.

"지각이다, 동생아." 그렇게 말하고 모자의 먼지를 텁니다.

"하하. 나는 온화해서 무슨 소릴 들어도 화내지 않는 성격
이지만, 당신에게 동생이라 불리는 것만큼은 못 참겠군."

본 기체는 마음속으로 몰래 고개를 갸웃했습니다. 온화……?

"너는 얼마든지 화내도 돼. 그럴 자격이 있다." 베를렌은
느긋한 동작으로 추야 님에게 걸어갔습니다. "하지만 대책
없는 어리석음에는 감탄할 수 없군. 바로 얼마 전에 나에게
마음대로 농락당한 것을 벌써 잊어버렸나?"

"잊어버렸는데." 추야 님도 산책하는 듯한 동작으로 상대
에게 걸어갑니다. "생각나게 해 봐."

마침내 두 사람은 손을 뻗으면 닿을 듯한 거리에서 마주 보
았습니다.

추야 님이 베를렌을 올려다보고, 베를렌이 추야 님을 내려
다보았습니다.

한순간의 정적.

공격을 개시한 것은 베를렌이 먼저였습니다.

공기를 가르는 오른 훅이 추야 님의 머리에 빨려듭니다. 대
기가 타버릴 듯한 속도의 그 공격을 추야 님은 얼굴을 틀어
피했습니다.

거의 동시에 베를렌의 턱 측면에 충격.

"컥."

베를렌의 안면이 크게 옆으로 흔들립니다. 무슨 일이 일어났는지 본 기체의 초고속 카메라로도 쫓아가지 못했습니다.

영상 해석을 하여 간신히 판명되었습니다. 추야 님이 회피와 동시에 하반신을 쳐 올려 섬광 같은 상단 발차기로 베를렌의 턱을 꿰뚫은 것입니다. 시야 밖에서 가한 완벽한 일격. 보통 인간이라면 목이 떨어졌을 겁니다.

본 기체가 해석하고 있는 동안에도 폭풍 같은 공격은 멈추지 않았습니다. 추야 님은 상반신을 더욱 젖혀 바닥에 손을 짚고 밑에서부터 찔러 올리는 듯한 상단 발차기를 내쏘았습니다. 구두가 베를렌의 목에 꽂혀 베를렌이 신음합니다.

베를렌은 뒤쪽으로 넘어지면서 추야 님을 붙잡기 위해 중력을 두른 손을 뻗었습니다. 그러나 추야 님은 그것을 종이 한 장 차이로 피하고 다시 상단 발차기.

회전을 걸어 다시 뒤돌려차기.

자기보다 키가 큰 상대를 향해 전광석화의 4연속 발차기. 예술적이라고까지 할 수 있는 기술입니다. 베를렌은 신음밖에 하지 못합니다.

"왜 그러지? 나보다 강한 거 아니었냐!"

베를렌은 중력 제어로 자신의 몸이 쓰러지는 것을 막고 시선을 향하지 않은 채 추야 님을 붙잡으려고 손가락을 뻗습니다. 즉사급 중력이 걸린 그 손가락을 추야 님은 평온한 얼굴로 피합니다. 아주 약간 닿은 두발 몇 올이 중력에 잘려 흩날립니다. 추야 님은 민첩하게 팔꿈치로 상대의 팔을 뿌리치고 안구를 노린 등주먹치기. 베를렌의 얼굴이 튕기듯이 흔들립니다. 하단 발차기로 베를렌의 오금을 쳐서 무릎을 굽히게 합니다.

베를렌의 등 뒤로 돌아 들어간 추야 님이 인체의 약점인 정수리를 향해 우레처럼 팔꿈치 내려찍기. 굉음이 울려 퍼집니다.

베를렌이 신음하면서 머리 위의 추야 님을 붙잡으려 합니다. 그러나 추야 님은 이미 그곳에 없습니다. 바닥을 차고 거리를 벌렸습니다. 너무도 빠른 속도에 베를렌의 대응이 따라잡지 못합니다.

"큭……."

말도 안 되는 광경입니다. 그 암살왕 베를렌이 농락당하고 있습니다. 이런 광경을 유럽 당국은 누구 한 명 예측하지 못했을 겁니다.

그러나 본 기체는 지금까지의 전투 상황을 분석해 그 이유에 도달했습니다. 이전의 추야 님은 중력 이능력을 주 공격수단으로 사용해 왔습니다. 그래서 한 단계 위의 중력사인 베를렌에게 정면에서 반격당한 것입니다. 하지만 지금의 추야 님은 전술을 바꾸었습니다. 속도를 살린 체술을 주체로 전환한 것입니다. 이렇게 하면 순수한 격투 기술 승부가 됩니다.

추야 님은 공격하면서 바닥의 잔해를 하나 주워 베를렌을 향해 던졌습니다. 베를렌이 신속하게 대응해 등주먹으로 잔해를 쳐 떨어뜨립니다. 파편이 튑니다.

그 순간적으로 막힌 시야를 가로질러 추야 님이 접근했습니다. 그리고 발차기. 그것은 공성추의 일격처럼 강렬한 뒤차기였습니다. 반사적으로 가드하려 들어 올린 팔째로 베를렌을 날려 버립니다.

베를렌은 등 뒤의 벽에 격돌하여 마침내 멈추었습니다.

자잘한 잔해 파편이 조금 늦게 공중에 떠다닙니다.

베를렌은 천천히 들고 있던 양팔을 내렸습니다. 아주 천천히. 그리고 자신의 입술 끝에 묻은 피를 닦았습니다. 조금 전의 연속 발차기로 입술 끝이 찢어진 것이겠지요.

그리고 자신의 손가락에 묻은 피를 빤히 관찰했습니다. 흥미롭다는 듯한 눈으로.

"오랜만이군." 베를렌의 목소리는 메마르고 쉬어 있었습니다. "내 피를 본 건."

"거 축하하네. 그럼 이제부터 질릴 정도로 보여 주지."

"입만 산 건 세계 수준이군." 베를렌은 웃었습니다. "하지만."

베를렌은 등 뒤의 벽에 살짝 손을 댔습니다.

그리고 그 손가락이 벽면의 건축자재를 파내기 시작합니다. 마치 젤리를 숟가락으로 떠내듯이.

추야 님의 표정이 변합니다.

"그저 속도가 빠른 것만으로는 나를 놀라게 할 수는 있어도 죽이지는 못해."

베를렌은 손안의 잔해를 발사했습니다. 포탄처럼.

추야 님은 그 한 덩어리가 된 파편 무리를 중력을 실은 주먹으로 튕겨냈습니다. 하지만 그걸로 끝이 아닙니다. 똑같은 덩어리가 기관총처럼 잇따라 날아듭니다. 베를렌이 벽에 손을 대고 횡방향의 중력으로 연이어 발사하는 것입니다.

추야 님은 잔해의 유성군을 연이어 주먹으로 쳐 떨어뜨립니다. 그러나 숫자가 너무 많습니다. 잔해의 속도는 너무도 빠르고 심지어 끝이 없습니다. 방어 일변도가 됩니다.

"제길!"

추야 님은 옆으로 뛰어 잔해 무리를 피했습니다. 그 뒤를 이어 다음으로 날아온 것은 잔해의 포탄이 아니었습니다.

베를렌의 래리어트.

긴 팔의 일격이 추야 님의 가슴을 한꺼번에 포착했습니다. 추야 님의 발끝이 떠오릅니다.

운석이 낙하한 듯한 충격이 복도를 타고 지나갔습니다.

추야 님의 몸은 벽을 수면처럼 부수며 관통해 감방 밖으로 날아갔습니다. 믿을 수 없는 위력입니다. 밖은 경찰차를 위한 지하 주차장이었고, 추야 님은 주차된 차량에 등부터 내동댕이쳐졌습니다. 차량은 찌부러져 뒤로 밀렸고, 몇 대나 말려들게 하고 나서야 겨우 정지했습니다.

추야 님이 앞으로 쓰러지자 주위는 갑자기 조용해졌습니다.

뒤에 남겨진 것은 잔해가 와르르 무너지는 소리. 멀리서 들리는 서내 방송의 경보음. 찌그러진 차량이 발하는 방범장치의 버저 소리. 그 소리들에 지워질 듯이 가냘픈, 쓰러진 추야 님의 신음 소리.

"크…… 아……."

아래팔의 일격 하나로 전황이 확 뒤집히고 말았습니다.

베를렌의 이능력 출력은 무시무시합니다.

어떤 속도도, 어떤 기술도, 단순한 베를렌의 중력 이능력, 그것으로 강화된 신체의 강도 앞에서는 얕은 잔재주에 지나지 않습니다. 무시무시한 강함입니다.

베를렌은 벽의 구멍을 빠져나가 추야 님에게 다가갑니다.

"일어나라, 추야. 죽지는 않았을 거다." 베를렌은 추야 님의 옆까지 와서 말했습니다. "조절을 했으니까."

그렇게 잘라 말한 베를렌은 추야 님의 목을 붙잡고 들어 올렸습니다.

"놔……라…….."

"놓게 해 봐라."

목을 붙잡은 베를렌의 손 주위가 일렁이기 시작합니다. 열복사에 의한 대기 굴절률 변동을 감지.

큰일입니다.

"추야 님! 도망치십시오!"

본 기체는 신체 각 부분에 있는 관절 액추에이터의 출력을 상승시켰습니다. 각 관절에서 진동을 발생시키며 본 기체를 에워싼 잔해의 공진 주파수를 검색합니다.

모든 개체에는 진동을 증폭시키는 공진 주파수가 존재합니다. 그 주파수의 진동을 체내 모터로 가해주면 잔해를 조금씩 무너뜨릴 수 있을 것입니다.

하지만 시간이 별로 없습니다.

붙잡힌 추야 님의 목 부분에서 중력파가 전파되어 갑니다.
열량이 눈에 보이지 않는 지옥에서 뿜어져 나옵니다.

"자신을 제어해라. 이능력을 제어해라."

베를렌의 차가운 말이 울립니다.

추야 님이 절규했습니다.

그 절규와 함께 입에서 검은 불꽃이 분출됩니다.

최악의 사태입니다. 지난번에 일어났던 것 같은 《아라하바키》에 의한 블랙홀이 여기서도 발생하면 경찰서 자체가 손톱정도 크기로 압축되어 소멸합니다. 시라세 씨와 본 기체도 휩쓸려서.

"왜 그러지, 추야. 이대로는 다들 죽을 텐데? 네가 죽이는 거다. 너의 미숙함이. 뒤에는 아무것도 남지 않아. 한번 시험해 보겠나?"

그때—— 메마른 총성이 두 번.

베를렌의 위팔에 총알구멍이 뚫렸습니다.

"추야! 무사하냐!"

주차장 안쪽에서 누군가의 외침소리.

베를렌의 팔 힘이 느슨해진 틈에 추야 님은 상대의 가슴팍을 차고 속박에서 탈출했습니다. 그대로 굴러가 거친 숨을 몰아쉽니다.

그런 추야 님에게 달려 다가간 것은 조금 전까지 취조실에 있던 형사님이었습니다. 이름이 분명히 무라세. 손에 든 권총에서는 아직 흰 연기가 피어오르고 있습니다.

추야 님은 기침을 하면서 형사님을 매섭게 노려보았습니다. "형사 나리…… 왜 왔어! 물러나 있어!"

베를렌은 총알구멍이 뚫린 자신의 팔을 신기하다는 듯이 쳐다보다가, 형사님을 쳐다보고, "이제야 왔나." 하고 말했습니다. 이상한 말입니다.

베를렌은 다시 추야 님을 보았습니다. 고 에너지선도 이능력 위상도 소멸했습니다.

추야 님이 자세를 취합니다.

"추야. 네겐 말할 필요도 없겠지만, 약한 자는 아무것도 손에 넣지 못한다. 이대로 싸우면 너는 지고 《아라하바키》의 불꽃이 이 시설을 뒤덮어 몇백 명이나 되는 인간이 또 죽겠지."

그 말은 협박도 위협도 아닙니다. 목소리는 완전히 단조롭고 무감정합니다. 그저 이제부터 일어날 일을 말하고 있을 뿐이기 때문입니다.

"그렇게 하게 놔두지 않아." 추야 님이 으르렁거리듯이 말했습니다.

"그래. 그렇게 되지는 않는다." 베를렌은 의외의 말을 했습니다. "왜인지 아나?"

추야가 대답하기 전에 베를렌이 비상했습니다.

자신의 중력을 없애고 지하 주차장 천장에 거꾸로 착지. 다시 뛰어 추야 님의 등 뒤에 내려섭니다.

"이걸로 오늘 일은 끝이기 때문이야."

베를렌이 붙잡고 있는 것은 형사님의 목이었습니다.

"그만둬!"

추야 님이 소리치며 뛰쳐나갔습니다.

형사님의 입이 열리고, 무언가를 말하려는 듯이 움직입니다.

그러나 그 말이 나오는 일은 없었습니다.

그 입은 반회전하여 둔탁한 소리와 함께 등 쪽으로 돌아가 버렸기 때문입니다.

형사님의 몸이, 돌아간 머리의 기세에 이끌려 휘청 하고 돌았습니다. 그대로 쓰러집니다.

"제기랄!" 추야 님이 달려 다가갑니다.

형사님의 몸을 안아 올린 추야 님의 표정으로 모든 것을 깨달았습니다. 장거리 스캔으로 심박을 탐지. ──심박 없음. 즉사입니다.

"이 자시이이익!"

절규와 함께 추야 님이 도약. 휘두른 오른 주먹이 베를렌에게 내리꽂혔습니다.

받아낸 베를렌의 양 손바닥과의 사이에 검은 광망이 작렬. 발사된 중력자가 주위의 공간에 중력파로서 전파되어 풍경을 구 형태로 일그러뜨립니다.

팽창한 중력 충격파가 주위의 승용차를 종이 세공품처럼 날려 버립니다. 그에 거스르지 않고 베를렌은 충격을 타고 뒤쪽으로 비상. 지하 주차장 출구에 착지.

"방금 그 주먹이 가장 좋았다."

그렇게 말하고 씨익 웃고는 정면을 본 채 뒤쪽으로 도약.

출구 너머로 모습을 감춥니다.

"기다려!"

추야 님이 뒤를 쫓아 경찰서를 나갑니다. 위험합니다. 놈과 단독으로 전투를 해서는 안 됩니다.

본 기체는 고유 진동을 조정해 조금씩 잔해를 무너뜨렸습니다. 간신히 오른팔 전체를 벽 밖으로 꺼낼 수 있었습니다. 그대로 팔꿈치로 잔해를 쳐서 구속을 무너뜨려 갑니다.

그로부터 144초 후, 본 기체는 잔해에서 탈출했습니다. 한쪽 다리로 뛰어올라 형사님 쪽으로 서둘러 갑니다.

형사님은 얼굴을 모로 하고 쓰러져 있었습니다. 구강에서 출혈하고 있습니다. 스캔 결과는 경추 C2번에서 C6번까지 파손. 심정지. 동공에 빛 반사 없음. 체내 통신으로 구급차를 부르기는 했지만 손쓰기에 완전히 늦었다는 것은 명백합니다.

인간의 생명 유지는 매우 섬세한 균형으로 성립되어 있습니다. 본 기체 같은 기계와는 달리 부분 생존이라는 개념이 없습니다. 뇌와 심장이라는 두 개의 여유도가 없는 기관에 의해 극히 동적인 시스템이 구축되어 있고, 한 번 그중 한쪽이 멈추면 부활은 거의 불가능합니다. 파손 부품의 교환성도 없습니다.

즉 인간은, 대단히 쉽게 죽는 것입니다.

등 쪽도 스캔하려고 형사님을 움직이자, 바닥에 기억에 있는 물건이 떨어져 있는 것이 보였습니다.

자작나무 십자가.

베를렌이 남기고 간 것이겠지요.

본 기체가 그것을 스캔하고 있자 추야 님이 돌아왔습니다.

"베를렌은 어디로 갔습니까?" 본 기체는 물었습니다.

"사라졌어. 하늘로." 추야 님은 불쾌한 듯이 말하고 하늘 쪽을 가리켰습니다. 중력으로 도약해 하늘 방향으로 도망쳤 겠지요.

"이쪽도 똑같습니다." 본 기체는 형사님의 몸을 부둥켜 올 리면서 말했습니다. "하늘로 사라졌습니다. 시적인 표현을 쓰면 말이지만요."

본 기체는 형사님의 눈을 감겨 주었습니다. 그러자 형사님 은 죽은 자의 얼굴이 되었습니다.

"제기랄!" 추야 님이 소리치며 형사님의 가슴을 주먹으로 두드렸습니다. "나를 체포하는 거 아니었어?! 이봐, 형사 나 리! 나를 낮의 세계로 데려가는 거 아니었냐고……!"

추야 님이 형사님의 가슴을 두드린 순간, 외투 주머니에서 형사님의 소지품이 툭 흘러내려 바닥에 떨어졌습니다.

다소 구형의, 파란 폴더식 휴대 전화 단말기. 기억에 있는 모델입니다.

그것은 베를렌이 조달 업자에게 준비시킨 파란 휴대 전화 와 완전히 똑같은 모델이었습니다.

본 기체는 그것을 주워들어 추야 님에게 보였습니다.

추야 님은 그것이 무엇인지 이해한 순간, 악문 잇새로 말로 표현할 수 없는 소리를 질렀습니다.

암살왕 베를렌. 처음부터 베를렌의 제1표적은 시라세 씨가 아니었습니다.

그런데…… 그렇다면 왜?

왜 베를렌은 형사님을 죽여야만 했던 걸까요?

[CODE:03]

나는 인간으로서 추야가 괴로워하는 걸 보고 싶어

하늘의 파란색은 슬픔의 색깔이라고 말한 것은 어느 시대의 시인이었을까요?

그날, 요코하마의 하늘은 슬픔의 파란색으로 맑게 개어 있었습니다.

오가는 차 소리도, 전철 소리도, 거리의 혼잡함도 모두 푸른 하늘이 빨아들여 버립니다.

추야 님은 그 푸른 하늘 한가운데에 앉아 있었습니다.

요코하마에서 가장 높다는 건물의 중간. 건물의 요철이 아주 약간 튀어나온 곳에 추야 님은 앉아있습니다. 손잡이도 없고 생명줄도 없는, 겨우 몇 인치 앞으로 체중을 싣기만 해도 그대로 까마득히 아래의 땅까지 낙하하고 말 듯 한 장소입니다.

수십 야드나 떨어진 지상에서는 추야 님의 표정까지는 관측할 수 없습니다. 추야 님은 그저 미동조차 없이 상공의 바람을 맞으며 시선과 같은 높이에 있는 하늘을 노려보고 있습니다.

벌써 몇 시간이나 똑같은 자세입니다.

본 기체는 그 모습을 올려다보고 있었습니다. 휴대 전화에도 응답하지 않고 아래쪽에서 소리쳐도 목소리가 들리지 않으니 접촉할 방법이 없습니다.

"뭐 하는 거야, 저 녀석." 옆에 선 시라세 씨가 말했습니다.

"말 걸지 않기를 바라는 것이겠지요." 본 기체는 위를 올려다본 채로 대답했습니다.

추야 님은 이렇게 생각하고 있겠지요. ──형사 나리가 살해당한 것은 우리 탓이다, 라고.

경찰서에서 일어난 사건 후, 우리는 증거를 재조사했습니다. 베를렌이 조달업자에게 준비시킨 파란 휴대 전화. 그것은 무라세 형사님 것과 완전히 똑같은 모델이었습니다. 그리고 현장에 떨어져 있었던 무라세 형사님의 휴대 전화를 조사했더니, 조작 이력과 단말기에 저장된 문서는 6년 전부터 사용되었던 구형이었지만 단말기 자체의 제조번호는 반년 전에 제조된 신품이었습니다.

외부 도색도 적당히 벗겨져 구형인 것처럼 교묘하게 위장되었지만, 연대 측정 결과 그 흠집은 바로 최근에 바닥이나 손톱 등으로 낸 것이었습니다.

한편 내부의 연락처와 통화 기록은 무라세 형사님 본인의 것으로 확인되었고, 무라세 형사님이 오랫동안 그 파란 휴대 전화를 애용했다는 증언도 다른 형사에게서 들었습니다.

즉 누군가가 휴대 전화를 바꿔치기한 것입니다. 형사님 본인조차도 알아차리지 못할 정도로 교묘하게 위장해서.

무엇을 위해?

또 한 가지. 휴대 전화 내부에는 뭔가 프로그램이 시한을 가지고 자가 삭제를 행한 흔적이 있었습니다.

여기서부터는 추측이지만, 베를렌은 아마도 무라세 형사님이 누군가에게 연락하는 것을 도청하고 싶었던 것은 아닐까요.

그러기 위해 휴대 전화를 바꿔치기하고, 무라세 형사님이 어딘가에 전화하기를 기다렸다.

도청 프로그램이 자가 삭제되었다는 것은 이미 그 전화 도청에 성공했다는 뜻입니다. 그리고 볼일이 끝났기 때문에 형사님은 살해당했습니다.

막을 수 있었던 죽음이었습니다.

좀 더 우리가 조달 업자가 손을 쓴 휴대 전화에 주목했더라면.

아니면 유치장에서 베를렌이 시라세 씨를 곧바로 죽이지 않고 시간을 죽이려는 듯이 우리와 대화를 했다는 부자연스러움을 알아차렸더라면. 그랬다면 형사님의 죽음은 피할 수 있었을지도 모릅니다.

하지만 이미 끝난 일에 사고 리소스를 할애하고만 있을 수도 없습니다. 지금도 베를렌은 다음 암살 표적에 접근하고 있을 것이기 때문입니다. 그리고 형사님이 남긴 단서가 놈을 따라잡기 위한 이정표가 되어 줄 것입니다.

"하아—, 그런데 진짜 죽는 줄 알았어." 시라세 씨가 짐짓 곤란하다는 얼굴로 말했습니다. "그런 괴물이 날 노리다니. 역시 미래의 왕을 목표로 하는 남자에게는 닥쳐오는 고난도 평범한 사람과는 비교가 안 돼. 진짜 싫다니까."

"아, 예."

하는 말과 반대로 표정은 기뻐 보입니다. 이래서 인간의 감정회로는 참.

"그런데 시라세 씨." 하고 본 기체는 말했습니다. "당신은 왜 아직 여기 있는 겁니까?"

"어엉? 당연하잖아! 그런 괴물이 나를 노리고 있다고! 그것도 너희 때문에! 당연히 너희가 나를 책임지고 지켜야지? 물고 늘어져서라도 옆에서 안 떨어질 거다!"

본 기체는 논리적 연역을 시도했습니다. "하지만, 베를렌의 표적은 시라세 씨가 아니라 형사님이었고……."

"표적이 아직 둘 남았잖아? 다음 표적이 바로 내가 아니라는 보장이 어디 있어!"

이런 것을 억지 이론이라고 하는 것일까요. 하지만 이론은 이론입니다.

확실히 남은 두 명의 표적은 여전히 불명입니다. 그중에 시라세 씨가 포함될 가능성이 있는 이상 그를 차 트렁크에 집어넣고 방치할 수도 없습니다.

"뭐야, 그 얼굴은. 걱정 말라고! 《양》에서도 최고의 두뇌파였던 내가 같이 있으니까 아무 걱정 없어! 곧바로 다음 표적을 찾아내 준다니까!"

시라세 씨가 두뇌파가 아니라, 단지 두뇌 이외의 부분이 쓸모가 없었을 뿐일 확률을 연산장치가 계산하기 시작했으므로 중간에 멈췄습니다. 알고 싶지 않습니다.

마침 그때, 백그라운드에서 계속 실행하고 있던 연산 프로세스가 완료되었다는 알림이 왔습니다.

"흠. 흥미롭군."

정보 피드에 흘러든 영상과 음성을 바라보며 본 기체는 팔짱을 끼었습니다.

"뭐가? 뭘 보고 있는데?"

시라세 씨가 본 기체의 시선 끝을 좇아 몸을 휙휙 내밉니다. 하지만 시각 피드에 편의상 겹쳐서 표시하고 있을 뿐이므로 당연하게도 본 기체 이외에게는 보이지 않습니다.

"형사님의 휴대 전화 통화 기록입니다."

"응? 휴대 전화 기록은 지워진 거 아니었어?"

"네. 하지만 통화를 중계하는 기지국의 기록을 끌어냈습니다. 거기서 입수한 것이 이 대화음성입니다."

본 기체는 목의 스피커로 해석한 결과의 음성을 출력했습니다.

먼저 노이즈. 암호화된 음성을 복원했을 때 들어가는 압축 해제 노이즈입니다. 하지만 차츰 음성이 명료해집니다.

〈나야, 형.〉 무라세 형사님의 목소리입니다. 수화구로 이야기하고 있어서 숨소리가 섞여 있습니다. 〈중력사가 왔어. 형 말대로야. 한 명 더 있었어! 그 녀석은 누구야? 추야와 어떤 관계야! 이걸 들으면 연락해 줘!〉

그리고 음성이 끊기고 재생이 종료됩니다.

시라세 씨가 고개를 갸웃합니다. "뭐야, 지금 그거?"

"시각은 베를렌이 경찰서에 침입하고 조금 후. 정신없는 경찰서 내에서 무라세 형사님이 자동응답 서비스에 녹음한 내용입니다. 걸었던 전화번호로 걸어 보았지만 이미 불통이었습니다."

"흐음." 시라세 씨는 납득하기 어렵다는 얼굴입니다. "그 형사 나리가 형에게 전화를 했다. 그게 왜?"

"묘합니다." 본 기체는 단언했습니다. "기록으로는 형사님의 형은 이미 죽었을 겁니다."

"엉?"

"시 경찰 내무 조사부에 있는 무라세 형사님에 관한 신변조사서를 엿보았습니다." 본 기체는 피드에 정보를 불러내면서 말했습니다. "그에 따르면 무라세 형사님의 형은 육군 기술 연구소에서 일하는 군 소속 연구자였던 듯합니다. 하지만…… 14년 전 4월, 연구 중 사고로 사망했습니다. 그 형의 본명은 지워지고, 조사서에도 단지 'N'이라고만 표기되어 있습니다. 얼굴 사진도 존재하지 않습니다. 어디에도."

"N이라." 시라세 씨가 수상쩍다는 듯이 얼굴을 찌푸렸습니다.

"호적상으로는 무라세 형사님에게 형은 한 명밖에 없을 터입니다. 기묘합니다. 형처럼 친한 인물이라는 비유적인 의미에서 '형'이라 부른 것일까요."

"그렇게 생각되진 않는데."

갑자기 뒤에서 목소리가 들렸습니다.

"으악, 놀라게 하지 마, 추야!"

추야 님이 어느새 우리 뒤에 내려와 서 있었습니다.

시라세 씨의 불평을 무시하고 추야 님이 말을 잇습니다.

"형사 나리가 말했어. 그 사람은 옛날에 형에게 소개를 받아서 군의 경비를 했다……고. 전쟁 말기라면 대략 9년 전이야. 즉 14년 전의 4월에 형은 죽지 않았어. 살아 있었던 거야. 기록만 죽은 걸로 된 거지."

"즉…… 군의 정보 조작?"

추야 님은 고개를 끄덕였습니다. "그래. 본명과 얼굴 사진까지 말소되었다면 뻔하잖아. 겉으로는 죽은 걸로 된 인간. 아무도 찾지 않는 유령. 그런 인간을 군은 원했어."

"하지만, 무엇 때문에."

"여기까지 오면 대충 상상이 가잖아."

추야 님은 날카로운 눈으로 우리를 쳐다보고는 말했습니다.

"형사 나리의 형은——《아라하바키》의 연구를 하고 있던 거 아닐까."

놀란 나머지 본 기체의 모든 연산 프로세스가 0.02초 중단되었습니다.

N은, 《아라하바키》를 만든 인간……?

"《아라하바키》라는 놈은 타국 첩보원이 훔치러 올 정도로 엄청난 국가 기밀이잖아? 당연히 연구자의 소재와 경력이 밖으로 새어 나가면 곤란하겠지. 그래서 'N'은 사망자로서 이름과 경력이 묻혔다. ……있을 법한 이야기잖아."

본 기체는 연산 프로세스를 가동하며 말했습니다. "연구자는 전원 《아라하바키》가 일으킨 폭발 때문에 연구소째로 날아갔을 겁니다. 그럼 그 'N'은 그 연구소의 생존자인 것일까요?"

"그래. 아마도 유일한. 그래서 베를렌이 쫓는 거겠지." 추야 님이 고개를 끄덕였습니다.

"본명도 불명. 있는 곳도 불명. 연락수단도 없음. 유일하게 그 'N'과 연락을 취할 수 있는 사람이."

"동생인 형사님이었다, 는 거군요……."

갑자기 시라세 씨가 대화에 끼어들었습니다.

"아니아니아니아니, 이상하잖아."

본 기체는 돌아보았습니다. "뭐가 말입니까?"

"이것 보라고. 너희가 실컷 협박한 탓에 나는 잊고 싶어도 잊을 수가 없단 말이야." 시라세 씨는 허리에 손을 짚고 거만한 표정을 지었습니다. "베를렌은 추야가 일본에 남는 것을 포기하지 못하게 만드는 자를 죽인다. 너희가 그렇게 말했잖아! 그래서 나는 죽을 만큼 쫄았단 말이야. 아니 안 쫄았지만. 무슨 말이 하고 싶으냐면!"

베를렌의 목적은 추야 님을 데려가는 것. 확실히 그렇습니다.

그렇다면.

"즉, 'N'은…… 추야 님이 이 나라에 남고 싶어질 만한 정보를 쥐고 있다? 그래서 베를렌은 형사님을 죽였다. 그리고 다음은 'N' 본인……."

우리가 알지 못하는 이유로 베를렌은 연구자 'N'의 암살 우선도를 높게 설정했습니다. 그것은 틀림없는 일입니다.

그렇다면 필연적으로 도출되는 의문이 하나.

"그렇다면, 'N'은 도대체 무엇을 알고 있는 걸까요?"

추야 님은 어깨를 으쓱했습니다. "글쎄. 찾아내서 실토하게 하면 알게 될 일이지."

"이것 봐, 나는 싫어! 멋대로 정하지 마!" 시라세 씨가 아우성칩니다. "그 연구자를 찾는다고 해봤자, 베를렌도 찾고 있을 거 아냐? 또 그놈과 부딪치는 건 사양이야! 어딘가 안전한 곳에 틀어박혀서 나를 지키란 말이야!"

추야 님은 바둥바둥 손을 휘두르는 시라세 씨를 10초 정도 빤히 쳐다보았습니다.

그리고 거창하게 한숨을 쉬었습니다.

"뭐야, 그 눈은!"

"아니, 딱히……. 말하면 더 귀찮아질 것 같아." 그렇게 말하고 눈을 피합니다.

시라세 씨가 뭔가 불평을 하고 싶은 듯이 입을 열기에, 귀찮게 되기 전에 이야기에 끼어들었습니다.

"유감스럽지만, 시라세 씨의 발언에도 일리가 있습니다." 하고 본 기체는 발언했습니다. " 'N'을 찾는 탐색에서 베를렌은 우리보다 훨씬 앞서 있습니다. 심지어 그는 구 첩보원, 아마도 이미 'N'의 소재쯤은 파악했겠지요. 지금부터 탐색해서 설사 따라잡는다 해도 그곳에는 'N'의 시체와 그 옆에

선 준비 만반의 베를렌이 있었다── 이런 결과가 될 가능성이 매우 큽니다."

"아니, 그렇게 되지는 않네."

갑자기 누군가의 목소리가 그렇게 말했습니다.

모르는 목소리입니다. 성인 남성의 목소리. 뒤돌아보지만 목소리의 주인은 어디에도 없습니다.

기묘합니다. 두리번두리번 둘러보며 발언한 인물을 찾습니다.

"어딜 찾고 있나? 여기야."

또 목소리가 들렸습니다. 대체 어디에서?

"야, 너……."

시라세 씨가 묘한 표정으로 본 기체를 봅니다. 마치 유령이라도 본 듯한 얼굴.

갑자기 이해했습니다.

말하고 있는 것은 본 기체입니다.

"자네가 너무도 군의 정보 단말에 흔적을 남겼기에 그걸 짚어왔지." 본 기체의 입이 움직여 모르는 남성의 음성을 냅니다. "서로 비밀이 많은 몸이다. 다소의 무례는 용서해 주길 바라네."

곧바로 진단을 실행합니다. 제3자가 본 기체의 피드에 침입했습니다.

기분 나빠!

다행히 이쪽의 시스템을 변경하는 유해 코드^{멀웨어}나 본 기체를 폭주시키는 파괴 코드^{킬웨어}는 포함되어 있지 않습니다. 하지만 몹시 불쾌합니다. 얼른 접속을 끊어 버려야겠습니다.

"잠깐, 끊지 마." 본 기체의 행동을 미리 읽었는지 추야 님이 손을 들어 본 기체를 막았습니다. 그리고 본 기체를 향해 물었습니다. "당신은 누구지?"

"자네들의 도움을 청하는 인물이야." 본 기체의 입이 또 멋대로 움직였습니다. "그리고 또한 자네들을 도울 수 있는 인물이기도 하지. 자네들은 'N'이라 부르는 모양이지만."

"당신이 'N'인가. 그거 참 준비성이 좋군." 추야 님이 코웃음을 쳤습니다. "하지만 갑자기 연락해선 뭐 하자는 거지? 당신은 사람 앞에 나서는 걸 싫어하는 줄 알았는데."

"바람이 바뀌었어. 그건 자네들도 알겠지." 본 기체는 모르는 목소리로 술술 말합니다. 점점 견디기 힘들어집니다. "이대로라면 나는 세계 최고의 암살자에게 살해당한다. 모든 것은 진실을 아는 나를 어둠에 묻어 버리기 위해서야. 자네들에게 그걸 전하기 전에 말이지. 반대로 말하자면, 자네들에게 진실을 전하기만 한다면 나를 살해할 의미는 사라진다."

앞으로 10초만 더 이야기를 한다면 내 혀를 뽑아 버리자, 그렇게 맹세하고 있는데 N이 다행스러운 발언을 했습니다.

"이 이상은 여기서 말할 수 없어. 나를 만나러 와 주게. 주소는 이 기계 청년의 피드에 남겨 두겠네."

추야 님이 빠른 말투로 묻습니다. "이봐, 기다려. 만나러 오라고? 당신은 뭘 알고 있는 거지."

"모든 것이야, 추야 군. 자네의 모든 것." 목소리는 초연하고 온화한 음성으로 말했습니다. "만나기를 기대하고 있겠네."

그리고 접속이 끊어졌습니다.

본 기체는 한숨 돌리고 싶은 기분이었습니다. 하지만 추야 님은 그렇게 말할 상황이 아니었습니다.

본 기체가 운전하는 차는 비포장 산길을 덜컹덜컹 흔들리면서 달려 목적지 근처에서 정차했습니다.

시골의 산길입니다. N인가 하는 남자──본 기체의 입에 침입했던 괘씸한 자──의 지정에 따라 우리는 도시에서 떨어진 산 중턱에 왔습니다.

상록 활엽수인 모밀잣밤나무와 참나무가 머리 위에 천연 지붕을 형성하고 있습니다. 조금 전에 내린 비 탓에 울퉁불퉁한 산길 곳곳에 진흙 웅덩이가 생겼습니다. 근처에 사람의 기색은 없지만 스캐너 상으로 무수한 작은 곤충이 이쪽을 쳐다보고 있는 것을 알 수 있습니다.

본 기체는 지면에 떨어져 있는 나무 열매를 주워 그것을 손가락으로 닦고 나서 꿀꺽 삼켰습니다. 맛있습니다. 그것을 보고 있던 추야 님이 "우와……." 하고 질색하는 목소리를 냈습니다.

우리가 걷고 있는 조금 뒤에서 시라세 씨가 말을 걸었습니다.

"반대야. 절대 반대라고 나는. 돌아가자. 이런 곳에 뭔가 있을 리가 없어."

몇 번째인지 모를 그 말을 듣고 본 기체는 뒤돌아보았습니다.

"다리도 아프고, 이제 지긋지긋해. 걷기 싫어. 이봐, 기계 영국신사. 업어 주면 안 돼?"

본 기체와 추야 님은 얼굴을 마주보았습니다.

"너는 돌아가도 돼, 시라세." 추야 님이 도발하듯이 말했습니다.

"돌아가라고? 싫어! 나를 지키는 게 너희 의무잖아! 절대로 안 떨어질 거야!"

추야 님은 다시 앞을 보고 피곤한 얼굴로 머리를 긁었습니다. "진짜…… 말도 안 되는 짐 덩어리군."

"아양? 이봐 추야, 그런 식으로 말해도 될까—? 내가 누구라고 생각하는 거야? 기억도 살 곳도 없었던 너를 구한 생명의 은인님인데?"

시라세 씨는 그렇게 말하고 눈썹을 솜씨 좋게 올렸다 내렸다 했습니다.

그때 추야 님의 표정은 도저히 한마디로 표현할 수 없었습니다. 비유하자면, '망치가 있다면 머리를 쳐서 날리고 싶지만 망치가 근처에 없고, 맨손으로 직접 때리기는 싫다' 같은 인간의 얼굴입니다.

그것이 매우 좋은 표정이었기 때문에 영상을 촬영해 스토리지의 '취미' 태그가 붙은 영역에 저장했습니다.

추야 님은 한숨을 쉬고 말했습니다. "알았어. 따라와도 좋

아. 그러니까 좀 입 다물고 있어."

"것 봐. 추야와 말하면 언제나 내가 이겨. 내가 바로 왕이야!"

추야 님이 작은 목소리로 "날려 버리고 싶다……." 하고 중얼거리는 것이 들렸습니다. 범죄 조직의 주요 인재인 추야 님이 이런 상황에서 그런 대사를 본인에게 들리지 않게 말하는 것이 흥미롭다고 본 기체는 생각했습니다.

그런 이야기를 하면서 걸어가다 이윽고 우리는 목적지인 시설 앞에 당도했습니다.

"여깁니다."

그것은 헛간이었습니다.

사냥 도구와 농기구를 산에 놓아두기 위한 목조 건축물입니다. 애초에 그것을 건축물이라고 부를 수 있다면 말이지만요.

헛간 벽은 반이 썩어서 벗겨져 바깥에서 내부가 훤히 보입니다. 초가지붕은 오랜 비바람 탓에 거의 뼈대밖에 남아있지 않습니다. 지붕을 받치는 기둥에 이르러서는 구석기 시대부터 썼던 게 아닐까 싶을 정도로 거무스름해진 썩은 나무로, 여기저기 벌레 먹은 구멍이 뚫려 있습니다.

헛간 안에는 바퀴 한쪽이 떨어진 손수레와 망가진 소쿠리, 여기저기 찢어져 내용물이 튀어나온 비료 포대 등이 놓여 있습니다.

"뭐야, 여긴." 시라세 씨가 질린 표정으로 말했습니다. "폐허잖아."

"아니요, 여기가 틀림없습니다."

본 기체는 벽에 걸린 손도끼 하나를 손에 들었습니다. 손잡이 부분이 썩어 중간에서 부러져 있습니다. 본 기체는 스캐너로 헛간 내부를 스캔하고 나서 바닥판 틈새에 그 손도끼를 박아 넣었습니다.

감촉을 확인하면서 도끼를 몸 쪽으로 눕히자 금속이 맞물리는 찰칵 소리가 났습니다.

바닥이 비스듬하게 하강하기 시작했습니다.

"우오!"

헛간 외벽을 남기고 바닥판이 슬라이드해 하강합니다. 산길의 풍경이 위쪽으로 사라졌습니다. 대신 레일이 달린 검은 콘크리트 벽이 눈앞에 솟아 올라옵니다.

헛간 바닥 자체가 지하로 이어지는 엘리베이터인 것입니다.

벽면에는 승강 샤프트 내부를 비추기 위한 붉은 유도등이 일정 간격으로 켜져 있습니다. 붉은빛이 일정한 리듬으로 우리의 옆얼굴을 훑고 지나갑니다.

"멋진데." 놀란 얼굴의 시라세 씨가 천천히 어린아이 같은 미소를 띠고 말했습니다. "모험 같아졌어."

과연. 이것이 모험.

모험이란 영화의 단골 메뉴. 누구나 마음 설레는 것이라고 들었습니다.

본 기체는 뛰어오르면서 주먹을 치켜들고 "이얏호!" 하고 소리쳤습니다.

점점 본 기체도 인간다움을 획득하고 있는 것이 아닐까요.

추야 님은 지긋지긋하다는 눈으로 뛰어오르는 본 기체를 쳐다보고 있었습니다.

대형 모터의 구동음이 정지하고, 우리는 엘리베이터에서 내렸습니다.

내린 곳은 어둑어둑한 복도로 되어 있었습니다. 회색 벽면에 충돌 방지를 위한 노란색과 검은색 줄무늬선이 그어져 있습니다. 안쪽의 어둠으로 이끄는 듯이 똑바로 뻗은 그 선을 따라 우리는 앞으로 나아갔습니다.

희미한 발밑등이 우리 얼굴을 아래에서 비춥니다. 본 기체가 확인을 위해 앞쪽을 향해 핑 신호를 날리자 몇 초 후에 시설 시스템에서 핑 응답이 왔습니다. 방향은 이쪽이 틀림없겠지요.

복도를 오른쪽으로 꺾어 더 걸어가서 이중 방화벽을 넘자 광장 같은 지하 공간으로 나왔습니다.

테니스 코트 정도 넓이의 공간 안쪽에 방화 방범용 거대 격벽이 있고, 그 앞에 작은 경비 대기소가 설치되어 있습니다. 대기소 바깥에 두 명, 안에 두 명, 총을 휴대한 군인들이 우리를 보고 있었습니다.

그들의 눈은 아무것도 보고 있지 않습니다. 우리의 표정도, 개인적인 인격도, 아무것도 보지 않고 감안하지도 않습니다.

그들의 눈에 비치는 것은 '수상한 자 세 명'이라는 기호적 사실뿐.

"멈춰라."

제일 근처에 있던 경비가 무기질적인 목소리로 단정적으로 말했습니다.

그 총구 앞에 추야 님이 서서, 총 따위는 존재하지도 않는다는 듯한 대범한 말투로 말했습니다.

"약속이 있다. 통과시켜."

경비가 뒤를 보자 대기소에 있던 다른 경비가 작게 끄덕였습니다. "들었다. 하지만 이곳은 중요 기밀 시설이다. 들어가기 전에 소지품 검사와 혈액 검사를 하겠다."

"혈액 검사?" 추야 님이 눈썹을 치켜세웠습니다. "뭐 때문에."

"너희, 이곳이 무슨 시설인지도 모르는 거냐." 경비는 경멸 섞인 한숨을 쉬었습니다. "가엾게도."

"뭐라고, 이 자식! 내가 누구인 줄…… 으읍."

"당신이 누구인지는 아마 모두가 알 겁니다. 그러니 입 다물고 있는 편이 좋을 겁니다." 달려들려 하는 시라세 씨의 입을 본 기체가 막았습니다.

우리는 소지품 검사와 채혈을 받게 되었습니다.

경비가 상자 모양의 채혈 키트를 추야 님의 손목에 가져다 댑니다. 추야 님은 딱히 아무 말도 하지 않고 채혈을 받았습니다. 공기 음압이 해방되는 푸슉 소리가 나고 혈액이 채취

되었습니다. 특별히 표정은 변하지 않았습니다.

시라세 씨의 손목에도 채혈이 행해집니다. "아얏! 으어 아파! 장난치냐! 아프면 아프다고 먼저 말을 하라고!" 호들갑스럽게 아프다며 날뜁니다.

다음은 본 기체의 손목에 채혈이 행해집니다. 공기압 소리. 채혈침이 부러졌습니다.

"…………."

경비와 눈이 마주쳤습니다.

본 기체는 무언. 채혈 키트를 든 경비도 무언.

경비는 예비 키트로 본 기체의 다리, 목, 허리, 온갖 곳을 옷을 들추고 찔렀습니다. 전부 부러졌습니다.

대기소 앞은 차츰 소란스러워졌습니다. "나이프를 가져와!" "톱 있지!" 사람이 점점 늘어납니다. 경비들이 총출동해 채혈에 달라붙습니다. 전부 안 됐습니다.

방법이 떨어져 헉헉 하고 숨을 헐떡이며 본 기체를 보는 경비들. 무표정으로 직립해 채혈하는 대로 가만히 기다리는 본 기체.

수수께끼의 침묵.

본 기체는 목 내부의 조인트가 보일 때까지 뻗었습니다. 그리고 얼굴을 앞뒤 방향으로 왕복시키면서 걸었습니다. "비둘기."

"우와아아악!" 경비들이 몸을 젖힙니다.

"괴롭히지 마!" 추야 님에게 뒤통수를 맞았습니다.

결국 경비 본부에 문의한 결과, 본 기체는 채혈을 면제하고 통과하게 되었습니다.

　경비의 안내로 우리는 시설 안쪽으로 들어가게 되었습니다.

　시설 내부에는 놀랄 정도로 설명할 만한 물건이 없었습니다. 그저 흰 복도가 있고, 그 양쪽에 번호조차 쓰여 있지 않은 문이 열두 개 있고, 복도 막다른 곳을 돌아가면 다시 복도가 있고, 양쪽에 문이 열두 개 있고, 그런 상태입니다. 하지만 놀랄 일은 아닙니다. 이것은 침입자가 목적한 시설을 찾기 힘들게 만들기 위해 의도적으로 설계한 것입니다. 복도에 꺾인 모퉁이가 많은 것은 총격전이 벌어졌을 때 사선(射線)을 안쪽까지 통과시키지 않기 위해서입니다.

　즉 이곳은 침입자에게 도난당하면 곤란한 물건이 잔뜩 있는 비밀 시설이라는 뜻입니다.

　경비가 복도 막다른 곳에서 단말기를 조작하자 그저 벽으로밖에 안 보이던 격벽이 열리고 안쪽으로 나아가게 되었습니다.(본 기체는 스캔 데이터로 안쪽에 공간이 있다는 것을 이미 파악하고 있었지만.)

　안쪽 방은 연구자 구획으로 되어 있었습니다. 넓은 구획입니다.

　갑자기 인구밀도가 증가했습니다. 백의를 걸친 연구자들이 분주하게 복도를 오가고 있습니다. 동료와 토론하고 있는 자, 자다 깨서 눈을 비비는 자, 백의에 흘린 커피를 씻으려고 서두르는 자, 아무리 봐도 철야 사흘째인 자.

군과 경찰과 범죄조직은 전 세계적으로 다양한 특색을 가지고 있지만, 연구소라는 곳은 어찌된 영문인지 세계 어디서든 똑같은 풍경을 하고 있습니다. 영국도 여기도 거의 다르지 않습니다. 대부분의 연구자들이 이 시설에 살고 있기 때문에 연구 내용과는 상관없이 그들의 분위기는 어딘가 느긋합니다.

우리가 그 풍경을 바라보고 있자 뒤의 경비가 총 끝으로 재촉했습니다.

"멈춰 서지 마라. 빤히 보지 마라. 여기 있는 것에 흥미를 가지는 인간은 이 시설에 초대받을 수 없다."

"아 그러셔, 흥. 뭐야, 잘난 척하긴……." 시라세 씨가 투덜투덜 불평했습니다.

본 기체는 신중하게 데이터를 수집했습니다. 몇 가지가 판명되었습니다.

이곳은 육군의, 지난 대전 때부터 이어지는 이능력 연구를 전문으로 하는 연구부문인 듯합니다. 오가는 사람들의 대화 내용을 해석하여 거기까지는 판명되었습니다. 더욱 자세한 정보를 수집하고 싶지만 그 부분은 아무래도 군의 기밀 시설. 전자 기기 액세스용 콘솔에는 전부 해킹 대책이 되어 있어 외부의 접속을 튕겨내 버립니다. 여기에 침입하려면 상당한 시간과 연산 리소스가 필요할 것 같습니다.

하지만 지금은 그만큼의 정보만 있어도 충분합니다. 본 기체는 한동안 사고하고 나서 발언했습니다.

"생각해 봤는데, 추야 님." 걸으면서 추야 님 옆에 붙어 작은 목소리로 말합니다. "N 씨가 암살 표적이 된 이유. 어쩌면 N 씨는 추야 님이 인간이라는 증거를 가지고 있기 때문 아닐까요?"

"어엉?" 추야 님이 놀라서 돌아봅니다. "뭐야, 아닌 밤중에 홍두깨도 아니고."

본 기체는 축적된 추측 데이터의 로그를 보면서 발언을 계속합니다.

"추야 님이 인간인지, 아니면 인공적인 문자식에 지나지 않는지 우리는 모릅니다. 베를렌은 문자식이라고 단언했지만 그것도 뭔가 확실한 증거를 들이민 것도 아닙니다. 모두 단순히 베를렌의 주장입니다. 그래서 이렇게 가정해 보았습니다. 만약 베를렌이 거짓말을 하고 있다면? 그렇다면 진실을 아는 자를 처리해 두자고 생각할 겁니다. 추야 님이 인간이라는 진실을. 만약 진실이 알려지면 추야 님이 애초에 베를렌을 따라갈 필요성이 사라지기 때문입니다. 그래서 베를렌은 N 씨를 암살 표적으로 골랐다. ……그렇게 생각하는 것도 앞뒤가 맞지 않습니까?"

"뭣 때문에 베를렌이 거짓말을 하지?"

"추야 님을 설득하지 못하기 때문입니다." 이에 관해서는 자신이 있습니다. "그는 무언가의 이유로 추야 님을 필요로

한 겁니다. 아마도 동류인 중력사로서, 군 연구소에서 힘을
얻게 된 자끼리. 하지만 '마피아를 버리고 나에게 오라'니
평범하게 생각해도 추야 님이 따라갈 리가 없으니까요."

"즉…… N이 암살 표적이 된 것 자체가 내가 인간이라는
증거, 라고……?"

"그렇습니다."

추야 님은 그에 관해 한동안 생각에 잠겨 있는 듯했습니다.
벽 쪽을 보고, 이마를 긁고, 코를 긁고, 팔짱을 꼈습니다. 그
리고 얼굴을 덮어 표정을 감추었습니다.

그리고 잘게 숨을 토해 내는 소리가 들렸습니다.

그것은 웃음소리였습니다.

"후…… 하하, 뭐야, 바보 자식." 지친 듯, 작은 목소리입
니다. "결국 인간이잖아. 진짜, 바보 같아. 이런 거에 휘둘려
서……."

본 기체도 미소 지었습니다. 어쩐지 추야 님의 웃는 얼굴을
아주 오랜만에 본 듯한 기분이 들어서입니다.

"뭘 봐." 추야 님이 얼굴을 감추듯이 어깨너머로 이쪽을 노려
보았습니다. "뭐야, 그 웃음은. 난 딱히 아무 생각도 안 했다."

"본 기체도 아무 생각도 안 했는데요." 본 기체는 우수한
기계이므로 아무렇지 않은 얼굴로 거짓말을 할 수 있습니다.

"그럼 그 눈은 뭐야!"

"눈? 안구는 언어를 발하는 기관이 아닙니다."

"이젠 알겠어." 추야 님이 토라진 듯한 얼굴로 저를 노려보

았습니다. "너 그런 말을 일부러 하는 거지?"

들켰습니까.

추야 님은 저에게 등을 돌리고 꾸민 티가 나는 기지개를 켠 후, 빠르게 걷기 시작했습니다.

"아무튼, 얼른 이야기를 듣고 끝내 버리자고! 하—, 오늘은 일이 쉽게 끝날 것 같네!"

누구에게랄 것도 없이 큰 목소리로 말합니다.

발걸음도 가볍게 추야 님은 먼저 나아갑니다. 본 기체의 안면이 자동적으로 웃는 형상을 만들었습니다.

우리의 이동 목적지는 어느 문 앞이었습니다.

경비가 문 옆의 호출 버튼을 누르고 용건을 고했습니다. "들어오게." 라는 대답이 들리고, 문이 자동으로 열렸습니다. 그 목소리는 본 기체의 발성 기관을 탈취했던 목소리였습니다. 그 괴씸한 목소리입니다.

문 안쪽은 넓은 집무실이었습니다.

안쪽 창문은 합성 디스플레이로 되어 있어 지하임에도 불구하고 모래사장과 바다가 보였습니다. 양쪽에는 천장까지 닿을 듯한 오크 책장으로 꽉 채워져 있고 전 세계의 전문서가 정성스레 정렬되어 있습니다. 방 안쪽에는 골동품 느낌의 집무 책상이 있고 그 앞에 남자가 드러누워 있었습니다.

그 남자는 거대한 상자 아래에 기어들어가 있었습니다. 상자와 바닥 틈새에 들어가 뭔가 하고 있어서 상반신이 보이지 않습니다. 보이는 것은 하반신과 발끝이 천장을 향하고 있는 가죽 구두 바닥뿐입니다.

"미안하군. 잠시 기다려 주게." 가죽 구두 바닥이 그렇게 말했습니다. "실험용 감각 차단 탱크 조정에 애를 먹고 있어서. 변성 의식을 인공적으로 만들어 내서 이능력 출력을 올리기 위한 욕조인데…… 제일 중요한 계측 기능이 욕조의 황산 마그네슘액과 간섭하고 있어서 말이야. 양전자 붕괴 감마선 검출기를 보다 정확도 높은 것으로 교체하려 하고 있었어."

"비침습 계측에 구애받지 말고 혈관 내에 활동성 마커를 심는 건 어떨까요?" 본 기체는 그렇게 제안했습니다.

"그건 이미 해 봤어." 가죽 구두 바닥은 밝은 목소리로 그렇게 대답했습니다. "하지만 그렇게 하면 이번엔 내부 피험자의 이능성 활동 전위가 노이즈가 되거든. 자네와 달리 인간의 몸은 불합리해서 말이야. ……좋아, 이제 괜찮겠지."

가죽 구두 바닥은── 그 가죽 구두의 주인은 관짝 같은 그 상자 아래에서 기어 나왔습니다.

그리고 손을 닦으면서 우리에게 미소를 보냈습니다.

"자, 뭐부터 이야기할까. 의문은 무수히 많겠지? 하지만 나는 자네들의 의문에 전부 대답할 수 있어. 즉 이곳은 자네들의 여행의 종착점이라고도 할 수 있는 장소라는 말인데……."

그 얼굴. 잘못 볼 수가 없습니다.

"……당신, 그 얼굴."

추야 님이 딱딱하게 굳은 목소리로 말했습니다.

"역시 그것부터 묻게 되나."

추야 님이 상대를 본 채 품에서 한 장의 사진을 꺼냈습니다.

어느 해안의 사진. 다섯 살의 추야 님과 삼베 기모노를 입은 청년이 손을 잡고 나란히 서 있습니다. 청년은 비스듬한 햇살이 눈부신지 간지러운 듯 눈을 가늘게 뜨고 미소 짓고 있습니다.

"나는 아라하바키 계획의 책임자. 'N'이라는 호칭은 군이 준비한 새로운 경력명이고, 그건 나카하라의 이니셜에서 따왔지. 즉."

사진에 찍힌 청년의 얼굴은—— 눈앞의 연구자와 같은 얼굴이었습니다.

"나는 자네의 부친이야."

그 영상에는 황금색 코인이 비치고 있었습니다.

앞에는 여우가, 뒤에는 달이 각인되어 있습니다. 아름답고, 어딘가 서글퍼 보이는 코인입니다.

그것을 누군가의 손가락이 가지고 놀고 있습니다. 어린 손가락입니다. 하지만 팔에서부터 안쪽은 화면 밖에 숨겨져 있어 그것이 어떤 인물인지는 알 수 없습니다.

그 누군가가 노래하듯이 이렇게 말합니다.

"때 묻은 슬픔은

아무런 바람도 소망도 없이

때 묻은 슬픔은

권태 속에서 죽음을 꿈꾸네."

불가사의한 시입니다. 말은 누군가를 향한 것이 아니고, 곧바로 발밑으로 낙하해 그대로 한없이 어디까지나 떨어질 듯한 기척을 띠고 있습니다.

그 말과 함께 황금색 코인이 기묘한 광채를 발하기 시작했습니다.

화면이 바뀝니다.

빛나는 코인을 든 누군가가 화면 중앙에 아주 작게 비치고 있습니다.

얼굴까지는 알 수 없습니다. 알 수 있는 것은 그 장소가 이상하게 넓고, 그리고 아무것도 없는 콘크리트 벽의 거대한 공간이라는 것뿐입니다.

코인이 발하는 빛이 흰색에서 서서히 위험한 진홍색으로 바뀌어 가고, 화면을 점유하려는 듯 퍼져 갑니다.

다시 화면이 바뀝니다.

다음 영상은 홀을 내려다보는 관측실입니다. 관측실 한 면이 두꺼운 아크릴 유리로 되어 있고, 그 너머에는 거대 콘크리트 공간과 코인이 발하는 빛이 보입니다.

"피험자에게서 심층 이능력 해제 코드를 확인. 절차 806에서 872를 개시합니다."

아크릴 유리 이편에는 열 명이 넘는 연구자들이 있고, 책상에서 각자 계산을 계속하고 있습니다.

"이능력광 증대를 확인. 증가 기울기가 허용치의 320퍼센트를 넘었습니다."

"아직 멈추지 마라."

벽의 화면 속에서 코인이 발하는 빛이 광채를 더해 갑니다. 그 빛은 관측하고 있는 연구자들의 얼굴을 희미하게 비추어 냅니다.

빛이 맥동하기 시작합니다. 광채의 색깔은 진홍으로 변화하고, 이윽고 빛을 집어삼키는 칠흑으로 변화해 갑니다.

"감마선 측정기의 감도 한계를 돌파. 실내 온도 상승."

홀의 공간 자체도 변화하기 시작합니다. 바닥재가 덜걱덜걱 울리더니 순식간에 벗겨져 코인으로 빨려 들어갑니다. 바닥재는 코인에 충돌하기 전에 중력에 찌부러져 먼지처럼 작아져서 소멸합니다.

이윽고 코인을 중심으로 풍경 그 자체가 일그러지기 시작했습니다.

"공간 왜곡, 육안으로 확인! 계기 2번부터 6번, 10번, 14번 파손!"

"피험자의 바이탈, 위험 영역입니다. 아니, 심정지했습니다!"

거대 공간의 바닥이, 벽이 벗겨져 잇따라 빛에 충돌합니다. 이미 실내는 원형을 유지하고 있지 않습니다.

"실험 중지! 긴급 충진수를 흘려보내라!"

다음 순간, 공간이 단숨에 수축. 방 자체가 일그러져 코인을 든 인물에게 빨려 들어갑니다.

섬광과 충격. 화면이 격하게 흔들리고, 거대 실험실과 이쪽을 격리하는 아크릴 유리가 천 개의 파편이 되어 일제히 튕겨 날아갑니다. 연구자들이 공중에 떠오릅니다.

누군가의 비명. 그리고 암전.^블랙아웃

"애초에 이능력이란 무엇이라 생각하나?"

지하로 향하는 도중에 N 씨는 우리에게 그런 식으로 말을 걸었습니다.

베를렌이 봉인하고 싶었던 정보를 이야기하겠다──그렇게 말하고, N 씨는 우리를 지하 실험실로 안내하기 시작했습니다. 그 도중의 일입니다.

"사실, 우리 연구자들은 이능력이란 무엇인지 거의 아무것도 모르네. 이만큼 호사스러운 연구 시설을 만들어 놓고 부끄러운 이야기지만."

우리는 계단을 내려가면서 그 이야기를 듣고 있었습니다.

선두가 N 씨, 다음으로 추야 님, 그 다음이 시라세 씨. 맨 뒤가 본 기체입니다.

"하지만 알고 있는 것도 몇 가지 있지." N 씨는 시원스러운 목소리로 말했습니다. "먼저, 인간 이외의 생명체── 식물이나 원숭이는 이능력을 가지고 있지 않아. 인간 한 명이 가진 이능력은 생득적으로는 한 종류뿐. 이능력자가 죽으면 기본적으로는 이능력이 소멸하지. 지구를 한순간에 불태워 버릴 만한 출력을 내는 단일 이능력은 존재하지 않아. 즉 이능력 출력에는 한계가 존재하네."

"그런 건 나도 알아." N 씨의 말을 덮듯이 추야 님이 아무래도 좋다는 듯 말합니다.

"재미있는 건 지금부터야." N 씨는 진의를 알 수 없는, 장난스러운 미소를 띠면서 말을 이었습니다. "이능력 출력에는 한계가 있다고 말했는데, 그 한계를 넘는 방법은 없는가, 군은 그것을 알고 싶어 했네. 결론부터 말하자면, 없지는 않아. 그중 하나가 이능력 특이점이야."

호오.

본 기체는 감탄했습니다. 특이점을 알고 있을 줄이야. 그것도 이론만이 아니라 군사 응용 부문의 연구자가 알고 있을 줄이야. 본 기체가 태어난 영국에서도 일부 연구자밖에 모르는 현상일 텐데요.

생각했던 것보다 훨씬 이 나라의 이능력 연구는 진보한 것 같습니다.

"아직 정부에서도 아는 자는 얼마 없지만—— 특이점이란 복수의 이능력 현상이 서로 간섭한 결과 원래의 것과도 다른, 보다 고차원의 이능력 현상으로 발전하는 것을 말하네." 라고 N 씨는 말을 이었습니다.

"그리고 이 특이점에는 이능력 현상의 출력 한계가 존재하지 않아. 뭐든지 가능해. 그 상식을 벗어난 현상은 그야말로 이능력 현상에 있어서 에러라고 부르기 걸맞네."

계단이 끝나고, 우리는 최하층에 도달했습니다. 지하 깊숙이 있는 탓에 우리 발소리 말고는 아무런 소리도 나지 않습니다.

그리고 눈앞에는 문. N 씨가 허리에 달고 있던 열쇠를 사용해 문을 엽니다.

"이봐, 우리는 어디로 가고 있는 거지? 그리고 그, 긴 이야기도."

"둘 다 금방 알게 될 거야." N 씨는 싱긋 웃었습니다. "자네의 존재의 본질에 관련된 이야기니까 듣게."

그리고 말을 계속합니다.

"자, 특이점은 극히 이질적인 이능력 현상인데, 발생 절차는 그리 이질적이지 않아. 제일 간단한 것은 '모순된 이능력을 부딪친다'는 것이야. '반드시 상대를 속이는' 이능력과 '반드시 진상을 꿰뚫어 보는' 이능력을 부딪친다. '미래를 읽는' 이능력자끼리 싸우게 한다. 대부분은 둘 중 한 이능력이 이기지만, 드물게 원래 이능력의 어느 쪽도 아닌, 전혀 다른 현상으로 발전하는 경우가 있지. 이것을 우리는 모순형 특이점이라 부르네."

문득 옆을 보자, 시라세 씨가 "으—음, 모순형…… 으으— 음." 하고 신음하고 있습니다.

"시라세 씨, 어려운 건 알겠지만 걸으면서 졸지 말아 주세요."

"그래서 말이지, 추야 군." N 씨는 바로 옆의 추야 님에게 말을 걸었습니다. 이 사람, 시라세 씨를 안 본 셈 쳤네요. "특이점을 만들어 내려면 두 개 이상의 이능력이 필요하다고 말했지. 하지만 이 세상에는 오로지 혼자서 특이점을 만들어 낼 수 있는 이능력자가 존재하네."

"뭐?"

"다른 누군가의 이능력이 아니라, 자기 자신의 이능력과 논리 충돌을 일으킴으로써 특이점을 발생시키지." 그렇게 말하고 N 씨는 검지를 세워 빙글빙글 돌렸습니다. "그런 이능력이야. 최초로 발견한 독일 연구자는 그것을 '자기모순형 이능력'이라고 이름 붙였어. 그래…… 실제로 있었던 현상의 예를 들지. 어떤 곳에 '닿은 상대의 이능력을 증폭하는' 능력을 가진 소년이 있었어. 편리한 능력이야. 그런데 이 능력을, 타인이 아니라 자기 자신에게 쓰면—— 어떻게 될 것 같나?"

"뭐, 그야…… 자기 이능력이 증폭되겠지?"

"그 말대로야. 그것은 다시 말해 '이능력을 증폭시키는 능력'이 증폭되는 것이고, 그것은 즉 '이능력을 증폭시키는 능력을 증폭시키는 능력'이 증폭되는 것이 되지. 이 자기 언급은 영원히 계속돼. 그리고 이능력은 무한히 증폭된다. 그 결과 에너지의 무한 루프에 의해 이능력 원리가 파괴되어 특이점이 발생. 생겨난 과잉 에너지가 질량 전화(轉化)를 일으켜 고밀도의 공간 왜곡이 일어났어. 그는 거대한 중력의 소용돌이에 휘말려 영원히 돌아올 수 없는 저편으로 가 버렸네."

과연. 이해했습니다. "그것이 아까 그, 코인을 든 이능력자의 실험 영상인 거군요."

"맞네. 인생에 단 한 번밖에 발동하지 않는 파멸의 이능력이야."

"……이봐. 설마, 그 공간 왜곡이라는 건……."

그렇게 말하는 추야 님의 목소리는 딱딱하고 표정은 굳어 있었습니다.

"뭐, 마지막까지 듣게." 라고 N 씨가 말을 자르고 계속합니다. "자기모순형 특이점은 독일이나 일본에 한정되지 않고 어느 나라에서건 일어날 수 있지. 수십 년에 한 번 정도의 비율로 말이야. 그것들은 고대로부터 '신'이나 '마수(魔獸)'의 짓으로 여겨져 왔지만 자세한 것은 아무도 몰랐어. 아무튼 이능력자 본인이 발동과 동시에 죽어 버리니까."

과거에 독일 · 프랑스 · 영국은 대전의 형세를 전장에서 다툼과 동시에 군사 연구 부문에서도 격하게 경쟁했습니다. 그중 독일의 동맹국이었던 일본에 이능력 병기 연구 기술이 흘러들어 왔다 해도 그리 이상한 일은 아닙니다.

"주위를 휘말리게 해 자멸하는 위험한 이능력. 심지어 단 한

번. 그런 것은 도저히 병기라 부를 수 없어." N 씨는 엄격한 얼굴을 하고 말했습니다. "하지만 거기에 무한에 가까운 에너지가 있다는 것 자체는 사실이야. 그것을 어떻게든 제어 가능한 자원으로서 떼어 낼 수 없을까? 그것이 연구의 시작점이었네. 그리고…… 그것을 병기로써 실용화한 국가가 마침내 나타났지. 이능력 연구의 최고 선진국 중 하나, 프랑스야."

프랑스. 그리고 프랑스 정부의 이능력 첩보원. 암살왕.

그런 거였습니까.

"특이점을 병기로? 어떻게 한 거지?"

"마음을 사용한 거야."

"엉?"

"마음. 인간의 정신이다." N 씨는 엄숙하게, 거의 시를 읊는 듯이 말했습니다. "보통, 거대한 에너지원은 제어 장치 같은 기계로 조작하지? 그러나 아까도 말했듯이 이능력을 사용하는 생물은 인간뿐이야. 비과학적인 방식으로 말하자면, 인간의 영혼만이 이능력의 에너지를 사역할 수 있네. 그래서 프랑스의 연구자는 인격식과 복제 배양된 육체를 이용해 거기에 인간이 있고 영혼이 있다고, 이능력 측을 오해시켰어. 허 참, 그런 방법을 처음 생각해 낸 연구자는 내가 보기에도 제정신이 아니야. 하지만 그 시도는 성공했어. 두려울 정도로 말이야. 그 결과 태어난 것이, 이능력 첩보원 베를렌. 특이점이 만들어 내는 중력을 자유자재로 조종하는, 인격을 가진 이능력. ……그리고 늦어지기를 수 년. 그 연구

자료를 손에 넣은 우리 나라도 또한 같은 방법으로 특이점의 이능력자화를 재현하려고 시도했네. 그것이."

무거운 미닫이문이 열렸습니다. N 씨는 추야 님을 재촉해 먼저 지나가게 했습니다.

그리고 진지한 얼굴로 말했습니다.

"그것이, 《아라하바키 계획》이다."

그 말과 동시에 문이 빠르게 닫혔습니다.

본 기체는 문 바로 앞에 남겨졌습니다. 시라세 씨도.

상황을 판단하는 데 0.03초가 걸렸습니다.

"추야 님!"

문을 강하게 두드렸지만 방탄 방폭 자동문은 단단하여 도 저히 열릴 것 같지가 않았습니다.

문 옆의 음성 장치에서 N 씨의 목소리가 재생됩니다.

"여기서부터는 추야 군과 둘만 간다." 억양 없고, 감정이 담기지 않은 목소리입니다. "《아라하바키 계획》은 일단은 국가 기밀이라서 말이야. 한 명분의 열람 허가밖에 나오지 않았어. 게다가——."

조금 말을 고르는 듯한 간격이 있었습니다. 그리고 N 씨가 말했습니다.

"이 앞에서 볼 것은 아마도 추야 군 혼자서 봐야 할 것이 네. 그는 다른 인간에게——특히 친구에게는—— 보이고 싶지 않다고 생각할 걸세."

그리고 곧바로 문 너머에서 질량이 이동하기 시작하는 기척이 났습니다. 공간 스캔 결과, 아무래도 문 너머는 엘리베이터로 되어 있는 모양입니다. 추야 님과 N 씨는 그것을 타고 더욱 아래의 공간으로 내려간 것이겠지요. 그만큼이나 내려왔는데 아직도 아래가 있다니 놀랍습니다.

엘리베이터 제어 시스템에 침입하려고 시도했지만 할 수 없었습니다. 튕겨 나온 것이 아니라 애초에 무선이 바깥에 닿지 않습니다.

깨달았습니다. 여기는 세간에서 말하는 전파 암실입니다.

원리는 간단합니다. 도전성 철 등의 금속판으로 방을 둘러싸면 전파는 반사되고, 또 자기장은 금속판 내에 바이패스되므로 내부가 전자장이 통하지 않는 고립 공간이 됩니다. 전자레인지 안에 휴대 전화를 넣으면 전파가 통하지 않아 통화권 이탈이 되는데 그것과 같은 원리입니다.

임무의 안전 평가치가 7퍼센트 저하했습니다. 인간들의 말로 '불안을 느낀다'는 상태입니다.

N 씨의 목적은 대체 무엇일까요?

엘리베이터 구동음이 울린다.

동료와 떨어졌지만 추야는 표정을 바꾸지 않았다. 그저 주머니에 손을 찔러 넣고 벽시계라도 보듯이 N의 표정을 보고 있었다.

"이 정도로 내 뒤통수를 쳤다고 생각하는 건가?" 잠시 후 추야는 그렇게 말했다. 건조한 목소리다.

"뒤통수라니. 자네를 배려한 것뿐이야."

"말해 두는데, 이 앞에서 본 것을 나는 조직에 보고할 거야." 추야는 아무래도 좋다는 듯이 말했다. "국가 기밀 따위, 내 알 바 아니니까."

"마음대로 하게." N은 그렇게 말하고 뜻이 담긴 웃음을 지었다. "진짜로 말할 마음이 든다면 말이지."

엘리베이터는 희미한 진동을 울리면서 하강하다 이윽고 멈췄다. 문이 열린다.

그 앞은 짧은 복도로 되어 있었다. 조금 전까지 있던 시설과 내부는 똑같지만 지독히 낡았다. 바닥 끝에 모래나 먼지가 쌓여 있다. 복도 안쪽까지 가자 또 문이 있고, 그곳에는 '검역 격리'나 '지정 봉인 부문 · 정보부 부장 지시' 등이 적힌 종이 스티커가 몇 장이나 붙어 있었다. 종이는 상당히 낡아 가장자리가 누리끼리했다.

N은 그 종이 스티커를 하나하나 떼어냈다.

추야는 그 모습을 곁눈으로 보면서 불쑥 "이봐, 이제 이야기해라." 하고 말했다. 아무래도 좋다는 듯이.

N이 돌아본다.

"이야기해. 이제 와서 쫄진 않아. 나는── 인간이 아닌 거지?"

추야의 물음에 N은 아무런 대답도 하지 않고 그저 조용히 시선을 되받을 뿐이었다.

"그만큼 이야기를 들었으면 싫어도 알 수 있다고." 추야는 무뚝뚝한 말투로 말을 이었다. "나는 《아라하바키 계획》의 산물. 즉 베를렌과 같은 방법으로 만들어진, 의사가 있는 특이점이야. 그렇지?"

N은 곤란한 듯이 미소 지었다.

"그렇다면 어쩔 텐가? 이 앞에 있는 것은 그것을 증명하는 것이야. 보기가 두려운가? 그 이야기만 듣고, 보지 않고 돌아갈 텐가?"

추야는 대답하지 않는다. 그저 말없이 상대를 노려보고 있다.

"나는 그래도 괜찮네. 여기서 되돌아가도. 우리는 베를렌이 '전부 알려지고 말았다'고 느끼는 것이 중요하지, 반드시 자네가 모든 것을 알 필요는 없으니까."

추야는 상대를 쳐다본 채로 잠시 머릿속에서 생각을 굴리는 듯했다. 이윽고 입을 열었을 때, 그 목소리에는 결연한 울림이 있었다.

"피아노맨과 다른 녀석들은 내가 누구인지 조사하려고 했다. 그리고 그 탓에 죽었어."

그 눈에는 눈앞의 풍경이 아닌 무언가가 감돌고 있었다. 과거의 광경. 동료들의 뒷모습.

"안내해. 나는 그 녀석들을 위해 모든 것을 알 의무가 있다."

그 목소리에 망설임은 없었다. 설령 백 년이 걸리더라도 그 말을 뒤집는 것은 불가능하다. 그렇게 느끼게 만드는 굳은

심지가 목소리 속에 엿보였다.

N은 미소 짓고 대답 대신 문을 열었다.

문 너머는 넓은 공장처럼 되어 있었다. 안쪽 벽이 보이지 않을 정도로 넓다.

그리고 바닥과 천장 사이에 중간층이 되는 금속망 발판이 펼쳐져 있었다. 추야가 서 있는 곳은 그 중간계층이다.

금속망이 울렸다.

추야가 무릎을 꿇은 것이다. 그대로 쓰러질 뻔한 것을, 난간을 잡고 간신히 버틴다.

"괜찮은가?"

"알아." N의 질문을 무시하고, 추야는 파랗게 질린 얼굴로 말했다. "나는 이곳을 알고 있어."

"그렇겠지."

추야의 이마에 땀이 맺혀 있다. 그 눈은 눈앞의 광경에 못 박혀 있다.

N은 그런 추야를 감정 없는 눈으로 내려다보고는 전화번호부 낭독이라도 하는 듯이 무기질적인 목소리로 말했다.

"이곳은 제2실험장이다. 조계지에 있었던 제1실험장과 한 쌍이 되도록 설계되었지. 풍경도 완전히 똑같아. 그 장소가 폭발로 소멸한 이상, 자네의 탄생 자취가 남은 곳은 이곳에밖에 없지."

추야의 뇌리에 환상의 목소리가 반향되었다.

「침입자다!」

「8번부터 15번을 봉쇄해라!」

「작전부는 1종 장비로 요격태세!」

정신을 차리자 걷고 있었다.

같은 풍경. 몇 년이나 보아 왔던 익숙한 광경. 오가는 병사와 연구자.

추야 곁을 병사들이 총을 들고 달려 지나간다. 환상이다. 그곳에는 아무도 없다. 이것은 기억 속의 풍경이다.

「침입자는 몇 명이냐! 무장은?」

「침입자는 두 명! 무장은 없음── 완전히 빈손입니다!」

기억 속의 목소리가 소리친다. 이것은 그날의 기억이다. 추야가 있던 장소에서 본 마지막 날의 광경이다.

이윽고 한 장소에 당도했다.

"이 안에 자네가 있었다."

그것은 검은 원통이었다. 천장까지 이어지고, 두께는 어른 세 명이 팔을 벌리면 겨우 감싸 안을 수 있을 정도. 표면은 유리 같지만 재질은 불투명하고 검어서 안이 보이지 않는다.

그러나 추야는 알고 있다. 이것이 무엇인지.

추야는 뒤돌아보고, 그리고 시설을 보았다.

너무도 익숙한 광경. 세계의 전부라고 생각했던 광경이다.

검푸른 어둠. 외계(外界)와 격리하기 위한── 바깥 세계로부터 자신을 지키기 위한 요람.

그 요람이 환상 속의 누군가에 의해 돌연 부서진다. 원통이 파괴되고 누군가가 추야를 붙잡는다.

그 손의 주인을, 추야는 본 적이 있었다.

아르튀르 랭보.

그리고 그 옆에 있는 것은 폴 베를렌.

"자네는 기적의 존재인 거야, 추야 군." N은 노래하듯이 말했다. "이곳에서는 결국, 자네와 똑같은 현상을 재현하지는 못했네."

추야는 그 말에 현실로 끌려 돌아왔다. 그곳에 있는 것은 N과 추야뿐이다. 원통은 파괴되지 않았다.

추야는 그 원통 표면을 만졌다. 차갑지도 따뜻하지도 않다. 잘 아는 온도다.

"……그래서?" 추야는 간신히 평정을 되찾으면서 N 쪽을 보았다. "여기에 대체, 어떤 국가 기밀인가 하는 게 잠들어 ──."

갑자기, 원통 안쪽에서 쾅! 하고 두들기는 소리가 났다.

추야는 얼어붙었다. 추야가 손댄 곳 바로 옆에 손의 형체가 있다. 크기는 추야와 거의 같다. 손바닥 이외에는 보이지 않는다. 다른 부분은 검푸른 어둠 속에 감춰져 있다.

곧바로 깨달았다. 이 원통은 외벽이 검기 때문에 안이 보이지 않는 것이 아니다. 용기는 투명하다. 그러나 안에 검푸른 액체가 가득 채워져 있어서 내용물이 보이지 않는 것뿐이다.

"안에 누가 있는 거야?!" 추야는 N을 향해 외쳤다.

N은 대답하지 않는다. 그저 냉정하고 잔잔한 눈으로 추야를 바라보고 있다.

"이봐, 설명해! 안에 있는 건 누구야!"

손의 크기. 추야와 거의 같다.

"서두르지 않아도, 금방 만나게 해 줄 거야."

N은 백의 주머니에서 원격 조작 패널을 꺼내 몇 개 있는 레버 중 하나를 돌렸다.

부글부글 하고 배수음이 나고 검푸른 액체가 거품을 일으킨다. 원통 최상부에서부터 수위가 내려간다. 추야는 한 발 물러서 망연한 얼굴로 그 수위를 응시했다.

"이건……."

액체 속에서 나타난 것은—— 추야였다.

눈은 감겨 있다. 실험용 합성수지 겉옷은 입고 있지만 그밖에는 아무것도 걸치지 않았다. 몹시 말랐다. 그 탓에 추야 본인보다 조금 어리게 보인다. 두 손발에 은백색 족쇄가 채워져 있고 그것이 물밑에 고정되어 있다.

잠들어 있을 뿐인 듯하지만, 표정은 딱딱해 금방이라도 금이 갈 것 같다.

"소개하지. 자네의 원본이다."

추야는 멍하니 그것을 보고 있었다.

"자기모순형 이능력의 소유자. 산인 지방의 온천 마을에서 태어난, 이능력 이외에는 평범한 소년이야. 특별한 장치를 사용해 특이점의 중력에 짓눌려 죽지 않도록 조정했지. 그래서 이렇게 살아 있다."

갑자기 원통 안의 소년이 괴로워하기 시작했다. 격하게 기침을 한다. 호흡을 잘 할 수 없는 듯했다.

몸을 반으로 접고 내장이 쏟아질 정도로 격하게 구역질을 하고 있다. 그러나 두꺼운 원통 용기에 가로막혀 안쪽의 소리는 거의 들리지 않는다.

"이봐……! 괴로워하고 있잖아! 괜찮은 거냐고!"

"괜찮을 리가 없지." N은 덤덤하게 말했다. "생명유지에 필요한 양수 용액이 배수되었으니까."

"뭐……?!"

안에 있는 소년은 바닥에서 몸부림치면서 뭐라고 절규하며 격하게 용기를 두드린다. 그러나 무슨 말을 하고 있는지 전혀 알아들을 수 없다.

"이봐, 뭐 하는 거야! 빨리 구해!"

"필요 없다. 이 소년은 벌써 훨씬 전에 역할을 다했으니까. 자네를 탄생시킨다는 역할을 말이야."

소년은 원통 바닥에서 경련하며, 믿을 수 없을 정도로 대량의 피를 토했다.

추야의 안색이 확 바뀌었다.

추야는 힘껏 N의 멱살을 잡아 끌어당겼다. 그리고 소리쳤다.

"지금 당장 물을 돌려놔!"

"어째서?" N의 표정은 변하지 않는다.

"시끄러워! 안 돌려놓으면 죽인다!"

N은 어깨를 으쓱했다. "그렇게 하지. 자."

그리고 배수 시에 썼던 원격 조작 패널을 추야에게 건넸다. 추야는 그것을 낚아채듯 빼앗았다.

조작 패널에 달려 있는 것은 조작용의 검은 레버가 세 개, 검은 버튼이 세 개, 그리고 빨간 버튼이 한 개. 배수 시에 썼던 레버를 반대로 돌리지만 반응이 없다. 다른 버튼을 눌러도 아무 일도 일어나지 않는다.

그 사이에도 소년은 계속 괴로워하고 있었다. 몸이 부들부들 떨리고 입에서는 검붉은 피가 넘쳐흐른다. 폐에 혈액이 들어간 탓에 호흡을 하지 못해 안색이 푸르죽죽하게 변해 간다.

추야는 계속해서 버튼을 누르고 조합을 시도했다. 그러자 어느 순간, 철컹 하는 소리가 나고 용기가 기우뚱하게 기울었다.

원통이 절을 하듯이 이쪽으로 기울어지고, 앞쪽 절반의 용기가 위쪽으로 튀어 오르듯이 열렸다. 안에 남았던 용액이 흘러나오고 이윽고 소년도 바닥에 굴러떨어진다.

추야는 소년의 몸을 꽉 껴안았다.

"이봐, 정신 차려!"

소년은 호흡을 할 수 없는지 추야의 팔 안에서 격하게 가슴을 오르락내리락하며 허덕였다.

그 얼굴은 추야와 완전히 똑같았다. 그러나 그 눈은 추야보다 얼마쯤 다정하고, 그리고 훨씬 연약했다.

소년은 추야를 붙잡았다. 그리고 눈으로 무언가를 호소했다. 입을 벌려 무언가를 호소하려 했다. 한 줌의 공기가 빨려 들어갔다.

그러나 거기까지였다.

생명이 끝났다. 손은 힘을 잃고 떨어지고, 눈동자는 초점을 잃고 흐려졌다. 필요 없어진 폐의 공기가 토해져 한숨과도 닮은 소리가 입에서 들렸다. 그것이 마지막이라는 신호였다.

추야가 망연히 지켜보는 앞에서 소년의 몸이 무너지기 시작했다.

피부가 무너지고 살이 녹아, 용액과 같은 검푸른 액체가 되어 흘러 떨어졌다. 그것을 멈출 수단은 존재하지 않았다. 살이 떨어져 나가고 순식간에 뼈가 드러났다.

남은 것은 소년이었던 자그마한 백골과 겉옷, 그리고 연결되었던 무수한 수액 튜브와 계측용 코드 다발. 그리고 발밑의 검푸른 진흙.

추야는 백골을 바닥에 눕히고, N에게 달려들었다.

"이 자식……!"

격렬한 힘이 N의 옷을 붙잡았다. 그러나 N의 표정에는 아주 희미한 변화도 없었다.

"내가 자네의 아버지라고 말한 것은 거짓말이 아니야." N은 쓰여 있는 글자를 읽는 것처럼 단조로운 목소리로 말했다. "내가 자네의 몸을 디자인했다. 아라하바키의 출력에 버틸 수 있도록, 유전자를 조정해서 말이지."

그리고 믿을 수 없는 일이 일어났다.

N이, 자신의 옷을 쥔 추야의 주먹을 쉽게 떼어낸 것이다.

"아니……."

때리려고 했지만 그것조차 불가능했다. 그러기는커녕 서 있는 것조차 여의치 않다. 무릎이 떨린다. 몸이 무겁다.

N의 힘이 강한 것이 아니라, 추야의 힘이 약해진 것이다.

그 감각을 추야는 알고 있었다.

"이건…… 그때와 똑같아……."

1년 전. 절벽가의 공동묘지. 뒤에서 시라세에게 찔렸던 그 때의 감각.

그때, 시라세는 뭐라고 말했던가.

──「너무 움직이지 않는 게 좋을 거야. 날에 쥐약을 발라 놨거든.」「당분간은 손발이 저려서 평소처럼 움직이지는 못 할 거야.」

기억 속 시라세의 목소리는 멀고, 기묘하게 과장되어 들린다.

추야는 바닥에 무릎을 꿇었다. 두 손이 너무나도 무겁다.

하지만, 왜? 왜 지금인가?

"내가 자네를 디자인했다. 그래서 잘 알고 있지. 자네의 육 체적인 강건함도, 그럼에도 독에는 일반인만큼 약하다는 사 실도 말이야."

"독, 이라고……?"

추야가 기억을 되짚는다. 추야에게 독을 넣는 것은 쉽지 않 다. 그런 공격이 있었다면 추야가 금방 알아차렸을 것이다.

아니.

시설에 들어올 때. 소지품 검사와 혈액 검사가 필요하다고 말했다.

채혈 키트. 주사.

"그때 그 주사, 냐……!"

"내가 자네를 부른 것은 자네에게 진실을 가르쳐 주기 위해서야. 그렇게 함으로써 베를렌의 암살을 피하려고 생각했기 때문이지." N은 추야에게 붙잡혔던 옷의 주름을 당겨 펴면서 가벼운 말투로 말했다. "하지만 그 작전에는 불확실성이 남아. 자네에게 진상을 전한 것만으로 베를렌이 암살을 포기할지 완전한 확증을 가질 수 없어. 그래서 더욱 확실한 방법을 쓰기로 했지."

추야가 일어서려고 바르작거린다. 검푸른 진흙이 추야의 발밑에서 튄다.

"알고 있나? 자네가 죽으면, 베를렌은 이 나라에 남을 동기조차도 잃어버린다네."

"이 자시이이익!"

분노가 폭발했다. 육체가 아닌 감정의 힘이 용솟음쳐 추야는 튕기듯이 일어섰다. N에게 달려든다.

그런 추야를 N은 태연하게 총으로 쏘았다.

총알이 추야의 이마에 직격했다. 총알이 두개골에 튕겼다. 그리고 뒤쪽으로 날아갔다.

추야는 뒤쪽으로 몸을 젖혀 쓰러졌다. 이마에서 피를 흘리고 있다. 그러나 총알은 관통하지 않았다. 추야의 이마에서 미끄러져 뒤쪽으로 튕겨 나갔다. 맞는 순간에 추야가 가진 이 능력을 전부 집중해 중력으로 탄환을 빗나가게 한 것이다.

쓰러진 추야에게 N은 다시 총을 쏘았다. 무표정으로.

모든 총알을 다 막을 수는 없었다. 몇 개의 총알이 추야의 가슴과 복부에 명중해 피와 살점이 튀었다.

추야는 목소리가 되어 나오지 않는 소리를 질렀다.

"나를 지독한 남자라고 생각하겠지. 그러나 내 목숨이 아까워서 하는 짓은 아니야. 연구 유지를 위해, 다시 말해 이 나라를 위해서다."

N은 백의 안쪽에서 용기를 꺼냈다. 용기를 열자 거기서 자그마한 주사기가 나타났다. 총에 맞아 생긴 상처에 주사기를 찔러 넣는다.

"자신이 속한 조직을 위해 무도한 짓을 행한다. 자네도 거대한 조직에 속한 자로서 이해해 주겠지?"

"제길……. 누, 가……."

추야는 으르렁거리며 상대를 붙잡으려고 손을 올렸지만, 그 손이 N에게 닿는 일은 없었다.

손이 바닥에 떨어졌다.

그리고 암전.

본 기체 옆에서 시라세 씨가 갑자기 괴로워하기 시작했습니다.

바닥에 쓰러져, 목을 누르며 몸부림칩니다.

"시라세 씨! 왜 그러십니까!"

말하면서 본 기체는 이미 진단을 하고 있었습니다. 심박수 저하, 혈압 저하, 발한, 근육 경직, 호흡 곤란. 전형적인 중독 증상입니다. 그러나 공기 중의 성분은 평소 대로라 아무런 문제도 없습니다. 지금까지의 환경 스캔 로그를 확인했지만 독가스에 노출된 흔적도 없습니다.

증상을 완화하기 위해 항콜린 작용을 지닌 아트로핀을 주사했습니다. 잠시 관찰하여 증상 개선이 보였기 때문에 더욱 양을 늘려 주사했습니다. 원래 전장에서 군용으로 상정되어 있던 본 기체에는 생물·화학 병기에 대항하는 약품이 어느 정도 저장되어 있습니다. 이제 생명의 위기는 없겠지요.

조용해진 시라세 씨를 바닥에 눕힌 뒤 방을 나오려 했습니다. 할 수 없었습니다. 문이 열리지 않습니다. 앞으로 가는 문도, 왔던 길로 돌아가는 문도, 둘 다입니다. 조작 패널에도 접속할 수 없습니다.

조금 전에도 조사했던 대로 이 방은 전자 차폐가 되어 있기 때문에 외부에 연락할 수도 없습니다.

처음부터 우리는 이곳에 갇히도록 유도당한 것입니다.

임무의 리스크 평가치가 38퍼센트 상승했습니다. 몹시 바람직하지 못한 일입니다.

잠시 생각하고 나서 출구 문에 몸통 박치기를 했습니다. 그러나 철문은 꼼짝도 하지 않습니다. 방에 있던 철제 의자를 던졌습니다. 문 표면이 조금 찌그러졌을 뿐입니다.

이 방은 길쭉한 복도형 방으로, 내부에는 의자와 책상, 그리고 직원용 로커 같은 것밖에 없습니다. 우선 접속이 가능한 단말이라도 있다면 외부에 통신을 할 수 있을 텐데. 전자 차폐되어 있기 때문에 바닥도 천장도 철제로 두꺼워서 뚫고 도망치기도 어려울 것 같습니다.

어쩔 수 없습니다.

본 기체는 등허리 부근을 손으로 더듬어 거기 있던 부가 단자를 열었습니다. 부품을 찾아서 꺼냅니다. 그리고 오른손 검지와 중지 사이를 손목까지 열어 생긴 틈새에 부품을 장착했습니다.

어태치먼트 병기 핸드 소우. 손바닥 정도 크기의 회전 톱입니다. 평소에는 도망친 용의자를 쫓을 때, 잠긴 문을 열어야 할 때 등에 씁니다.

톱을 회전해 원래 왔던 길 쪽 문의 잠금 기구에 댔습니다. 날카롭고 거슬리는 소리가 울리고 불꽃이 본 기체의 정장에까지 튑니다.

시간이 걸릴 듯합니다. 하지만 서둘러야 합니다.

이 연구소는 위험합니다. 아마도 독의 표적은 추야 님. 시라세 씨는 말리든 것이겠지요. 그리고 본 기체와 그는 갇혔습니다. 추야 님이 위험합니다.

살해당했을지도 모릅니다.

아니, 어쩌면, 더욱 나쁜——.

아무것도 없는 방이었다.

책상도, 의자도, 화면도, 장식품도, 아무것도 없다. 그저 벽에 높이를 나타내는 눈금만이 새겨져 있다. 학교의 작은 수영장 정도 넓이의 방으로, 사실 그곳은 긴급용 실험 용수를 담아 두기 위한 저수조였던 장소였다.

추야는 그 방 벽에 매달려 있었다.

두 손목을 와이어로 칭칭 감겨 매달려 있어서 쓰러지는 것은 불가능하다. 그 와이어에는 빼곡하게 두꺼운 가시가 박혀 있어, 짐승이 물어뜯은 것처럼 추야의 손목에 박혀 있다. 두 발은 겨우 바닥에 닿는 정도다.

상반신의 옷은 빼앗겨 벗겨져서 피가 흐른 탄흔이 드러나 있다. 가장 깊은 탄흔은 가슴과 배에 하나씩 있고, 그 두 군데에는 거대한 말뚝이 박혀 있었다.

말뚝은 사슬로 천장까지 이어져 있고 거기에서 전류가 흘러들었다.

추야는 소리를 질렀다. 살이 타는 냄새가 떠돌았다.

전류는 말뚝으로 들어가 손목의 가시철사로 빠져나갔다. 그 사이에 있는 근육과 신경, 장기를 너덜너덜하게 상처 입히면서 용솟음쳐 빠져나갔다. 그 아픔은 전신이 주사위 정도 크기의 살점으로 잘게 다져지는 듯한, 태어난 것을 후회하지 않고는 배길 수 없는 격통이었다.

"……죽인다."

매달린 추야가 천장에 달린 영상 장치를 노려보면서 으르렁거렸다.

다시 전류. 짐승처럼 낮은 고통의 비명.

N은 그 모습을 실험 관측실에서 바라보고 있었다.

전류가 내달리고 관측실 안까지 흰 섬광이 닿는다. 그러나 N의 눈에는 깜빡임조차 없었다.

"미다졸람을 10ml 투여." 화면을 주시하면서 N은 옆의 부하에게 명령했다.

"하지만 심박이……." 젊은 연구자가 괴로운 목소리로 제 앞의 계측치를 확인한다.

"이 정도로는 안 죽는다. 투여해."

몇 가지 조작 장치가 움직였다. 추야의 등에 꽂힌 네 줄의 하얀 관 중 하나에 투명한 액체가 흘러 떨어져 추야의 체내로 사라진다. 추야의 눈이 부릅떠지고 내장이 뒤틀리는 듯한 고통의 소리를 지르기 시작했다.

그래도 N의 표정에 변화는 없었다. 동정도, 잔혹함도, 아무것도 없다. 그 눈은 수치를 바라보듯이 추야를 바라보고 있다.

그 실험 관측실에는 스물 몇 개의 의자와, 계기와, 연구자가 늘어서 있었다. 전원이 분주하게 걸어 다니면서 이 중요 실험의 진행에 문제가 일어나지 않도록 상황 변화와 실험계획서를 견주어 보고 있다.

"추야 군. 괴로운가."

N이 제 앞의 집음 장치에 얼굴을 가까이 대고 추야에게 말을 걸었다.

추야는 축 늘어진 채 대답하지 않는다.

"미안하네. 이것 외에 방법이 있다면 그렇게 하고 싶어." N은 죄책감 없는 목소리로 그렇게 말했다. "하지만 자네를 구하려면 이렇게 할 수밖에 없어."

N은 말하면서 곁눈으로 실험 수치를 확인했다. 그리고 말을 이었다.

"우리가 자네의 의사를 존중하듯이 자네의 이능력,《아라하바키》도 자네의 의사를 존중하네. 그렇다기보다 자네의 의사에 얽매여 있다고 하는 편이 좋을까. 자네의 확고한 의사가 있는 한《아라하바키》는 자네에게서 떼어 낼 수 없어. 이능력의 상식을 다시 쓰는, 이 나라에서 유일하게 제어 완료한 특이점이 말이야."

N은 그렇게 말하고 나서 한 번 앞의 조정기로 음성을 끊고 옆에 있는 부하에게 "미다졸람 효과는?" 하고 물었다.

"징후가 보입니다. 유의미한 반응까지 앞으로 2분 정도입니다."

N은 고개를 끄덕이고 "20ml 더 투여해." 라고 지시했다.

그리고 다시 음성을 켰다.

"추야 군. 지금은 자네라는 인격식이 《아라하바키》의 고삐를 점거하고 있는 상황이야. 다시 말해 자네를 죽이면 귀중한 제어 완료 특이점까지 잃어버리고 말아. 그렇다고 자네 위에 다른 인격식을 덮어쓰는 것만으로는 선재(先在) 인격인 자네와 새로운 인격이 충돌을 일으켜 또다시 《아라하바키》의 폭주를 불러올 수도 있네. 우리로서도 역시 두 번이나 연구소가 날아가는 것은 피하고 싶어."

N은 누구에게도 들리지 않을 정도로 작게 자신의 농담에 코웃음 쳤다. 그러나 그 웃음은 순식간에 증발해 사라졌다.

"그래서 이렇게 하는 걸세."

N이 원격조작 패널의 레버를 돌렸다.

대전류가 사슬에서 말뚝을 거쳐 추야의 상처로 진입했다. 전신이 갈가리 찢어질 것만 같은 아픔이 추야를 덮쳤다. 추야는 격통에 포효했다. 몸을 뒤틀어 아픔에서 벗어나려고 몸부림치지만, 양 손목에 감긴 가시철사가 파고들어 피를 흘릴 뿐이다.

"자네가 자발적으로 《아라하바키》를 놓게 할 거야. 이렇게 말한다고 어렵게 생각할 필요는 없네. 자네는 한마디, 어떤 제어주문을 말하기만 하면 돼. 그것이 봉인 지시식을 초기화하는 인증 코드라네. 그리고 자네의 문자식에 들어갈 수 있게 되지. 제어 주문을 확인하면 자네를 소거하고 새로운 인격식을 덮어쓰기할 거야. 그걸로 자네는 고통에서 해방될 거다. 며칠이나 계속될지 모를 이 아픔에서도…… 그리고, 몇 년 동안이나 계속 이어져 왔던 어둠에서도."

계속 이어져 왔던 어둠.

그 말을 했을 때 추야가 처음으로 반응했다. 지금까지 무슨 말을 들어도 무반응이었는데, 희미하게 고개를 움직인 것이다.

N은 그 변화를 놓치지 않았다.

"다음 문구를 말하는 거다. 머릿속으로 해도 좋아. 간단한 문구야."

N은 그렇게 말하고, 눈을 감고 단조로운 어조로 인증코드를 읊었다. 간결한 구절이었다.

"──「그대, 음울한 오탁의 허용이여. 다시금 나를 깨우지 말지어다.」"

"그대, 음울한 오탁의 허용이여……."

추야의 입술이 거의 자동적으로 움직였다. 약물이 효과를 발휘하고 있었다. 그 눈은 초점이 맺혀 있지 않다. 자신이 무슨 말을 하고 있는지, 입의 움직임도, 성대의 떨림도 의식 위로 올라오지 않은 인간의 눈이다.

N이 작게 미소 지으며 "좋아." 하고 중얼거렸다. 추야가 말을 잇는다.

"다시금………… 나는, 누구지……."

아픔의 틈새로 말이 굴러떨어졌다.

그 말은 바닥에 힘없이 떨어져 그대로 퍼져서 방을 싸늘하게 만들었다.

N은 영상을 보면서 불쾌한 듯이 얼굴을 찌푸렸다. 그리고 영상을 본 채 "전력을 올려." 하고 부하에게 명령했다.

"하지만……."

"어서 해!"

대전류가 말뚝에서 흘러 들어왔다. 형태 없는 우레의 뱀이 날뛰며 내장과 신경과 근육을 유린했다.

추야가 절규했다.

회전 톱이 문의 잠금축을 절단하고, 불쾌한 금속음이 멎었습니다.

어태치먼트용 회전 톱은 열에 변형되고 말았습니다. 재사용할 수는 없을 것 같습니다. 여기에 버리고 가기로 했습니다.

이제 밖으로 나갈 수 있습니다. 하지만 의식이 없는 시라세 씨를 여기에 두고 갈 수는 없습니다.

본 기체는 인간을 수호하는 형사 안드로이드로 프로그래밍 되어 있습니다. 어떤 상황에서도 무방비한 인간을 위험한 장소에 놔두는 선택지는 채택할 수 없습니다. 추야 님을 수색한다 해도 우선 시라세 씨를 안전한 장소에 이동시켜야 합니다.

본 기체는 조금 전 절단한 미닫이문을 열려고 손을 댔습니다.

열 필요는 없었습니다.

갑자기 문과 함께 본 기체가 통째로 날아갔기 때문입니다.

바닥이 머리 위에 왔다가, 발밑에 왔다가, 다시 머리 위에 왔습니다. 굴러서 후퇴하는 도중에 어깨와 머리에 강한 응력 집중을 느꼈습니다. 충격으로 몸이 젖혀집니다. 총에 맞은 것입니다.

낙법을 취하는 행동의 우선도를 높이고, 주변 환경을 센서로 파악하는 것을 낮은 우선도로 실행했습니다.

센서에 따르면 적은 세 명. 중무장한 병사입니다. 이곳이 군의 시설이라는 것을 생각하면 이만한 무장도 이상하지는 않습니다. 문을 폭탄으로 파괴하고 그대로 방에 밀고 들어온 것이겠지요.

총에 맞은 곳을 분석. 외피 장갑에 과잉 균열이 생겼습니다. 이건―― 곤란합니다. 대물용 풀 메탈 재킷입니다.

일반적인 인간과의 전투에서는 더욱 부드러운 탄두를 사용합니다. 그편이 탄환이 체내에 머물러 파괴력이 커지기 때문입니다. 속도와 관통력을 우선한 이 탄환을 썼다는 것은, 적은 본 기체라는 무기물과의 전투를 상정하고 왔다는 뜻입니다.

곤란합니다. 몹시 곤란합니다.

시야가 안정되고, 문이 보입니다. 병사 세 명이 이미 본 기체를 향해 총구를 겨누고 있습니다.

총알의 비가 피할 방도가 없는 밀도로 본 기체에게 쏟아졌습니다.

심장이 울리고 있다.

지독히 큰 소리다. 바로 귓가에서 거대한 큰북을 두드리고 있는 것 같다. 나카하라 추야는 소리가 나는 쪽을 보았다. 하지만 물론 거기에 심장은 없다. 이것은 대체 누구의 심장소리인가? 내 것? 설마. 나는 인간이 아니다. 심장처럼 훌륭한 것은 어울리지 않는다.

다시 전류. 전신이 추야의 의사와 상관없이 경련한다. 혈관 하나하나가 갈가리 찢기고, 체액이 남김없이 끓는 듯한 감각이 든다. 16세의 소년이 견딜 수 있는 아픔의 양은 이미 훨씬 전에 넘어섰다. 다행인 것은 소리를 질러도 아우성쳐도 아무도 신경 쓰지 않는다는 것이다. 그래서 아픔이 올 때마다 추야는 절규했다. 목에서 피 맛이 난다.

한동안 N의 음성은 들려오지 않았다. 과학자는 헛된 노력을 싫어한다. 한동안 추야에게 실컷 아픔을 맛보게 하고, 소리를 낼 때까지 방치해 둘 셈이리라.

중력의 이능력은 완전히 소멸하지는 않았다. 그러나 너무도 미약하다. 아마도 등에 박혀 있는 튜브를 통해 지속적으로 독이 주입되고 있는 것이리라. 손발은 마비되고, 머리는 몽롱하다. 무엇이 현실의 움직임이고 무엇이 마음속의 움직임인지 명확하지 않다. 독 이외에도 무언가 약품이 투여되고 있다. 자백제인지, 의식장애를 촉진하는 약인지.

언제까지 버틸 수 있을까.

물론, 언제까지나. 영원히 버텨 내 보이겠다. 나는 할 수 있다. 하지만, 뭘 위해서?

——그래서 늘 말했잖나, 추야?

갑자기 목소리가 들려 추야는 얼굴을 들었다. 그 목소리는 들은 기억이 있다. 세상에서 제일 싫어하는 인간의 목소리다.

——자네가 태어난 것 자체가 뭔가 잘못된 거였어. 나와 똑같아. 그런 아픔을 견디면서까지 가짜 삶에 매달리는 의미가 뭐지?

목소리가 놀리듯이 말한다.

"시끄러워."

추야는 내뱉듯이 대답했다. 그것이 혼잣말이라는 걸 스스로도 알고 있다. 아마도 투여된 약물 탓에 환청이 들리는 것이다. 거기에는 아무도 없다. 하지만 마음을 얽매던 속박이 풀려서 목소리를 멈출 수가 없다.

"뒈져 버려, 다자이."

——그런 진부한 반론밖에 못 하는 건가?

귓가에서 목소리가 들린다. 추야는 자신의 귀를 잘라 내고 싶어졌다. 바로 옆에서 일렁이는 다자이의 그림자 같은 것을 보니 눈을 도려내고 싶어졌다.

——내 말을 믿기 시작했다는 증거야. 자네는 말이지, 깊숙한 부분에서 나와 똑같은 거야.

"시끄러, 시끄러, 시끄러! 나는 나야! 네놈 같은 빌어먹을 자식과는 달라!"

──뭐, 그자가 상대라면 넌 그렇게 말하겠지.

또 다른, 더 낮은 목소리가 들려서 추야는 심장이 붙잡힌 듯이 얼어붙었다.

──하지만 자기 자신에게 계속 거짓말을 하는 건 불가능해. 너를 모임에 넣을 때 그렇게 말하지 않았던가?

추야는 그 모습을 보았다. 자신이 보고 있는 것이 약물에 의한 환각이라는 걸 그걸로 확신했다.

"피아노맨……."

추야의 목소리는 바짝 메말라 있다. 땀이 턱을 타고 흘러 떨어진다.

피아노맨은 맞은편 벽에 기대 팔짱을 끼고 느긋하게 이쪽을 보고 있다. 언제나 가게 안에서 하던 것과 똑같은 자세다. 잊을 리가 없다.

──말했잖아. 너를 모임에 넣은 이유. 네가 마피아에 반란을 일으키는 게 아닐까 생각했다고. 너는 모든 것을 파괴하고 반격의 불꽃으로 다 태워 버리기를 바라는 것처럼 보였어. 지금도 그렇게 보여.

걱정스러워 보이는 피아노맨의 옆의 벽을 빠져나와, 다른 그림자들이 나타난다. 알바트로스, 아이스맨, 립맨, 닥.

그들이 미소 지으며 추야에게 말을 건다.

──네 그 특별한 태생 탓에 우리는 죽었어. 하지만 원망하거나 하진 않아.

——우리는 마피아입니다. 각오는 되어 있었어요.

"바보 자식! 그럴 리가 있냐! 나는……!"

피아노맨과 모두가 미소 지으며 사라진다. 다음 목소리는 바로 귓가에서 들렸다.

——그럼 죽어.

추야가 철렁해서 돌아보자 그곳에는 유령처럼 창백한 얼굴을 한 시라세가 있었다.

——죽어서 사과해. 마피아의 친구들에게도, 우리 《양》에게도 말이야.

어느새 《양》의 소년 소녀들이 자신을 에워싸고 있는 것을 추야는 깨달았다. 과거의 동료들. 배신과 결별. 수십 명이나 되는 아이들의 눈이 추야를 차갑게 노려보고 있다.

——「강함이라는 패」를 가진 책임을 다하겠다고 추야는 항상 말했지. 그건 거짓말이었어?

——우리를 지켜주는 거 아니었어? 우리는 굶어서 죽을 뻔했던 너를 지켜 줬는데?

그만해.

추야는 귀를 막으려고 몸을 꺾었다. 그러나 두 손은 묶여 있다.

——흥, 뭐가 《왕》이야. 네가 우리를 엉망으로 만들었어.

——추야, 네가.

"닥쳐! 그럼 너희가 대신 《왕》이 되어 봐! 이 힘을 전부 줄 테니까!" 추야는 차마 견디지 못한 듯 울부짖었다. "뭐가 강함이야! 이 힘만 없었다면, 나는 지금도 너희와 함께……!"

다시 전격. 추야의 뇌가 섬광처럼 표백된다.

그리고 그 안쪽에 있을 수 없는 광경이 보이기 시작했다.

《양》은 해산하지 않았다. 지금도 존재한다. 추야는 그 안에서 특별한 인간이 아니다. 이능력도 없다. 극히 당연한 동료의 일원으로서, 강하지도 않고, 왕도 아니고, 모두의 중심에 있지 않고, 그저 무리 속의 일부로 담소하고 있다.

"나는……."

환상이 사라지고 상처투성이의 추야만이 남겨졌다. 그리고 침묵.

고개를 떨군 추야의 시야에 다음 환각의 발끝이 보인다.

"동료도 친구도 네 곁을 떠나간다. 이유가 뭐라고 생각하지, 나의 동생아?"

추야는 느릿느릿 얼굴을 들었다. 반쯤 예상했던 상대다.

"다음은 당신인가……."

"그래. 응당 그렇지. 너와 똑같이 만들어진 존재. 너의 물음에 대답하기에 걸맞은 자."

환각의 남자는 그렇게 말하고 검은 모자의 각도를 고쳤다.

"물음……이라고." 추야가 말했다. "그럼 대답해. 뭐가 잘못됐던 거야. 나는 어디서 잘못한 거야."

눈앞의 환상, 베를렌은 아주 약간 슬픈 듯한 표정을 지었다.

"처음이다." 그렇게 고하는 베를렌의 눈은 어디까지나 거짓 없이 투명하다. "애초에 처음, 네가 태어난 것 자체가 잘

못이었던 거다. 나와 같아."

태어난 것 자체가 잘못.

추야의 주먹이 떨린다. 그런 일이 있어도 되는 것인가? 허락되는 것인가?

"아니, 허락되지는 않아. 당연하다. 마땅히 처벌을 받아야 해. 그놈들은."

"그놈들……."

"너는 잘 버텼다." 베를렌의 목소리에는 다정함이 있었다. "강함의 책임도 모두 졌어. 다음에 책임을 지는 것은 그놈들이다. 책임을 지게 해라. 그래야 겨우 균형이 맞는다."

"하하…… 그야 책임지게 하고 싶지." 추야의 메마른 웃음소리는 자기 자신을 향한 것이었다. "그놈들을 찢어발겨 주고 싶어. 하지만 무리야. 나는 여기서 나갈 수 없어. 아픔과 절망 속에서 죽는 거야."

"너를 죽게 하지는 않아."

베를렌은 추야 앞까지 와서, 말뚝을 뽑았다.

추야는 아연실색했다.

베를렌은 모든 전극 말뚝을 뽑아 중력으로 구깃구깃하게 으스러뜨렸다. 양팔의 가시철사도 벗겨 내고 등뼈의 튜브도 뽑았다.

"나는 그 연구자를 죽이러 간다." 모든 구속을 해제하고 상처를 점검하고 나서, 베를렌은 일어서서 말했다. "처음 예정대로. 너는 여기 앉아있어도 좋다. 하지만 너의 인생을 엉망진창으로 만든 놈에게 책임을 지게 하고 싶다면……."

베를렌은 추야에게 손을 내밀었다.

"같이 가자."

추야는 그 손을 잡지 않고 빤히 쳐다보았다. 기묘한 것을 본 듯이.

"왜……."

"처음 만났을 때 말했지. ──너를 구하고 싶다고."

그렇게 말하고 베를렌은 미소 지었다. 그 미소는 첩보원의 미소로도, 암살왕의 미소로도 보이지 않았다. 그저 청년의 미소다.

"분노해라, 추야. 분노하고 분노해라, 부조리한 생명에. 분노해라, 생명을 가지고 노는 연구자에게. 그 분노가 너의 인생을 되찾아줄 거다. 자신의 인생을 되찾아라, 추야. 아니면, 번호가 붙은 모르모트인 채로 있고 싶은가?"

그러고 싶을 리가 없다.

분노가 몸속의 혈액을 순환시키고 근육에 열을 운반한다.

추야는 일어서서 바이스처럼 강한 힘으로 베를렌의 손을 잡았다.

"가자, 동생아." 베를렌은 미소 짓고 추야의 몸을 부축해 주었다. "N을 죽이고, 부조리한 세계에서 너의 영혼을 되찾아라."

총알의 비가 본 기체에게 쇄도합니다.

본 기체는 아래팔에서 내충격 실드를 전개했습니다. 우산과도 비슷한 그 실드는 표면이 내열·내충격 초합금으로 코팅되어 있어 대부분의 경질량 공격을 받아 흘립니다. 아라하바키의 고에너지에 견딜 수 있도록 설계된 특별 제작품입니다.

풀 메탈 재킷 탄두가 실드 표면에서 미끄러져 뒤쪽에 착탄되었습니다. 세 발이 미끄러지지 않고 실드 표면에서 정지해 그 운동 에너지로 표면 합금을 박리시켰습니다. 그러나 피해는 경미합니다.

본 기체는 방패를 세운 채 도약했습니다. 병사가 든 소총을 짓밟으면서 2단 도약. 뒤의 벽에 착지하고 나서 튕겨 나오듯이 병사의 등에 몸통 박치기를 했습니다.

늑골이 부러지는 가벼운 충격이 센서 너머로 전해져 옵니다. 우선 한 명.

병사 위에 올라탄 채 긴 다리를 낫처럼 휘둘러 다른 병사의 다리를 쳐서 쓰러뜨렸습니다. 쓰러진 병사의 목덜미에 손가락의 주삿바늘을 꽂아 넣습니다. 약액 주입. 이걸로 두 명.

그러나 두 명에게 제압행동을 하는 만큼의 시간은 병사가 총을 겨누고 쏘기에 충분한 시간이었습니다.

세 명째 병사가 총으로 이쪽을 노리고 있습니다. 본 기체는 양손을 바닥에 짚고 체중을 싣고 있기 때문에 팔의 실드를 전개할 수 없습니다. 고속으로 대책을 검색. 어느 대책도 제때 대응하지 못합니다.

대책은 필요 없었습니다.

병사의 몸이 튕겨 나갔습니다.

전격이 터지는 소리와 함께 병사가 경련하더니 총을 떨어뜨렸습니다. 몇 초간 괴로운 목소리를 낸 후 힘을 잃고 쓰러집니다.

본 기체는—— 아무것도 하지 않았습니다.

병사 뒤, 문 너머의 복도에서 본 기체를 구한 구세주가 모습을 나타냈습니다.

그것은 실로 의외의 인물이었습니다.

"시시하군." 그 인물은 폭도 진압용 테이저 건을 내리면서 말했습니다.

"전기로 인간을 쓰러뜨려도, 인간이 쓰러질 뿐이야. 지루해."

"당신은…… 포트 마피아의."

다자이 오사무.

추야 님을 포트 마피아에 끌어들인 인물.

"처음 만나는군, 수사관님. 추야는 어디 있나?"

추야 님과 같은 나이의 소년은 아무래도 좋다는 듯이 테이저 건을 내던지면서 물었습니다.

"추야 님은…….'"

"시간으로 보건대 이미 붙잡혔나? 아니면 구출되었을 무렵일까?" 다자이 씨는 기절한 병사를 밟고 넘어서 이쪽으로 왔습니다. "그렇다면 재미없군. 고문당해서 울며 아우성치는 추야를 놓쳤어."

"고문? 추야 님이?"

붙잡힌 추야 님은 고문당하고 있는 것일까요. 가능성은 있습니다. 하지만 왜 이 소년은 그런 것까지 알고 있는 것일까요? 애초에 그가 왜 여기에 있죠?

분명 다자이 씨는 이능력 무효화 능력을 지닌 대(對) 베를렌 전의 히든카드. 그리고 그것을 위해 연락을 취하려 했지만 전혀 자취를 파악할 수 없었던 인물이었습니다. 그런데 왜 지금, 이런 장소에서?

" '왜 내가 왔느냐' 고 자네는 물어. 나는 대답하지. 이것도 계획의 일부이기 때문이야. '계획이라는 게 뭐냐' 고 자네는 물어. 나는 대답하지. 전부다. 처음부터 끝까지, 이 베를렌 사건은 내 손바닥 안의 사건이라고. '무슨 뜻이냐' 고 자네는 물어."

다자이 씨의 발언을 이해하려고 프로세서가 최우선으로 정보를 해석합니다. 그러나 다자이 씨의 사고 속도는 그보다 빠릅니다. 따라가는 것만으로도 벅찹니다.

"나는 대답하지. 전부란, 말 그대로 전부야. 베를렌의 암살 표적, 형사님과 연구자는 전부 내가 그자에게 건넨 정보를 토대로 결정되었어. 즉 암살 계획의 수순은 내 수순이기도 해. 그리고 자네는 물어. '왜 그런 짓을 했느냐' 고."

그 말대로, 본 기체의 의문은 그것입니다. 지금의 발언에서 다자이 씨와 베를렌이 결탁했을 가능성이 강하게 시사됩니다. 형사님의 죽음도, 지금 추야 님의 위기도 다자이 씨가 꾸 몄을 가능성이 있습니다. 즉, 배신입니다. 대답 여하에 따라서는 여기서 또 전투를 할 수밖에 없습니다.

하지만 다자이 씨의 마지막 대답은 본 기체의 예상을 크게 뛰어넘는 것이었습니다.

"시간을 벌기 위해서야. 베를렌이 최대의 암살 표적에 도달하기 전에 말이지. 베를렌의 마지막 표적은 포트 마피아 보스, 모리 오가이. 원래는 첫 번째가 될 터였던 모리 씨의 암살 순서를 내가 정보를 조작해 제일 뒤로 미뤘어. 시간을 번 덕분에 이제 곧 그놈을 역암살할 준비가 완료돼. 하지만 그 전에 마지막 마무리다."

그렇게 말하고 다자이 씨는 웃으며 본 기체에게 손을 내밀어 일으켰습니다.

그리고 어딘지 모를 장소를 바라보며, 모든 것을 꿰뚫어 보는 신선 같은 눈을 하고 말했습니다.

"추야는 이대로라면 N을 죽인다. 그리고 인간이 아니게 되고 말아. 하지만 나는 인간으로서 추야가 괴로워하는 걸 보고 싶어. 그러니 추야를 막자고."

이 세상이 끝나는 재앙이 닥쳐온 것처럼, 경비 경보가 울려

퍼집니다.

빨간 비상등이 점등되고 시설의 경치가 일변합니다. 괴물의 위장 속 같습니다.

일반 직원용 무선 피드가 전부 해방되고, 모든 회선이 무선 경고를 연발하고 있습니다.

연구소 내에 침입자 발생. 소내 정보부원은 소정의 자료를 처분하고 신속히 퇴거하라. 작전부원은 1종 장비를 갖추고 배치된 곳으로 이동하라. 이것은 훈련이 아니다. 이것은 훈련이 아니다.

시끄러운 경보를 청각에서 선택 배제하면서 본 기체는 작업을 계속했습니다.

정신을 잃은 시라세 씨를 비품 수납창고에 밀어 넣습니다. 문을 닫고 전자 록을 겁니다.

"이곳의 잠금은 시간 변동형 암호 잠금으로 바꿔 두었습니다. 이제 시라세 씨는 한동안 안전할 겁니다."

"수고했어. 다음은 추야다."

다자이 씨는 그렇게 말하고 이제 시라세 씨는 아무래도 좋다는 듯이 걷기 시작했습니다.

"기다려 주십시오, 다자이 씨." 본 기체는 그 등에 말을 걸었습니다. "당신은 조금 전에 추야 님을 '인간으로서'라고 말했습니다. 추야 님이 인간인지 아닌지 당신은 아시는 겁니까?"

그라면 그 진실을 알고 있는 게 아닐까 하는 기묘한 기대감이 있었습니다. 근거는 없지만 그런 기분이 들었습니다. 직감이나 번뜩임이 기계에게 존재하지 않는다고 생각하는 것은 인간의 교만입니다. 인간이 할 수 있는 일쯤은 본 기체도 가능합니다.

"몰라."

다자이 씨는 시원스럽게 말했습니다. 그러나 그 눈은 무언가 깊은 사색을 반영해 가늘어져 있었습니다.

"N도 베를렌도 추야는 인간이 아니라고 말하지. 하지만 나는 그렇게 한정할 수 없다고 생각해. 이 수첩, '랭보의 수기'를 읽었으니까. ──이 사건은 어떤 의미로는 전부 이 수기에서 시작되었어."

그렇게 말하고 다자이 씨는 품에서 가죽 장정으로 된 낡은 수첩을 꺼냈습니다.

랭보의 수기!

다자이 씨가 가지고 있는 그것을 재빨리 스캔합니다. 진품일까요. 가능성은 있습니다.

랭보의 수기란, 죽은 이능력 첩보원 랭보가 임무 전에 몰래 기록했다고 전해지는 일종의 일지입니다. 대전 시의 첩보 임무에 관한 정보가 들어 있기 때문에 국가 기밀 덩어리이며, 존재한다는 소문은 돌았지만 발견되었다는 정보는 나오지 않았습니다.

"도대체 어떻게 그것을 손에 넣으신 겁니까?"

"알아내려고 애써도 상관없지만, 어차피 나는 거짓말밖에 안 할 거야. 나는 거짓말쟁이니까 말이지."

다자이 씨는 수수께끼 같은 미소를 지었습니다. 거짓말 감지 센서를 돌렸지만 아무런 반응도 없습니다. 다자이 씨의 생체 신호는 잠든 인간과 거의 똑같습니다. 이런 상황인데도 너무나 출력값이 평범해서 그것이 이상합니다.

도대체 이 소년은 어떤 사람인 것일까요?

"여기서 차라도 마시며 환담을 나눌 시간은 없겠군. 먼저 추야를 찾아야지." 다자이 씨가 목 뒤를 긁으면서 멍한 목소리로 말했습니다.

"어떻게 찾아야 할까요?"

"추야를 찾는 건 언제나 간단해." 그렇게 말하고 다자이 씨는 모든 것을 꿰뚫어 보는 듯한 미소를 띠었습니다. "제일 큰 소란이 들리는 쪽으로 가면 있어."

폭음이 울려 퍼지고, 산산이 조각난 벽이 비산한다.

잔해와 흙먼지 사이로 추야가 포탄처럼 달린다. 공기를 찢는 충격이 뒤늦게 흙먼지를 날린다.

그 앞에는 시설의 경비부대. 총으로 무장하고 태세를 정비하려 하고 있다.

"작전부·석류 돌격부대는 동쪽 통로를 경계하라! 고사리 공병부대는 서쪽 통로를 폭파해 막아라! 정보부가 도망칠 시간을 번다! 행동 개──."

말을 끝맺을 수 없었다.

추야의 무릎차기가 중대장의 몸통을 꺾어 날려 버렸기 때문이다.

여덟 명가량 있던 병사는 일제히 총을 겨누었다. 군의 비밀 시설 내를 경비하는 엄선된 병사들이다. 군의 양식과 비품을 경비하는 평범한 지원병과는 숙련도가 전혀 다르다. 총의 취급, 체력, 집중력, 전투 센스, 모든 것이 상위인 한 줌밖에 안 되는 군인이 아니면 이 시설의 경호를 허락받지 못한다.

그러나 그들의 특기는 인간과의 싸움뿐이다. 바람의 속도로 비상해 차량의 무게로 돌격해 오는 인간 크기의 짐승과의 싸움을 그들은 상정하고 있지 않았다.

"더 이상 나아가게 두지 마라! 이 앞은 긴급 대피실이다! 상위 정보부원이 대피를 완료할 때까지 이곳을 사수하라!"

총알을 쏘려던 병사 한 명에게 추야가 저공으로 몸통 박치기를 했다. 나뭇잎이라도 친 것처럼 병사가 날아간다. 추야는 그 병사의 배를 차고 반동으로 뛰어 반대쪽 병사에게 몸통 돌려차기를 먹였다.

당구공이 반사되듯, 좁은 실내에 폭풍이 휘몰아친다. 겨우 십 몇 초 만에 복도는 침묵과 절명이 지배하는 고요한 장소로 돌아갔다.

추야는 발밑에 쓰러진 경비들 따위는 아무래도 좋다는 듯이 성큼 넘어가 긴급 대피실의 문에 손을 댔다.

열리지 않는다. 손에 오는 반응이 무겁다. 전자 잠금이 걸려 있다.

추야는 문에 고중력을 걸어 잠금장치를 파괴하려 했다. 그러나 문은 열리지 않는다. 독의 영향으로 이능력 출력이 올라가지 않는다.

"집중해라." 어느새 나타난 베를렌이 문 옆에서 벽에 기대고 팔짱을 끼고 있었다. "독이 퍼졌다고 해서 그게 어쨌다는 거지? 너는 이 세상의 종말의 괴물이잖아. 이능력을 자신의 것으로 만들어라. 이 앞에 있는 사악한 남자를 찢어발겨 주고 싶다면."

"알고…… 있어……!"

추야는 문에 양손을 대고 이를 악물었다. 이능력 출력이 증대되어 간다.

상대는 침입자의 공격을 상정하고 만들어진 내폭·내화학·내이능력 문이다. 평범한 이능력으로는 부수기는커녕 삐걱거리는 소리 하나 나게 할 수 없다.

"집중해라. 의지의 힘으로 괴물을 복종시켜. 그러지 못하면 죽는다."

공간이 일그러진다. 추야의 옷이 둥실 뜬다.

이능력광이 추야의 주먹에 집중되어 간다.

어디지, 여기는?

시라세가 눈을 뜨고 처음 생각한 것이 그것이었다.

그곳은 무기 비품 로커였다. 넓이는 양 팔다리를 간신히 뻗을 수 있을 정도. 그러나 빛은 거의 없어서 자기 코앞도 안 보인다.

"추야? 아담?"

말을 걸었지만 대답은 없었다. 누군가가 있는 기척도 없었다.

아니, 기척이라면 있다. 로커 바깥. 비상사태를 고하는 경보음과 분주하게 오가는 당황한 목소리. 침입자가 어쩌고저쩌고, 비연구원은 대피 어쩌고저쩌고, 하는 경보의 목소리가 들린다. 시설에 문제가 일어난 듯하다.

시설. 그래, 생각이 났다. 시라세는 몸을 일으켰다. 군의 연구시설에 초대받아 지하로 내려갔다. 거기서 갑자기 호흡이 가빠지고 정신을 잃었다.

어딘가 멀리서 총성이 들린다. 그리고 자신은 지금 혼자서 이런 좁은 곳에 갇혀 있다.

놓고 가 버렸다.

버림받은 거다.

"젠장! 야, 추야! 어디 갔어! 여기서 꺼내 줘!"

힘을 주어 걷어차자 문은 쉽게 열렸다. 열릴 거라 생각지 않았던 시라세는 자신이 한 일에 놀라 문을 닫았다.

다시 한번 작게 문을 열고 슬쩍 바깥을 확인한다. 그곳은 비슷한 로커가 죽 늘어선 어두운 비품 수납창고인 듯, 지금은 사람의 그림자가 없었다.

로커에서 굴러 나와 일어서려 했다. 그러자 현기증이 뇌를 뒤흔들어 시라세는 무릎을 꿇었다.

쓰러지기 전에, 갑자기 숨쉬기가 힘들어지고 심장이 아파졌던 것을 생각해 냈다. 아마도 독일 것이다. 제길, 그 자식들, 독으로 쓰러진 내가 걸림돌이 된다고 생각해서 놔두고 도망쳤겠다.

주먹을 쥐었다가 다시 편다. 의식은 또렷하다. 움직이는 데는 문제없다. 그렇다면 이런 곳에서 가만히 있어 봐야 소용없다.

운 좋게도 연구자 중 누군가가 쓰는 백의 몇 벌이 벽에 걸려 있었다. 일어나서 그것을 입었다. 비전투원은 대피하라는 경보를 떠올렸기 때문이다. 도망치는 연구자인 척하면 이런 곳에서 쉽게 탈출할 수 있으리라.

그러나 추야는 그럴 수 없을 것이다. 그 자식은 경비에게 제일 경계당하고 있다. 섞여서 도망치기란 불가능하다. 위험한 상황에 처했을지도 모른다.

하지만 상관할 바냐. 그 자식을 구할 의리 따위 없다. 없을 거다.

"자료는 전부 폐기다! 8번 대피로를 제외한 전원을 전부 내려서 시간을 벌어라!"

N이 소리쳤다.

그곳은 시설에 몇 군데 있는 긴급 대피실 중 하나였다. 열차 한 량 정도의 좁고 긴 방에 통신장치, 식량, 발전기, 방탄 조끼 등 긴급 시에 필요한 물건이 얼추 갖춰져 있었다. 방의 맨 안쪽에는 1인용 대피 엘리베이터가 있다.

N은 통신용 집음기를 향해 각 부문에 지시를 내리고 있었다. 동시에 손으로는 긴 사슬 다발을 전원에 연결해 입구를 향해 옮기고 있었다.

"작전부 사령실에는 최대한 시간을 버는 지연 전투를 하도록 전달해라! 그리고 중앙의 준장에게 연락을——."

입구가 터져 나갔다.

날아간 문이 N의 코앞을 통과해 벽에 박혔다.

"아들한테서 도망치다니 대단한 아버지시군."

입구에 추야가 서 있다. 전신에서 노기를 내뿜으며 N을 노려보고 있다.

"힉……!"

N은 들고 있던 사슬을 떨어뜨렸다. 벽에 등을 쓸며 몇 발짝 후퇴한다.

"뭘 준비하고 있었지? 죽을 준비인가?"

"기…… 기다려! 어쩔 수 없었다! 전부 일이라서 한 거야! 사적인 감정으로 자네를 괴롭히고 싶다고 생각한 적은 한 번도 없었어!"

"그래? 그렇다면 안됐군."

추야가 위압하듯이 앞으로 나아간다. N이 떨리는 다리로 같은 거리만큼 후퇴한다.

베를렌은 입구에서 팔짱을 끼고 미소 지으면서 방 안의 모습을 감상하고 있었다.

추야의 발밑에 사슬이 떨어져 있었다. 조금 전까지 N이 뭔가 준비에 쓰고 있었던 물건이다. 추야는 그것을 주워 끝부분을 조사했다.

그 사슬은 끝부분이 말뚝으로 되어 있고, 사슬 내부를 가로지르듯 두꺼운 배선이 되어 있다. 아까 추야를 고문하는 데 사용했던 전극 말뚝이다.

"이건 아까 내 배에 박혀 있던 놈인가. 과연…… 함정을 파고 기다렸다가 나한테 한 번 더 이걸 박을 작정이었다는 거군."

"그…… 그건."

추야는 사슬을 끌어당겼다. 두 개였고, 둘 다 방의 구석에 있는 전원에 연결되어 있었다.

"솔직히 꽤 아팠다고. 진기한 경험이었어. 그것의 백분의 1이라도 당신에게 맛보게 해 주고 싶은걸." 사슬을 바라보면서 추야가 말했다.

추야의 시선이 사슬로 향한 한순간의 틈을 노려 N이 달렸다. 방 안쪽 엘리베이터의 문으로 향한다.

그 옷자락에 사슬의 끝부분이 박혔다.

"도망치면 안 되지."

추야가 분노를 머금은 목소리로 말했다.

추야가 투척한 사슬이 N의 옷을 꿰뚫어 뒤의 벽에 고정시킨 것이다.

남은 하나의 사슬 끝을 바닥 근처까지 회전시키면서 추야는 천천히 다음 표적을 정했다.

옷이 벽에 고정된 N은 도망치지도 다음 사슬을 피하지도 못한다.

"기다려……. 자네가 하려고 하는 짓은 실수야……!"

"귀 기울이지 마라, 추야." 입구의 베를렌이 자기 손가락을 보면서 아무래도 좋다는 듯이 말했다. "이런 놈은 살아남기 위해서라면 어떤 거짓말이라도 하지. 내 때도 완전히 똑같았다. 하나부터 열까지 말이야."

추야의 눈이 날카롭게 가늘어진다. 거기 있는 것은 루비처럼 붉고, 투명하고, 아름답게 빛나는 살의다.

"기…… 기다려! 정말로 일이었어, 그것뿐이었어!"

"그래. 일이었지." 추야는 내뱉듯이 말하고 더욱 다가갔다. "일이었으니까, 내 영혼을 멋대로 가지고 놀았지. 일이었으니까, 또 한 명의 나를 가두고 죽였지. 당신은 일을 위해서라면 뭐든지 해. 최악의 인간이야. 그렇다면 일을 위해서 죽어."

추야의 사슬에 중력이 깃든다. 끝부분의 말뚝이 떠오른다.

본 기체와 다자이 씨는 빠른 걸음으로 복도를 이동하고 있

었습니다.

"추야가 인간이라는 증거는 어디에도 없어. 하지만 인간이 아니라는 증거도 없어."라고 다자이 씨는 이동하면서 말했습니다. "베를렌은 추야를 훔쳐 냈을 뿐, 말하자면 외부인이다. 추야의 정체가 인조 이능력이라고 직접 그 눈으로 확인한 건 아냐. 그리고 N에 관해서 말하자면, 그가 거짓말을 하고 있을 가능성이 있어."

그 N 씨가 거짓말을?

"거짓말을 하는 이유는?"

"글쎄. 하지만 일류 거짓말쟁이는 거짓말을 하는 이유조차 거짓말로 감추지. 그 남자에게서는 일류 거짓말쟁이의 냄새가 나. 안 그런가?"

다자이 씨가 미소 지었습니다. 그 미소에는 차가운 열락이 감돌고 있습니다.

하지만 일리 있습니다. 본 기체는 이 연구소에 들어오고 나서 만난 인간의 바이탈은 전부 스캔했습니다. 적외선 강도, 심박, 이산화탄소 배출량, 동공, 발한량. 물론 N 씨도 마찬가지입니다. 그러나 그자가 우리를 배신했다는 명확한 징후는 발견할 수 없었습니다.

추야 님은 인조물일지도 모릅니다. 인간일지도 모릅니다.

가능성은 반반입니다.

본 기체는 앞을 향해 이동속도를 40퍼센트 증가시켰습니다.

만약 반반이라면, 추야 님은 N 씨를 죽여서는 안 됩니다.

돌이킬 수 없게 됩니다.

말뚝이 달려 나가기 직전의 투견처럼 사슬을 울리면서 공중에 떠 있었다.

"순식간에 편하게 해 주지."

추야는 사슬을 당겨 제어하고 있었다. 횡방향으로 날아가려 하는 사슬을 줄다리기하듯이 매어 놓고 있다. 조금이라도 힘을 풀면 사슬은 로켓처럼 거세게 날아가리라.

날카롭게 뾰족한 말뚝 끝은 N 쪽을 향하고 있다. 옷을 관통한 사슬이 벽에 박힌 탓에 도망칠 수 없다.

"해 버려, 추야." 베를렌은 팔짱을 끼고 휘파람이라도 불듯 즐거운 어조로 말했다. "그만한 중력을 해방하면, 관통이 아니라 아예 몸이 통째로 터져 나가겠지. 순식간에 편해질 거다. 그렇지, 연구자님?"

"기다려, 추야 군! 자네는 반드시 내일 이 일을 후회할 걸세!"

"내일 따윈 알 바 아냐." 추야의 눈이 살의에 오므라든다. "항상 하고 싶은 대로 해 왔어. 지키고 싶은 놈을 지키고, 마음에 안 드는 놈을 날려 버렸지. 오늘도 그렇게 할 뿐이야."

"그만둬, 기다려!"

"저기 있다, 긴급 대피실이야!"

모퉁이를 돈 순간, 다자이 씨가 소리쳤습니다. 그 시선을 좇아 앞을 보자 복도 막다른 곳에 문이 있었습니다. 그 주위에는 경비가 몇 명이나 쓰러져 있습니다.

"먼저 실례합니다!"

본 기체는 다자이 씨를 남기고 도약해 단숨에 쓰러진 경비들의 산을 뛰어넘었습니다. 문 앞에 착지합니다. 곧바로 문의 포트에 접속해 해제 번호를 검색합니다. 1.22초 만에 정답인 번호를 발견. 문이 잠금 해제됩니다.

"추야 님! 죽이면 안 됩니다!"

자동문이 열리는 시간도 아까워, 본 기체는 긴급 대피실에 뛰어들었습니다.

그리고 눈을 부릅떴습니다.

방은 무인이었습니다.

아무도 없고, 누군가 있었던 기척도 없습니다. 바닥을 스캔하자 먼지가 얇게 쌓여 있습니다. 발자국 없음. 몇 년이나 사용되지 않았던 모양입니다.

여기가 아니었습니다.

추야 님은 다른 대피실에 있는 것입니다.

이미—— 늦었습니다.

"내일 따윈 알 바 아냐." 추야의 눈이 살의에 오므라든다. "항상 하고 싶은 대로 해 왔어. 지키고 싶은 놈을 지키고, 마음에 안 드는 놈을 날려 버렸지. 오늘도 그렇게 할 뿐이야."

지금 사슬에는 방대한 힘이 담겨 있다. 그것은 쏘아지기 직전의 화살과 같다.

그리고, 모든 화살은 언젠가 쏘아진다.

"그만둬, 기다려!" N이 손을 들고 외친다. 그가 할 수 있는 일은 달리 아무것도 없다.

사슬을 쥔 추야의 손이 느슨해진다.

집 한 채를 통째로 관통할 수 있을 정도의 장력을 띤 사슬이 쏘아진다.

핑음이 실내를 진동시켰다. 음속을 넘은 사슬이 충격파를 발생시킨 것이다. 폭발적인 속도로 날아간 사슬은 한 치의 오차도 없이 표적에 박혔다.

똑바로, 정확하게——.

베를렌의 가슴에.

"컥…… 아니……?"

착탄 지점에서 피보라가 튄다. 베를렌이 경직되어 있다. 중력 조작으로 속도를 죽였지만 그럼에도 끝부분은 살을 도려내고 안쪽 깊숙이 도달했다.

추야는 상반신을 틀어 베를렌 쪽을 보고 있었다. 사슬을 해방한 순간 순식간에 몸을 틀어 날아가는 방향을 크게 바꾼 것이다.

"멋대로 지껄이지 마, 베를렌. 분명히 이 연구자는 지독한 짓을 했어. 하지만 피아노맨과 모두를 죽인 건 네놈이잖아." 추야는 자기 가슴을 두드리고 말했다.

"목숨이, 여기서 불타고 있다고. 그 녀석들의 목숨이——. 그게 사그라들 때까지 하고 싶은 일을 한다는 건 말도 안 되지. 해야 할 일을 할 거다. 그게 나야."

"추야…… 네놈……!"

베를렌은 말뚝을 붙잡고 뽑으려 했다. 그러나 그보다도 먼저 추야가 방 안쪽으로 달려가 사슬의 레버를 당겨 내렸다.

최대 출력의 전류가 빛나는 용이 되어 사슬을 타고 나가 베를렌에게 격돌했다.

"크아아아악?!"

전격이 베를렌의 체내를 내달린다.

물리적인 타격이나 총격에는 강한 베를렌이라도 추야와 마찬가지로 전격에는 무적이 아니다.

"해야 할, 일?" 전격이 몸을 태우는 가운데, 베를렌은 경련하면서 자신의 사슬을 붙잡았다. "왜 모르지? 해야 할 일 따위는 없다! 살고 싶은 대로 살고, 부수고 싶은 대로 부숴라! 왜냐하면 우리가 해야 할 일은 단 하나, 태어나지 않는 것뿐이었으니까!"

베를렌의 떨리는 손가락에 힘이 들어가고, 조금씩 사슬을 벗겨 낸다.

"시끄러워." 추야의 눈은 의지의 빛에 타오르고 있었다. "당신은 그럴지도 모르지. 하지만 나에게까지 그걸 강요하지 마라. 나는── 그런 식으로 생각하지 않아."

그 눈의 빛 속에 그림자가 몇 개나 달려 지나간다.

《양》의 동료들.

포트 마피아의 동료들.

거기 있는 것은 의지의 빛이다. 역사를 거듭해 타인과의 만남과 이별을 거쳐야만 얻을 수 있는, 강한 인간의 빛.

"애초부터 네놈은 틀렸어." 추야는 내뱉듯이 말했다. "'태어난 것이 잘못'? 내가 그런, 빌어먹을 다자이와 비슷한 생각을 할 리가 없잖아!"

베를렌이 사슬을 뽑아 내팽개쳤다.

동시에 추야가 달려든다.

"추야아!"

"베를레에에엔!"

베를렌이 주먹을 쳐든다. 추야도 같은 속도로 베를렌에게 주먹을 쳐들고 있다.

주먹과 주먹이 격돌해, 방 안에 검은 섬광이 작렬했다.

"시설 자동 파기 시스템 진행 중. 설비 68퍼센트가 기능 정지. 나머지 셧다운 전에 추야 님이 있는 방을 산출하겠습니다." ^{블랙아웃}

본 기체는 통신기에 우선접속해 시설 전체에 침입을 시도하고 있습니다.

추야 님을 놓친 우리에게 남겨진 방법은 하나였습니다. 긴급 대피실의 단말로 경비 시스템에 침입해 전투가 벌어지고 있는 장소를 산출해 낸다. 그것밖에 없습니다.

대피실은 그 성격상 대피한 VIP가 안에서 지휘를 할 수 있도록 경비 시스템과 회선이 확립되어 있습니다. 그러나 군의 기밀 회선이기 때문에 보안이 엄격하고, 또 시설이 블랙아웃을 시작하고 있기 때문에 허브로 삼아야 할 단말이 여기저기 떨어져 있습니다. 줄다리를 건너고 싶은데 발판이 잇따라 떨어지고 있는 것 같은 상태입니다.

"우선 연료 배급 시스템을 장악하는 게 좋아." 회전의자에 앉은 다자이 씨가 머리 위에서 손깍지를 끼고 빙글빙글 돌리면서 말했습니다. "이곳의 연구 자료는 최종적으로 증거인멸을 위해 전부 태워질 거야. 연구소 인원들이 대피한 후에 시설까지 통째로 말이야. 그러니 그걸 위한 연료 공급 시스템은 마지막까지 남아있을 거야. 거기를 발판으로 시설 전체를 장악해."

"그렇게 하겠습니다."

연료 공급 시스템은 다른 것에 비하면(생명유지나 경비 시스템, 주기억장치 등 기간 시스템에 비하면) 쉽게 제압할 수 있었습니다. 그리고 장악한 프로세서에 타 시설 제압 명령을 내려 다시 제압 범위를 넓혀 갑니다.

"괜찮을까요."

본 기체는 시스템과 싸우면서 동시에 목소리를 내어 말했습니다.

"뭐가?"

다자이 씨가 얼굴을 들고 본 기체를 봅니다.

"베를렌 말입니다. 추야 님을 발견할 수 있다 치고, 그 후에는 베를렌과의 싸움이 기다리고 있을 겁니다. 우리가 그자에게 이길 수 있을까요."

"글쎄." 다자이 씨는 흥미 없다는 듯이 대답합니다. "물론 이길 방법은 생각하겠지만, 이기지 못해도 그냥 죽는 것뿐이야. 베를렌에 관해서 확실하게 할 수 있는 이야기는 하나."

다자이 씨는 양손을 내리고 기계보다 더 기계 같은 눈으로 본 기체를 보았습니다.

"단순한 육탄전에서 베를렌을 이기는 인간은 이 세상에 한 명도 없어."

좁은 실내에 폭풍이 발생했다.

주먹과 주먹이 작렬하고, 아주 작은 태양이 잇따라 태어났다가 사라진다. 격돌한 중력과 중력이 공간을 압착해 찌부러 뜨리고 다시 원래대로 돌아간다. 그 충격파만으로도 실내는 완전히 어질러져 책상이 넘어지고 전자기기가 벽에 박힌다.

"고작 그 정도냐, 추야!"

베를렌이 소리친다. 그 주먹이 근처를 스친 것만으로도 벽에 과자처럼 금이 가고 벗겨져 떨어진다.

명중하면 살아남을 수 없는 운석 무리를 추야는 민첩하게 피하고 하단 발차기를 내쏘았다. 베를렌이 방어하는 중력을 모은다. 그러나 추야의 발차기는 직전에 궤도를 바꾸어 몸통을 에는 중단 돌려차기가 되었다.

발차기가 꽂힌다. 베를렌이 신음한다.

하지만 파랗게 질린 것은 공격이 성공한 추야 쪽이었다.

베를렌의 다섯 손가락이 발차기로 체중이 실린 추야의 얼굴을 붙잡는다. 저항의 반격을 하기도 전에 베를렌이 추야를 치켜들어 벽에 내동댕이쳤다.

벽에 부채꼴로 균열이 간다.

추야는 아픔에 소리를 지르면서도 베를렌의 손을 떼어내기 위해 붙들려 했다. 그러나 그 손은 허공을 갈랐다. 잡아야 할 베를렌의 팔은 이미 그곳에 없었다.

다음 순간, 베를렌의 앞차기가 추야의 몸통을 쳤다.

추야의 등 뒤에서 벽이 분쇄되었다. 대형차에 격돌한 듯한 충격을, 그것도 벽과 발차기 사이에 낀 상태로 받은 추야가 피를 토한다. 뒤로 뛰어 충격을 줄일 수도 없었기 때문에 지금까지 받은 어떤 공격보다도 대미지가 컸다.

추야는 벽을 부수며 옆방으로 날아가, 다시 안쪽 벽도 부수고 더 안쪽 벽도 부쉈다. 발차기 한 방에 방을 두 개나 이동한 추야는 잔해와 모래먼지에 덮여 베를렌에게 보이지 않게 되었다.

베를렌은 다리를 내리고 자신의 상처를 확인했다. 말뚝이 박혔던 부분에서 피가 흘러 의복을 더럽히고 있다. 상처가 깊다.

"왜 모르지, 추야." 베를렌은 손에 묻은 피를 노려보며 얼굴을 찌푸렸다. "우리가 싸워 봐야 의미는 없을 텐데."

그리고 바닥에 떨어져 있는 철판에 눈길을 주었다. 파괴된 책상의 쥐색 상판이다. 베를렌은 그것을 발끝으로 걸어 공중에 띄운 뒤 차 날렸다.

철판이 공중을 가르고 활공해 벽을 따라 도망치려던 N의 눈앞에 박혔다.

"힉."

"놓칠 줄 알았나."

베를렌은 N의 목을 붙잡고 들어 올렸다. 가볍게 벽에 밀어붙인다.

"네놈이 오늘 살아남는 일은 결코 없다." 베를렌의 시선에는 이제까지 없었던 빛이 켜져 있었다. 분노다. "네놈 안에 사악함이 보인다. 어떤 악보다도 거무칙칙한 어둠이다."

N이 딱딱한 미소를 띠고 갈라진 목소리로 말했다. "자네 같은 살인 청부업자가…… 그런 말을 하나?"

"죽이는 것보다 만들어 내는 쪽이 사악한 경우도 있지."

베를렌의 손가락에 힘이 들어간다. 중력이 발생해 주위 풍경을 일그러뜨려 간다.

"기…… 기다려! 이야기를 들어 줘!"

"듣지 않겠다."

베를렌이 말하고 손가락이 조여든다. 모든 질량을 찌부러 뜨리는 초(超)중력이 N의 목을 절단한다── 그 직전에, N이 외쳤다.

"내가 죽으면, 자네 자신의 비밀도 잃게 돼!"

베를렌의 손가락이 멈췄다.

시간이 흘렀다. 1초, 2초. 아무도 아무 말도 하지 않는다. 꼼짝도 하지 않는다. 눈조차 깜빡이지 않는다.

"……뭐라고?" 5초 이상 정지한 뒤, 베를렌이 낮고 갈라진 목소리로 말했다.

"거짓말이 아니야. 전부 잃게 된다. 모두 다. 자네가 무엇보다 알고 싶어 하는 그 「다정한 숲의 비밀」도."

흡 하고 숨을 들이마시는 소리가 났다. 베를렌의 목소리다.

"네놈……!"

주먹이 울렸다. 베를렌의 주먹, N을 붙잡지 않은 빈 쪽 주먹이다.

그리고 주먹이 내리쳐졌다. 충격에 방이 흔들린다.

그 주먹은 벽을 쳐서 부수었다. N의 얼굴 바로 옆의 벽이다. 충격이 벽을 거미줄 형태로 부수고, 박리된 잔해가 부스스 떨어진다.

"나를 속일 생각이라면, 조심하는 게 좋을 거야." 베를렌의 목소리는 지옥 밑바닥에서 들려오는 것처럼 낮았다. "한마디라도 거짓이라고 느껴지면 뼈를 하나씩, 산 채로 뽑아내겠다."

18개의 포트 중 12에 침입. 제2, 제3연산코어를 지배하고 그것들의 연산능력을 이용해 제4, 제5코어에 공격을 가합니다. 순조롭습니다. 이거라면 몇 분 이내에 추야 님을 수색하기 위해 필요한 경비 시스템을 입수할 수 있겠지요.

하지만 문제는 그다음입니다.

"육탄전으로 베를렌을 이기는 인간은 존재하지 않는다……." 본 기체는 다자이 씨의 말을 반추합니다. "그렇다면, 베를렌을 이길 수단은 존재하지 않는다, 는 뜻입니까?"

본 기체가 다자이 씨를 보자, 다자이 씨는 모든 것을 꿰뚫어 보는 듯한 눈으로 "그래."라고 말했습니다.

"그걸 알기 위해서 시간을 번 거야."

그렇게 말하고 가슴께에서 수첩을 꺼냈습니다. 아까도 봤던 가죽 수첩――《랭보의 수기》입니다.

"그놈에게는 중력의 이능력에다 첩보원의 기술도 있어. 반칙처럼 강해. 약점 따윈 없는 거나 마찬가지야. 하지만――두려워하는 거라면 있지."

"두려워하는 것?"

"자기 자신이다." 다자이 씨는 수수께끼 같은 미소를 지었습니다. "추야에게 아라하바키가 그렇듯, 그에게도 '자신 안의 특이점'은 감당하기 힘든 존재야. 폭주하면 주위와 자신을 통째로 날려 버리게 돼. 스리바치 가의 악몽 재현이지."

스리바치 가의 악몽.

본 기체는 지식 스토리지를 검색했습니다. 다자이 씨가 말하는 것은 아마도 9년 전의 폭발 사건이겠지요. 추야 님 속의 아라하바키가 폭주해 대지를 날려 버리고 직경 2킬로미터의 거대한 크레이터만을 남기고 모든 것을 소멸시킨 사건. 특이점의 진정한 맹위. 이 세상 것이 아닌 존재의 현현.

그것을 일으키는 괴물이 베를렌 안에도 잠들어 있다고━━.

"「다정한 숲의 비밀」." 베를렌의 목소리에는 거칠고 메마른 분노가 있었다. "어떻게 네놈이 그걸 알고 있지."

"인조 이능력자, 폴 베를렌 군." 질문에 얼버무리듯이 N은 부드럽게 말했다.

"자네 안에는 암흑의 주인이 잠들어 있지. 또 하나의 아라하바키. 연구기관에서 태어난 아라하바키와 달리, 자네 안의 악마는 단 한 명의 이능력자가 만들어 냈어. 그리고 자네는 그 창조주를 죽였다. 제 손으로. 그래서 자신 속에 잠들어 있는 괴물에 관해 영원히 알 수 없게 되고 말았지. 자네는 그것의 현현을 두려워하고 있어."

"그게 어쨌다는 거지." 베를렌은 초조한 목소리로 물었다. "네가 내 안에 있는 것을 알고 있다는 거냐."

"어떨까? 하지만 알고 있다면 나밖에 없어."

말하면서 N은 오른손을 천천히 움직였다. 베를렌의 팔에 감추어져 사각(死角)에 있었던 팔이다. 달팽이처럼 신중한 움직임으로 손가락 끝을 자기 주머니에 가져간다.

"우리가 아라하바키를 만들어 낼 수 있었던 것은 군의 특무 기관이 독일의 첩보망을 경유해 자네에 관한 자료를 입수해 주었기 때문이야. 그 자료를 읽은 후 오한이 들었어. 자네를 만든 인간은 악마다. 그런 발상, 정신이 제대로 박힌 인간이 할 수 있는 게 아니야."

N의 손가락이 주머니 안의 조작 패널을 붙잡았다. 검은 원통형 수조 앞에서 추야에게 건넸던 그 원격 조작 패널.

"내가 할 수 있는 사악한 짓은 기껏해야 이 정도다."

버튼을 누른다.

천장이 파괴되었다.

베를렌의 머리 위의 천장이 충격과 함께 부서져 잔해와 함께 쏟아졌다. 거기 포함되어 있는 것은 잔해뿐만이 아니었다.

검푸른 액체. 베를렌은 민첩하게 두 팔을 들어 중력을 발동해 잔해를 막았다. 그러나 무언가가 잔해와 액체 사이에서 떨어져 내렸다.

베를렌이 차여 날아갔다.

수평으로 튕겨 날아가 안쪽 벽에 격돌. 그 얼굴에는 아픔과 동시에 놀람이 있었다. 중력의 방어를 관통해 베를렌을 튕겨 낼 수 있는 자는 존재하지 않기 때문이다.

"내 비밀병기가 시시한 전기 사슬뿐이라고 생각했나?"

N이 웃는다. 그 옆에 발차기의 주인이 내려선다.

그것은 백골이었다.

약품 튜브와 생체 신호 계측용 코드 다발을 늘어뜨리고 있다. 걸치고 있는 것은 실험용 합성수지 겉옷뿐. 아까 추야의 팔 안에서 숨이 끊어지고, 액체가 녹아 뼈만 남았던 인간. 추야의 원본이다.

그 정체를 깨달은 순간 베를렌의 얼굴이 분노에 물들었다.

"네놈……!"

"유럽을 흉내낸 게 아니라, 이건 우리의 독자적인 기술이다. 파괴 지시식을 맛보도록 하게."

백골이 점프했다.

풍절음을 휘감고 백골이 돌진. 근육이 아니라 중력 조작으로 가속한 백골이 베를렌에게 격돌한다.

베를렌은 양어깨를 붙잡아 백골을 멈추었다. 기세를 다 죽이지 못해 베를렌의 뒤꿈치가 바닥판을 부순다.

둘의 중력이 길항해 방 중앙에 작은 중력 소용돌이가 발생했다. 공격이 막혔음에도 백골은 다시 베를렌을 물어뜯으려

입을 벌렸다. 근육이 없는 턱이 덜걱덜걱 잘게 울린다.

"괴로워하고 있나."

베를렌의 눈이 가늘어진다. 그 목소리에는 감정의 희미한 떨림이 있었다.

"미안하다…… 하지만 네가 생존해도 되는 곳은 이미 이 세상에는 없다."

베를렌이 이능력 출력을 올렸다. 백골이 삐걱거리며 무릎을 꿇고 바닥에 납작하게 눌렸다.

"지상으로 데리고 돌아가겠다. 별이 보이는 곳에서 잠들게 해 주마. 하지만 지금은 얌전히 기다려라."

베를렌이 중력을 반전시키자 백골이 공중에 떠오른다. 주위의 잔해도 중력장의 영향을 받아 떠오른다.

베를렌이 손을 뗀다.

압축된 중력장이 출구를 찾아 쇄도. 베를렌이 일부러 중력장의 출구를 한 방향으로 제한해 놓았기 때문에 그쪽을 향해 백골이 급가속. 횡으로 날아가는 포환이 되어 날아갔다.

벽에 격돌했지만 멈추지 않고 벽을 관통해 계속 회전. 철골과 잔해를 휘감으며 천장과 벽에 격돌하다가, 더 안쪽 벽에 박혀 정지했다.

베를렌은 가만히 서 있었다.

백골이 날아간 쪽을 바라본다. 그 눈에는 무수한 감정이 만들어 내는 그늘이 있었다.

이를 꽉 깨물고 근처에 있던 책상의 상판을 힘을 가득 실어

쳤다. 파괴의 여파로 원래부터 일그러져 있던 책상이 찌부러져 기역자로 꺾였다.

그리고 방 안을 돌아보았다. 이미 N의 모습은 어디에도 없었다.

긴급 대피용 엘리베이터로 도망친 것이다.

베를렌은 방 안쪽으로 걸어가 엘리베이터 문을 억지로 열었다. 이미 승강기는 없었다. N을 태운 채 위를 향해 이동하고 있다.

베를렌은 표정을 바꾸지 않고 늘어진 윈치 케이블을 당겼다. 즉시 머리 위에서 금속이 끊어지는 소리와 여러 개의 철재가 부러지는 소리, 그리고 안전용 비상 멈춤 장치가 부서지는 소리가 울렸다.

낙하한 승강기를 베를렌은 한 손으로 받아 냈다.

문을 비틀어 열고 안에서 N을 끌어낸다.

"네놈은 죽인다." 베를렌의 눈에 분노의 불꽃은 없었다. 그저 푹 삶은 진흙을 쏟아낸 듯한 거무튀튀한 증오만이 있었다. "하지만 살인 청부업자의 방식으로는 죽이지 않겠다. 내가 과거에 한 적 없었던 방법으로—— 고통과 후회, 죽음을 바라는 절망 속에서 죽이겠다. 자신이 한 짓을 후회할 시간을 준 뒤에 말이지."

옆구리가 지독하게 아프다.

신경이 지끈지끈 맥박 친다. 일어나려고 하자 미끈미끈하고 불쾌한 액체가 옆구리에 느껴진다.

추야는 손가락으로 아픔의 근원을 찾았다. 쇠막대가 옆구리 근육을 관통한 상태였다.

날아가 벽재를 파괴했을 때 건물 구조재 중 하나가 옆구리를 꿰뚫은 것이리라. 막대기 끝부분이 옆구리에서 튀어나와 있다. 등 쪽은 어느 정도 길이인지 잔해에 파묻혀 있어서 알 수 없다.

추야는 베를렌의 일격에 날아간 뒤 방을 몇 개인가 관통해 벽에 내동댕이쳐져 잔해에 묻혔다. 모든 충격을 중력 조작으로 막는 것은 불가능했다. 몸의 온갖 곳에서 피가 흐른다. 옆구리의 상처는 특히 깊다.

추야가 상처를 입는 일은 거의 없다. 그래서 아픔으로 상처의 깊이를 추측하거나 부상 상황으로 위험도를 측정하는 데 익숙하지 않았다. 가끔 임무에서 다쳐도 우수한 포트 마피아의 의료진이 겨우 며칠 만에 치료해 주었다.

우수한 의사. 예를 들면 닥 같은.

동료의 이름이 추야의 마음을 차게 식혔다. 닥은 이제 없다. 그만이 아니다. 동료는 이제 아무도…….

추야는 상처를 무시하고 일어나려 했다. 아픔도 무시한다. 옆구리에서 신선한 피가 뿜어져 나온다.

"멈춰 설 수는…… 없다고……."

두 다리를 꽉 디디며 몸을 일으키는 기세로 쇠막대를 뽑으려 했다.

그 직후 충격이 오고 추야는 튕겨 돌아왔다. 예상하지 못했던 충격이다.

쇠막대가 다시 깊게 박혀 피가 흘러 떨어진다.

"컥……!"

추야가 얼굴을 든다. 거기에는 백골이 있었다.

약품 튜브와 코드. 실험용 합성수지 겉옷. 중력으로 간신히 형태를 유지하고 있는 창백한 뼈. 추야 위에 올라타 몸을 눌러 찌부러뜨리려 한다.

"너……!"

추야는 신음하고, 중력을 길항시켜 버렸다. 과도한 중력에 서로의 몸이 비명을 지르며 삐걱댄다.

"그만둬!" 추야는 외쳤다. "그런 짓을 해도 의미 없잖아! 너는 나야!"

하지만 백골은 그 목소리를 이해하지 못한다. 그저 파괴 지시식에 따라 근처에 있는 이능력자를 찌부러뜨리려 하고 있을 뿐이다. 투명하고 형태 없는 불합리한 살의.

뼈가 삐걱댄다. 누구한테서 나는 소리인지 알 수 없다. 백골이 발하는 중력이 인체가 버틸 수 있는 한계를 넘고 있는 것이다.

추야의 이마에 식은땀이 흘렀다.

백골은 자기가 부서져도 상관없지만 추야는 그렇지 않다. 하지만 이대로 서로 중력 씨름을 계속하다가는, 내구력이 같은 육체를 가지고 있는 이상 양쪽이 동시에 찌부러진다.

어떻게든 해야 한다. 하지만 상대는 자신이다.

옆구리가 아프다. 지독하게 아프다.

아니 잠깐.

아니, 잠깐, 잠깐만. 저게 뭐야? 백골? 거짓말이겠지.

시라세는 자기 눈을 비볐다. 환상이 아니다. 주위 풍경이 일그러져 있다. 중력장 이상에 의해 주위의 모래자갈이 공중에 떠올라 있다.

즉 저곳에는 중력 이능력이 발동해 있다. 다시 말해 추야가 있다.

겁이 난 나머지 시라세는 양손으로 끌어안고 있던 옷 주머니를 떨어뜨릴 뻔했다. 황급히 추슬러 안는다.

옷 주머니지만 안에 들어있는 건 의류가 아니다. 도둑질한 값나가는 물건들이다. 도망칠 길을 찾는 김에 연구시설에 들어가 값나가는 물건을 뒤졌던 것이다. 경비도 연구원도 다 나가고 없었다. 덤으로 연구시설에는 레이저 발신 장치에 사용하는 보석이나 고속연산 단말 등, 팔면 한 재산 될 만한 것들이 산더미처럼 남아 있었다.

시라세는 생각했다. 어차피 증거인멸이 어쩌고 하면서 소각당할 게 뻔하다. 그렇다면 《양》 재건의 초석으로, 군자금으로 다시 태어나는 편이 사람을 돕는 일이 된다. 내가 생각해도 천재인걸.

그렇게 생각해서 불난 집 털이를 하는 사이에 길을 잃었다.

그리고 헤매다 이 방에 들어왔다.

시라세는 두리번두리번 주위를 둘러보았다. 추야와 백골 외에는 사람의 기척이 없다. 아무래도 그들은 서로 싸우고 있는 듯하다. 추야의 괴로운 듯한 얼굴이 흘깃 보였다.

"추야!"

반사적으로 달려가려다가 황급히 멈춰 섰다.

뭐 하는 거야. 저런 데 갔다간 죽고 말아! 괴물끼리 싸우는데 휘말리다니 멍청한 데도 정도가 있지. 나는 그런 얼빠진 놈이 아냐. 똑똑하고 견실하게 행동한다고. 그렇게 해서 계속 살아남아 왔어.

싸우는 건 추야 담당. 다치는 것도 추야 담당. 자신들의 무시무시함을 적들에게 새겨 주는 것도 추야 담당이다. 우리는 그 외의 일 담당이다. 당연해. 저 녀석은 강함을 가지고 있어. 그 책임을 다하는 것은 당연한 일이야.

하지만 오늘의 추야는 전에 없이 약해져 있었다.

싸우고 있는 추야는 온몸에 상처를 입었다. 저런 추야는 본 적이 없다. 마치 같은 나이의 소년 같다.

아니, '마치'가 아니다. 추야는 같은 나이의 소년이다. 문득 시라세는 그것을 깨달았다.

"…………."

하지만, 그래도.

그래도 그런 거, 내가 알 바냐.

"상관할 줄 알아! 나는 도망칠 거야! 혼자서라도 말이야!
전쟁 병기가 어쩌고, 이능력의 진실이 어쩌고, 그런 건 너희
쪽에서 맘대로 하든가! 나는 즐겁게 살고 싶을 뿐이라고!"

시라세는 짐을 소중한 듯이 껴안고 등을 돌려 걸어간다.

큰 보폭으로, 한 걸음 한 걸음을 눌러 새기듯이.

백골의 무게가 늘어난다.

서로의 뼈가 삐걱대는 소리에 더해져 더욱 무겁고 낮은 소
리가 나는 것은 아마도 바닥의 기초재가 휘어져 꺾이는 소리
일 터이다. 보통 인간의 육체였다면 이미 바닥재와 일체화되
었으리라.

"그만둬……." 추야는 짓눌리고 있는 폐로 속삭이듯이 말
했다. "너는 나잖아……."

그 눈에 망설임이 깃든다.

백골의 턱이 울린다. 빛 하나 없는 암흑의 눈구멍이 추야를
빤히 내려다보고 있다. 거기에 감정은 없다. 아무것도 없다.
완전한 허무다.

그 눈구멍에서, 그 허무에서, 추야는 말을 들었다. 기분 탓
인지도 모른다. 그러나 뇌리에 한 단어가 떠오르는 것을 막

을 수 없었다. 그 백골이 말하는 것처럼 느껴지는, 무의미한 하나의 말.

──네가 이렇게 됐어야 했는데.

"너는, 나야." 추야는 인간성에서 아득히 벗어난 백골의 모습을 노려보며 말했다. 자신이 무슨 말을 하고 있는지 의식도 하지 못한 채. "그렇다면, 나는 대체, 누구지⋯⋯?"

중력이 더욱 강해진다. 죽음 그 자체 같은 백골의 얼굴이 눈앞에 바싹 다가온다.

그때, 누군가가 소리쳤다.

"으아아아아아아아!"

누군가가 몸통 박치기를 하고, 백골이 옆으로 날아갔다.

백골과 인영이 한 덩어리가 되어 바닥을 구른다.

추야는 눈을 부릅떴다.

그 인물은 아는 사람이었다.

"시라세⋯⋯?!"

굴러간 시라세가 뒤집힌 목소리로 내용을 알 수 없는 소리를 지르며 일어섰다.

모든 중력을 추야를 향해 아래 방향으로 걸고 있던 백골은 횡방향의 충격에 완전히 무력했다. 충격으로 오른팔의 척골이 빠졌다. 그러나 활동하는 데는 거의 영향이 없다. 턱을 벌리고 시라세를 물어 죽이려고 한다.

시라세가 옷 주머니를 쳐들었다. 그것을 백골이 제대로 물었다. 안에서 고급 보석과 전자기기가 부서지는 소리가 났다. 그러나 보석의 경도는 뼈나 철을 상회한다. 백골의 아래 턱이 세로로 갈라졌다.

"바보 자식, 시라세! 도망쳐!"

"우와아아아아아아!"

시라세가 눈을 감은 채 양손을 휘둘렀다. 그 손이 우연히 백골의 등뼈로 이어지는 수액 튜브에 걸렸다.

튜브가 떨어져 나가고 안에서 검푸른 약품이 똑똑 흘러 떨어진다. 백골이 확 기울어지는가 싶더니 몇 초간 움직임을 멈췄다.

추야는 그것을 알아차리고 소리쳤다. "시라세! 그 자식의 케이블을 뽑아! 전부!"

시라세는 영문도 모른 채 양손을 휘두르고 있었지만 잠깐의 시간을 둔 후 지시의 의미를 깨달았다. 약품 범벅이 되면서 굴러다녀 백골이 꼬리처럼 질질 끌고 있던 튜브와 코드를 한꺼번에 붙잡았다. 확 끌어당겨 단숨에 뽑는다.

옆방까지 이어져 있던 튜브 다발이 백골의 등뼈에서 뽑혔다.

백골이 소리를 질렀다.

뼈밖에 없는 몸에 발성기관은 없다. 성대를 진동해 소리를 지를 수는 없다. 그것은 중력의 잔재, 소멸해 가는 이능력의 힘이 뼈를 진동시켜 악기처럼 공명하여 낸 소리. 혼이 빠지는 비명의 공명음이었다.

그것은 소년의, 단말마의 울음소리로도 들렸다.

이윽고 지시식 신호와 활동력 공급원을 잃은 백골은 허리를 굽히고 머리부터 바닥에 떨어져, 중력에 의해 신체 통제력을 잃고 산산이 무너졌다. 거기에 공격으로 생긴 금이 전신으로 퍼져 나가 무수한 흰 파편이 되어 무너져 내렸다.

그리하여 백골은 소멸했다. 처음부터 아무도 없었던 것처럼.

추야는 그것을 망연히 지켜보다, 잠시 후 천천히 일어섰다.

"시라세."

추야는 옆구리를 누르며 시라세 쪽을 보았다.

"뭐야."

추야가 뭔가 말을 하려고 시라세를 쳐다보았다. 온몸이 진흙과 먼지와 검푸른 약품으로 범벅이 된 시라세를 몇 초 동안 관찰한 다음 말했다.

"너 지금, 엄청 더럽다."

"시끄러워!"

추야는 손을 내밀었다. 시라세는 그 손을 붙잡고 일어섰다.

"가자. 우선 아담과 합류해야 해."

"그래."

시라세와 추야는 나란히 걷기 시작했다.

시라세는 흘끗 추야를 보았다. 상처투성이로 모래먼지와 피에 뒤덮여 있다. 타박상이 셀 수 없을 만큼 많고 옆구리에서는 아직 피를 흘리고 있다.

"야, 추야."

추야가 돌아보았다.

전해야만 하는 말, 사과해야만 하는 일의 예감이 시라세의 표정에 감돌고 있었다.

추야는 말없이 기다렸다. 그리고 시라세는 말했다.

"너 지금, 엄청 더러워."

추야는 눈을 내리깔고 웃었다. "시끄러워."

본 기체가 그 방으로 달려갔을 때, 가장 처음으로 든 생각은 '공룡이라도 날뛰었던 건가'였습니다.

그 정도로 방 안은 철저하게 파괴되어 있었습니다. 책상도 의자도 원형을 유지하지 못하고, 바닥은 파괴되어 들쑥날쑥하고, 벽에는 인간 크기의 구멍이 두 개 정도 뚫려 있습니다. 원래 같은 자리에 있었던 가구는 하나도 없고, 그것이 원래는 어느 방에 있었던 것인지 본 기체조차 판별할 수 없었을 정도입니다.

그러나 본 기체의 주의는 더 이상 그 참상으로 향하지 못했습니다. 최우선으로 처리해야 할 대상이 따로 있었기 때문입니다.

암살왕 베를렌. 그자가 방 안쪽에 서서 이쪽을 보고 있습니다. 베를렌의 손은 과학자 N의 목을 쥐고 있습니다. 마치 자고 있는 애완견의 목줄이라도 쥐고 있는 것처럼, 아무래도 좋다는 듯한 손놀림입니다.

"사…… 살려줘……!" N이 떨리는 목소리로 우리에게 말했습니다.

본 기체는 재빨리 총을 겨눴습니다. "그자를 놓아주십시오."

"이자를?" 베를렌은 의외의 제안이라는 듯한 표정을 지었습니다.

"자네는 인간이 아니야. 그러니 논리적으로 생각할 수 있겠지. 이런 쓰레기를 지킬 가치가 어디 있나? 이런 놈을 위해 싸우다 죽을 건가?"

"본 기체의 존재이유는 인간을 범죄로부터 지키는 것입니다." 본 기체는 총을 상대에게 겨눈 채 말했습니다.

"지킬 대상인 인간이 쓰레기인지 아닌지를 판단하는 기능은 본 기체에 없고, 원하지도 않습니다."

"부럽군." 빈정거리듯이 웃고, 베를렌은 시선을 손가로 내렸습니다. "걱정 마라. 이자는 죽이지 않아. ……그렇게 쉽게는 말이지."

갑자기 뒤에서 목소리가 들렸습니다.

"그자를 데려가 고문해도 아무것도 캐낼 수 없어, 베를렌 씨."

베를렌은 목소리가 들린 쪽을 보고 어렴풋이 의외라는 듯한 표정을 지었습니다.

"다자이 군……."

"여어. 이런 데서 만나다니 우연이네."

다자이 씨는 자택 근처를 산책하듯 가벼운 발걸음으로 다가와 본 기체 옆에 나란히 섰습니다.

"자네가 이곳에 왔다는 것은…… 그런가. 나를 배신했군?"

"배신이라니, 듣기 안 좋은 소리를. 나는 처음부터 이쪽 편이었어."

"이쪽 편? 자네 같은 인간에게 '이쪽 편'이나 '저쪽 편'이 있나?"

"후후…… 당신과 대화하는 건 역시 즐거워."

다자이 씨는 애매하고 속을 알 수 없는 미소를 지었습니다.

다자이 씨와 베를렌. 두 초인은 일반인은 이해할 수 없는 종류의 미소를 띤 채 말없이 서로를 바라보았습니다.

두 사람이 대화하는 동안 본 기체는 앞으로의 전투 평가 모듈을 돌리고 있었습니다. 우리에게는 권총이 있습니다. 하지만 아무리 계산해도 우위의 승리 평가를 얻을 확률이 0.1퍼센트를 넘지 않습니다. 이 상황에서 총을 쏘는 것은 졸책이라고밖에 말할 방법이 없고, 상황이 바뀌기를 기다릴 수밖에 없습니다.

그러나 상황 변화는 본 기체가 생각했던 것보다 훨씬 빠르게 찾아왔습니다.

"아아…… 베를렌 씨." 다자이 씨가 뭔가를 알아차리고 말했습니다. "머리를 숙이는 게 좋아."

다자이 씨는 그렇게 말하면서 머리를 가슴 높이까지 휙 숙였습니다. 베를렌이 의아한 얼굴을 합니다.

다음 순간, 잔해가 포탄처럼 날아들었습니다.

잔해 하나는 다자이 씨의 머리 바로 위를 스쳐 지나가 부서지고, 또 하나는 베를렌에게 격돌했습니다. 반사적으로 방어한 베를렌의 팔에 잔해가 성대하게 흩어져 날아갑니다.

"뭐 하는 거야, 다자이 너 이 자식!" 노기를 품은 목소리가 내려왔습니다. "내 허락 없이 시야에 들어오지 마라!"

"여어, 추야. 고문은 어땠나?" 다자이 씨가 입꼬리만 올려 웃습니다. "자네가 엉망진창이 되기 전에 구하는 안도 있었지만, 시시하니까 채택하지 않았어."

"이 자식!"

잠시 멍하니 있던 베를렌이 납득이 갔다는 듯이 고개를 끄덕였습니다. "과연. 그게 자네들이었나."

추야 님과 다자이 씨가 나란히 섰습니다. 의외지만 거기에는 뭔가 완벽함 같은 것이 있었습니다.

전혀 성격이 다른 두 명의 소년.

"자네들 단둘이서 랭보를 죽였다, 그렇게 들었는데."

"복수할 텐가, 베를렌 씨?"

"아니." 베를렌은 고개를 젓고 어딘가 먼 곳으로 시선을 보냈습니다. "자네들이 죽이기 전부터 그 녀석은 죽은 상태였다. 내 안에서는 말이지. 9년 전, 내가 그 녀석을 뒤에서 쏘았던 그 순간부터."

다자이 씨가 그 표정을 보고 한 걸음 앞으로 내디뎠습니다.

"내가 왜 이렇게 나왔는지 알고 있어, 베를렌 씨?" 다자이 씨의 얼굴에는 영리한 계산의 기색이 떠올라 있습니다. "시간 벌기가 끝났기 때문이야. 당신은 죽어. 포트 마피아를 적으로 돌린 죄로."

차가운 죽음의 선고에도 베를렌은 그저 어깨를 으쓱할 뿐이었습니다. "글쎄. 나는 그런 류의 협박을 몇 번이나 받아

왔지만 결국 늘 빗나갔지."

베를렌은 겁에 질린 N의 목을 붙잡고 후퇴합니다. 본 기체의 총구가 그것을 좇아 움직입니다.

다자이 씨가 조용히 말했습니다. "당신의 이능력은 강력하지만 그 힘은 대략 파악했어. 이제 그 이상의 힘으로 압살할 뿐이야."

갑자기 베를렌이 웃었습니다. 유쾌한 듯이.

"내 힘을 파악했다고?"

베를렌이 팔을 들어 올렸습니다. 천장을 향해. 그리고 표정을 슥 지웠습니다.

본 기체의 계기가 일제히 꺼졌습니다.

"큰일입니다."

그렇게 말하려고 했습니다. 그러나 소리는 빨려 들어가 사라졌습니다. 방에서 빛이 사라지고 조금 늦게 충격파가 통과했습니다.

충격, 그리고 검은 빛.

몇 초가 지났을까요.

강력한 전자파로 본 기체의 외면 센서가 일시적으로 블랙아웃되어 있었습니다. 회복한 본 기체는 곧바로 외부 상황을 확인했습니다.

추야 님도 다자이 씨도 무사합니다. 조금 전 있던 장소에서 움직이지도 않았습니다.

그들은 나란히 천장을 올려다보고 있었습니다. 무표정으로, 입을 벌리고.

본 기체도 그 시선을 좇았습니다.

천장은—— 없었습니다.

"야, 빌어먹을 다자이. 저 녀석의 힘은 대략 파악했댔지."

"그래."

차가운 바람이 불고 있는 것을 본 기체는 깨달았습니다. 바깥의 바람. 하늘에서 부는 바람입니다.

"진짜 이것도…… 파악하고 있었냐?"

거기 있는 것은 거대한 원형 터널이었습니다.

그 터널은 십 수 층에 달할 깊은 지하시설의 모든 천장을 관통하여 똑바로 지상으로 이어져 있었습니다. 도려져 나간 바닥이 동심원 모양의 연쇄 고리가 되어 멀리까지 이어져 있습니다. 그 너머에는 작게 잘린 노을 진 하늘이 보입니다.

N도, 베를렌도, 어디에도 없습니다.

누구도 아무 말도 꺼낼 수 없었습니다.

그저 이 세상 것이 아닌 무언가의 출현을 예감하고, 기도하듯이 그것을 올려다볼 수밖에 없었습니다.

[CODE:04]

그대, 음울한 오탁의 허용이여

랭보의 수기 일부 발췌

■■■■년 ■■월
기록 특수전력총괄국 작전부 특수작전군 첩보원
■■■■■■

맑음. 저녁 지난 시각. 하현달

생쥐가 달리고 있다.

저녁의 잿빛 속에서 묵묵히.

귀부인 쥐가 달리고 있다.

어둠 속의 잿빛.

나는 달을 올려다보면서 파이프를 물고 있다.

무위도 즐겁지 아니한가.

파이프의 불이 꺼지면 가자.

내가 달려간 뒤에는, 메마른 구두 소리 뒤에는,

죽음과 시체와 피와 고문과 비명횡사만이 굴러다니고 있

으리라.

■■■■년 ■■월
기록 특수전력총괄국 작전부 특수작전군 첩보원
 D G S S

■■■■■■

비. 밤중. 하현달

쥐구멍에서 기어 나온 후에 이것을 쓰고 있다.

비가 새는 벽돌집에 있다. 어디선가 비가 새는 소리가 난다. 베개맡의 랜턴이 너무 어두워서 책상의 포도주조차도 제대로 보이지 않는다. 분명 이 글씨도 심각하겠지. 하지만 당장은 신경 쓰지 않겠다.

일어난 일을 바로 기록해 두고 싶으니.

나는 바로 두 시간 전까지 반정부 세력 '혁명의 5월'의 비밀 땅굴에 있었다. 전부 끝났다. 결과는 아주 좋다. 윗분들이 보기에는.

하지만 나는 이 작전이 성공이었다고는 도저히 생각할 수 없다.

내가 들어갔을 때 땅굴에는 모든 구성원이 모여 있었다. 그리고 최종적으로 그자는 죽었다.

'그자'라고 쓴 이유는 조직의 구성원이 단 한 명이었기 때문이다.

반정부 운동의 주모자이자 이능력자, 통칭 '목양신'. 나는 그자와 싸웠다. 그자는 강했다. 게다가 그자에게는 비밀병기가 있었다. 그자가 오로지 혼자서 만들어 낸 인공 이능력 생명체, '흑(黑) 12호'. 중력을 자유자재로 조종하고 온갖 물리 공격을 무효화하는 괴물. 목양신은 그 생명체를 지시식으로 자유자재로 조종했다.

그러나 이번에는 우리 정보부가 일을 훌륭하게 해냈다.(매번 이래 주면 고마울 텐데.)

지시식 입력이 특수한 금속 가루를 흡입시킴으로써 이루어진다고 사전에 알아내 주었던 것이다. 그래서 나는 금속가루 발생기를 파괴하기만 하면 되었다.

지시식에서 해방된 '흑 12호'는 세뇌에서 해방된 것처럼 의식을 되찾고 창조주인 목양신에게 덤벼들었다.

그것은 한기가 느껴지는 광경이었다. '흑 12호'가 손바닥을 아주 약간 쥔 것만으로도 시설 절반이 소멸한 것이다. 목양신의 상반신까지 한꺼번에.

그 후 나는 정신을 잃은 '흑 12호'를 꺼내 왔다. 지금 이 싸구려 숙소에서 잠들어 있다.

앞으로 그는 어찌 되는 것일까? 정부에 처분당할까?

지독하게 춥다.

난로의 불이 몹시도 멀게 느껴진다.

■■■■년 ■■월
기록 특수전력총괄국 작전부 특수작전군 첩보원
D G S S
■■■■■■

맑음. 정오. 강한 동풍

두꺼운 외투를 입고, 귀마개를 하고, 모피 장갑과 방한 내의를 입고 이것을 쓰고 있다.

조금 전 연락원과 카페에서 이야기했다. 거기서 '흑 12호'에 관한 처우를 들었다.

너무도 의외여서 나는 세 번이나 되묻고 말았다.

정부는 '흑 12호'를 이용가치가 있는 협력자라고 생각하는 듯하다.

왜냐하면 그는 '목양신'의 번견으로 반정부 조직 네트워크 무리의 정보가 머릿속에 들어 있기 때문이다. 그를 단련시켜 첩보원으로 만든다. 그 교육과 감시 역할을 나에게 맡긴다고 한다.

내가 교육을?

그런 일이 가능할까.

이 직업은 타인과의 연결을 가질 수가 없다. 친구도 연인도 첩보원에게는 약점이 될 수 있기 때문이다. 부모님도 과거의 연인도 내가 옥중에서 죽은 줄로 알고 있다.

그런 내가 누군가를 가르치고 이끄는 것이 가능할까.

모르겠다. 하지만 가능하다고 한다면?

과거도 이름도 버리고 코드명으로만 불리는 내가, 누군가를 위해, 나라를 위해, 그리고 새롭게 태어난 친구를 위해. 그렇게 생각하니 스스로도 의외일 만큼 가슴이 설레었다.

내가 살고 죽었다는 것은 아마도 후세에는 전해지지 않을 것이다. 사후의 나에게 주어지는 것은 금이 간 이름 없는 묘비뿐이다. 하지만 그래도 상관없다. 죽기 전에 누군가를 위해 무언가를 남길 수 있다면.

나에게 처음으로 내려진 임무는 '흑 12호'에게 새로운 코드명을 주는 것이다.

그 이름은 이미 정해 놓았다. 폴 베를렌.

내가 과거에 부모님에게 받았던 진짜 이름이다.

폴. 자네가 언젠가 이 수기를 읽었을 때, 그때가 자신의 비밀을 아는 때다. 그것이 자네에게 축복의 때이기를 나는 기도해 마지않는다.

■■■■년 ■■월
기록 특수전력총괄국 작전부 특수작전군 첩보원
■■■■■■
흐림. 밤중. 달이 보이지 않음

믿을 수 없다. 「다정한 숲의 비밀」의 해독에 성공했다. 거기에는 최악의 짐승이 잠들어 있었다.

거기에는 베를렌의

(여기서부터 페이지가 찢어져 있어 판독 불가능)

푸른 저녁 어스름 끝자락에 달이 조그맣게 떠 있었다.

달리는 열차 안에서 모리 오가이는 잠들어 있었다.

창밖에는 푸른 밤. 그리고 술렁술렁 두런거리는 검은 삼림. 그 너머 멀리 요코하마의 불빛이 작게 반짝이고 있다. 몇 만 광년이나 떨어진 별처럼.

열차 안에 손님은 아무도 없다. 그저 나무틀로 된 좌석이 끝없이 이어져 있다.

모리 오가이는 창가 팔걸이에 한 팔을 괴고, 머리를 기대고 꾸벅꾸벅 졸고 있었다. 눈 아래에는 피로가 느껴지는 검은 그늘이 옅게 드러나 있다.

도망치고 있는 것이다. 암살자로부터.

차로 도망치면 탐지당할 우려가 있다. 상대는 구 첩보원. 그것도 유럽 정부에 단련된 엄청난 실력자다. 의표를 찔러야만 한다.

그래서 역과 열차를 통째로 사들였다. 그리고 감시 영상을 전부 끊고 존재하지 않는 운행편을 만들어 냈다.

잠복 시설에 도착하는 것은 내일 아침이 될 것이다.

열차가 역에 접근했다. 차내 방송이 나오고 열차가 완만히 감속한다. 이 철도 열차는 무엇 하나 수상한 점이 없는 극히 평범한 차편이어야만 했다. 역에는 규정 시간만큼 정차하고, 시각대로 발차한다. 모리 오가이는 아직 눈을 감고 있다.

눈을 떴을 때 그곳은 안전한 장소가 되어 있을 것이다.

혹은 영원히 눈을 뜨지 않거나.

어느 쪽이 될지는 신만이 알고 있다.

"사…… 살려 줘! 여기서 내려 줘!"

외침이 밤하늘에 울려 퍼진다.

"내려 달라고? 왜지."

부드러운 목소리가 그에 대답한다.

두 사람의 목소리를 고층에 부는 메마른 바람이 앗아간다.

타워 크레인.

두 사람은 그 정상에 있었다.

건설 중인 고층 빌딩에 자재를 운반하기 위한 크레인이다. 그들이 있는 정상은 요코하마의 거리와 항공기가 나는 영역의 중간 즈음에 위치한다.

"애초부터 묶어 놓지도 않았고 걷지 못할 만큼 아프게 하지도 않았다. 내려가고 싶으면 언제든지 내려가도 좋아."

부드러운 목소리로 말한 자는 베를렌. 그는 철제 지붕 끝부분에 느긋하게 앉아 있다. 시선은 아름다운 야경을 향해 있다.

"바보 같은 소리! 이런 데서 인간이 걸어서 내려갈 수 있을리가……!"

N은 네 발로 기며 파랗게 질린 얼굴로 철골에 달라붙어 있

다. 조금이라도 머리를 들면 높은 곳의 바람이 몸을 채어 가리라. 그렇게 균형이 무너진 몸이 향할 곳은 한 군데밖에 없다.

베를렌은 N을 시설에서 끌고 나온 후 중력의 이능력으로 여기까지 걸어왔다. 철골 탑의 측면을 차 없는 거리라도 걷듯이 편안하게.

"좋은 곳이지?" 베를렌은 부드러운 목소리로 말했다. "비밀 이야기에 딱 맞는 장소야."

N은 얼굴을 들 수조차 없었다. 땀으로 미끄러운 제 손이 제대로 철골을 붙잡고 있는지 확인하는 것만으로 고작이다.

"뭐가…… 알고 싶은가." 숨까지 헐떡이는 목소리로 간신히 그렇게 물었다.

"「다정한 숲의 비밀」에 관해 알고 있는 걸 말해라."

바람은 강하고 차가웠다. 꾕꾕히 두 사람 사이를 빠져나갔다. 그러나 베를렌의 부드러운 목소리는 조금도 바람에 묻히지 않고 크레인 정상에 잘 울렸다.

"말할 수 없네." N은 웅크린 채 베를렌을 보았다. "그건 내 목숨 줄이야. 이야기하면 너는 쓸모가 없어진 나를 죽이겠지."

"어느 쪽이건 죽는다." 베를렌은 품에서 서양 배를 꺼내 깨물면서 말했다. N의 얼굴이 얼어붙는다.

베를렌은 일어서서 N을 내려다보았다. 그리고 냉랭하고 건조한 목소리로 말했다.

"너는 알고 있을 거다. 「다정한 숲의 비밀」은 제목이다. '목양신'이 쓴 인조 이능력 생성 절차서, 그 최종장의 제목.

정부는 그 절차서를 회수했고, 나는 그것을 보았다. 그러나 그 절차서에는 최종장 6페이지가 삭제되어 있었다. 아마도 정부가 의도적으로 은폐한 것이겠지. 하지만 너는 첩보망에서 훔친 거나 마찬가지로 절차서를 손에 넣었다. 그렇다면 최종장을 포함한 완전한 사본을 열람했을 것이다. ——대답해라. 최종장 「다정한 숲의 비밀」의 6페이지에는 무슨 내용이 쓰여 있었지?"

"그 내용을 지금 내가 설명한다 해도." N은 굳은 목소리로 말했다. "자네는 그걸 믿을 텐가?"

"설명의 내용에 따라서는."

"내가, 열람한 절차서에는 처음부터 최종장이 빠져 있었다, 나는 아무것도 모른다—— 그렇게 대답해도 자네는 믿지 않겠지. 아닌가?"

"만약 그렇다면 왜 그때 「다정한 숲의 비밀」이라는 이야기를 꺼냈지? 그 장의 중요성을 알고 있기 때문이야. 내 말이 틀렸나?"

N은 눈을 내리깔고 대답했다. "의도적으로 빠뜨린 장이다. 뭔가 있음에 틀림없어. 순간 그렇게 생각했을 뿐이네."

"농담은 관둬라."

"사느냐 죽느냐의 기로였어. 뭐든 좋으니 말할 수밖에 없었네. 그 말이 나온 것에 나 스스로도 놀랐을 정도야."

베를렌은 말없이 N을 내려다보았다. 곤충 사체라도 보는 듯한 눈이다. 그리고 "그런가." 하고만 말하고 N에게 다가가 발바닥으로 N의 어깨를 가볍게 눌렀다.

"자, 잠깐!" N은 기울어지기 시작한 몸을 발판에 달라붙어 필사적으로 떠받쳤다. "정말 몰라! 아는 건 그 항목을 삭제한 사람뿐이야! 랭보라는 이름의 첩보원이 그 항목을 삭제했다고 해!"

베를렌의 다리가 우뚝 멈췄다. "뭐라고?"

"보고서 그 자체를 손에 넣은 후, 랭보는 정부에 제출하기 전에 그 항목을 파기했다. 그래서 그 내용은 그자밖에 모른다. 프랑스 정부의 내통자가 그렇게 증언했다고 해. 그러니 나도 아무것도 몰라!"

"랭보가……?" 베를렌은 다리를 내리고 과거를 보는 눈을 했다. "말도 안 된다. 그 녀석이 나에게 뭘 숨길 리가 없어."

N은 거친 호흡을 고르면서 베를렌을 올려다보았다. "타인의 마음은 누구도 알 수 없네."

"그 녀석만큼은 그렇지 않다. 그 녀석은 나를 신뢰하고 있었어." 베를렌의 시선이 허공을 헤맨다. "그저 「흑 12호」에 지나지 않았던 나에게 이름을 주었다. 자신의 이름을. 그리고 자신은 첩보 상의 코드명을 내 원본의 이름인 '랭보'로 바꾸었다. 우리는 이름을 교환한 거다. 그 녀석의 제안으로."

베를렌은 자신의 모자를 벗어 보였다. 챙 뒷부분에 작게 랭보의 이름이 있었다.

"그 녀석은 강했다. 나와 호각의 힘을 가진 이능력자는 조직 안에서도 랭보뿐이었지. 우리는 파트너였다. 그뿐만 아니라 그 녀석은 나를 친우라고 불렀다. 실제로 그것은 명예로운 일이기는 했지."

베를렌은 하늘을 보았다. 자신의 바로 옆에 펼쳐진 밤하늘을. 그리고 말했다.

"하지만 나는── 그 녀석을 좋아하지 않았다."

바람이 베를렌 곁을 한바탕 차갑게 불고 지나갔다. 별이 소리 없이 반짝였다.

"좋아하지…… 않았다고?"

베를렌은 차가운 눈으로 N을 내려다보았다. 그리고 모자를 다시 썼다.

"조금 수다가 지나쳤군." 그렇게 말하고 상대에게 관심을 잃은 듯이 시선을 뗐다.

"더 이야기를 듣고 싶지만, 나는 바쁘다. 아직 서둘러야 할 일이 남아있어. 다자이 군이 준비를 끝내기 전에 마지막 암살을 해야 한다. 그러니 그다음은 돌아오고 나서 듣지. 그때까지 야경을 즐기고 있어라."

그렇게 말하고 등을 돌리고 걸어갔다.

"자…… 잠깐만! 최소한 여기서 내려 줘!"

"내려 달라고?" 베를렌은 이상해서 견딜 수 없다는 듯한 얼굴로 돌아보았다. "내려가면 된다. 간단해. 한 걸음만 이동하면 된다."

N의 얼굴이 핏기를 잃고 창백해진다.

베를렌은 돌아보지 않고 한 걸음 내디뎌 도사린 지상의 어둠 속으로 모습을 감추었다.

열차 운전사는 한손을 핸들에 얹고 눈앞의 어둠을 바라보고 있었다.

근속 27년. 베테랑 운전사다. 비가 오나 바람이 부나, 지형을 바꾸는 폭격이 쏟아지던 대전 한가운데에도 핸들을 잡아 왔다.

그런 그로서도 오늘 일은 너무나 이례적이었다.

먼저 고용처인 철도회사가 하룻밤에 매수되었다. 열차도, 운행표도 매수되었다. 그리고 열차 임시운행을 명령받았다. 그것도 승객이 단 한 명밖에 타지 않는 열차를. 상사에게 항의했지만 '아무것도 묻지 말고 운전하라'는 말밖에 듣지 못했다.

그리고 한 마디 더. '도망치면 더 지독한 꼴을 당할 거다'.

운전사는 다시 눈앞의 풍경에 눈길을 보냈다. 나무들은 어둠 속에 가라앉아 있다. 보이는 것은 은색의 철도 선로와 노란 전조등. 그것만이 열차가 가는 곳을 가리키는 이정표다.

아마도 상사의 말은 진실이리라. 다른 도시라면 몰라도 이곳은 마도(魔都) 요코하마다. 무슨 일이든 일어날 수 있다. 단 한 명의 승객에 관해서도, 말을 걸러 가 볼 마음은 들지 않았다. 그런 짓을 해 봤자 잘린 자신의 머리를 가슴께에서 받아 내는 꼴이 될 수도 있다.

그때, 마치 해저 속처럼 끝없이 이어지는 밤의 어둠 너머에서 무언가가 움직인 느낌이 들었다.

그의 잘 훈련된 눈은 아주 멀리 있는 그것을 적확하게 포착했다. 동물일까. 아니다. 나무가 술렁거렸을 뿐인가? 아니다.

사람이다.

사람이 선로 위에 서 있었다.

큰일이다, 하고 뇌가 생각하기도 전에 브레이크 바를 당기고 있었다.

압축 공기가 해방되고 차량의 감속장치가 격렬한 금속음을 낸다. 그러나 늦었다. 열차는 인영에 격돌했다.

그러나, 그 인영은 열차를 받아 냈다.

열차에 무시무시한 힘이 가해지고, 선두 차량이 앞으로 튀어 올랐다. 끌려가듯이 후방 차량도 튀어 올라 궤도를 벗어나 숲속으로 뒹군다.

날뛰는 철의 뱀이 된 열차는 주위의 대지를 도려내고, 나무를 쳐 쓰러뜨리고, 이윽고 정지했다.

모든 과정을 보고 있던 인영── 베를렌은 만족한 듯이 미소 지었다. 열차를 정면에서 받아 냈지만 상처 하나 없다. 그는 걸어갔다. 모리 오가이가 있는 차량으로 향한다.

대지에 반쯤 파묻힌 차량을 뛰어넘고 전기 계통에서부터 불이 붙기 시작한 차량을 빠져나가 목적한 차량에 도달했다.

모리 오가이는 엎드려 쓰러져 있었다. 차량 전체가 옆으로 넘어져 벽이 바닥으로, 천장이 벽으로 되어 있다. 베를렌에게 등을 보이고 있다. 꼼짝도 하지 않는다. 몸 아래에서 천천히 피 웅덩이가 퍼지고 있었다.

표적의 이능력은 사전에 조사했다. 구 첩보원이 파내지 못하는 비밀은 없다. 이만한 충격에 버틸 수 있는 이능력을 모리 오가이는 가지고 있지 않다.

"너무 쉽군."

베를렌은 그렇게 중얼거리고 표적에게 다가갔다. 이대로 죽은 것을 확인하지 않고 사라지는 어리석은 짓은 하지 않는다. 생사를 확인하고, 만약 살아 있다면 확실하게 숨통을 끊는다.

베를렌은 모리 오가이의 몸을 위로 굴렸다. 그리고 눈을 부릅떴다.

모리 오가이가 아니었다.

본 적 없는 남자다. 의복과 가발로 모리 오가이로 변장했다. 그러나 베를렌의 암살 준비에 허점은 없었다. 지난 역에 몰래 촬영할 수 있는 감시 장치를 배치해 놓았다. 거기서 촬영한 영상에는 분명히 모리 오가이가 찍혀 있었다.

정체를 확인하려고 그 남자를 붙잡았을 때 갑자기 가슴팍에 손이 닿았다.

"너무 쉽군."

이능력에 의한 강력한 척력이 베를렌을 날려 버렸다.

유리창을 부수고 밖으로 튀어나가 부엽토에 낙하. 흙을 흩날리며 더욱 굴러가 나무에 등부터 세게 부딪혀 겨우 멈춘다.

"……제법 하는데."

베를렌은 나무에 손을 짚고 일어섰다.

옷의 흙을 털면서 생각한다. 일순 보였던 얼굴, 그리고 손바닥에서 발생하는 척력. 아마도 포트 마피아 조직원, 척력의 이능력을 가진 히로쓰 류로일 것이다.

대역이다.

촬영 감시 장치가 있다는 걸 알고, 일부러 모리 오가이가 찍히고 그 후 재빨리 대역과 교체했다. 즉, 베를렌의 암살 계획을 사전에 읽어 냈다.

이 나라에 온 이후로, 이만한 솜씨로 베를렌의 의표를 찌른 인물은 그가 아는 한 단 한 명.

"여어, 베를렌 씨."

그 왜소한 인영은 옆으로 넘어진 열차 위, 차체 끝에 앉아 있었다.

"다자이 군." 베를렌은 발밑에 떨어져 있던 모자를 주워 들고 말했다. "'두뇌는 연공서열 순이 아니다'라는 말을 들은 적이 있는데── 실로 자네는 장래가 두렵군."

"당신 탓입니다." 다자이가 메마른 목소리로 깨닫게 해 주려는 듯이 말했다. "당신은 이번에 너무 사적인 감정으로 움직였어요. 그렇게 하면 움직임 정도는 읽히지요. 왜 그렇게까지 하면서 추야에게 집착하는 겁니까?"

"형이 동생에게 집착하는 것이 그렇게 이상한가?" 하고,

베를렌은 옷의 흙을 털면서 말했다.

"이상하지요, 아주." 다자이는 단언했다. "첫째로, 어째서 추야가 당신의 동생이라고 진심으로 믿는 겁니까?"

"……뭐라고?" 베를렌의 눈이 가늘어졌다.

"당신도 봤겠지요. 추야의 원본인 실험체. 해골이 돼서 죽은." 다자이는 차체에서 쑥 내민 다리를 흔들거리며 말했다. "그건 본인과 거의 똑같은 외모였죠. 이능력도 몹시 비슷했어요. 그 밖에도 공통점이 잔뜩 있습니다. 만약 그쪽이 인공 이능력 생명체고, 지금 밖에서 살아 있는, 특기라곤 기운찬 것밖에 없는 추야 쪽이 원본이라면? 전문가도 아니고 과거의 한정된 자료밖에 열람하지 않은 당신이 그것을 꿰뚫어 볼 수 있습니까?"

"그럴 일은 없다." 베를렌이 고개를 저었다. "잠입 임무에서 표적을 착각할 정도로 얼이 빠지지는 않아. 9년 전에 연구소에서 훔쳐 낸 것은 틀림없이 나와 같은 인공 생명체였다."

"비교해 보면 바로 알 수 있습니다." 다자이는 마음 편하게 말했다. "다행히도 이번에 연구시설의 무리가 추야 안에 있는 문자식을 바꿔 쓰는 방법을 시연해 보여 주었지요. 연구원 몇 명 정도를 마피아의 힘으로 납치하면 문자식을 읽어 내는 방법쯤은 기쁘게 가르쳐 줄 테죠. 그렇게 하면 추야가 진짜로 어느 쪽인지 알 수 있습니다. 다행히 시간은 많이 있고요."

"마치 추야가 인간이라고 확신하는 것 같군."

"확신합니다." 다자이는 한숨을 쉬면서 웃었다. "인공 문자열로 그렇게 내가 혐오할 정도의 인간성을 만들 수 있을 리가 없으니."

베를렌은 한숨을 쉬고 나서 다자이를 향해 걸어갔다. 귀찮은 일을 처리해야 할 때처럼 무거운 발걸음으로.

"그것이 오해라는 근거를 친절히 들려줘도 좋겠지만…… 자네에게는 다른 용건이 있다." 그렇게 말하고 자신이 굴러떨어졌던 완만한 언덕길을 올라간다. "대역이 아닌 모리 오가이 본인이 어디 있는지 실토한다는 용건이지. 뼈 빠지는 일이야. 말 그대로 말이지."

"다시 말해 물러설 생각은 없다는 뜻이군요."

"당연하다."

다자이는 무언가를 쳐다보는 것이 아니라 공중을 정처도 없이 바라보다 "그렇구나아." 하고 말했다. 그리고 유감스러운 얼굴로 말했다.

"그럼 당신의 패배야."

저격 총탄이 베를렌의 머리를 직격했다.

베를렌은 상반신을 크게 젖히며 쓰러져 부엽토로 된 언덕길을 굴러떨어졌다.

세 번 정도 구른 뒤 얼굴을 들고 날카로운 눈으로 다자이를 보았다.

"저격이라고? 이——."

말이 끝나기도 전에 다시 저격 총탄이 베를렌의 이마에서 터졌다. 옆으로 쓰러질 뻔하다 지면에 손을 짚고 버틴다.

"당신의 이능력은 닿은 대상에게밖에 발생하지 않아." 다자이는 다리를 흔들면서 상대를 내려다보며 말했다. "즉 탄환은 당신에게 맞기는 맞아. 바로 멈출 뿐이지. 그래서 보통보다 속도가 몇 배 빠른 대구경 저격 총탄으로 저격하면 중력으로 정지하는 찰나에 이만큼 타격을 줄 수 있지. 그리고."

다자이가 아무렇지 않은 모습으로 손을 들었다.

직후, 밤의 어둠이 일제히 불을 뿜었다.

언덕 위에서, 나무 틈새로, 부엽토 안에서, 거목 위에서, 50발 이상의 저격 총탄이 일제히 베를렌을 향해 쇄도했다. 모든 탄환이 박히고 베를렌이 포효한다.

베를렌은 중력으로 자신의 몸을 지키면서 나무 그늘로 숨어들려 했다. 그러나 도망친 곳에서도 등 뒤에서 저격. 지형의 기복에 숨으려고 태세를 낮춰도 나무 위에서 저격. 어디로도 도망칠 곳이 없다.

"이만한 수의 저격수를…… 이렇게 단시간에 배치, 하다니……!"

탄환이 베를렌의 옷을 꿰뚫고 피부에 파묻힌다. 피가 날 정도의 상처는 아니지만 아무튼 수가 많다. 1초에 열 발, 스무 발, 더욱 늘어 간다. 전신을 감싸는 공기 그 자체가 적이 되어 덮쳐드는 것이나 다름없다.

베를렌은 양팔로 머리를 감싸고 몸을 작게 웅크릴 수밖에 없었다.

"상대를 잘못 골랐어, 베를렌 씨." 다자이는 희미하게 미소 지었다. "중력 이능력 대책은 완벽해. 왜냐하면 나는 자나 깨나 어쩌면 추야를 괴롭힐 수 있을지만 생각했으니까."

"얕보지 마라……!"

베를렌은 저격의 비를 견디며 근처에 있는 나무를 붙잡아 뽑아냈다.

"이 정도 돌 던지기 놀이로, 나를 죽일 수 있겠나……!"

베를렌은 나무를 투척하려고 치켜들었다. 어둠에 숨어 있는 원거리 쪽의 저격수를 나무를 투창처럼 던져 격파할 생각이다.

그러나── 그 손이 도중에 멎었다.

나무가 산산이 절단되었기 때문이다.

"호오── 가까이서 보니 확실히 내 부하와 많이 닮았구나."

옥구슬처럼 유려한 여성의 목소리가 들렸다.

불타는 홍련의 머리카락과 같은 색의 눈동자. 날염한 의복은 완전히 물든 단풍을 연상케 하는 꼭두서닛빛. 무엇보다 눈을 끄는 것은── 그 곁에 떠 있는 기모노 차림의 가면 야차.

장신에 장발. 어린아이 키 정도 될 만한 칼집 없는 장도를 무게도 느껴지지 않는다는 듯이 들고 있다. 황금색 기모노는 무릎부터 아래가 허공에 녹아, 그것이 실체 있는 몸이 아니라는 것을 드러내고 있었다.

"하지만 우리 아가를 멋대로 빼돌리다니 참 제멋대로인 자로다. 팔다리를 잘라 내는 정도로 용서해 줄 터이니, 어서 물러가거라."

오자키 고요.

포트 마피아의 젊은 여자 검사.

추야를 휘하에 둔 마피아의 실력자이자, 이능력 생명체 금색야차를 부리는 아름다운 야수.

고요는 선명한 모란색 당우산을 어깨에서 빙글 돌렸다. 그리고 손잡이를 비틀어 뽑았다. 선명한 은색 칼날이 모습을 드러냈다. 우산에 장치된 칼이다.

"마피아의 이능력자인가." 베를렌이 맹수 같은 웃음을 띠었다. "그러나 고작 이능력자가 한 명, 칼이 두 자루다. 중력을 상대로 뭘 할 수 있지."

베를렌은 자세를 낮추고 고요에게 덤벼들기 위해 몸을 가라앉혔다.

"누가 혼자라고 말했느냐?"

베를렌의 몸이 푹 가라앉았다.

놀란 베를렌은 발밑을 보았다. 대지가 뱀처럼 구불거리며 베를렌의 두 다리를 집어삼키고 기어 올라온다.

베를렌은 놀라 자신의 중력을 지우고 뛰어올랐다. 가까운 나무줄기 옆으로 착지한다. 그러나 확실한 경도를 가지고 있을 터인 줄기마저도 신발이 닿은 곳부터 액체화하여 베를렌을 집어삼키려고 밀어닥친다.

"이것은……."

베를렌은 다시 도약했다. 그러나 착지할 작정이었던 지면이 이미 의지를 지닌 진흙이 되어 입을 벌리고 베를렌을 기다리고 있었다.

"크핫하. 도망치거라 도망쳐, 젊은이여. 너희 젊은이들은 노인을 편하게 하기 위해 있는 게야. 얼른 죽어서 수급(首級)이 되거라."

나무의 어둠 속에서 나타난 것은 거목을 연상시키는 덩치 큰 대장부였다.

색이 바래고 여기저기 찢어진 군복. 재봉 바늘을 연상시키는 억센 털. 허리에는 유도 띠, 발에는 높은 나막신. 가슴 앞에서 꼰 양팔은 수령 백 년 된 나무처럼 굵다.

포트 마피아의 정예, 대전에서 살아남은 백전노장—— 조직에서의 별명은 '대령'.

고목을 연상시키는 그 팔을 들어 눈앞에서 주먹을 꽉 쥐었다. 동시에 대지가 꿈틀거리고, 액체화된 흙이, 나무가, 옆으로 넘어진 열차까지 공중의 베를렌에게 쇄도했다.

"물질을 액체화해 조종하는 이능력인가……!"

베를렌은 처음 닿았던 액체 대지를 차고 반대쪽으로 회피했다. 그러나 그 앞에도 액체 대지. 궤도를 바꾸어 도망치려 해도, 발밑에도 액체 대지, 머리 위에서도 액체 대지. 닿아도 중력 조작으로 날려 버릴 수 있지만 그 위에서 또다시 액체 대지가 덮쳐 온다. 베를렌에게 반격 태세를 취하게 하지 않는다.

심지어 그 간격을 메꾸듯 사방팔방에서 마피아의 저격이.

"쯧……!"

베를렌은 공기 중의 희미한 먼지를 중력으로 고밀도화해 그것을 차고 공중을 뛰어 나갔다. 거리를 벌리기 위해서다. 대령 같은 물질 조작계 이능력은 대부분의 경우 시야 밖의 것을 조종하지 못한다. 그래서 일단 숲 안쪽에 숨은 뒤 고중력화한 거석을 던져 처리할 작정이었다.

그런 베를렌의 시야에 색다른 것이 들어왔다.

시계다.

시계가 공중에 떠 있다.

겉보기에는 극히 평범한 회중시계. 숫자가 들어간 문자판, 시침과 분침, 용두, 문자판 끝부분에 엿보이는 내부 무브먼트.

기묘한 것은 그것의 크기가 인간의 상반신 정도나 된다는 점, 그리고 항상 베를렌을 응시하듯이 방향을 바꾼다는 점이다.

무수한 이능력 지식을 가진 베를렌은 순식간에 그 시계의 위험성을 감지했다.

정장 소매 단추를 하나 뜯어내 고중력화하여 수십 킬로그램까지 증폭시킨 뒤 시계를 향해 던졌다.

건물 하나를 관통할 정도의 파괴력을 가진 단추의 혜성은 그러나 시계에 간섭하지 못하고 스르르 빠져나가 나무들을 부수고 어둠 속으로 사라졌다.

"그건 부술 수 없어."

지상에서 음침한 목소리가 들렸다.

베를렌이 눈길을 주자 어느새 지상에 청년이 앉아 있었다.

비참하다는 듯이 무릎을 두 팔로 끌어안고 베를렌을 올려다 보고 있다.

"소용없어. 그놈은 모두를 보고 있어. 나도, 너도. 죽을 수밖에 없는 거야. 언젠가 그놈에게 발견당하고, 언젠가 그놈에게 따라잡혀. 시간이야. 우리 모두의 적이지."

목소리도 안색도 음침 그 자체였다. 옷은 볼품없을 정도로 길고 옷자락이 닳아서 떨어져 있다. 머리는 몇 개월이나 감지 않은 게 아닐까 싶을 정도로 푸석푸석해 원래 머리색조차 알 수 없다. 옷 너머로도 골격을 알 수 있을 정도로 마른 그 청년은 베를렌을 노려보고는 이리 오라는 듯이 손가락을 흔들었다.

시침과 분침이 똑딱 움직여 동시에 숫자 12를 가리켰다.

그 직후 공중의 시계가 베를렌에게 빨려 들어갔다.

비유가 아니라 말 그대로 베를렌의 체내, 가슴 부근에 빨려든 것이다.

사라진 시계를 경계하며 베를렌은 몸을 굳혔다. 하지만 아무 일도 일어나지 않는다. 눈에 보이는 한은 아무것도——.

베를렌의 다리에 액화 대지가 얽혀 들었다.

놀라 중력으로 액체를 뿌리친다. 그리고 주위를 보았다. 이미 상당한 거리를 벌렸을 터이다. 액화 대지가 이렇게 가까이까지 온 것은 이상하다.

직후에 충격. 저격총이 머리를 쳐 베를렌은 공중에서 반회전했다. 대지에 착지해 뒤꿈치로 부엽토를 깎아 내며 멈춘다.

이상하다. 저격 총탄의 속도가 올라갔다. 착탄 시의 속도가 빨라서 중력으로 멈추어도 상응하는 힘에 튕겨 날아간다.

총신이나 탄환을 강력한 것으로 바꾼 건가? 아니, 이것은 ──.

지면이 액체화한다. 베를렌은 대지에 집어 삼켜지기 전에 도약해 벗어났다. 그러나 뒤따라 뻗어 오르는 액체의 촉수도 속도가 올라갔다. 베를렌은 주위를 재빠르게 살폈다.

저격의 충격파를 받은 나뭇가지에서 잎이 떨어진다. 나풀나풀이 아니라 대지를 향해 박히듯이. 이것은, 공격 속도가 상승한 것이 아니라──.

"나의 시간이…… 느려진 건가!"

"모두 나보다 빨리 죽어." 음침한 청년이 정체를 알 수 없는 원한의 눈으로 베를렌을 노려본다. "형제도, 부모님도, 모두. 모두 시간에게 살해당해. 하지만 나는 끝까지 도망쳐 보일 거야. 이 특별한 힘으로."

시간 간섭계 이능력자.

베를렌의 이마에 처음으로 식은땀이 흘렀다.

시간 간섭계는 강력할 뿐만 아니라 이 세상의 상식을 벗어난 이능력이다. 베를렌이 아는 한 세계에서 몇 건밖에 보고되지 않았다. 이 세상의 이치를 벗어난 시간 간섭계 이능력자, 그 필두는 구 이능력 기술자 H·G·웰즈. 「껍질」^셀이라 불리는 이능력 병기를 제조한 후에 모습을 감추고 세계 최악의 테러리스트가 되었다.

시간 간섭계는 이 세상의 기본 원칙을 마구 주무르고 마음 대로 덧쓴다. 우주적 관점에서는 시간과 공간은 등가이기 때문이다. 시간 간섭계의 이능력은 베를렌의 중력 이능력에 견줄 수 있을 정도의 세계 개변의 위협을 감추고 있다.

시간 지연에 걸려 움직임이 둔해진 베를렌에게 마피아의 공격이 쇄도한다.

탄환이, 칼날이, 액체 대지가.

회피하려 해도 자신의 시간 그 자체가 느려졌기 때문에 물속에서처럼 느릿하게 움직일 수밖에 없다.

베를렌의 표정이 딱딱하게 굳었다.

굉음과 총성이 울리는 숲을 다자이는 우아하게 바라보고 있었다.

밤바람을 쐬는 듯 마음 편한 표정으로 지옥으로 변한 전장을 내려다보고 있다.

"이것이 이 세상의 이치지." 다자이가 노래하듯이 말한다. "동서고금, 삼라만상에 적용되는 절대적인 진리. ——이 세상에서는 개인보다 집단 쪽이 강해. 집단보다 이능력자 쪽이 강해. 그리고."

전투의 폭풍을 상쾌하고 서늘한 바람처럼 뺨에 맞으며 다자이는 미소 지었다.

"이능력자보다, 이능력자 집단 쪽이 강해."

베를렌은 스스로에게 걸린 중력을 횡방향으로 최대화했다.

시간 지연 이능력을 넘어설 정도의 강력한 추진력으로 전장을 재빨리 벗어난다. 한계를 넘은 급가속에 베를렌의 뼈가 삐걱댄다.

눈앞에 들이닥친 위기에도 베를렌의 판단력은 흐려지지 않았다. 아직 절망적인 상황은 아니다. 최대한 후퇴해 이능력의 파상 공격에서 거리를 둔다. 그리고 태세를 정비하고 나서 빗발치는 탄환을 중력으로 반사해 이능력자를 한 명씩 저격한다. 그러면 이길 수 있다.

아직 이능력자가 세 명. 그 정도라면 아직 절망적인 전력 차이는——.

돌연, 피부에서 피가 흘렀다.

베를렌은 자신의 소맷부리를 보았다. 옷 안쪽의 피부가 벗겨져 속살이 보인다. 하지만 출혈은 극히 소량뿐이다. 아픔도 거의 없다.

반사적으로 착지했다. 그러자 구두 속에서 뒤꿈치의 피부가 벗겨졌다. 미끄러지는 듯한 감촉으로 그것을 알았다. 하지만 이것 역시 아프지 않다.

새로운 이능력 공격. 그러나 그 정체는 곧바로 판명되었다.

숨이 하얗다.

피부가 얼어붙고 눈썹에 흰 서리가 맺혔다.

"안겨 보아요. 얼어붙는 사랑에. 안겨 보아요. 활짝 핀 채 꺾여 지는 겨울꽃에."

가냘픈 비명 같은 목소리로 노래하는 것은 새로이 나타난 이능력자.

하얀 장발, 하얀 어깨 숄, 하얀 숨. 그리고 가슴에는 진홍색 장미. 그 여성이 한 번 숨을 쉴 때마다 주위 나무들이 얼어붙고, 금이 가고, 수분의 동결과 팽창에 의해 부서진다.

베를렌은 순식간에 깨달았다.

기온 냉각의 이능력자.

조금 전 피부가 벗겨진 것은 저온에 노출된 피부가 의복과 구두 내부에 달라붙어 박리되었기 때문이다. 한순간에 그렇게까지 체온을 낮춘 것이다. 살과 뼈까지 얼어붙는 데 그리 시간이 걸리지 않으리라.

너무도 위험한 이능력이다.

왜냐하면 빙결 공격은 물리적인 충돌을 동반하지 않는다. 그래서 중력으로 막을 수가 없다. 베를렌의 천적이다.

저격탄이 또다시 베를렌의 어깨에 박힌다. 베를렌은 아픔에 신음했다.

탄환이 차갑다. 착탄한 탄환이 그대로 피부 위에서 얼어붙어 서릿발로 성장한다. 상처에도 저온이 침입해 살점을 물어뜯는다.

적의 이능력 공격이 너무도 잘 맞물려 있다. 시간 지연, 냉동, 저격. 명백하게 베를렌의 강점을 봉하고 약점을 찌르도록 전술이 짜여 있다.

묘한 점은 아직 더 있다. 아까부터 상당한 속도로 후퇴했는데, 아무리 지나도 저격이 멎지 않는다. 도주 경로가 너무 잘 읽히고 있다. 보통 이 정도 속도로 어둠 속의 숲속을 달려가면 망원 조준기에서 곧바로 사라져 표적을 잃고 저격 불능이 된다. 그런데 어떻게 저격을 계속하는 거지?

"키히히히히. 스윗한 얼굴이군. 이봐, 우리끼리 얘기지만, 울상 짓고 침 흘리면서 사과하면 몰래 도망치게 해 줄 수도 있는데?"

바로 근처에서 목소리가 들렸다. 너무도 가까운 곳에서.

베를렌은 그쪽을 보았다. 아무도 없다. ——아니.

아무것도 없는 공간에 코인 정도 크기의 구멍이 뚫려 있다. 공간이 탄 듯이 검게 패고 그 너머에 다른 공간이 있다. 그쪽에서 검은 눈동자가 이쪽을 빤히 쳐다보고 있었다.

"그래, 나야. 당신, 다 보인다고. 이제부턴 화장실 문을 잠가도 안심하지 마, 키히히히히!"

구멍이 작아 전체 모습은 보이지 않는다. 그러나 그 눈만으로도 충분하다. 사악함이 깃든 눈동자. 베를렌을 관찰하고, 추적하고, 위치를 항상 보고하고 있는 것이다.

베를렌은 반사적으로 구멍에 돌려 차기를 날렸다.

"어이쿠."

명중하기 직전에 구멍이 닫혀 소멸했다.

"이쪽이야."

뒤쪽에서 목소리. 돌아보자 다른 장소에 똑같은 구멍이 생겨나 베를렌을 보고 있었다.

표적을 계속해서 감시하는 공간 접속계 이능력이다. 아마도 이능력자 본인은 다른 안전한 장소에 있고 공간 접속으로 전장을 감시하고 있는 것이리라. 본인 자체는 공격해 오지 않고 또 닿으려 하면 금세 닫히기 때문에 중력을 통한 파괴는 불가능.

도대체 얼마만큼의 이능력자를 투입한 것인가.

"키히히, 당신에게 선물을 줄게. 포트 마피아로부터 사랑을 담아!"

동전 크기의 구멍에서 분홍색 꽃잎이 들이친다. 무수한 꽃잎이 베를렌을 에워싼다.

꽃잎이 하얗게 빛나기 시작했다. 이것은 또 다른 이능력——.

베를렌이 빠르게 회피하려던 순간 그 꽃잎이 일제히 폭발했다.

다자이가 앉아 있는 열차에서도 그 폭발의 빛은 잘 보였다.

흰 빛이 밤의 숲을 갈라내며 터지고 잔광이 밤하늘을 태운다.

다자이는 그것을 희미하게 웃으며 바라보고 있었다.

"경과는 어떻습니까, 다자이 님."

열차 안에서 장년 남성이 나타났다. 보스의 의복으로 몸을 감싼 남자. 대역인 히로쓰다.

"보는 바대로 순조로워. 지루할 정도야."

가리킨 곳에서는 폭음이 울리고, 나무들이 쓰러지고, 저격의 섬광과 중저음이 끊임없이 울려 퍼지고 있었다.

히로쓰는 가발을 벗고 평소에 쓰고 다니는 모노클을 끼고 눈을 가늘게 떴다. "과연 대단합니다."

"당연해. 이번 준비를 위해서 잔뜩 시간을 벌었으니까." 다자이는 왕족처럼 우아하게 다리를 꼬며 말했다. "란도 씨 때는 나와 추야 둘이서 싸워서 지독한 꼴을 당했어. 그래서 이번에는 준비를 했지. 오직 유럽의 암살왕 씨를 죽이기 위해서 모은 마피아의 무투파 422명, 그리고 이능력자가 28명. 지금 마피아가 투입할 수 있는 총 전력이야."

바라보는 풍경 쪽에서 냉기와 섬광이 빛나고 터진다. 나무들 사이를 가로지르며 베를렌이 후퇴하지만 그 도주로를 가로막듯 황백색 광선이 밤하늘을 불태운다. 새로운 이능력자다.

그것은 몹시 단순한 작전이었다. 함정을 파고 매복한다. 얼마 전에 추야와 아담은 암살왕 베를렌을 쓰러뜨리기 위해 함정을 파고 매복하는 작전을 세웠다. 다자이가 전개한 작전은 그것과 본질적으로는 다르지 않았다. 다음 표적을 산출해 내 그 인물 주위에 함정을 배치하고, 들이닥친 베를렌을 뒤에서 급습한다.

추야의 작전과 다른 것은 그 함정의 규모였다. 함정으로 배치된 것은 마피아 전체라는 압도적인 전투 단위다. 그 결과 벌어진 것은 그저 일방적인 섬멸.

"우리 쪽은 이 전투를 하룻밤 내내 계속할 수도 있어." 다자이는 멀리 있는 베를렌에게 속삭이듯이 말했다. "베를렌 씨. 당신은 완벽한 암살자야. 당신의 실력은 확실하니 들켜서 포위당한다는 실수는 한 번도 하지 않았겠지. 그러니까 이만한 이능력 조직에 포위당한 경험 따윈 없어. 란도 씨도 그 위태로운 완벽함을 걱정했지."

다자이는 어느새 가죽 수첩을 꺼내 놓았다.

랭보의 수기. 이능력자 베를렌의 탄생과 전말을 기록한 랭보의 일기다.

"당신을 애도해, 베를렌 씨." 다자이는 수첩에 손을 대고 기도하듯이 말했다. "죽는 것을 애도하는 게 아냐. 태어난 것을 애도해. 아무도 당신이 태어난 것을 애도해 주지 않아. 애도하고 있는 것은 당신 자신뿐이야. 그것이 당신이 싸우는 동기인데도. ……당신이 대단하다고 생각해. 당신은 태어난 것을 증오하고, 자신의 힘을 증오하고, 세계를 증오했지. 그렇게 함으로써 무의미한 삶을 받아들이려 했어. 대단한 일이야. 내게는 그런 용기가 없어. 그래서 당신과 좀 더 이야기하고 싶었어. 하지만 이제 작별이다."

다자이는 일어서서 눈앞의 전장에 등을 돌렸다. 걸어간다.

"다자이 님?"

"끝나면 보고해 줘."

다자이의 목소리는 힘없이 발밑으로 떨어졌다. 걸어간다.

다음 순간.

검은 파동이, 전장에 부풀어 올랐다.

　베를렌은 혼탁한 의식 속에서 외계를 바라보고 있었다.

　참격, 총격, 액화 대지. 냉기에 섬광에 열선. 독 안개와 소리의 벽. 온갖 공격이 베를렌을 에워싸고 파괴해 간다.

　착지하면 대지가 액체화되어 달라붙어서 중력 발동을 저해한다. 호흡을 하면 냉기가 목을 얼어붙게 해 막는다. 섬광이 시야를 차단하고, 음파가 청각을 파괴하고. 발을 멈추면 저격 총탄이 쏟아진다. 반격으로 소지품을 중력 가속으로 투척해도 야차의 장도에 전부 잘려 떨어진다.

　그리고 그 공격들은 전부 악마적 재능을 지닌 소년, 다자이의 지휘로 정밀한 기계 장치가 되어 베를렌을 몰아넣는다.

　이것이 인간.

　인간의 진가.

　내가 그 일부가 되려다 결국 되지 못했던 것.

　베를렌은 마음속으로 웃었다. 꽤나 똑똑히 보여 주지 않는가.

　좋다. 그렇다면 이쪽도 보여 주마. 인간이 아니라는 것이 어떤 것인지. 이 가슴 속의 지옥이 어떤 색깔의 어둠인지.

　랭보조차 이해하지 못했던 그 증오를.

　베를렌이 입을 열었다. 그리고 증오와 함께 시구가 흘러 떨어진다.

"그대의 증오, 그대의 실신, 그대의 절망을,

즉 과거에 그대를 고통스럽게 했던 그 야성(野性)을,

달마다 흐르는 그 과잉된 피처럼

그대는 우리에게 저질렀도다,

오오 그대, 악의 없는 밤이여."

바람이 멎었다.

숲의 술렁임이 사라졌다. 무언가에게서 도망치듯이.

보이지 않는 파동이 대기를 가득 채운다.

베를렌은 수축해 가는 의식 속에서 생각했다.

아무도 이해하지 못했다. 자신이 인간이 아니라는 것. 신에게 축복받지 못한 존재라는 것. 부모에게서가 아니라, 무에서 태어났다는 것.

랭보조차도 이해하지 못했다. 이 고독을, 마지막까지.

나는 그 녀석이 싫었다. 하지만 나를 이해하지 못해서가 아니었다. 이해하는 척을 했기 때문이다.

베를렌 주위에 검은 눈 같은 것이 날리기 시작했다.

그것은 눈이 아니다. 물질조차도 아니다. 터졌다가 사라지는 암흑. 극소의 우주.

보여 주마. 인간이 아닌 것의 증오, 신에게 축복받지 못하고 태어난 것의 허무를.

그 본질, 그 핵심, 그 영혼 안쪽에 잠든 지옥을.

베를렌이 포효했다.

그 포효는 검은 파도가 되어 숲을 압축해 깎아 냈다. 베를렌의 모자가 충격에 날아가 숲 어딘가로 사라졌다.

대피하라고 다자이가 무전 너머로 외쳤지만 그 목소리 또한 충격파에 날아갔다.

그리고 악몽이 모습을 드러냈다.

대피하라는 목소리가 무전으로 들려왔다.

그때, 공간에 동전 크기의 구멍을 뚫은 공간 접속계 이능력자──《덫 사냥꾼》은 구멍 너머로 주시하고 있던 베를렌이 갑자기 어둠에 삼켜져 사라진 것을 알아차렸다.

"뭐야? 이──."

그것이 그의 마지막 말이 되었다.

순식간에 팽창한 중력파가 공간의 구멍을 통해 《트래퍼》가 있는 마피아의 은신처에 파급. 급격한 공간 왜곡 때문에 그의 몸은 구멍으로 끌려갔다.

버틸 새도 없었다. 《트래퍼》의 안면이 구멍에 격돌했고, 그럼에도 멈추지 않고 구멍에 접한 부분의 피부가 저편으로 빨려 들어갔다. 중력파는 더욱 힘을 더해 가, 살점이, 뼈가, 옷이, 배수구로 흘러드는 물처럼 빨려 들어가 최후에는 아무것도 남지 않았다.

이능력 발동자가 죽으면서 공간의 구멍은 증발하듯이 닫히고 방에는 정적이 돌아왔다.

베를렌이 공중에 떠 있었다.

도약한 것이 아니다. 새처럼 활공하고 있는 것도 아니다. 중력을 무시하고 부유하고 있다. 베를렌의 피부에는 룬 문자를 연상시키는 불가사의한 검은 문양이 떠올라 생물처럼 꿈틀거리고 있다. 빠지직, 빠지직하고 공간이 터져서 열렸다가 다시 닫히는 소리가 단속적으로 울린다.

그 주위에 가루눈처럼 검은 입자가 날려 떨어진다.

허공에 뜬 베를렌은 크게 웃었다.

그것은 이미 사람의 목소리와는 거리가 멀었다. 우레 같기도, 째지는 소리 같기도, 큰 나무가 쪼개지는 소리 같기도 한.

그것은 짐승이자, 마(魔)였다.

베를렌이었던 마성이 오른손을 든다. 그 위에 검은 구체가 생겨났다. 그것은 떠올라 대기를 빨아들여 성장해 간다.

먼 숲에서 출현한 검은 이형(異形)을 목도하고 다자이는 날카로운 얼굴을 했다.

"뭡니까, 저것은." 옆의 히로쓰가 공포를 머금은 목소리로 말했다.

"「문」이 열렸어." 다자이의 목소리는 숨을 잘 들이마시지 못하게 된 것처럼 갈라져 있다.

그 직후 베를렌이 있는 공간에서 검은 무언가가 발사되었다.

"엎드려!" 다자이가 소리친다.

포환처럼 날아온 그것은 다자이와 히로쓰가 있는 곳에서

네 량 정도 떨어진 마지막 차량에 착탄했다. 지진처럼 차량이 흔들렸다. 다자이와 히로쓰는 웅크려 그것을 견뎠다.

흔들림이 잦아들었을 때, 착탄한 차량은 완전히 다른 형상이 되어 있었다.

차체가 절반가량 소멸했다. 남은 부분은 구깃구깃하게 뭉친 종이처럼 처참한 형태로 일그러져 있다. 소멸한 차체의 단면은 거대한 손이 뚝 잘라낸 것처럼 거칠거칠하게 깎여 있었다.

그리고 열차의 뒤쪽 구릉은 흙도 암반도 늘어서 있던 나무들마저도 일직선으로 패여 사라져 있었다.

그것은 개인이 행할 수 있는 이능력 파괴의 규모라기에는 상식을 벗어날 정도로 컸다.

"지금 그건…… 대체……." 히로쓰가 중얼거린다.

"똑같아." 다자이는 굳은 얼굴로 말했다. "연구소에서 탈출할 때, 저자가 지하 깊숙한 곳부터 지상까지 단숨에 깎아 냈을 때. 그리고 이틀 전에 일어난, 추야가 도로 상의 한 구획을 찌부러뜨렸다는 사건. 그때 녀석은 「문」을 연다고 말했다고 해. 저것이 「문」 너머에 있는 것이야. 그 결과가 저거다. 봐 봐, 히로쓰 씨. ……격이 달라."

다자이의 시선 끝에 있는 숲에서 다시 검은 구체가 급성장해 간다.

멸망을 고하는 바람이 휘몰아친다.

"싫어…… 뭐야, 뭐냐고, 저거……!"

공중의 시계를 조종하는 이능력자, 음침한 청년은 머리 위에 나타난 거대한 멸망의 기운에 겁에 질려 이를 맞부딪치는 것밖에 할 수 없었다.

검은 구체를 조종하는 괴물.

바로 조금 전에 저 검은 구가 지상에 휙 던져졌다. 그것만으로도 저격수가 세 명 죽었다. 광선의 이능력자도 죽었다. 그냥 죽은 것이 아니다. 검은 구가 접근한 것만으로도 전신이 점토처럼 잡아 찢긴 것이다. 그들은 절규했다. 그리고 넘쳐흐른 살점도 피도 뼈도 전부 검은 구에 빨려 들어갔다. 그 뒤에는 살점 한 조각조차 남지 않았다.

상공에는 인간의 것이 아닌 눈을 부릅뜨고 신처럼 지상을 쏘아보는 베를렌이 있었다.

그 눈에 의지의 빛은 없다. 전술도, 계산도 그 눈에는 깃들어 있지 않다. 그저 주위에 있는 적 같은 것을 자동적으로 반사적으로 소멸시킨다. 그저 그뿐인 존재다.

검은 구가 또 생겨난다. 사람 키만큼이나 되는 직경의 구가 좌우에 하나씩. 그 주위에는 붉게 빛나는 희미한 빛의 고리를 두르고 있다.

음침한 청년은 순식간에 깨달았다. 저것에 닿으면 죽는다. 닿지 않아도, 저것이 다가오기만 해도 죽는다.

"싫어…… 왜, 왜 이런 일이……!"

옆으로 돌아 도망치려 했을 때 눈앞에 여성이 보였다.

빙결의 이능력자. 백발에 하얀 어깨 숄의 여성. 멍하니 상공의 재앙을 올려다보고 있다.

그녀의 눈에는 위기감이 없었다. 두려움도 적의도 없었다. 그녀는 명령받은 행동밖에 할 수 없고 명령받은 감정밖에 가질 수 없다.

파멸의 검은 구가 여성 쪽으로 쏟아졌다.

여성은 도망치지 않고 그저 아름다운 경치를 바라보듯이 검은 구를 올려다보고 있었다.

"카렌!"

생각하기도 전에 몸이 움직였다.

카렌이라는 이름의 빙결 이능력자를 청년의 가는 팔이 밀쳐 낸다.

그 직후 청년의 등을 중력이 잡아 찢었다. 눈 깜짝할 사이에 하반신을 먹어 치운다.

검은 구에 빨려 들어 위아래가 뒤집히면서 청년은 카렌의 모습을 눈으로 좇았다. 밀쳐진 그녀가 낭떠러지로 굴러떨어진다. 검은 구의 살상 권역 내에서 벗어난다.

다행이다.

청년은 그렇게 미소 짓고, 1초 후, 그 미소 역시 빨려 들어가 소멸했다.

그 뒤에는 아무것도 남지 않았다.

다자이의 무전기에 보고가 잇따라 들어온다.

3조, 괴멸. 5조, 전원 사망. 8조, 응답 없음.

다자이는 그것을 눈을 감고 듣고 있었다. 일어서서, 음악에 귀를 기울이듯이. 얼굴에는 표정이 없고 감정이 결여되어 있다.

"다자이 님. 도망치십시오." 히로쓰가 손으로 다자이를 재촉했다.

"소용없어. 저 힘으로부터는 도망칠 수 없어." 다자이가 눈을 감은 채 느긋한 목소리로 말했다.

"중력 이능력자 베를렌은 강하지만 무적은 아니었어. 그건 중력이라는 최강의 힘을 '닿은 상대'에게밖에 부여할 수 없기 때문이었지. 그래서 거리를 두고 냉기와 빛, 소리와 시간이라는 비질량계 이능력의 파상 공격으로 압도할 수 있었어. 하지만 지금의 그는 달라. 저 검은 구의 공격—— 중력으로 극한까지 압축한 공간을 던지는 '블랙홀 투척'은 떨어져 있는 상대라도 가루로 만들어. 그리고 중력파는 공간 그 자체에 전달되는 장(場)의 힘이니까 어떤 방패나 차폐물로도 결코 방어할 수 없어. 이 세상에서 최강의 창이야."

다자이는 오래된 시조라도 읊듯이 말하고 두 팔을 들었다. 파괴의 기운을 조금이라도 온몸에 뒤집어쓰려는 듯이.

"게다가 인격 지시식을 해제하고 몸의 주도권을 넘긴 지금의 베를렌은 인간으로서의 의사를 가지지 않아. 그러니 협박이나 교섭, 심리전 자체가 통용되지 않아. 실로 신의 짐승. 틀림없이, 지금까지 마피아가 대치했던 상대 중에서도 최강의 존재야."

"설마, 그럴 수가……."

히로쓰가 숨을 삼키며 풍경을 응시한다.

시야가 닿은 곳에서 구릉이 깎이고, 나무들이 삼켜지고, 지형이 변해 간다. 마피아 조직원들의 비명이 울린다.

"그리고."

다자이가 잘 울리는 목소리로 말했다. 파멸의 시에 찍힌 하나의 구두점처럼. 그리고 말을 이었다.

"여기까치 전부 예정대로야. ——다음 공격이 성공하면, 우리가 이긴다."

요코하마 상공.

밤하늘에 뚜껑을 덮듯이 드리운 구름이 달빛에 반사되어 희게 빛나고 있다.

그 아래에서는 폭음, 파열음, 대지가 무너지는 소리. 사망자의 비명, 혹은 사망자가 될 뻔한 자의 비명.

너무도 잔혹한 지상의 세계와 한없이 평온한 밤하늘의 세계 중간에 그 프로펠러기는 날고 있었다.

"추야 님! 곧 전장 상공입니다!"

엔진 소리에 묻히지 않도록 아담이 큰 소리로 외쳤다.

그것은 2인승 소형 단발식 경비행기였다. 기체 천장에 한 쌍의 고정익이 달려 있고, 속도는 그렇게 빠르지 않지만 작은 회전 반경으로 돌 수 있다. 무장은 장착되어 있지 않다.

조종석에 아담이 앉아 있고 뒷좌석에는 추야가 있다. 날카로운 표정으로 눈 아래의 지상을 바라보고 있다.

"보십시오, 저 참상…… 도저히 단일 이능력자가 만들어 낼 수 있는 파괴 규모가 아닙니다!" 아담은 지상의 참상을 내려다보고 영상을 기록하면서 소리쳤다. "무엇보다 증발까지의 지속시간이 일반적인 물리적 과정으로 만들어진 블랙홀과 비교해 격이 다릅니다! 정말 저것 아래로 하강하실 겁니까?"

추야는 대답하지 않고 그저 냉철한 눈으로 지상을 내려다보고 있었다.

"본 기체의 리스크 평가 모듈은 철수를 추천하고 있습니다." 아담은 단호한 목소리로 말했다. "저 검은 구체를 피한다고 해서 해결될 문제가 아닙니다. 저것의 겉모습에 속아서는 안 됩니다. 저 블랙홀은 빛을 끌어당겨 놓치지 않기 때문에 검게 보이는 것인데—— 저것에 닿은 인간의 사인은 빨려들어가 꽉 짓눌리기 때문이 아닙니다. 몸이 찢어져서 죽는 겁니다. ——구체의 표면, 즉 이벤트 호라이즌보다 훨씬 바깥에 붉게 일렁이는 빛의 고리가 보이시지요? 저것은 중력렌즈에 의해 주위의 광선이 집광되어 생긴 빛의 고리입니다.

붉게 보이는 이유는 중력장의 도플러 효과 때문에 빛이 적색 편이를 일으키고 있기 때문입니다. 저것이 이른바 접촉 판정의 표식입니다. 저 빛의 고리에 닿을 정도로 접근하면 조석력(潮汐力), 즉 블랙홀에 가까운 쪽과 먼 쪽의 중력 차이로 온몸이 찢어져 사망합니다."

"설명이 길어." 추야가 지상을 본 채 말했다. "위험한 건 보면 알아. 스스로 한 번 경험했으니까."

추야의 눈에 과거로 시선을 보내는 빛이 깃들었다.

이틀 전, 노상에서 베를렌에게 붙잡혀 강제로 「문」을 개방당했다. 그때는 빌딩 한 동이 순식간에 통째로 모래알 크기까지 찌부러지고 말았다.

그것이 한순간이 아니라 연속으로 발생하고 있는 것이다. 지상은 지옥이리라.

보이는 범위에서만 해도 이미 숲의 절반 가까이가 깎여 나가 황야가 되어 있었다. 만약 이 전투가 요코하마 도심부에서 일어났다면 희생자는 수천, 수만 명 단위에 이르렀을 것이다.

그래서 다자이는 도시에서 떨어진 숲을 전장으로 골랐다.

"진짜 열 받는 얘기야. 결국 전부 다자이가 차려 놓은 대로 였다니." 추야가 내뱉듯이 말했다. "하지만 물러설 수도 없지. 베를렌에게는 빛이 있고, 그 자식을 받아 내도 제일 경상으로 그치는 건 같은 중력을 다루는 나밖에 없어."

"조심하십시오." 아담은 고개를 끄덕이며 말했다. "중력구가 직격하면 당신의 이능력으로도 완전히 중화할 수 없습니다. 가능하다면 적에게 들키지 않고 이대로 바로 위까지 접근──."

아담의 말이 낚아채듯 사라졌다. 그리고 소리쳤다. "위험합니다!"

그 목소리가 들린 직후에는 이미 중력구가 눈앞까지 닥쳐와 있었다. 아담은 회피하려고 조종간을 확 눕혔다. 그러나 강렬한 흡인력 때문에 발생한 광풍이 프로펠러기에게서 조종 능력을 앗아갔다. 직격 궤도. 회피는 불가능.

아담이 좌석의 탈출 장치를 힘껏 당겼다.

개조된 탈출 기구가 추야와 아담을 공중으로 튕겨 냈다. 그 직후 중력구가 프로펠러기를 파쇄하고 먹어 치웠다.

공중에서 아담과 추야의 몸이 휘날린다. 아담이 추야의 손목을 잡았다.

터지는 듯한 소리를 내며 안전 낙하산이 두 개 펼쳐졌다.

"안 돼, 이런 걸로 떠다니다간 저격당한다! 아담, 낙하산을 끊어!"

"하지만……."

"어서!"

아담이 허리의 자동 권총을 뽑아 연달아 네 발 쏘았다. 총알은 낙하산 줄을 정확하게 꿰뚫어 끊어 냈다.

한순간 멈췄다가, 아담과 추야가 자유 낙하하기 시작했다.

"제법이잖아." 추야가 씨익 웃었다. "이대로 저놈에게 돌진한다! 아담, 낙하 궤도를 계산해!"

"알겠습니다."

아담은 추야의 등 쪽으로 돌아가 허리의 단말에서 코드를 당겨 꺼냈다. 원래는 다른 단말과 유선 통신을 하기 위한 것이다. 그것을 추야의 허리와 어깨에 감아 고정하고 다시 자기 허리에 돌려놓는다.

연결된 두 개의 탄환이 되어 아담과 추야는 밤하늘을 낙하했다.

"활공 낙하 페이즈를 개시합니다."

아담은 자신의 양쪽 겨드랑이를 눌러 나타난 돌기를 잡아당겼다. 거기서 은백색 막이 나타나 아담의 팔에서 허리 사이에 삼각형 날개막을 만들어 냈다.

그 날개막이 상공의 밤바람을 붙잡았다. 자유낙하가 비스듬한 활공 낙하로 변화한다.

"이것은 고층에서 지상으로 도망치는 범인을 쫓기 위한 활공막입니다." 아담이 전방을 노려보며 말했다. "본 기체가 궤도를 제어하겠습니다. 추야 님은 적의 중력 중화에 전념해 주십시오!"

"당연하지."

바람의 굉음이 추야의 귓가를 스쳐 지나간다. 안구에 높은 풍압이 걸리지만 추야는 눈을 가늘게 뜨지도 않고 똑바로 표적의 모습을 노려보고 있다.

비스듬한 유성이 되어 추야와 아담은 적에게 돌진한다.

"다자이 자식……! 돌아가면 반드시 거꾸로 매달아 줄 테다……!"

그 두 시간 전.

다자이는 거꾸로 매달려 있었다.

다리가 묶이고 가로등 끝부분에 연결되어 거꾸로 매달려 있었다.

"그런고로, 암살왕 베를렌을 쓰러뜨리려면 항공기에서 추야가 뛰어내려 접근할 수밖에 없어."

공중에 매달린 자세임에도 불구하고 다자이는 표정 하나 바뀌지 않고 졸린 듯 귀찮은 듯한 평소의 얼굴 그대로였다.

"그러냐."

추야는 의자에 앉아 매달린 다자이를 적대적인 눈으로 응시하고 있었다.

아담이 곤혹스러운 눈으로 다자이와 추야를 번갈아 보고 있다.

"으음…… 이건 대체, 무슨 상황일까요?"

그곳은 산골짜기에 있는 항공기 발착장의 활주로 옆이었다.

도심에서 떨어진 비행장은 한없이 고요하여 초저녁의 별이 반짝이는 소리마저 들려올 듯했다. 멀리 격납고에서 정비사 두 명이 프로펠러기를 점검하고 있었다. 목소리는 여기까지 닿지 않는다.

추야는 끈을 들고 있었다. 그 끈은 다자이의 허리에 몇 겹이나 감겨 있었다. 팽이의 회전축에 감긴 끈처럼 칭칭.

"이건 말이지, 시간을 절약하고 있는 거야. 기계 수사관님." 다자이가 아무래도 좋다는 듯이 미소 지었다.

"시간을…… 절약?"

"그래. 아무튼 이제 곧 일생일대의 매복 작전이 시작될 테니까."

아담은 다시 한번 다자이와 추야를 번갈아보았다. "인간의 말은 너무 어렵습니다. 본 기체의 데이터베이스에 해석 가능한 유사 상황이 없습니다."

"걱정 마. 인간도 못 알아듣겠으니까." 추야에게서 조금 떨어진 곳에 시라세가 서서 팔짱을 끼고 있었다. 포기한 사람의 눈이다.

추야는 말없이 끈을 당겼다. 당기고, 당기고, 일어서서 뒤로 물러나면서 당겼다. 끈이 당겨진 다자이가 빙글빙글 회전했다.

그리고 다자이는 회전하면서도 상황 설명을 하고 있었다.

"모리 씨의 대역을 써서 베를렌 씨를 끌어낼 거야. 그리고 마피아의 무투파를 있는 대로 부딪칠 거다. 잘 몰아넣게 되면 베를렌 씨는 히든카드인 「문」을 열겠지. 그러면 추야가 비행기로 접근해."

그만한 양의 말을 다자이는 천천히 회전하면서 말했다. 목소리가 저쪽을 향해 멀어졌다가 이쪽을 향해 가까워졌다가

했다.

그리고 완전히 끈을 다 잡아당겨 다자이가 기울어졌을 때 추야는 손을 뗐다.

"접근하면 베" 회전하는 다자이. "를렌은 공격을 걸" 회전하는 다자이. "어오겠" 회전하는 다자이. "지. 하지만 그것도 계" 회전하는 다자이. "획에 들어있어. 적의" 회전하는 다자이. "공격을 추" 회전하는 다자이. "야의 중력으로 중화" 회전하는 다자이. "하면서 접근, 닿을 수" 회전하는 다자이. "있는 위치까지" 겨우 멈추는 다자이. "닿으면, 우리의 승리야. 우웨엑." 토했다.

구토하는 다자이를 아담은 어쩔 줄 모르는 얼굴로 보았다. "이야기가 머리에 들어오지 않습니다."

추야가 돌아와 다시 다자이의 몸통에 끈을 감기 시작했다. "이 자식이 작전을 설명하는 거랑, 내가 이 자식에게 복수하는 걸 동시에 하고 있는 거야."

"허어……."

"이 복수는 당연한 권리야. 이 자식은 시간을 벌기 위해서 N의 정보를 베를렌에게 흘렸어. 내가 고문당할 걸 알고서 말이야. 게다가 결과적으로 이 자식의 정보로 형사 나리도 희생됐다. 맨입으로 끝낼 순 없지." 추야는 다자이를 노려보면서 말했다. "내가 다자이에게 복수하는 방법은 190개 정도 있어. 하지만 지금 하고 있는 이건 그중에서도 밑에서 두 번째로 부드러운 방법이야. 이것보다 심한 걸 하면 다음 작전에서 이 자식이 사령탑 역할을 못 하게 되어 버려. 이래봬도 본의는 아니지만 엄청나게 타협한 거라고."

"허어." 아담이 머리를 아주 조금 움직였다. 세로로 움직일지 갸웃하게 기울일지 고민하는 움직임이다.

"설명을 들었는데도 아직 완전히 모르겠습니다."

"걱정 마, 아담아. 나도 하나도 모르겠으니까." 시라세가 격려하듯이 아담의 어깨에 손을 탁 올렸다.

"아담아……?"

"그럼 설명을 계속하지." 다자이가 여전히 표정을 바꾸지 않은 채 말했다. "「문」을 완전히 연 상태의 베를렌은 의식을 특이점의 괴물에게 내줄 거다. 잠든 것 같은 상태지. 그 상태에서 그놈은 적의를 가진 것 전부에게 자동적으로 반격을 행해. 이 '자동적으로' 라는 것이 요점이야. 그놈은 판단 능력이 없기 때문에 적의를 가지지 않은 접촉에는 반응하지 않아. 그래서 우리는 별동대로 미끼 공격을 계속하면서 추야를 비무장으로 접근시켜서."

여기서 다자이는 말을 끊고, 음울한 파멸의 예감이 드는 미소를 지었다.

"천천히 신사적으로, 독을 삼키게 한다. ——어린아이에게 사탕을 주듯이, 자비를 담아서."

밤하늘을 번개처럼 가르며 추야가 고속으로 활공한다.

바람이 추야의 귓가에 굉굉히 울린다. 천 마리의 늑대처럼. 그러나 추야는 겁먹지 않았다. 추야의 몸은 쏘아진 화살이 되어 일직선으로 베를렌에게 돌진한다.

베를렌이 추야 쪽을 보았다. 그 눈은 하얗게 흐려져 한없이 순수하고 투명한 감정을 추야에게 투사했다.

증오다.

생명으로서 살아가는 존재 모두에게 평등하게 쏟아지는 압도적인 증오.

그 파동이 향하는 것만으로도 보통 인간은 기절해 버릴 것이다. 그러나 추야는 표정 하나 바뀌지 않았다.

베를렌이 검은 구를 만들어 내 추야에게 투척했다.

"적탄 접근! 공기저항 및 중력에 의한 궤도 변화를 연산──급속 강하하여 회피합니다!"

아담이 소리치고 자세를 바꾼다. 날개막을 접고 수면에 뛰어드는 바닷새처럼 밤하늘을 급강하한다.

머리 위에서 조금 떨어진 지점을 중력의 포탄이 지나갔다. 그것만으로도 두 사람의 전신이 붕 떠올랐다.

추야는 다시 시선을 베를렌에게 돌렸다. 피아(彼我)의 위치는 이대로 돌진하면 십몇 초 정도 후에 격돌할 정도로 가까워졌다.

다자이가 세운 작전은 면밀했다.

베를렌의 약점은 추야와 똑같이 독. 그러나 물론 베를렌 자신도 그 약점을 잘 알고 있을 것이다. 조심성 없이 독약을 입에 댈 리도 없거니와, 주사나 총알로 독을 투여하면 중력 조작으로 튕겨 낼 것이다.

그래서 다자이는 일부러 베를렌에게 「문」을 열게 했다.

베를렌에게서 의사와 계산력을 빼앗기 위해서.

공격해서는 안 된다고 다자이는 말했다. 더욱 큰 힘으로 반격당하니까. 적의를 가져서는 안 된다. 백배의 증오가 되어 돌아올 테니까.

적의를 가지지 않고 접근, 친구처럼 어깨를 두드리고 입 안에 독을 휙 던져 넣는 것이다.

독약 합성은 아담이 담당했다. 투명한 캡슐에 감싸인 극소량의 독액. 침을 삼키는 양보다도 적다. 그러나 체내에 들어가면 5초 만에 의식을 잃고 두 번 다시 눈을 뜨지 않는다.

"제2파가 옵니다!" 아담의 외침에 추야의 의식은 다시 적에게 돌아갔다. "빠릅니다! 심지어 아까보다 *슈바르츠실트 반경이 훨씬 거대합니다!"

그 말대로였다. 공중에 뜬 베를렌의 오른손에 거대한 검은 구가 생성되어 있었다. 승용차도 한꺼번에 삼킬 수 있을 만큼 크다.

그 포환이 투척되었다.

아담은 급강하에서 아직 자세를 완전히 되돌리지 못했다.

---

* 물체의 질량이 구 내에 있다고 가정했을 때, 구의 표면에서 탈출 속도가 빛의 속도와 같아지는 반지름. 어떤 물체가 이보다 작은 크기로 줄어들면 블랙홀이 된다.

눈 깜짝할 사이에 검은 구가 눈앞까지 닥친다.

"피할 수 없습니다……!"

추야가 눈을 부릅떴다.

"오오아아아아아아!"

추야가 외치며 이능력을 전부 해방. 아담을 붙잡고 자신과 아담의 몸에 블랙홀 인력을 중화하기 위해 역중력을 발생시켰다.

전신의 혈관이 끓어오른다. 뼈와 근육이 삐걱거린다. 그것은 지구상 어디에도 없는, 우주의 거대 천체 부근에밖에 존재하지 않는 상식 밖의 초영역. 인간이 살아서 도달한 적 없는 섭리 밖의 세계.

풍경이 일그러지고 목소리마저 빨려 들어간다.

고중력 영역에서는 시간의 흐름이 느려지기 때문에 주위의 풍경이 아주 약간 빨리감기를 한 것처럼 흘러간다. 그러나 그 광경조차 중력에 일그러져 확실하게 보이지 않는다.

얼마나 견뎠을까. 거대한 물거품을 숨을 참고 잠수해 빠져나가듯이 추야는 거대한 중력장을 빠져나왔다. 옷이 여기저기 찢어지고 혈관이 체내에서 몇 개인가 끊어져 지독하게 아프지만 아직 살아 있다. 문제없다.

"굉장해……!" 아담이 감탄의 소리를 질렀다. "그만한 중력장에서 살아남은 것은, 추야 님, 아마도 당신이 세계 최초일 겁니다!"

"그거 영광이군." 추야의 목소리는 아직 딱딱하다. "하지만 자만하기에는 좀 이르다고. 저놈을 봐."

추야가 시선 끝으로 주의를 재촉했다.

아담은 말문이 막혔다.

어마어마한 숫자의 검은 구가 베를렌의 양손 근처에 발생해 있었다. 숫자는 대략 스무 개 이상. 크기도 조금 전의 것과 거의 같다.

그것은 우주의 심연에서 온, 이 세상 것이 아닌 힘의 무리. 물리 법칙 자체를 씹어 부수는 검고 둥근 악마.

절대 다 받아 낼 수 없다.

어떤 회피 기동을 취해도, 설령 추야의 중력 출력이 지금의 열 배가 되어도 저만한 중력구를 살아서 빠져나갈 수는 없다. 뼛조각이나마 빠져나갈 수 있다면 행운일 것이다.

두 사람은 죽음을 각오했다.

그러나——중력구는 날아오지 않았다.

다른 곳으로 날아갔기 때문이다.

지상에서 저격과 사출 척탄, 이능력의 열탄이 날아온다. 그 적의에 반응한 듯이 검은 구가 지상으로 쏟아져 마피아들을 휩쓴다.

지형이 바뀌고 마피아 조직원들이 시체로 변해 빨려 들어간다.

그것은 오로지 적의 주의를 추야에게서 돌리기 위한 공격.

중력 공격을 추야가 아니라 지상으로 향하게 하기 위해 전투원들은 일부러 무모한 공격을 감행하고 있는 것이다.

"저, 바보들……."

추야가 신음했다.

플래그스가 특별했던 것은 아니다. 이것이 마피아다. 보스 암살을 저지하려면 추야가 가진 독으로 베를렌을 쓰러뜨릴 수밖에 없다. 그러니 목숨을 버린다. 1초의 빈틈을 만들어 내기 위해서.

마피아는 모두 그렇다. 잔학하고, 그리고 고결하다.

등을 맡기기에 충분한 동료들.

"이대로 돌진한다!"

추야가 소리치고, 아담이 날개막을 접었다. 중력으로 더욱 가속해 총알이 되어 육박한다.

베를렌은 질량의 충돌을 예측하고 자동적으로 몸을 피했 다. 그러나 엇갈리기 직전, 아담은 자신의 팔꿈치에서 추가 달린 와이어를 쏘아 베를렌의 목에 걸었다. 첫날 당구장에서 추야를 구속했던 것과 똑같은 와이어다.

베를렌의 짧은 외침.

세 사람은 한 덩어리가 되어 엉키며 하늘에서 떨어져 내렸다.

괴물화한 베를렌이 자동 방어를 발동. 그것은 자신의 몸을 중심점으로 발생시킨, 지금까지 중에 가장 거대한 검은 구였다.

무시무시한 인력에 아담의 와이어가 끌려 들어간다. 세 사 람의 낙하 속도가 급가속한다.

"빨려 들어간다, 끊어!" 추야가 소리친다.

"아니요, 여기서 와이어를 끊으면 이놈에게 다시 다가가는 것은 불가능해집니다!" 아담이 되받아 소리쳤다. "문제없습니다, 전부 연산대로입니다!"

그렇게 말하고 아담은 추야와 차신을 묶었던 가는 끈을 끊었다.

그리고 추야를 밀쳐 냈다.

"아니……."

남겨진 추야가 놀라서 아담을 보았다. 아담이 미소 지으며 베를렌의 검은 구에 빨려 들어간다.

추야가 먼저 지표에 착지했다.

역중력을 몸에 걸어 급제동, 시야가 붉게 물드는 급가속을 견디면서 지면에 착지. 재빠르게 하늘을 올려다본다.

중력탄 속에서 한 몸이 된 아담과 베를렌이 뒤엉켜 낙하하고 있었다.

굉음이 나무들을 날려 버린다.

흙먼지가 개자 운석이 떨어진 듯한 크레이터와 그 중앙에 굴러다니는 인영이 보였다.

베를렌은 중심지에 웅크리고 있었다. 그 몸에는 상처 하나 없다. 잠든 듯이 얕게 눈을 감고, 무릎을 꿇고 있다. 피부에는 고대문자 같은 문양이 헤엄치며 빛나고 있다.

그리고── 아담은 잔해가 되어 있었다. 가슴부터 아래, 그리고 왼쪽 팔이 완전히 소멸해 내부의 무브먼트가 드러났다. 인공 근육과 신경 전도 케이블이 축 늘어지고 흰 작동액이 새어 나오고 있다.

아담의 얼굴부터 윗부분만이 움직여 추야를 보았다. 그 눈은 힘 있게 무언가를 호소하고 있었다.

그리고 작게 끄덕였다. '하라'고 말하는 것처럼.

그걸로 추야의 마음이 정해졌다.

도려내진 대지를 조용히 걷는다. 적의 없이, 악의 없이, 들판을 산책하는 것처럼.

베를렌에게 적의가 있는 개체라고 인식되지 않도록, 천천히, 그러나 확실한 발걸음으로.

추야의 눈에 '형'이라고 했던 남자의 모습이 비친다.

적의를 억누를 필요는 없었다. 그를 보는 추야의 가슴에 신기하게도 적의는 솟아나지 않았다.

지금의 베를렌은 인간이 아니다. 문자식조차도 아니다. 단지 힘의 결정체. 증오에 증오를 돌려줄 뿐인 단순한 자동응답 기계에 지나지 않는다.

자신 안에도 이것이 잠들어 있다. 자신도 베를렌도 껍데기를 벗겨 버리면 결국은 똑같다. 베를렌이 왜 자신 앞에 나타났는지, 함께 여행을 떠나자고 권했는지 지금은 잘 안다.

하지만—— 이제 끝내야지.

추야는 형의 바로 곁에 섰다. 가슴속은 스스로도 의외일 만큼 고요하고 잔잔했다. 베를렌은 아직 반응하지 않는다.

품에서 알약을 꺼냈다. 손가락 정도 크기밖에 안 되는 투명한 원반 형태의 알약이다. 입속에 넣으면 빠르게 녹는다. 그리고 어둠이 찾아오고 모든 것이 끝난다.

이것이 유일한 해결 방법이다.

형의 입술에는 아주 약간 틈이 있었다.

추야는 그것을 증오스러운 적의 입이라고는 생각하지 않았다. 생명체라고도 생각하지 않았다. 우체통에 편지를 넣듯이, 퍼즐 조각을 끼우듯이, 친밀한 누군가와의 추억에 이별을 고하듯이, 그저 사무적으로 알약을 입술에 밀어 넣었다.

알약이 손가락을 떠난다.

날카로운 고통.

마음의 고통이 아니다. 물리적인 고통이다. 손가락 끝에서 피가 나고 있다.

"아아…… 너는 언제나 나를 놀라게 하는구나, 추야."

베를렌이 웃고 있었다.

입술 끝에 추야의 피가 묻어 있다.

그 직후, 추야는 날아갔다.

중력구에 빨려 들어간 것이 아니다. 닿은 것의 중력을 바꾸는 평소의 이능력 쪽이다.

추야는 회전하면서 뒤쪽으로 날아가 방어태세도 취하지 못하고 나무줄기에 격돌했다.

"컥……."

"처음 만났던 날…… 너의 「문」을 열었을 때, 네 안에 지시식을 남겨 두었다."

베를렌은 말하면서 입안에서 알약을 퉤 하고 뱉어 냈다. 그것은 땅의 잡초 사이에 떨어져 보이지 않게 되었다.

"다시 한번 닿았을 때 나의「문」을 닫는다는 지시식이다. 그래서 지금 자동적으로「문」이 닫혔다.《야성》형태일 때는 내 의식이 잠들어 사라지니, 이런 형태로밖에 자신을 멈출 수 없다."

"《야성》……?"

"인격식의 제어를 벗기고 특이점의 마수를 일시적으로 밖에 내놓는 상태. 조금 전의 내 상태를 말하지. 인격식 봉인 해제의 시구에서 따와서 랭보가 그렇게 이름을 지었다." 베를렌은 천천히 몸을 일으켜 추야를 보았다.

"특이점화해서 돌아오지 못하게 된 나를 되돌릴 방법을 생각해 낸 것도 그 녀석이었지. 그 녀석은 나를 위해서 뭘 할 수 있을지 계속 생각했었다."

"그런 랭보도 당신에게 배신당했지." 추야는 비틀거리며 무릎을 짚은 채 말했다. "안 그래?"

베를렌은 곧바로 대답하지 않고, 눈을 부릅뜨고 추야를 보았다. 메마른 눈이다. 눈 한 번 깜빡이지 않았다. 이윽고 입을 열었다. "너를 구하기 위해서다."

추야는 휘청거리는 다리를 간신히 받치며 일어섰다. "알았어." 그렇게 말하고 조용한 눈길을 보냈다. "방책이 다 떨어졌어. 당신의 승리야. 당신에게 이길 수 있는 녀석은 이제 마피아에는 없어. 유럽이든 세계의 끝이든, 어디든 함께 가 주지."

베를렌은 눈을 가늘게 떴다. "거짓말로 속일 생각이냐?"

"다자이처럼 근성이 썩은 놈도 아니고, 세 치 혀로 당신을 어떻게 할 생각은 없어." 추야는 자조적으로 웃었다. "그리고 생각했어. 나는 언젠가 당신처럼 세계 전체를 증오하게 될 거야. 아마도. 그렇게 되지 않기 위해서 당신을 가까이서 관찰하는 것도 좋겠지."

베를렌은 빤히 상대의 얼굴을 보았다. 거기에 앞으로의 인생 전부의 대답이 쓰여 있기라도 한 듯이. 그리고 말했다. "그렇다면…… 너는 지금은 세계를 증오하지 않는다는 거냐?"

"증오하는 녀석은 있어. 하지만 모든 사람을 증오하는 건 아냐. 나는." 그렇게 말하고, 추야는 머나먼 어딘가를 보았다. 별이 그 시선 끝에서 빛나고 있다. "삶은 혼자서 살아가는 게 아니라는 걸 알아. 옛날에는 당신도 그렇지 않았어?"

"…………"

베를렌은 대답하지 않는다. 대답하지 않는 것 자체가 대답이기라도 하다는 듯이.

"결정했으면 얼른 가자고. 곧 마피아가 다시 들이닥칠 거야. 질리지도 않고. 당신한텐 어떤 강력한 공격도 안 통하는데 말이야. 당신에게 통한다면 그건 강력한 공격이 아냐."

그리고 턱으로 베를렌의 등 뒤를 가리켰다.

"의외의 공격이지. 상상도 예측도 절대로 할 수가 없는, 장난 같은 공격이야. ──이런 식으로 말이지."

그 직후, 누군가가 베를렌의 어깨를 두드렸다.

베를렌은 휙 돌아보았다.

돌아본 베를렌의 뺨에 검지가 닿았다.

"허."

"안드로이드 조크를 들으시겠습니까?"

그 검지 끝에는 극세 주삿바늘이 설치되어 있다.

상반신만 남은 아담이 베를렌의 어깨에 손을 짚고 있었다. 그 손가락의 주삿바늘에서 약품이 피부 안으로 침투. 즉시 베를렌의 혈액의 흐름에 섞인 약품은 혈압 저하성 신경반사를 일으켰다.

한 번 크게 휘청 하고 기울어지고 나서, 베를렌은 반대쪽으로 기우뚱 넘어져 의식을 잃었다.

아담은 오른팔만 남은 상반신으로 어깨를 으쓱하고, 장난스럽게 미소 지었다.

"어린애 장난 같은 손가락 찌르기에 암살왕이 쓰러집니다. 안드로이드 조크였습니다."

랭보의 수기 일부 발췌

■■■■년 ■■월
기록 특수전력총괄국 작전부 특수작전군 첩보원
　　　　　D　　G　S　　S　　　　　　　　아　장
■■■■■■

맑음. 동트기 전. 초승달

적국의 군사기지에 잠입하기 전날이라 조금 긴 기록을 여기에 남긴다.

그 임무에 원호는 없다. 후방 지원도 없다. 내부 협력자도 없다.

탈취 표적은 신형 이능력 병기다. 소년의 모습을 하고 있지만 이 세상을 멸망시킬 수 있는 힘을 감춘 재앙이라고 한다.

위험한 임무다. 살아서 돌아오지 못할지도 모른다.

그러나 세계의 재앙을 적국에서 제거하는 이 임무를 수행할 수 있는 자가 있다고 한다면 나와 파트너 베를렌, 우리 둘 외에는 달리 없다.

계속 생각했다. 베를렌이라는 믿음직한 파트너를 위해 무엇을 할 수 있을지. 답이 나온 것은 바로 어제의 일이다.

생일을 축하하자.

물론 그에게 정확한 생일 따위는 없다. 하지만 나는 어제를 그의 생일로 여겼다. 4년 전 어제, 베를렌은 목양신을 죽이고 자유를 얻었다.

파리의 파티시에게 부탁해 작은 푸딩을 입수하고, 포도주를 옆구리에 끼고 베를렌의 은신처로 갔다. 베를렌은 놀랐다기보다 수상쩍어 했다. 그래서 설명을 했다.

생일을 축하하는 것은 하나의 간결한 사실을 시사한다. 그것은 즉, '네가 태어난 것은 축복받을 가치가 있는 일이다'라는 메시지다. 누가 뭐라 하든 자네의 탄생에는 가치가 있다.

그리고 생일에는 절대 빼놓을 수 없는 것이 있다. 이것이 빠진 생일은 달이 빠진 밤하늘 같은 것이다.

생일 선물이다.

내가 준 그것은 검은 모자였다.

챙이 달린 중산모. 특별히 비싼 것도 아니고 저명한 장인이 지은 것도 아니다.

하지만 그 안쪽, 모자 속을 일주하는 땀받이 천에는 상당히 특별한 소재가 사용되었다.

10퍼센트가 백금, 10퍼센트가 티타늄, 나머지가 금을 중심 소재로 한 무지갯빛 이능력 금속으로 짜였고, '목양신'의 이능력이 담겨 있다. 그의 연구시설에서 거의 완성에 이르렀던 물건을 내가 모자 형태로 개조했다.

내부에 머리를 넣으면 모자의 천이 코일 역할을 하여 외부의 지시식에 의한 의식 간섭을 튕겨 낼 수가 있다. 반대로 내부, 즉 착용자의 의지에 따라 지시식 제어가 가능해진다.

이 검은 모자가 있으면 베를렌은 '자유로운 의지를 가진 인간'에 한 걸음 다가갈 수 있다.

그의 반응은 기묘했다. 기뻐하지도, 놀라지도 않고 그저 고요한 눈으로 "일단은 받아 두지." 하고 말했다. 그리고는 아무 말도 하지 않았다. 우리는 포도주를 마시고, 잘 자라고 말하고 헤어졌다.

그것이 옳은 행동이었는지는 하루가 지난 지금도 잘 모르겠다. 베를렌의 눈은 얼어붙은 듯했고 북극 너머에 있는 것처럼 멀었다.

　하지만 대답은 금방 나올 것이다.

　내일, 적지에서.
　파트너를 위해서라면 나는 어떤 지옥이라도 기쁘게 가리라.
　하늘에 신이 있고, 마음에 유대가 있고, 손을 내민 곳에 미래가 있는 한.

　(이것이 수기의 마지막 문장이다. 이 뒤에는 아무것도 쓰여 있지 않다.)

　전투는 끝났지만 중력파의 여파로 숲은 여전히 술렁거리고 있었다.
　베를렌이 쓰러져 있는 곳은 나무들이 부채꼴로 쓰러진 폭심지. 그곳에는 잔존 중력에 이끌린 소리와 바람과 낙엽이 모여들어 작은 소용돌이를 만들어 내고 있었다.

그러나 베를렌 본인에게 의식이 돌아온 것은 아니다.

아담은 한 손을 짚고 일어서서 베를렌이 잠든 모습을 들여다보았다.

"심박 안정. 호흡 미약." 아담이 말했다. "문제없이 잠들었습니다. 잔존 중력도 인체에 위험이 있는 레벨은 아닙니다."

그리고 몸을 내밀어 베를렌의 잠든 얼굴을 주시했다. 세계의 재앙, 암살왕이라 불렸던 그 남자의 잠든 얼굴은 너무도 조용하고 위험이 느껴지지 않았다. "저기, 얼굴에 조금 낙서를 해 볼까요." 하고 아담이 말했다.

"관둬." 추야가 땅바닥에 앉은 채 말했다.

"사실 이쪽 손가락은 펜으로 되어 있답니다." 그렇게 말하고 아담은 중지 끝의 외장을 떼어 냈다.

"관두라니까." 추야는 그렇게 말했지만 입가가 약간 웃고 있었다.

아담은 손가락을 원래대로 되돌리면서 말했다. "이 남자, 이렇게 평화롭게 잠든 얼굴을 보니 그냥 인간으로밖에 안 보이네요."

"자고 있든 깨어 있든 이 녀석은 평범한 인간이야." 추야는 아무래도 좋다는 듯이 말했다.

"이능력은 강하지만 그뿐이야. 화도 내고 고민도 하고……. 본인은 그것만으로는 불만인 모양이지만."

그 말을 듣고 아담은 추야를 빤히 보았다. 그리고 미소 지으며 "그 말이 맞습니다." 하고 말했다.

"아무래도, 도달해야 할 결론에 도달할 수 있었던 것 같네요."

"어엉? 무슨 뜻이야."

추야가 노려보려던 순간 무전기가 울렸다.

〈여어, 사이좋은 친구들. 보고는 들었네.〉 다자이의 목소리다. 〈베를렌을 쓰러뜨렸다며? 이거 두 손 들었어. 나는 '뭐, 공중에서 납작해져도 추야니까 상관없나' 하는 마음으로 작전을 세웠는데.〉

"너 인마."

추야가 달려들기도 전에 무전기의 목소리가 말했다. 〈연락을 한 이유는 그 건 때문이 아니야. N을 보지 못했나?〉

"엉? N?" 추야가 미간을 좁혔다. "그놈은 베를렌에게 유괴됐잖아?"

〈물론 구출반을 보내 놓았지. 그자의 지식이 필요하니까. 특히 추야, 자네의 안쪽을 엿보기 위해서.〉

추야는 잠시 침묵하다가, 무전기를 붙들고 말했다. "그러냐. 처음부터 그게 목적이었군?"

〈이제야 알았나?〉 다자이는 유쾌하게 웃었다. 〈아무리 모리 씨의 목숨을 지키기 위해서라지만 공짜로 그렇게 무서운 녀석과 맞설 만큼 나는 충성스럽지 않아서 말이야. N이 알고 있는 지시식인가 뭔가 하는 것의 지식을 총동원해서 추야를 우리 충실한 메이드로 개조한다는 계획이——.〉

"아——, 멋대로 지껄여라. 그래서? N을 봤냐는 질문의 의도는?"

〈N을 공사 현장에서 구출한 구출반이 차로 이쪽으로 오는 도중에 소식이 끊겨서 말이야. N과도 연락이 안 돼.〉

"뭐라고?"

추야의 질문에 대답하는 다자이의 목소리가 불길하게 밤에 빨려 들어간다.

〈무슨 일이 있었는지도 몰라.〉

마피아의 검정색 차가 전신주에 충돌해 있었다.

정차한 차의 뒷좌석에서 N이 굴러떨어진다.

N은 전신을 강하게 부딪쳤다. 입안에 끈적한 피가 고여 있다. 그는 차 옆의 도로에 손발을 짚고 괴로운 듯이 숨을 쉬었다.

차는 길가의 전신주에 정면으로 충돌해 앞쪽이 크게 구겨졌다. 차체 어디선가 연기가 나고 있다. 그곳은 베를렌과의 전장인 숲에 가깝고, 조용하고, 왕래하는 차의 기척이 없었다. 보이는 것은 검은 나무들뿐이다.

"나는…… 아직, 죽을 수, 없어……."

N은 그렇게 말하고 끈적거리는 피를 땅에 뱉고 간신히 일어섰다.

그리고 걸어갔다. 도망치듯이.

"이걸, 전할 때, 까지는……."

N은 백의 안에서 낡은 신호권총을 꺼냈다.

외견은 칙칙한 붉은색. 겉보기에는 거의 평범한 권총이지만 총구가 두꺼워 12게이지 구경의 신호탄을 발사할 수 있다.

다음으로 N은 자신의 손목시계를 풀기 시작했다. 극히 평범한 은색 손목시계. 땀과 피로 미끄러운 손가락으로 유리판을 벗기고, 안쪽의 톱니바퀴 하나를 빼낸다.

평범한 손목시계 안에서 그 톱니바퀴만이 기묘했다.

내부의 금속이 신비한 광채를 발하고 있다. 금과 백금, 그리고 아무도 본 적이 없을 듯한 무지갯빛 금속의 합금이다. 달빛을 받자 톱니바퀴 표면에 아주 작은 문자열이 질주하듯 떠올랐다가 다시 사라진다.

N은 다리를 끌면서 걸어가 베를렌의 전장이 보이는 언덕 위까지 왔다. 나무들이 여기저기 날아가고 지면이 패어 크레이터가 된 것이 보인다.

"역시…… 《야성》 형태가 된 거로군, 베를렌." N은 헐떡이면서 말했다. 그 입술 끝에는 엷게 미소가 걸려 있었다. "그렇다면, 이 연약한 나의 손으로도 마침내 자네에게 닿을 수 있다."

N은 손목시계에서 빼낸 기묘한 금속을 신호권총의 탄두 안에 끼워 넣었다.

그 눈은 고요하고 어떤 감정도 깃들어 있지 않았다. 이미 결정한 행동 계획을 조용히 따르는 듯한 눈빛이었다. 탄두를 장전하고 권총을 하늘로 겨누었다.

N의 뒤에 있는 차에서는 아직 연기가 솟아오르고 있었다. 차체 밑에서 연료가 새고 있다. 안에는 사람 그림자가 둘 있지만 움직이는 기색은 없었다.

안에 있는 것은 마피아 두 명이었다. 둘 다 죽었다.

운전석에 있는 마피아 남자는 핸들에 엎드려 잠든 듯이 죽어 있었다. 등 쪽의 머리부터 허리에 걸쳐 옷과 살이 흐물흐물 녹아 등뼈가 보였다. 단면에서는 아직도 흰 연기와 악취가 피어오르고 있다.

조수석의 남자도 비슷한 상황이었다. 이쪽 마피아는 오른 어깨부터 팔까지가 녹았고, 그런 뒤에 전신주에 격돌해 등뼈가 부러진 것이 사인이었다. 뒤에서 뿌려진 약품에 안전벨트가 찢어진 것이다.

내용물이 텅 빈 약품 병이 뒷좌석 바닥에 굴러다니고 있었다.

죽음의 원인은 명백했다. 주행 중, 뒷좌석에 앉아 있던 남자가 뒤에서 갑자기 두 사람에게 약품을 뿌린 것이다. 두 사람은 경계하지 않았다. 저항도 반응도 하지 못하고 약품에 몸이 녹아, 길을 벗어나 전신주에 격돌했다.

두 마피아는 뒷좌석의 남자를── 유괴당해 타워 크레인에 방치되었던 N을 구출해 차로 다자이에게 데려가던 도중이었다.

잠든 베를렌과 반파된 아담을 짊어지고 추야는 걷기 시작

했다.

두 명을 합친 크기와 무게는 추야의 두 배 이상 되었지만, 중력 조작으로 가볍게 했기 때문에 추야에게 힘든 표정은 없었다.

"이거 참, 난감하네요." 등에 업힌 아담은 눈을 감고 말했다. "임무를 완벽하게 완료하고 말았습니다. 영국 정부가, 아니 전 세계 정부가 본 기체에게 감사하겠지요."

"어 그래. 너를 업고 있는 나에게도 감사해 줬으면 좋겠군." 추야가 퉁명스러운 얼굴로 말했다.

"이제 승진은 확실합니다. 기계 형사만으로 구성된 형사기구를 설립하는 꿈이 생각보다 빨리 실현될 것 같군요."

"하─, 그거 대단하네."

"완벽한 기계 수사관이 불완전한 인간을 지키는 미래 세계. 나아가서는 인간 수사관을 불필요한 존재로서 배제, 아니, 아예 오락 이외의 모든 작업에서 인간을 해방시켜 드리고 아무런 자립 능력도 없는 인간을 우리가 관리해서…… 후후후."

"웃는 게 진짜로 무서우니까 관둬."

추야가 굳은 얼굴로 아담을 보았다. 그때.

동쪽 하늘에 신호탄이 발사되었다.

"뭐지?"

빛나는 황금색 신호탄. 연기의 꼬리를 끌며 밤하늘을 날카롭게 가른다. 역방향의 유성처럼.

그 빛은 나무들의 옆면을 비추어 내고 대지에 상흔 같은 빛을 그리며 추야의 발밑에 기나긴 그림자를 드리웠다.

"……공격반의 오발인가?"

추야는 그렇게 말하고, 갑자기 나타난 밤하늘의 태양을 올려다보며 눈을 가늘게 떴다.

다자이는 눈도 깜빡이지 않고 그 빛을 응시하고 있었다.

그 눈은 재빠르게 움직여 빛의 출처를 찾았다. 그리고 각도. 현재 시간.

전황. 섬광탄의 종류. 추정되는 소유자. 이유. 목적.

1초도 안 되어 그 눈은 이해의 빛을 띠었다. 그리고 말했다.

"……곤란해." 다자이의 입술에서 흘러나온 것은 목소리라기보다 금이 간 그르렁거림이었다.

"전원 대피를…… 아니, 늦어."

그 눈은 절망을 품고 일렁이고 있었다.

쏘아 올린 신호탄에서 무지갯빛으로 빛나는 기묘한 금속 조각이 무수히 쏟아져 내렸다.

추야는 그것을 올려다보았다. 눈발보다도 작고 머나먼 별처럼 반짝이는 무지갯빛 입자. 각각이 들리지 않는 음악을 공명시키고 있는 듯이 아름답게 명멸한다.

추야는 깨달았다. 그것은 확실하게 음악을 연주하고 있었다. 음악이라기보다는 음압. 멜로디가 되기 전의 소박하고 순수한 음악적 신호다.

그 직후, 이변이 일어났다.

갑자기 등의 베를렌이 소리를 지른 것이다.

말로 표현할 수 없는 절규. 추야는 전신의 털이 곤두섰다. 눈을 뜰 리가 없다. 너무 방심했다. 지금 공격당한다면? 자세는 최악이다. 다음 공격은 회피할 방도가 없다.

추야는 민첩하게 몸을 기울여 베를렌을 떨어뜨리려 했다. 그때 깨달았다.

그저 소리를 지르고 있는 것이 아니었다.

베를렌은 괴로워하고 있었다.

안구가 충혈되고, 얼굴에는 그물눈처럼 혈관이 떠오르고, 손가락은 가슴팍을 쥐어뜯고 있다. 땅에 떨어져 몸부림치며, 근육이 찢어지는 소리가 들릴 것만 같이 전신에 힘이 들어가 젖혀지고 있다.

"아담! 이건 뭐야!"

"이것은 본 기체의 독의 작용이 아닙니다!" 라고 아담이 딱딱한 목소리로 외쳤다.

추야는 깨달았다.

공중에서 쏟아져 내린 금속 입자가 베를렌의 잔존 중력에 이끌려 모여들고 있다.

그 탓에 베를렌에게 가장 강한 효과가 나타나고 있는 것이리라.

누군가의 공격이다. 베를렌은 이 금속 입자 탓에 괴로워하고 있다.

그 신호탄은 누가 쏜 거지?

"⋯⋯다."

고통의 신음 속에서 베를렌이 무슨 말을 했다. 추야는 그쪽을 보았다.

"당, 했, 다." 베를렌의 신음 소리는 통한의 깨달음을 담고 있었다. "그, 연구자, 거짓말을⋯⋯. 그놈은 「다정한 숲의 비밀」을⋯⋯ 이미, 알고⋯⋯."

그리고 이변이 시작되었다.

베를렌을 중심으로 공간이 물결치기 시작한 것이다.

"중력장의 변동이 환경광을 집어삼키고 있습니다. 도플러 효과에 의한 주파수 변동을 관측!" 아담의 목소리는 날카로운 경계경보음과 비슷했다. "무언가가 옵니다!"

베를렌 주위의 대지가 보이지 않는 거인의 주먹에 맞은 것처럼 가라앉았다. 지면이 잇따라 사발 모양으로 패고 나무들이 겁먹은 듯이 진동한다.

"여기서 이탈하십시오, 추야 님. 한시라도 빨리. 이 중력 파장 패턴은 9년 전의 것과 같습니다."

"9년 전이라고?" 추야의 표정이 바뀐다. "이봐 베를렌, 대답해. 무슨 일이 일어나는 거야!"

베를렌은 자신이 만들어 낸 중력파 진동 안에 빠져 들고 있었다.

 공간이 일그러져 이미 베를렌의 모습이 거의 보이지 않는다. 무시무시한 이능력 위상 확대가 주위 수백 미터를 뒤덮어 간다. 위상 내의 에너지 준위 차이가 내부에 낙뢰와도 같은 푸른 섬광을 잇따라 발생시킨다.

 그 중심에서 베를렌의 목소리는 차원을 넘어서 들려오는 것처럼 가냘프고 약했다.

 "세계가, 끝난다." 죽음이 임박한 노인처럼, 베를렌이 떨리는 손을 뻗었다. "도망쳐라, 추야."

 그리고 베를렌의 손이 추야의 가슴에 닿았다. 바깥 방향의 중력이 추야를 튕겨 날렸다.

 "무슨……."

 날아가 회전하면서 추야는 보았다.

 베를렌이 슬픈 듯 미소 짓는 것을.

 그러나 급속하게 팽창하여 발산하는 강력한 그것에 따라잡혀 추야는 의식째로 삼켜졌다.

 하늘이 갈라진다.

 검은 번개가 친다.

 대기가 팽창한다.

철수 작업 중이었던 마피아의 전투반 인원들은 들었다. 천사가 노래하는 목소리를.

열차 위에 선 다자이는 들었다. 악마의 홍소를.

그것은 9년 전에 일어난 대재앙과 같았다. 끓어오르는 대지. 증발하는 가옥. 하늘은 불타고 땅은 울부짖는다.

그것은 날뛰는 하바키의 신.

세계의 처편에서 온 자.

그러나── 지금 눈앞에서 숲을 불태우는 그 모습은 아라하바키가 아니었다.

그보다 더욱 크고, 더욱 검고, 더욱 불길하다.

거체가 달을 감추고, 작은 움직임이 진공파를 발생시키고, 한 걸음이 대지를 갈라 부순다.

다자이는 그 모습을 올려다보고 있었다.

"이것이 특이점? 정말로 이런 힘이 이능력에서 태어난 건가?" 다자이의 목소리는 거의 황홀해하고 있었다. "이건 마치, 세계의 끝 같지 않은가."

입술 끝에는 의식하지 못한 미소마저 떠올라 있었다.

첫 10초에, 반경 1킬로미터 내의 나무가 남김없이 쓰러졌다.

다음 10초에, 같은 권역 내의 대지는 파괴되어 솟아올랐다.

다음 10초에, 도려내진 대지가 끓어올라 용암이 되어 주위의 숲을 태우기 시작했다.

그 광경을 보면서, 언덕 위에서 N이 홍소하고 있었다.

"하하하하하! 베를렌 군, 이것이 「다정한 숲의 비밀」이다! 자네를 지키기 위해 랭보가 삭제한, 자네를 진정한 모습으로 되돌리는 방법이다!"

N이 올려다보는 곳에는 이형의 모습을 한 베를렌의 검은 거수의 윤곽이 있었다.

"신인 아라하바키조차도 자네의 모방품에 지나지 않아. 세계 최초의 살아 있는 특이점. 이 세상의 근원에서 온 마수. 자네의 창조주가 붙인 그 이름은 고대신의 반전, 태초의 악마. ——《마수 기블》."

그 거체가 머리를 치켜든다.

그 몸은 불꽃. 꼬리도 불꽃. 고밀도의 몸체는 밤을 응축한 듯한 칠흑.

여덟 개의 붉은 눈동자. 나란한 치열은 녹슨 청동빛. 엄청나게 높은 에너지에 윤곽이 안정되지 않고 진동하는 대기와 뒤섞인다.

고층 빌딩보다도 거대한 그 모습은 파충류와도 닮은 구강과 외관을 가지고 있었다. 그러나 지구상의 어떤 생물과도 닮지 않았다. 가장 가까운 것은 전승 속에만 존재하는 괴물, 혼돈의 왕이자 마, 사악한 《용》이다.

신이라 부르기에는 그것은 너무도 불길했다. 발밑에서 대지가 끓어오르고, 미처 도망치지 못한 마피아 조직원들이 비명을 지를 새도 없이 절명한다.

숨 쉬는 혼돈.

인류 규모가 아니라 우주 규모로 존재하는 짐승.

파멸의 포효가 대기를 가득 채운다.

주 연산 코어가 긴급 리부트를 세 번 실행하여 간신히 의식을 되찾았습니다.

하지만 여기가 어디인지 알 수 없습니다. 자신이 어떤 자세로 있는지조차 알 수 없습니다.

주위는 고속으로 소용돌이치는 암흑의 격류. 중력 이상에 의해 모든 계기가 혼란을 일으키고 있습니다. 주위 스캔도 전혀 할 수 없습니다.

아마도 지금 있는 곳은 베를렌의 체내이리라고 본 기체는 결론지었습니다.

그렇지 않다면 모든 통신이 외부와 불통이라는 사실을 설명할 수가 없습니다. 강력한 중력으로 통신전파마저도 닫혀 있는 것입니다.

시간 계측기조차 이상한 속도로 흐르고 있습니다. 상대성 이론에 따라 외부보다 시간의 흐름이 빨라진 상태겠지요.

몹시 위험한 장소입니다.

"추야 님! 어디 계십니까!"

본 기체는 음압을 최대로 하여 소리쳤습니다. 그러나 그 목소리는 자신의 청각 소자에조차 닿지 않습니다. 정말로 우주 공간에 있는 것과 완전히 똑같습니다. 모래 폭풍 같은 빛이 눈앞을 때때로 달려 나갈 뿐입니다.

그때 기간 시스템 내에서 경고음이 울리고 짧은 경고가 피드 내에 떠올랐습니다.

긴급 스테이터스 812번 발생 확인. 비상시 대응 프로토콜 B 해제를 승인.
임무의 최종 목적을 덮어쓰기하여, 기능 B1에서 B12까지 봉인 해제합니다.

그러자 모든 것이 기억났습니다.

이 상황. 상정되는 향후의 피해. 본 기체가 파견된 진짜 이유.

역시 이곳은 베를렌의 체내입니다. 그자 안의 특이점이 해방되어 가장 가까이 있던 본 기체와 추야 님은 그것에 휩쓸린 것입니다.

추야 님이 위험합니다.

"비상시 대응 프로토콜을 일시 동결. 최상위 명령자인 추야 님을 수색합니다."

본 기체는 공기 분사로 자세를 제어하면서 앞쪽으로 이동하기 시작했습니다.

"지금 구하러 갑니다!"

우주 폭풍의 암흑 속을, 자기 손가락조차 보이지 않는 혼돈을, 본 기체는 나아갑니다.

다자이가 지켜보는 가운데, 마피아의 절망적인 반격이 계속되고 있었다.

열선이, 불꽃이, 섬광이 거수(巨獸)를 감싼다. 후방 부대로 물러나 있던 이능력자들의 공격이다. 거기에 박격포가, 대전차 유탄(榴彈)이, 그레네이드 런처가, 어마어마한 수의 화기 공격이 날아들어 검은 거수를 불꽃으로 둘러싼다.

그러나 공격은 전부 거수 주위에 발생하는 거품 모양 블랙홀에 저지당했다. 물리탄에 의한 공격은 그 블랙홀에 삼켜지거나, 혹은 블랙홀 소멸 시에 쏟아지는 빛에 증발했다.

빙결 이능력자가 냉기를 만들어 낸다. 그러나 거수가 만들어 내는 에너지가 너무 방대하여 열량을 단 한순간 감쇄하는 정도의 효과밖에 없다. 대지 액체화 이능력자가 발밑을 무너뜨리려 하지만 너무나 거대한 발바닥을 아주 약간 가라앉히는 정도의 깊이밖에 액체화하지 못한다.

그 이외의 이능력 공격도 거수의 표면에서 튕겨 나가 잇따라 흩어진다.

"무리야." 공격을 지켜보던 다자이가 멍하니 중얼거렸다. "신의 분노가 내린 소돔의 인간들과 똑같아. 너무나 일방적이야. 싸움조차 되지 않아."

"다자이 님." 무전기를 끌어안은 히로쓰가 다자이에게 달려왔다. "이제 곧 매수한 용병에게서 항공 전력의 지원이 온다고 합니다."

"항공 전력?"

거의 동시에, 동쪽에서 밤하늘의 대기를 두드리는 중저음 세 개가 나란히 들렸다.

그것은 거대한 쇳덩어리였다.

중무장 공대지 공격 헬리콥터. 수송기에서 용도를 바꾼 국지 제압용 공격 헬리콥터도 아니고, 정찰과 공격을 겸하는 정찰 헬리콥터도 아니다. 처음부터 오로지 적을 화력으로 분쇄하기 위해 설계된 하늘의 맹수다.

세 대의 공격 헬리콥터가 일제히 불의 숨결을 뿜어냈다.

공격기는 물량을 아끼지 않았다. 공대지 유도 분진탄 16기를 동시에 발사. 1기로 전차 장갑을 꿰뚫어 분쇄할 수 있는 고위력의 유도탄이 16기. 그것을 세 대의 공격 헬리콥터가 동시에, 합계 48기를 일제히 쏜 것이다.

거수 표면에서 홍련의 열화구가 부풀어 오른다.

검은 마수가 포효한다.

유도 분진탄은 적에게 맞은 순간이 아니라 살상 범위까지 접근한 순간 폭발한다. 이 근접 점화 장치가 블랙홀에 탄두가 빨려 들어가기 전에 공격을 가능케 했다. 마피아라 해도 이만한 위력을 넘어서는 파괴가 가능한 이능력자는 거의 없다.

거수가 초조한 듯이 머리를 흔들었다.

"과연 무시무시한 위력이군요." 히로쓰가 손을 들어 광망에서 눈을 가리며 말했다. "게다가, 저놈은 거체지만 원거리 공격수단이 없습니다. 이 공격을 계속하다 보면 어쩌면……."

다자이가 굳은 표정으로 눈을 가늘게 떴다. "……아니."

포효한 거수가 하늘을 나는 강철 공격기를 노려본다.

주위 일대에 강력한 《죽음》의 기운이 가득 찼다.

"아니."

모두가 그것을 올려다보았다.

밤하늘이 소멸하고 있었다.

달과 별의 빛을 집어삼키고, 거수의 머리 위에 거대한 암흑이 발생했다. 그것이 거수의 눈앞으로 수축하다가 이윽고 구강 내에 들어갈 만한 차량 정도 크기의 검은 구가 되었다. 거기 있는 것은 완전한 허무. 이 세상의 이치를 먹어 치우는 어둠.

포효와 함께 그 어둠이 발사되었다.

최초로 소멸한 것은 대지였다. 띠 형태로 발사된 그 암흑의 숨결은 대지에 바닥이 보이지 않는 구멍을 뚫었다. 거수가 얼굴을 듦과 동시에 깎이는 대지도 전방으로 뻗어 나가 직선상에 깊은 절벽을 대지에 새긴다.

직선상의 암흑이 공격 헬리콥터를 직격했다.

첫 번째 헬리콥터는 검은 격류의 직격을 받아 파괴조차 일으키지 않고 흔적도 없이 빨려 들어 증발했다. 두 번째와 세 번째는 격류가 접근한 단계에서 기체가 조석력에 찢어져 무수한 부품의 파편이 되어 지상에 쏟아졌다.

순식간의 일이었다.

단 한순간, 거수가 검은 숨결을 쏜 것만으로 세 대의 최신 병기가 소멸했다.

"아니……." 히로쓰가 호흡조차 잊은 듯 하늘을 응시하고 있었다. "무엇입니까, 지금 그건……."

대지는 직선상으로 도려내져 바닥이 보이지 않을 정도로 깊은 절벽을 만들어 냈다. 그것도 눈에 보이는 한 아득히, 지평선 너머까지 흔적이 되어 이어지고 있다.

"하하…… 믿을 수가 없군. 블랙홀을 레이저처럼 쐈어." 다자이는 눈을 부릅뜬 채 입만 일그러뜨려 웃고 있었다. "이런 건 이미 이능력이 아냐. 아니, 지구상에서 일어나도 되는 현상이 아니야. 은하계 어딘가나, 태양의 중심이나, 그런 곳에서만 관측되어야 할 물리 현상이야. 생물과 싸우는 기분조차 들지 않는군. 무리야. 이길 수 있을 리가 없어."

거수가 이동을 시작했다.

뒤꿈치를 떼는 데만도 몇 초나 걸리는 둔중한 동작이지만 발의 끝부분은 충격파가 생겨날 정도의 속도다. 너무도 체구가 거대한 탓에 아무리 천천히 움직여도 특급 열차나 다름없는 속도가 나오는 것이다.

그 진행 방향에는 언덕 위에 선 N이 있었다.

N은 죽음의 숨결로 인해 일어난 중력 파괴를 내려다보며

홍소하고 있었다.

"하하하하! 그래, 바로 그거다 베를렌! 자네 말대로야, 자네는 인간이 아니야! 그 이상의 존재, 세계를 먹어 치우는 짐승! 그대로 나아가 그 특이점의 폭위로 도시를, 세계를 평평하게 만들어 버려라! 그리고 힘을 다 쓰고 특이점과 함께 증발해 사라지는 거다! 하하하하하!"

거수가 걷는다. 칠흑의 산이 움직이는 것처럼. 그 눈은 아무것도 보고 있지 않았다. 살아남은 마피아도, 발밑의 N도, 아무것도.

그것이 보고 있는 것은 멀리 눈앞에 빛나는 요코하마 거리의 불빛.

"봤는가, 베를렌! 이것이 자네의 결말이다!" N의 웃음은 괴성이 되고, 최후에는 절규에 가까워졌다. "자네처럼 비할 데 없는 존재가, 나처럼 시시한 인간 때문에 죽는 거다! 하하하하하, 죽어라, 베를렌! 동생의 복수다! 하하하하하하하하하하하하하."

거수가 발을 든다. N은 울면서 웃는 표정으로 소리치고 있었다.

거대한 발바닥이 언덕째로 N을 짓밟았다.

그 거수의 걸음을 조금 떨어진 숲속에서 히로쓰와 다자이가 주시하고 있었다.

"걷기 시작했습니다." 히로쓰가 멍하니 말했다. "저쪽은 시가지—— 요코하마 방향입니다."

"저놈은 증오의 화신이야." 다자이는 책이라도 읽는 것처럼 말했다. "공격, 즉 적의 증오에 반응하지. 지금 공격을 시가지 인간들의 일부가 눈치챘어. 그 기척에 반응해 요코하마로 향할 셈이야."

"그럼, 이대로 나아가면."

"그래. 수백만 명의 인간이 죽어." 다자이는 무전기를 꺼냈다. "지금이 물러날 때인가 보군."

그렇게 말하고 무전기의 주파수를 조정했다. 그리고 말했다. "모리 씨? 도망치는 게 좋아. 괴물이 그쪽으로 향하고 있어."

포트 마피아 본부 빌딩 최상층, 보스 집무실.

모리는 그곳에 앉아 창 너머를 바라보고 있었다.

방은 어둡고, 창으로는 요코하마의 야경이 내다보인다. 그 시선의 아득히 앞쪽, 시가지를 넘어 저편의 하늘이 꼭두서닛 빛으로 옅게 명멸하고 있다. 멀리서 벌어지고 있는 전투와 숲의 화재에 구름이 비치고 있는 것이다.

"여기서도 지금 그 공격이 보였다." 모리는 평온한 목소리로 말했다. "엄청난 일이 벌어진 것 같구나."

〈엄청난 일 정도가 아니야.〉 다자이는 말했다. 〈저건 또 한 마리의 아라하바키야. 아라하바키는 9년 전, 한순간 눈을 뜬 것만으로도 도시를 날려 버리고 거대한 스리바치 가의 크레이터를 만들었어. 만약 도시에서, 그것도 계속해서 저 힘을 해방한다면 요코하마는 바다 밑바닥에 가라앉을 거야. 이제 우리가 나설 자리가 아니야.〉

모리는 그 말에는 표정의 변화를 보이지 않고 그저 조용히 호흡만을 했다. 그리고 말했다.

"다자이 군, 내가 어떻게 보스로서 해 나갈 수 있었는지 아는가?"

〈모리 씨.〉 다자이가 찌르는 듯한 씁쓸함을 담은 목소리로 말했다. 〈그런 말을 하고 있을 때가 아니야.〉

"내게는 거기 있는 자네들 같은 편리한 이능력은 없어. 그 대신 자네들보다 아주 약간 뛰어난 점이 있지. 그건 싸움에 필요한 전력을 추정해 전장에 보내는 직감력이야."

다자이가 아주 잠시 침묵했다. 〈우리 보고 저놈을 쓰러뜨리라고?〉

"자네는 도망치라고 말하지. 하지만 그만한 괴물을 상대로 도망칠 곳이 어디 있다는 겐가?" 모리의 음색에는 진실만을 고하는 평온함이 있었다. "그보다도 나는, 자네들이—— 자네와 추야 군이 이 위기를 어떻게 헤쳐 나가는지가 보고 싶다네. 분명 그것은 새로운 시대의 효시가 되겠지."

〈마음 편한 소리를 하네.〉 다자이는 지긋지긋하다는 목소리로 말했다. 〈하지만 추야는 아마 죽었을 거야. 괴물이 발생할 때 가장 가까이에 있었어. 그리고 통신에도 반응이 없어. 중력으로 방어해서 살아남았다 해도 지금쯤 괴물의 배 속이야. ……내가 무슨 생각을 하고 있는지 말할까?〉

모리는 대답하지 않고 작게 어깨를 으쓱했다. 다자이는 잠시 기다렸다가, 뒷말을 꺼냈다.

〈이건 절호의 기회가 아닐까, 하고 나는 생각해. 저만한 이 능력을 받으면 분명 순식간에 형체도 없이 사라지겠지. 아프지도 괴롭지도 않을 거고, 죽은 뒤의 추함도 없어. 앞으로 좀처럼 생기지 않을 천재일우의 기회야.〉

모리는 그 말에 곧바로 대답하지는 않았다. 입속에서 대답할 말을 굴리며 검토하는 듯한 눈으로 침묵하며 입술을 손가락으로 톡톡 두드렸다.

"자네의 의견은 아마도 옳겠지." 잠시 뜸을 들인 후 모리는 그렇게 말했다. "하지만 자네는 괴물에게 맞설 거야. 그리고 필사적으로 싸울 거다. 나는 알 수 있어."

〈말도 안 돼. 하지만 일단은 이유를 들어 볼까.〉

"몹시 간단한 이치라네." 모리는 미소 짓고 있었다. "지금 자네가 괴물에게 당해서 죽으면, 아무도 추야 군을 구하지 못해서 그도 죽겠지. 즉 자네가 고대하던 죽음은 추야 군과의 동반 자살이라는 형태로 달성되는 거야."

침묵이 족히 10초는 흘렀다.

그리고 다자이는 무전기 너머로 〈흐와아.〉 하고 말했다.

"지금 그 '흐와아'는 뭔가?"

〈아무것도 아냐. 아무튼, 나를 조종하려고 해 봤자 소용없어. 이만 끊을게.〉

그렇게 말하고 무전은 끊어졌다.

모리는 미소를 띤 채 무전기를 쥐고 있었다.

무전을 끊은 모습 그대로, 다자이는 굳어 있었다.

그리고 무전기를 끌어안고 웅크려 땅을 향해 외쳤다.

"그것만큼은 싫어어어어어!!"

추야는 어둠 속을 나아가고 있었다.

시간적으로 나아가고 있는지, 공간적으로 나아가고 있는지조차 확실치 않다. 정말로 이곳이 어떠한 장소인 건지, 사후의 세계 같은 관념적인 암흑인지조차 추야는 알 수 없었다.

하지만 눈앞에 누군가가 보인다.

위아래도 확실하지 않은 어둠이 휘몰아쳐 그 누군가를 감춘다. 하지만 확실히 있다. 공중에 떠 있다. 푸르스름한 어둠의 안개, 그 너머. 기억에 있는 누군가.

깨달았다. 그것은 자신이다.

검푸른 액체 위에 뜬 어린 추야. 잠들어 있다. 머리부터 등뼈에 걸쳐 기억이 있는 수액 튜브와 코드가 무수히 연결되어 있다.

갑자기 옆에서 목소리가 들렸다.

"서둘러라, 폴. 경비가 온다."

추야는 놀라서 목소리가 들린 쪽을 보았다. 그곳에는 기억에 있는 인물이 있었다.

길게 물결치는 검은 머리. 고요한 눈. 잠입수사를 위해 연구자용 백의를 입은 남자. 란도── 아르튀르 랭보. 이쪽을 보고 있다.

"왜 그러지, 폴? 시험 시제품 갑(甲)258번. 이 아이가 틀림없어. 뭘 망설이나?"

"알고 있어."

대답을 한 것은 자신이다. 시야가 유리 원통 쪽으로 돌아간다.

유리 표면에 희미하게 얼굴이 비친다. 검은 모자를 쓴 인물. 젊은 폴 베를렌.

자신의 손이 원통형 유리관에 닿는다. 긴 손가락을 가진 손.

베를렌의 목소리와 함께, 그 손이 주먹 형태가 되더니 원통을 부순다. 검푸른 액체가 밖으로 뿜어져 나온다.

그 손이 어린 추야를 붙잡고 밖으로 끌어냈다.

시간이 뛴다.

그곳은 밤의 골목길이다. 나무토막을 마구 쌓아 놓은 듯한 잡다한 조계지의 건물들을 달빛이 비스듬히 잘라 내고 있다. 랭보가 선두에 서서 골목길을 잔달음질 쳐 빠져나간다.

멀리 어딘가에서 군의 경계경보가 울리고 있다. 침입을 들킨 것이다.

그것으로 추야는 깨달았다. 이것은 기억이다. 9년 전의 기억. 베를렌이 파트너 랭보와 함께 추야를 꺼내 왔을 때의 기억.

하지만, 왜? 왜 이런 기억을 보여 주는 것인가.

추야는 생각해 냈다. 숲의 싸움에서 베를렌이 자신을 밀쳐 낸 직후, 강렬한 무언가에 삼켜지는 듯한 감각이 있었다. 중력과도 다른 검은 무언가. 그것 탓일까.

집중하자 머리가 아팠다. 자신보다 커다란 것이 자신을 뒤덮어 버리려 하는 와중에 확고한 자신의 정신을 계속 유지하는 것은 어렵다.

하지만 해야 한다. 지금 이 기억을 보고 있는 데는 분명 뭔가 의미가 있다.

앞에서 가는 랭보가 빠른 걸음으로 걸으며 말했다.

"탈출용 잠수정까지 앞으로 5킬로미터다. 그때까지 추격자를 떼어 내야 해. 안 그러면 프랑스까지 헤엄쳐서 돌아가게 된다."

말하면서도 랭보는 주위 경계를 게을리하지 않았다. 거기에는 숙련된 첩보원만이 가지는 집중력이 엿보였다.

그 등이 멀어지기 시작했다. 베를렌이 걸음을 늦춘 것이다.

베를렌은 빠른 걸음에서 느린 걸음이 되더니 이윽고 멈춰 섰다.

"왜 그러지, 폴?" 랭보가 뒤돌아본다. "서두르게. 군의 추격자가 바로 근처까지 와 있어."

대답이 없다.

어린 추야를 어깨에 둘러메고 있는 것은 베를렌 쪽인 듯하다. 중력 조작으로 추야를 가볍게 할 수 있기 때문에 그렇게 역할 분담을 했으리라.

"이 아이는 프랑스에 넘기지 않겠다."

베를렌의 목소리가 확고하게 단언했다.

"뭐라고?" 랭보의 표정에 의문이 떠오른다.

"누구에게도 넘기지 않겠다. 연구 시설에도 돌려보내지 않겠다. 이 아이는 어딘가 느긋한 시골 마을에서, 자기 정체를 모르게 몰래 키우겠다."

랭보는 상황이 이해가 되지 않는다는 표정으로 몇 번인가 눈을 깜빡였다. 그리고 걸어서 베를렌 쪽으로 돌아오려 했다.

"그 이상 다가오지 마라."

베를렌의 날카로운 목소리가 그를 제지했다.

"무슨 소린가?" 랭보의 얼굴에는 당혹감이 번졌다. "이 아이는 국가가 관리하고 교육해야 해. 자네와 마찬가지로."

"그 부분이 문제야." 베를렌의 목소리에는 긴장감과 적의가 담겨 있었다. "랭보, 한 번이라도 좋으니 상상해 보게. 인간이 아니라고 선고당하는 것이 얼마나 깊은 영향을 미칠지. 신에게 사랑받으며 태어난 것이 아니라 누군가가 생각해 낸 문자식에 지나지 않는다는 사실을 들이미는 것이 얼마나 마음을 깊은 곳으로 밀어 떨어뜨릴지. 그곳은 달이 보이지 않는 새카만 골짜기 밑바닥이다. 희망도 없어. 구원도 없어. 아는가? 이 절망의 감정조차도 누군가가 설계한 것에 지나지 않는다고!"

"그 이야기는 몇 번이나 했을 텐데, 폴." 랭보가 한 걸음 앞으로 나온다. "자네는 인간이야. 누가 어떻게 보더라도. 어떤 과정을 거쳐 태어났는가는 지금의 자네가 이렇게 존재하고 사고하는 사실에 비하면 극히 사소한 문제에 지나지 않아."

"그래, 그렇겠지." 베를렌은 쓸쓸함이 배인 목소리로 수긍했다. "'자네는 인간이야' —— 몇 번이나 들었던 말이다. 이 세상에서 제일 싫어하는 말이었지."

"폴……."

"다가오지 말라고 말했을 텐데." 걸어서 다가오려 하는 랭보를 베를렌은 날카로운 목소리로 제지했다. "네가 머릿속에서 무슨 핑계를 꾸며 내든, 내가 인간이 아니라는 사실은 변하지 않아! 그런데, 내 피상적인 모습만 아는 놈이 '인간과 반응이 똑같으니까 안심해'라고 한다고? 차라리 개구리와 똑같다는 말을 듣는 게 안심이 되겠어!"

랭보는 얼굴을 찌푸리고 고개를 저었다.

"미안하다." 그렇게 말하고 랭보는 등을 돌렸다. "아무튼, 우리 나라로 돌아가자. 그 이야기는 그런 다음에 하면 돼."

다시 걷기 시작한다.

베를렌은 그 등을 쳐다보았다.

"아니, 그랬다간 늦어." 누구에게도 들리지 않을 만큼 작은 목소리로 베를렌은 중얼거렸다.

"나라로 돌아가면 곧장 조직의 동료들이 밀어닥쳐 나를 구속하겠지. 마음대로 행동할 수 있는 건 적지에 있는 지금뿐이다."

그렇게 말하고 권총을 겨누었다.

아무 색다른 점도 없는 자동권총이다. 그러나 추야는 곧바로 깨달았다. 중력으로 발사 속도와 탄두 중량을 조작할 수 있는 베를렌에게 권총은 대포나 마찬가지다. 어떤 이능력자든 꿰뚫을 수 있다. 특급 이능력 첩보원 랭보라 해도.

총구가 랭보의 등을 조준한다.

"쏠 수 있나, 폴." 랭보는 등을 보인 채 말했다. "자네를 구출하고, 인간으로서의 삶을 준 것은 나다."

"미안하다, 랭보." 입속에서 녹아 사라질 듯한 작은 속삭임이었지만 거기에는 진실한 비통함이 있었다. "하지만 나는 나 자신을 구하고 싶다. 또 한 명의 나 자신을."

그리고 방아쇠를 당겼다.

결별의 총알은 음속을 아득히 넘는 속도로 랭보의 등에 빨려 들어갔다.

착탄하기 직전, 랭보는 민첩하게 돌아보며 그의 이능력을 발동시켰다. 심홍색 입방체가 방패가 되어 출현한다. 그러나 총알은 중력으로 공간을 일그러뜨리고 입방체를 관통. 랭보가 방어하기 위해 들고 있던 손의 엄지 아래에 맞아 다시 관통. 그 뒤에 펼쳐져 있던 아공간 입방체에 박혀 겨우 멈추었다.

방어한 랭보의 얼굴에 분노는 없었다.

"그것이 자네의 결단이군, 폴."

그저 조용하고 건조한, 황야 같은 눈동자로 친우이자 파트너였던 남자를 마주 보고 있었다.

"신세를 졌다." 베를렌은 조용한 목소리로 말했다. "하지만 이제 너도 깨달았겠지. 태어나서는 안 될 남자를 태어나게 해 버린 과오를."

중력이 피어나는 꽃잎처럼 주위에 퍼져 공간을 일그러뜨린다.

"과오 따위가 아니다. 폴, 반드시 자네를 데리고 돌아가겠다. 손발을 끊어 내서라도."

그에 응하듯 랭보의 아공간 입방체가 골목길을 뒤덮으며 전개된다.

싸움이 시작되기 직전의 공기가 하늘과 대지를 태운다. 평범한 싸움이 아니다. 천 명의 병사에 상당하는 힘을 가진 초월자 두 명이 서로 영혼을 깎아 내는 사투다.

병기 급의 힘과 힘이 격돌한다──.

"추야 님! 눈을 뜨십시오!"

갑자기 의식이 과거에서 빠져나왔다.

순식간에 암흑이 밀려들었다. 추야는 떠 있었다. 정체를 알 수 없는 암흑의 격류 속에. 어느 쪽이 위인지도 알 수 없다. 공간 아닌 공간이 지배하는 어둠의 격류.

귓가에서 무시무시한 소리를 내며 어둠이 달려 나간다. 때때로 무지갯빛 금속 가루가 믿을 수 없는 속도로 눈앞을 가로지른다.

어깨에 강한 감촉을 느끼고 그쪽을 보자 아담의 손이 어깨를 붙잡고 있었다. 격렬한 어둠의 흐름에 휩쓸려가려는 것을 한 손의 악력으로 간신히 억누르고 있다.

바로 옆에 있을 텐데도 아담의 모습은 소용돌이치는 어둠 너머로 흐릿했다. 마치 몇 킬로미터나 떨어져 있는 것처럼.

아담은 자신의 귀 뒤를 눌러 반원형 기기를 꺼냈다. 그것을 추야의 귀에 걸었다.

그 기기에서 아담의 목소리가 들렸다. 일종의 리시버 같은 물건인 듯하다.

"이제 눈을 뜨지 않으시는 줄 알았습니다."

"……여기는?"

추야는 주위를 둘러보며 말했다. 온통 어둠의 격류. 공간 감각이 이상해질 것 같은, 터무니없이 넓은 공간이라는 것밖에 알 수 없었다.

리시버에는 집음 기능도 있는지 추야의 질문에 아담이 리시버 너머로 대답했다.

"베를렌의 내부로 추측됩니다." 아담의 목소리에는 노이즈가 섞여 있었다. "베를렌의 특이점이 완전히 해방되어 특이점 생명체 《마수 기블》이 되어 현현했습니다. 그때 우리는 해방에 휩쓸려 안쪽으로 삼켜지고 만 겁니다."

"아아." 추야는 굳은 표정으로 말했다. "여기는 베를렌 안인가. 그런 것 같았어."

귓가에서 무언가가 웅웅 하고 어마어마한 소리를 내며 흘러간다. 하지만 그것이 물질인지, 바람인지, 시간이나 공간 그 자체의 탁류인지 구별조차 되지 않는다. 여기서 이러고 있는 시간의 1분이 밖에서는 1개월인 듯이 느껴지기도 하고 찰나인 듯이 느껴지기도 한다. 거리도 방향도, 개념조차도 존재하지 않는 공간. 그저 밀려드는 압도적인 에너지의 파동에 기절하지 않도록 버티는 수밖에 없다.

"여기서는 일반적인 기하공간의 상식이 통용되지 않습니다. 블랙홀의 내부처럼 시간의 격류가 소용돌이치고 있어서 지점에 따라 시간의 흐름이 다릅니다. 만약 우리가 떨어지면 다시는 재회할 수 없겠지요. 이것을 사용하십시오."

아담은 후두부와 목 사이의 접속부에 손을 대고 거기서 흰 끈 같은 것을 당겨 꺼냈다. 추야의 허리에서부터 등을 경유해 어깨, 목에 단단히 감는다.

그 금속 끈은 소용돌이치는 암흑 속에서도 청정하고 안정된 빛을 발하고 있었다.

"이건?"

"타임프루프 케이블이라 불리는 긴급 뉴런입니다." 아담은 미소 지으며 말했다. "끈처럼 보이지만 내부에 무수한 접속성 진공 캡슐이 들어찬, 이른바 대롱 같은 구조를 하고 있습니다. 그 속에 보즈 입자의 일종인 글루온이 양자 터널 효과를 일으키면서 광속으로 돌고 있습니다. 일반적으로 물질은 광속에 가까워질수록 시간의 흐름이 느려지기 때문에 글루온이 흐르는 그 케이블 내부에는 시간이 거의 흐르고 있지 않습니다. 그것은 외부의 시공 상황에 관계없이 불변이므로, 말하자면 시공간 절연체로서 기능하는 겁니다."

아담이 설명하는 동안에도 어마어마한 암흑 공간이 귓가에서 터지고, 스쳐 간다. 그러나 그 끈으로 몸을 고정하자 시공간 실인증 같은 불쾌감이 다소 누그러진 기분이 들었다.

"요컨대, 이런 터무니없는 상황에서도 끊어지지 않는 튼튼한 줄이라고 생각해 주십시오."

"어, 논리는 잘 모르겠지만." 추야는 미간을 좁혔다. "그 터무니없는 상황에 대응하는 줄이 왜 네 등에서 쑥쑥 나오는 건데?"

"그건, 본 기체는 처음부터 이런 상황을 상정하고 설계되었기 때문입니다."

추야의 표정이 굳어졌다. "뭐라고?"

"바로 조금 전에 생각났습니다." 아담의 눈은 진지했다. "왜냐하면 이 상황을 인식할 때까지는 지식에 프로텍트가 걸려 있었기 때문입니다. 이 케이블도 그 지식 중 하나입니다. 베를렌 안에 있는 특이점의 폭주. 그 최악의 사태를 예견한 유럽 당국은 대책이 가능한 본 기체를 파견한 것입니다. 하지만 시간은 별로 없습니다. 요코하마가 세계 최대의 크레이터가 되기 전에 본 기체의 기밀 임무, 「최종 프로토콜」을 실행합니다. 협력해 주시겠습니까?"

추야는 잠시 동안 아담을 쳐다보다가, 이윽고 씨익 웃었다.

"안 할 이유가 없지."라고 추야는 말했다. "하지만, 구체적으로 어떻게 막지?"

"본 기체에 내장된 이 이능력 병기를 사용합니다." 아담은 가슴의 격납 베이를 열고 그 안을 보여 주었다.

그곳에는 기묘하게 고풍스러운 영사기가 들어 있었다. 충격 흡수용 수지, 회로선, 그리고 기묘한 문구가 적힌 양피지가 연결되어 있다.

"대전 말기, 영국에서 개발된 것입니다. 본 기체의 동력원이기도 하지만, 본래 용도는 열량에 의한 광역파괴 병기입니다." 아담이 씨익 웃었다. "이것을 사용해서 《마수 기블》을 통째로 소각합니다."

"허." 추야는 눈을 동그랗게 떴다. "소각? 통째로?"

"네. 프로토콜을 간단히 설명하겠습니다."

아담은 그렇게 말하고, 남은 오른팔을 어깻죽지에서 떼어 냈다.

"먼저, 이 팔을 조금 전의 타임프루프 케이블의 단자에 연결해 주십시오. 본 기체는 한 팔밖에 없어서 스스로 연결할 수 없으니까요."

"이렇게?"

추야는 팔을 받아들고 손목의 단자에 케이블을 꽂았다.

"확실하게 고정해 주십시오. ……다음으로, 그 케이블을 잡고 이능력으로 중력을 부여해, 팔을 최대한 멀리 날려 주십시오."

"어디까지 날려?"

"이 영역 밖까지."

추야는 날카로운 얼굴로 침묵했다. 아담의 얼굴을 보고, 암흑영역을 보고, 그리고 말했다. "진심이냐?"

"네."

"이게 어디까지 이어져 있는지도 모른다고. 게다가 이런 격류에. 똑바로 날아간다는 보장도 없어. 일반적으로 생각하면 내 이능력보다 베를렌의 중력장이 더 강해."

"그래도 해 주셔야 합니다." 아담은 고개를 저었다. "괜찮습니다. 추야 님이라면 할 수 있습니다."

"계산기한테 근거 없는 격려를 받아도 말이지." 추야는 쓴 웃음을 짓고, 그리고 진지한 눈을 했다. "이거 길이는 괜찮아?"

"충분할 겁니다." 아담이 꺼낸 케이블 다발을 들어 보였다.

"좋아. 보고 있어."

추야는 눈을 감고 숨을 골랐다. 그리고 한 손으로 아담의 팔을 들고, 다른 한쪽 손으로 빛나는 줄을 들고 앞쪽의 허공을 노려보았다.

횡방향의 중력을 팔에 건다. 팔에 쏘아져 나가려 하는 힘이 강해져 그것을 억누르는 추야의 손가락 관절이 하얗게 된다. 한계까지 중력을 걸고 손을 놓는다.

혜성처럼 팔이 발사되었다. 암흑의 격류에 삼켜져 팔은 즉시 사라졌다.

추야는 기세 좋게 풀려나가는 케이블을 붙잡고 거기에 이능력의 힘을 쏟아부었다. 「닿은 물체의 중력 방향과 세기를 조종하는」 추야의 능력덕에 줄과 거기에 연결된 팔이 계속 가속한다.

케이블 다발이 급속히 풀려나가 줄어든다.

"좀 더!"

추야의 얼굴에 땀이 맺힌다. 빛조차 삼켜 버리는 암흑의 중력공간을 자신의 힘만으로 관통해야 하는 것이다. 이능력의 힘만으로 우주까지 날아가려는 거나 마찬가지다.

"우오오오!"

추야의 전신에서 땀이 솟는다. 구슬 같은 땀방울은 암흑의 맹풍에 날아가 곧장 어디인지 모를 곳으로 사라졌다.

추야의 의식이 희미해지고, 케이블 다발이 다 떨어져 갈 때
——.

문득 케이블 끝에서 저항감이 사라졌다.

그곳은 거수의 등과 허리의 경계 부근이었다.

거수와 비교하면 바늘 끝처럼 작은 아담의 팔이 거기서 튀어나왔다.

연결된 빛나는 케이블이 유성의 꼬리처럼 뒤를 잇는다.

팔은 밤하늘을 헤엄쳐 포물선을 그리며 거수의 진행 방향과 반대쪽으로 낙하했다. 그리고 나무들이 늘어선 대지에 박혔다.

착지와 동시에 아담의 팔에서 작살 같은 돌기 네 개가 부채꼴로 튀어 나왔다. 그것이 대지에 파고들어 팔을 고정했다.

튼튼한 케이블이 팽팽하게 펴지고── 반대쪽에 연결되어 있는 추야를 끌어당겼다.

"우옷!"

갑자기 케이블에 당겨져 추야는 놀란 목소리를 냈다.

추야는 끝까지 펴진 케이블에 당겨져, 윈치가 끌어당기는 차처럼 전방으로 맹렬한 속도로 끌려 나갔다.

거수가 팔과 반대 방향으로 걷고 있기 때문에 지면에 고정된 닻 역할을 하고 있는 아담의 팔이 추야를 바깥으로 끌어내려 하고 있는 것이다.

"과연, 이렇게 해서 일단 밖으로 나가는 건가." 추야는 납득했다는 듯 미소 지었다. "그래서? 둘이서 밖으로 나간 다음에, 어떻게 하──."

뒤돌아본 추야는 거기서 기묘한 것을 보았다.

쓸쓸한 듯이 미소 짓는 아담.

아담이 자신과 추야의 케이블을 끊었다.

"……엉?"

추야는 반사적으로 손을 뻗었다. 그러나 맹렬한 암흑시간에 날려가 눈 깜짝할 사이에 아담이 보이지 않게 됐다.

온몸이 케이블에 칭칭 감긴 추야는 여전히 무시무시한 속도로 밖으로 계속 당겨진다.

"야, 아담! 뭐 하는 거야! 떨어지면 다시는 재회할 수 없다고──."

〈이걸로 된 겁니다.〉

귀에 건 리시버에서 아담의 쓸쓸한 듯한 목소리가 들렸다.

〈이 병기의 개발명은 「껍질」. 설정 소각 반경은 22야드. 내부온도는 섭씨로 환산해 6000도. 태양의 표면온도에 필적하는 초고열이 본 기체를 중심으로 발생하여 특이점 생명체까지 한꺼번에 분자 수준으로 플라즈마화합니다. 그 뒤에는 흰 연기밖에 남지 않습니다.〉

"너를 중심으로, 라고?" 추야의 표정에 서늘한 이해의 빛이 스쳤다. "야, 너, 설마──."

〈인간이 아니라 기계 수사관이 파견된 진짜 이유가 이것입니다.〉 아담의 목소리는 다정하고, 약했다. 〈비밀을 아는 본 기체의 코어까지 함께 베를렌을 소각하여 국가 기밀을 소거하는 것입니다.〉

"관둬!" 거꾸로 소용돌이치는 격류 속에서 추야는 통화기를 향해 외쳤다. "바보냐 너! 다른 방법이 있을 거 아냐!"

〈있을지도 모릅니다. 하지만 이 방법이 아니면 추야 님의 목숨과 임무를 동시에 지킬 수 없습니다.〉

"임무 따위 알 게 뭐야!" 추야는 강렬한 힘에 끌려가면서 소리쳤다. "그래, 꿈은 어쩔 건데! 기계만으로 된 형사기구를 만드는 게 꿈 아니었냐고!"

그에 대한 대답 전에는 2초의 침묵이 있었다.

〈본 기체의 꿈은 인간을 지키는 것입니다.〉그 목소리는 시원시원하고, 아이를 지키는 부모처럼 다정했다. 〈그리고 그 꿈은 지금 이루어지려 하고 있습니다.〉

그 순간, 추야의 몸이 암흑 공간을 빠져나왔다.

강력한 중력장이 지배하는 표피 공간도 순식간에 통과해 지면에 내동댕이쳐진다. 추야는 낙법을 하면서 흙과 돌투성이가 되어 굴렀다.

〈당신을 지킬 수 있는 겁니다. 본 기체는 그걸로 만족합니다.〉

만족스러운 목소리가 리시버에서 들리다가 치직거리더니 사라졌다.

"기다려!"

거대한 열구(熱球).

그것은 천공까지 닿을 듯한 홍련의 빛구슬이었다.

먼저 막 형태의 불꽃이 거수를 감쌌다. 발밑의 지면에서 거수의 머리 근처까지를 비눗방울 같은 열구의 껍질이 뒤덮고, 안쪽을 향해 압축되었다.

모든 것이 융해되었다. 휩쓸린 나무들이 불타올랐다가 곧바로 탄화하고 다시 흰 연기가 되었다. 대지마저도 끓어오르는 진흙이 되어 흐르다 증발했다.

열구 껍질 안쪽은 초열지옥으로 변했음에도 불구하고 그 바깥쪽은 놀랄 정도로 조용했다. 구 껍질 바로 바깥의 나무들은 사늘하게 살랑거리고, 시뻘건 빛 외에는 아무것도 밖으로 새어 나오지 않는다.

열 껍질이 축소되며 마수를 불태워 간다. 마수가 고통스러운 포효를 질렀지만 그 공기조차도 열분해되어 바깥으로는 소리 하나 새어 나오지 않았다.

그것은 영국의 이능력 기술자가 개발한 특이점 병기였다. 설정된 소각 반경 안의 것만을 태워 없애는, 통칭 '소멸 병기'. 어느 이능력자가 가진 시간 여행 능력을 토대로 의도적인 특이점을 생성시키는 병기. 너무도 압도적인 그 열 출력과 최대 수십 킬로미터까지 설정 가능한 넓은 반경으로, 전쟁이 만들어 낸 《3대 재앙》 중 하나로 꼽히며 공적으로는 사용이 금지되어 있는 병기다.

추야는 주저앉아 그저 말없이 눈앞의 광경을 바라보고 있었다.

추야를 바깥까지 운반한 타임프루프 케이블이 고열을 견디지 못하고 타서 끊어졌다. 그것은 원래는 열구 껍질 병기를 원격으로 기동시키기 위해 사용될 계획이었다. 시간과 열량의 양자적 불확정성을 이용한 열구 껍질 병기는 주위에 시간의 동요를 일으킨다. 그래서 타임프루프 케이블을 사용할 필요가 있었다. 그러나 그것도 열구 껍질이 기동했을 때의 초고열에는 견디지 못한다. 외부 도장이 용해되고 내부의 밀폐성이 깨져서 입자가 흩어져 효과를 잃고 증발했다.

추야 앞에 남은 것은 아담의 팔과 도중에 타서 끊어진 케이블의 끝부분뿐.

추야는 그저 말없이 호흡하고 있었다.

이윽고 모든 것이 끝났다. 열구 껍질은 태울 것을 모두 잃고 역할을 마쳐 연기가 되어 사라졌다. 뒤에 남은 것은 정확하게 원형으로 깎여 녹은 대지와, 연소 범위 바깥쪽에 있었기 때문에 타지 않고 남은 나무들, 그리고 똑같이 범위 밖에 있었기 때문에 타다 남은 마수 기블의 검은 꼬리뿐이었다.

그것 말고는 아무것도 없었다. 아담이었던 것의 조각조차도.

"뭐야, 살아 있었나. 추야."

밉살스러운 목소리가 들려 돌아보자 나무들 사이에서 다자이가 걸어오고 있었다.

다자이가 무언가를 던졌다. 부딪치기 전에 추야는 그것을 받아 냈다.

베를렌의 검은 모자.

「문」을 개방한 직후에 베를렌이 날려 버려 어딘가로 사라졌던 모자다.

"다자이." 추야는 조용하고 날카로운 표정을 다자이에게 향했다. "지금은 너와 말다툼할 기분이 아냐."

"N의 사체가 발견되었어." 다자이는 상대의 말을 신경 쓰는 기색도 없이 말했다. "찌부러져 있었어. 이제 추야가 인간인지 아닌지 아는 인물은 모두 사라져 버린 거야. ······분한가?"

"글쎄. 나는……." 추야는 폭심지의 흔적을 응시한 채로 말했다. 말을 이으려고 입을 열었다가, 뭔가를 깨달은 듯이 다자이를 돌아보았다. "잠깐. 네 성격에, 어차피 N이 없어도 내가 인간인지 아닌지 판별하는 방법을 이미 찾아 놨겠지?"

"들켰나." 다자이는 주눅 들지도 않고 웃었다. "연구소에서 N의 부하였던 인간을 몇 명인가 붙잡았지. 그들은 진상까지는 몰라도 추야 안의 지시식을 읽는 방법 정도는 알아. 간단한 강의를 받는데, 뭐, 며칠쯤 추야를 분석하면 판별할 수 있을 것 같았어."

"너 같은 놈에게 내 속을 엿보게 둘 것 같냐."

"어어? 에이, 보여 줘, 재미있을 것 같잖아. 다른 아무한테도 안 보여 줄 테니까!" 다자이는 진의가 읽히지 않는 어두운 웃음을 지었다. "판별 방법도 들었어. 만약 추야가 인간이라면 연구기관에 거두어질 때까지의 기억, 즉 부모님과 보냈던 유소년기의 기억을 소거한 로그가 남아있을 거야. 그걸로 판별할 수 있어. 응? 괜찮지?"

"'너한테만 머릿속을 보여 준다'는 상황이 피를 토할 정도로 싫다고! 애초에——."

거기까지 말했을 때, 이변이 일어났다.

대지가 몸을 떨었다. 크게 한 번, 그리고 무언가에 겁먹은 듯이 작게 단속적으로.

추야가 태세를 갖추기 위해 움직이기도 전에, 그것이 일어났다.

머릿속에서 폭탄이 터진 듯한 두통이다.

"크억?!"

추야는 머리에 손을 댔다. 다치지는 않았다. 이 두통은 물리적인 외상 때문이 아니다. 무언가가 흘러들어 오고 있는 것이다. 눈에 보이지 않는 무언가.

「밉다.」

라고 누군가가 말했다.

그것은 소리가 아니었다. 언어조차 아니었다. 더욱 원초적인, 거무칙칙한 감정 그 자체.

「밉다, 밉다, 밉다, 밉다, 밉다, 밉다, 밉다, 밉다, 밉다, 밉다, 밉다, 모든 것이 밉다.」

그 감정의 파도에 맞춰 두통이 주기적으로 부풀어 올라 두개골 속을 헤집는다.

"왜 그래, 추야."

추야는 다자이를 보았다. 그 표정으로 이 목소리가 자신에게밖에 들리지 않는다는 것을 깨달았다.

이것은, 그놈의 목소리다.

그놈은 죽지 않았다.

그 직후, 지면이 기울었다.

추야와 다자이는 땅을 붙잡고 버텼다. 주위를 둘러보았지만 지면이 움직이거나 파괴되어 기울어진 기색은 없었다. 그러나 나무들은 기울어져 있다. 작은 돌이 굴러간다. 어느 한 점을 향해.

그 중심에는 거수의 잔해인 검은 꼬리가 있었다.

검은 꼬리는 부글거리고 있었다. 암흑의 입자가 거기에서 생겨나, 진흙이 끓는 듯한 소리와 함께 주위에 중력자를 흩 뿌리고 있다. 고동치듯 압축되고 꿈틀거리며 형태를 바꾸어 간다.

추야는 깨달았다. 지면이 기울어진 것이 아니다. 저 꼬리를 중심으로 인력이 발생하고 있는 것이다. 통상의 지구 중력과 맞물려, 지면이 기울어진 것처럼 느껴질 정도로, 중력의 아래 방향이 어긋난 것처럼 느껴질 정도로.

"말도 안 돼."

거수는 아담이 소각하여 소멸시켰다. 전장의 역사를 바꿀 정도의 고열 병기로. 그랬을 터이다.

그러나 눈앞의 꼬리는 꿈틀거리며 검은 덩어리가 되어 무언가의 형태를 취하려 하고 있었다.

"그렇게 된 건가."

다자이가 매서운 얼굴로 검은 덩어리를 노려보며 말했다.

지면에 균열이 갔다. 검은 덩어리 안에서 무언가가 얼굴을 내밀었다. 파충류의 얼굴 같은 무언가.

"위험해!"

추야가 중력 조작으로 옆으로 뛰어 다자이를 붙들고 숲 방향으로 굴렀다.

그 공간을 어둠이 후려쳤다.

무언가에게서 방출된 검은 격류. 그것은 공격이라기보다는 지구상에 갑자기 출현한 한 줄기의 우주공간이었다.

대지가 순식간에 양단되었다.

검은 빛이 순식간에 대지를 관통해 아득히 멀리 있는 건물들에까지 도달했다. 거리의 불빛 몇 개인가가 경련하듯이 깜빡이다가 이윽고 꺼졌다.

"아니……."

추야와 다자이가 말을 잃었다.

시가지에서 먼 방향이었다. 그것이 행운으로 작용했지만, 만약 저것이 요코하마 중심부에 직격했다면 지금 그 한순간에 수천 명이 죽었으리라.

"지금 그건…… 중력자 방사인가?" 다자이가 굳은 얼굴을 했다. "말도 안 돼. 도달 거리가 아까보다 더 길어."

괴물이, 모습을 드러내려 하고 있었다.

어깨가 나타나고 가슴이 생겨났다. 머리는 조금 전의 《마수기블》과 비슷한 짐승 형태였지만 눈의 수가 다르다. 형형히 빛나는 붉은 눈동자 두 개가 인간과 거의 같은 위치에 달려 있다.

두꺼운 양팔, 거대한 동체. 검은 덩어리에서 서서히 모습을 드러내고, 드러내면서 맥동하고, 맥동하면서 체구가 거대화되어 간다.

"저놈을 보지 마, 추야." 다자이가 속삭이듯이 말했다. "저놈은 인간의 감정에 반응한다. 저놈을 의식하지 마라. 다른 장소를 봐."

추야는 시선을 천천히 지면으로 옮겼다.

지면을 비추는 달빛이 거체에게 가려지기 시작했다. 처음에는 일부가, 이윽고 보이는 범위의 대지 전부가.

"저 거수는 불꽃으로는 태울 수 없어." 다자이는 지면을 본채 말했다. "아무리 거대한 이능력 병기의 불꽃이라 해도. 애초에 거대한 짐승으로 보이는 저것은 물질이 아니야. 특이점이 축적된 무한의 에너지가 한 공간에 응축되어 있을 뿐이다. 놈에게는 내장도 없고, 급소도 없어. 특이점의 무한 에너지가 다 소비될 때까지 계속 움직일 거야."

"다 소비될 때까지라니…… 언제까진데?"

"일주일일지, 일 년일지." 다자이가 굳은 미소를 지으며 추야를 보았다. "어쩌면 지구가 끝날 때까지 영원히 움직일지도. 아무튼 무한의 에너지니까."

거수가 이동하기 시작했다.

한 발을 내딛는 진동이 전신을 흔들어 추야와 다자이가 얼굴을 들었다.

조금 전보다 더욱 거대화한 그것은 이미 생물의 범위를 완전히 벗어나 있었다.

집채마저 한입에 삼킬 수 있을 듯한 구강. 번쩍이는 한 쌍의 눈. 불룩 솟은 어깨. 거대한 공룡형의 동체에서는 움직이는 것만으로도 에너지의 여파에 의한 여기(勵起) 낙뢰가 발생하고 있었다. 거대한 발의 발톱이 대지를 도려내고 한 발 내딛는 것만으로도 나무들을 후려쳐 쓰러뜨리며 대지를 침하시킨다.

인간의 상상력마저 넘어서는 그 이형의 모습이 《마수 기블》의 진정한 형상이었다.

"어쩌면 아까 그 열구의 특이점 에너지를 흡수한 건지도 몰라." 다자이는 망연히 중얼거렸다. "유럽의 높으신 분들도, 두 개의 특이점 병기끼리 부딪치면 어떻게 되는지 같은 실험은 아무래도 한 적이 없었을 테니 말이야."

추야가 마수의 진행 방향으로 눈길을 주었다. "빌어먹을. 저놈이 또 도시로 향하고 있어."

"도시에서도 슬슬 처것이 보일 무렵일 테니까. 시선에 반응해서 걸어가는 거다. 저놈을 보는 인간이 사라질 때까지 파괴를 멈추는 일은 없어."

추야는 다자이의 멱살을 쥐었다. "그럼 왜 그렇게 멍하니 있어! 요코하마가 멸망하면 포트 마피아도 사라진다고!"

"그럼 어떡할 건가? 이쪽도 거대화해서 저놈과 주먹다짐이라도 할 텐가?" 다자이는 차가운 시선으로 추야를 마주 보았다. "불가능해. 보면 모르나? 특이점이라는 건 말이지, 이 세상의 구멍, 「있어서는 안 될 것」이 구현화된 모습이야. 인간 따위가 어찌할 수 있는 상대가 아니야."

"그건 아니지."

추야는 그렇게 말하고 몇 초 동안 강한 눈동자로 다자이를 마주보았다. 그리고 붙들고 있던 손을 놓고 힘주어 말했다.

"저놈을 어떻게 할 수 있는 방법은 있어. 있을 거다."

다자이는 힘을 빼고, 쓰러지듯이 땅에 주저앉았다. "하하하, 재미있군. 근거는?"

"베를렌이야. 그 녀석 안에 있을 때 기억을 봤어."

"기억?"

"나를 시설에서 훔쳐 내 탈주하던 때의 기억이야. 그 녀석은 나를 둘러싸고 랭보와 대립했어. 그리고 전투가 벌어졌지. 그 바로 뒤에 녀석은 아라하바키와 싸웠을 거다. 그리고 살아남았어."

다자이의 눈이 가늘어진다. "과연, 그런 건가."

"그래. 아라하바키를—— 특이점 생명체를 물리치는 방법은 존재해. 녀석은 그걸 가르쳐 주기 위해 나에게 그 기억을 보여 줬어."

"자세히 이야기해 봐." 다자이가 씨익 웃었다.

밤이 깊어지고 있었다. 파멸의 발소리도 도시에 다가가고 있었다.

교외에 있는 고속도로 출입구가 마수 기블의 발바닥에 찌부러졌다. 도로를 받치는 교량과 행선지를 나타내는 표지판과 중앙분리대가 순식간에 압축되었다. 너무도 순식간이라 거의 소리도 나지 않았다.

드문드문한 통행 차량들이 그것을 목격하고 차선을 무시하고 차를 돌려 도망쳤다. 마수는 그들을 향해 중력선을 뿜었다. 차량은 흔적도 없이 소멸했다. 주위의 지형까지 한꺼번에.

추야와 다자이는 그렇게 접근해 오는 마수 기블을 응시하고 있었다.

두 사람이 서 있는 곳은 구(球) 형태의 대형 가스 저장 탱크 위였다.

도시가스를 담아 두기 위해 교외에 설치된 구 형태의 저장 탱크다. 꼭대기에 있는 작업대는 주위의 고층 빌딩보다 높다. 멀리서 걷는 마수의 얼굴이 거의 수평으로 같은 고도로 보인다.

"요코하마 중심부가 쑥대밭이 되기까지 앞으로 30분 정도일까." 다자이가 멍하니 마수를 쳐다보면서 말했다.

"그걸 우리가 볼 일은 없어." 추야가 모자를 손에 든 채 말했다. "그 무렵에는 저놈이 날아갔거나, 우리가 죽었을 거다."

"우와 절대 싫어. 추야와 동반 자살이라니 최악이야. 이번 만큼은 제대로 해야지."

"그거 좋군. 나도 죽을 마음은 없어. 너보다 먼저 간부가 돼서 너를 마구 부려먹어야 하니까."

"흐응, 자신감이 대단하군. 그 보석 장사? 순조롭다던데."

"넌 못 따라와. 우리 보석 유통경로는 운반책도 장물상도 감정사도 요코하마 최고니까."

"아아, 알고 있어. 추야가 이어받기 전에는 그거 내가 담당했거든."

"어엉?!" 추야는 놀란 얼굴로 다자이를 보았다. "그럼 그 유통을 설계한 초대 담당자가 네놈이었냐!"

"그런 것보다, 슬슬 놈이 작전 거리까지 온다."

다자이가 턱으로 앞쪽을 가리켰다.

마수 기블의 발소리가 다가온다. 붉은 눈동자가 추야와 다자이를 노려본다.

추야는 마수를 잠시 동안 바라본 뒤, 위를 향해 외쳤다.

"다자이한테 이어받은 거였냐고!"

"그 얘긴 이제 그만."

거수가 가로수를 짓밟고 송전선을 잡아 뜯는다. 간판과 방치된 자동차가 중력 이상으로 떠올랐다가 공중에서 짓눌려 아주 작은 먼지가 되어 간다.

"작전은 머리에 들어 있지?"

"그래."

추야와 다자이가 나란히 거수와 대치했다.

높은 곳의 바람에 두 사람의 옷이 펄럭인다.

"조심해야 할 점은 확실한 작전이 아니라는 거다. 무슨 일이 일어날지 몰라. 마수 기블에게 아라하바키를 부딪치는 거니까. 세계가 날아가도 이상하지 않아."

"안 날아가." 추야는 웃었다. "9년 전, 베를렌은 그 방법으로 살아남았어."

추야가 세운 작전.

그것은 추야의 「문」을 열어 아라하바키가 가진 무한의 에너지를 거수에 부딪치는 것이었다.

"추야의 「문」을 여는 방법은 이미 알고 있어. N이 말했던 제어 주문──**「그대, 음울한 오탁의 허용이여. 다시금 나를 깨우지 말지어다.」** 그것으로 봉인 지시식이 초기화돼. 그것만으로는 「문」이 열리지 않지만, 뒤는 그 모자가 도와줄 거다."

추야가 손에 들고 있는 것은 베를렌이 착용했던 검은 모자다. 그것은 랭보가 준 모자로 내부에 이능력 금속이 들어 있다. 그것이 있으면 착용자, 즉 추야의 의지로 「문」을 제어할 수 있게 된다.

베를렌이 자유자재로 「문」을 열고 블랙홀의 힘을 행사할 수 있었던 것도 그 검은 모자가 있었기 때문이다.

"이제 얼마 안 남았어. 추야는 여기서 날아서 괴물 앞에서 「문」을 개방, 저놈에게 힘을 부딪쳐 줘." 다자이가 거수를 보면서 한 손으로 무전기를 들어 올렸다. "그래서 슬슬 부하들에게 작전 준비 지시를 내릴 건데…… 괜찮겠나?"

"당연히 괜찮지." 추야가 다자이 쪽을 보았다. "왜 그런 걸 묻냐?"

다자이는 곧바로 대답하지는 않았다.

그것은 보기 드문 표정이었다. 무언가를 말하려다, 그것을 어떤 순서로 말할지 머릿속에서 말을 굴리는 표정. 다자이가 평소에 짓지 않는 표정이다.

"문제가 하나 있어." 다자이는 망설이듯이 말을 꺼냈다.

"작전 성공률과는 상관없는 문제다. 결국은 극복할 수밖에 없는 문제지만…… 결단하는 데 조금 시간이 필요할지도 몰라."

"뭐야, 그게?" 추야가 눈썹을 치켜세우고 다자이를 보았다. "뭘 뜸들이고 있냐. 얼른 말해."

"아까 말했던, 「문」을 열기 위한 제어 주문. 그건 추야 안의 지시식을 초기화하기 위한 거라고 말했지?" 다자이는 기묘하게 억제된 목소리로 말했다. "그걸 쓰면, 과거에 입력된 지시식의 로그도 소거돼. 즉…… 추야에게 과거에 기억 말소 지시식이 사용되었다 해도, 그 로그가 함께 소거되는 거야."

"엉?"

"'기억 말소 지시식'. 전에 말했지? 추야가 인간인지 아닌지 판별하려면 그 기억 말소 이력이 있는지 아닌지를 확인할 수밖에 없다고. ……즉." 다자이는 평소라면 추야에게 절대로 하지 않을 눈을 하고 있었다. 진지한 눈. "제어 주문을 쓰면 추야가 인공적으로 만들어진 문자열 인격인지, 아니면 평범한 인간인지 확인할 방법이 사라져. ──영원히."

시간이 멎었다.

추야는 눈을 부릅뜨고 다자이 쪽을 보고 있었지만, 그 눈은 아무것도 보고 있지 않았다.

바람이 두 사람 사이를 흘러갔다. 그런데도 추야는 눈 한 번 깜빡이지 않았다.

"베를렌이 저렇게 된 건, 자신이 인간이 아니라는 저주에 괴로워했기 때문이야. 그만큼 중대한 문제다. 자신이 인간인지 아닌지는." 다자이는 회중시계를 꺼내 흘끗 보고 나서 말을 이었다. "작전 개시는 앞으로 2분 정도라면 늦출 수 있어. 부하에게는 대기 명령을 내려 두지. ——잠깐 혼자가 돼서 생각해 봐. 내가 있으면 생각이 정리되지 않을 테니."

그렇게 말하고, 다자이는 등을 돌리고 승강계단 쪽을 향해 걸어갔다. 추야를 남겨 두고.

다자이의 눈은 회중시계에 쏠려 있었다. 앞으로 2분.

인생을 결정하기에는 너무 짧은 시간이다. 하지만 그 이상의 시간적 여유는 없다.

다자이의 뇌리에는 만약 추야가 거절했을 경우에 이행할 대체 작전의 순서가 무시무시한 속도로 짜여지고 있었다.

여섯 걸음 걸어가 다자이는 계단에 도착했다. 계단에 발을 딛는다. 그리고 내려간다.

계단을 세 개 내려갔을 때, '깡' 하는 청량한 금속음이 뒤쪽에서 울렸다.

마치 금속판을 구두 바닥으로 찬 것 같은 소리.

그것이 무슨 소리인지 이해한 순간 다자이는 퍼뜩 놀라 돌아보았다.

꼭대기에는 이미 아무도 없었다.

다자이는 순간 어안이 벙벙했다가, 불쑥 입가를 느슨하게 하며 웃었다.

"폼 재기는." 다자이는 곤란한 듯, 안심한 듯한 미소를 지었다. 그리고 무전기를 향해 지시를 내렸다. "추야가 출격했다. 전원, 전투 준비."

나카하라 추야는 공중으로 비상하고 있었다.

중력을 조종하여, 밤의 맹금(猛禽)이 되어.

폭풍이 아래에서 추야에게 들이친다. 추야는 그 바람이 시원한 듯 눈을 가늘게 떴다.

──인간이라는 것. 인간이 아니라는 것.

뒤집어쓴 모자를 한 손으로 누르며 추야는 입을 열었다.

소멸한 친구를 떠올리면서.

──「당신을 지킬 수 있는 겁니다. 본 기체는 그걸로 만족합니다.」

「그대, 음울한 오탁의 허용이여. 다시금 나를 깨우지 말지어다.」

인간에게는 영혼이 있다. 기계에는 영혼이 없다.

그렇다면, 영혼이 대체 뭐라는 거냐. 친구의 마지막 말. 그것이 영혼이 없는 지시식에서 나온 말에 지나지 않는다면, 그래서 뭐가 어쨌다는 거냐.

추야 주위에 검은 입자가 휘날리기 시작한다.

검은 외투가 날개처럼 펄럭인다. 그곳에 에너지가 응집되어 밤하늘에 금이 간다.

검은 불꽃이 현현하고 방대한 열량이 주위 풍경을 일그러뜨린다.

가스 저장 탱크 옥상에 선 다자이가 비상하는 추야의 모습을 멀리 내다보며 눈을 가늘게 떴다.

"그대, 음울한 오탁의 허용이여." 다자이는 누구에게도 들리지 않는 목소리로 그렇게 말했다. "《오탁》——인가."

그 시선 끝에 검은빛이 폭발했다.

그것은 베를렌이 문을 완전히 열었을 때의 모습——《야성》 형태와 매우 닮아 있었다.

주위에 흩날리는 검은 눈. 전신에 새겨진 기어 다니는 상처 자국 같은 붉은 각인. 물리 법칙을 무시하고 공중에 떠서 짐승의 눈으로 지상을 오만하게 내려다 본다.

주위에는 감마선 방출로 인한 고열이 분출되고 있었다. 밤을 태우고 풍경을 일그러뜨린다.

추야가 비상했다.

음속으로 밤을 찢으며 달린 추야가 마수 기블의 안면에 착탄했다.

거대한 포효가 대지를 진동시켰다.

단 일격에 기블의 머리의 삼분의 일 가까이가 날아갔다. 파손 부위의 중력구가 붕괴하고 검은 불꽃이 분출한다.

중력의 화신이 된 추야는 관통한 기세 그대로 비상했다가 공중에서 방향을 꺾어 다시 돌진. 거수의 가슴팍을 관통하고 빠져나갔다. 다시 고통스러운 포효. 거수의 육체가 터져 날아가고 검은 입자가 되어 공중으로 사라진다.

"굉장해." 저장 탱크 꼭대기에서 바라보던 다자이가 멍하니 중얼거렸다. "이 정도의 존재인가, 아라하바키."

쓰러지던 거수가 다리를 강하게 디뎌 버티고, 아래에 깔린 급유소가 밟혀 분쇄되었다. 연료 저장고가 기블의 열량에 인화해 폭발을 일으켰다.

대지를 시뻘건 빛이 핥고 지나간다.

그것이 기블의 무언가를 자극한 듯했다. 전신에서 고열이 분출했다. 증오의 검은 불꽃이 상처에서 솟아올라 눈 깜짝할 사이에 파손 부위를 메꾸고 재생시킨다.

《아라하바키 추야》는 그 증오를 서늘한 얼굴로 쳐다보며 받아넘겼다.

기블의 입이 열리고 암흑의 중력구가 생성되었다. 지금까지 없었던 크기다. 거수의 안면부를 뒤덮을 정도로 거대하다. 기블이 발한 증오에 호응해 팽창한 그것은 거대한 포효와 함께 띠 형태가 되어 발사되었다.

밉다. 밉다. 밉다. 밉다. 밉다.

발사된 암흑파 앞에는 공중에 뜬 추야가 있다.

추야의 양손에 한 쌍의 블랙홀이 출현했다. 붉은빛의 고리를 두른, 우주만물의 힘 중 으뜸인 중력의 응축체.

그러나 추야의 손에 들린 그것은 베를렌이 과거에 쏘았던 것과는 달랐다. 블랙홀 그 자체가 초고속으로 회전하고 있는 것이다. 회전 탓에 블랙홀은 편평하게 눌려 빛의 고리를 두른 타원형의 검은 구가 되어 있었다.

추야는 회전 블랙홀을 들어 닥쳐오는 암흑 띠를 향해 던졌다.

궁극의 두 힘이 공중에서 격돌한다.

중력이란 이 세상을 구성하는 원초적인 힘. 이 우주의 탄생과 동시에 태어난 네 개의 《힘의 시조》 중 하나다. 그 힘의 본질은 시간과 공간의 일그러짐 그 자체이며, 시간과 공간의 일그러짐이란 질량과 같은 뜻이다. 즉 중력이란 이 세계 그 자체인 것이다.

근원의 두 힘이 격돌한다.

강렬한 충격과 파동이 공기를 구 형태로 파열시킨다. 충격을 받은 대지의 도로가 물결치며 벗겨져 떠올랐다가 분쇄되어 간다.

먼 저장 탱크 꼭대기에 있는 다자이는 난간을 붙잡고 그 충격에 버텼다.

얼굴을 감싸려 들어 올린 팔 사이로 조심스레 전장을 본다.

"상쇄했, 나……?"

공중에서 두 힘이 격돌해 소멸하고, 번갯불을 흩뿌리며 허무로 돌아갔다.

"하하하, 해냈군." 다자이는 떨리는 미소를 지었다. "예측은 옳았어. 베를렌이 보여 준 꿈은 진짜였던 거야."

보통, 두 개의 블랙홀이 충돌하면 합성되어 거대한 블랙홀이 생겨난다. 그것이 통상 우주에서의 현상이다. 그러나 추야가 쏜 블랙홀은 고속으로 회전하며 회전 방향으로 빛의 고리를 생성하고 있었다. 이 빛의 고리는 《에르고스피어》라 불리며, 내부는 블랙홀에 광속보다 빠르게 끌려가 빠져 들어가면서도 동시에 통상 시공에 대해서는 정지해 있다는 모순을 가진 특이 공간이기 때문에, 결과적으로 빛의 고리 내부는 마이너스 에너지를 가지게 된다.

이 마이너스 에너지가 기블이 발한 에너지와 상쇄되어 공중에서 쌍소멸을 일으킨 것이다.

즉 그것이 바로 무한 생성되는 특이점 생명체, 마수 기블을 소멸시킬 유일한 방법.

같은 특이점 생명체인 아라하바키만이 마수를 먹어 치우고 지워 버릴 수 있는 것이다.

마수가 증오의 포효를 질렀다.

《아라하바키 추야》가 그에 응해 우레 같은 포효를 질렀다.

거대한 마수와 작은 고대신—— 두 마리의 사투가 시작되었다.

추야의 주먹이 기블의 턱을 날린다. 대응해 쏘아 낸 거수의 앞다리가 중력의 파도를 두르고 추야를 직격. 거대 폭발 같은 굉음을 울리며 추야가 날아간다.

중력 제동을 걸어 공중에서 멈춘 추야가 피를 흘리면서도 처절하게 웃는다. 다시 비상. 회전하는 블랙홀을 양손에 생성해 그 마이너스 에너지로 마수를 잘게 찢는다.

일격 일격이 신화 세계의 무구(武具)가 부딪치는 듯한 위력이었다. 충격이 일어날 때마다 대지가 갈라지고, 공기가 파열하고, 밤의 구름이 쓸려 간다.

그리고 모든 공격이 확실하게 쌍방의 육체를 부수고 힘을 깎아 내고 있었다.

《에르고스피어》의 빛 고리가 가진 마이너스 에너지는 마수 기블의 육체를 찢어발겨 확실하게 약체화해 간다. 그러나 한편으로 마수 기블의 공격은 인간의 육체가 아니라 특이점 그 자체라는 무한 동력원에서 발생되고 있기 때문에 추야의 육체로 다 받아 내기에는 한계가 있었다.

고대신의 힘에 추야라는 그릇이 완전히 버티지 못하고 전신에서 출혈. 뼈가 비명을 지르고, 오른 어깨가 탈구되고, 전신에 무수한 상처가 새겨져 간다.

둘 다 상처 입고, 상해 가고 있었다. 그러나.

"……추야의 부상이 더 깊어."

다자이가 사투를 응시하면서 이를 악물고 말했다.

공중에서 피의 꼬리를 끌며 추야가 포효한다. 안에 있는 아라하바키가 굴욕에 사납게 울부짖고 있는 것이다.

마수 기블이 입을 열었다. 그 앞에 이번에는 스무 개 가까이 검은 구가 생겨났다. 검은 구는 기블의 숨결을 받고 급격하게 성장해 지금까지 중 가장 거대한 블랙홀로 비대해져 간다.

하나하나가 추야가 만들어 내는 회전 블랙홀보다 훨씬 크다. 그것이 스무 개.

"위험해."

다자이가 그렇게 중얼거린 것과 동시에 블랙홀에서 띠 형태의 파(波)가 방출되었다.

만물을 멸하는 스무 개의 절망의 띠.

띠 무리는 평행하게가 아니라 열린 입처럼 부채꼴로 발사되었다. 띠의 절반이 대지를 도려내고, 나머지 절반이 천공을 꿰뚫고 비상한다.

그 원추형 살의의 범위 중앙에 추야가 있다.

원추형 띠 무리가 다물려 간다. 추야를 가두는 궤도다. 온갖 물질을 관통하는 파멸의 띠가 턱을 다물듯이 추야에게 쇄도한다. 도망칠 곳은 없다. 스치기만 해도 즉사한다.

《아라하바키 추야》가 회전 블랙홀을 생성해 방패처럼 전방으로 들었다.

다물어지던 스무 개의 검은 포가 동시에 추야에게 착탄. 《에르고스피어》의 빛 고리와 충돌해 격렬한 쌍소멸의 빛을 발했다.

쌍소멸에서 빗겨간 에너지의 여파가 포물선을 그리며 뒤쪽으로 흘러가 대지를 파괴한다. 도로가, 전신주가, 버려진 차가 융해되어 증발한다. 이미 교외는 대낮처럼 밝아져 있었다.

《아라하바키 추야》는 버틴다. 버틴다. 방패를 들고 버틴다. 그러나 기블의 암흑포는 끝이 없었다. 방사(放射)의 기세가 약해지는 기색도 없다. 쌍소멸로 생겨난 열 자체가 추야의 육체를 태우고 화상을 입힌다.

추야가 피를 토한다. 암흑포의 고리가 더욱 다물어진다.

그때—— 공격의 고리가 흐트러졌다.

암흑포가 뿔뿔이 궤도를 바꾸어 지상으로 쏟아진다.

동시에 기블의 안면에 홍련의 불꽃이 피었다.

"제2반, 쏴라!" 무선에서 다자이의 목소리가 울린다. "동시 착탄은 신경 쓰지 마라! 누구든 준비해서 조준한 자부터 쏴도 좋다!"

건물에서, 수송차에서, 도로에서. 무수한 마피아 조직원이 어깨에 짊어진 원통 모양의 병기를 겨누고 마수 기블을 향해 발사한다.

지대공 개인 휴대 유도 분진탄. 항공기와 전차, 적 시설을 일격에 분쇄하는, 개인이 들 수 있는 것 중에서 최강의 화력을 지닌 병기다. 조준을 하고 방아쇠를 당기면 유도 고정된 분진탄이 자동적으로 목표를 분쇄한다. 그 폭발력은 수류탄이나 사출 척탄과는 비교도 안 된다.

마피아가 해외 무기상과의 암흑 유통망을 사용해 얻은, 개인이 들기에는 너무도 큰 힘의 무리. 전투계 이능력자라 해도 이 일격에 버틸 수 있는 자는 많지 않다.

그러나 폭연이 걷히자, 그 안에 있던 마수 기블에게는 상처 하나 없었다.

"괜찮다, 이거면 된다!" 다자이가 무전기 너머로 소리친다. "놈의 주의를 지상으로 계속 향하게 해라!"

반격으로 발사한 마수 기블의 암흑포가 지상을 후려친다. 어둠이 대지를 찢어발기고 마피아들이 비명조차 지르지 못한 채 먼지로 바뀐다.

그러나 마피아들은 겁먹지 않는다. 살아남은 자가 잇따라 새로운 분진탄을 겨누고 마수에게 발사한다.

에너지의 화신인 마수 기블은 인격을 가지지 않는다. 그 활동은 자동적이며, 적의에 반응해 공격을 되돌려주는 증오 덩어리에 지나지 않는다. 그래서 어느 상대를 최우선으로 공격할 것인가 하는 위험도 판단 의식이 존재하지 않는다.

그래서 사람 수가 더 많은 지상의 마피아 조직원들에게 공격이 집중되어 추야가 자유로워졌다.

추야는 혼자서, 온몸에서 피를 흘리며 고독하게 하늘에 떠 있었다.

육체는 한계에 가깝다. 기블에게 받는 공격도 그렇지만 자신이 발하는 강력한 중력에 섬세한 인체가 버티지 못하는 것이다. 타박상, 탈구, 근육파열, 그리고 골절. 중력으로 육체를 지지해 간신히 제대로 된 형태를 유지하고 있는 거나 다름없다.

그 모습은 이 세상의 누구보다도 고독했다.

그 눈이 움직여, 또 한 명의 고독한 자의 모습── 마수 기블에게 향했다.

추야가 앞으로 고꾸라진다.

그 동작 그대로 전방으로 가속. 비상하여 기블의 가슴팍으로 빨려들듯 돌진한다.

가슴팍에 착탄.

외피의 중력 방어를 관통해 내부의 시간 탁류에 도달. 즉시 쇄도한 암흑의 거친 파도가 추야의 몸을 낚아채 찢어발기려 한다.

아라하바키가 포효했다.

양손으로 끌어안듯 하여 블랙홀 한 개를 만들어 낸다.

그것은 회전하면서 탁류를 집어삼키고 거대화해 거대한 빛의 고리를 만들어 냈다.

거대한 힘과 힘이 잇따라 쌍소멸을 일으킨다. 추야 주위에 고열과 진공과 시간의 폭풍이 마구 날뛴다.

추야는 쓸려 사라질 듯한 의식 속에서 그것을 보고 있었다. 「문」을 엶으로써 육체의 주도권은 이미 아라하바키에게 건네주었다. 자신은 그저 싸움을 지켜보는 것밖에 할 수 없다. 그러나 그 의식도 인지(人智)를 넘어선 신과 마의 격돌 안에서는 사라져 버릴 듯이 희미한 빛에 지나지 않았다.

검은 공간이 크게 부르짖는다.

그것은 누군가의 울부짖는 목소리로 들렸다.

이 세상에서 가장 고독한 누군가의 목소리로.

증오의 검은 격류에 섞여 사라져 버릴 듯한 목소리. 그러나 아라하바키의 빛 고리에 에너지가 집어삼켜져 가는 와중에 간신히 그 목소리가 추야의 귀까지 닿았다.

끝내 다오, 라고 그 목소리는 말하고 있었다.

이 마수는 내 감정의 대변자다. 태어나서는 안 됐는데, 어째서 만들어 냈는가. 답이 없는 질문을 품고 자신의 생존을 증오하며, 암살이라는 수단으로밖에 자기 생의 실감을 얻지 못했던 가련한 영혼.

끝내 다오, 동생이여. 너의 그 손으로.

너처럼 세계를 믿고 인간을 믿을 수 없었던 이 쓸쓸한 영혼을.

알고 있어. 추야는 날아가 사라질 듯한 의식 속에서 그렇게 대답했다.

너는 고독을 견디지 못했어. 그래서 일본에 왔어. 하지만 그건 나쁜 일이 아니야. 우연히 주사위의 눈이 나쁘게 나왔을 뿐이야. 우연히 네 주사위의 눈은 고독한 '1'이 나오고, 내게는 다른 눈이 나왔어. 동료들이 많은 눈이. 그것뿐이야. 입장이 반대였어도 전혀 이상하지 않았을 거야.

게다가 네게 있는 것은 증오만이 아니야. 사실은 증오하고 싶지 않았던 거야. 그래서 나에게 기억을 보였지. 마수 기블을 소멸시키는 방법을 알려 줬어. 그렇지, 베를렌?

암흑의 격류가 소용돌이치는 어둠의 폭풍 저편에, 별처럼 반짝이는 누군가의 빛이 흐른 듯한 느낌이 들었다.

추야의 「문」이 더욱 크게 열린다.

회전 블랙홀이 더욱 거대화된다. 빛의 고리는 지금은 공간을 압도할 정도로 거대해졌다.

추야의 등에서 좌우에 하나씩 검은 중력 제어봉이 솟아올랐다.

그것은 아라하바키가 가진 짐승의 꼬리. 검게 불타오르는 신수(神獸)의 현현체.

그러나 그것은 마치 추야에게서 돋아난 한 쌍의 날개처럼 보였다.

"오오오오오오오오오오오오오오오!!"

날개를 가진 추야가 소리치며 양손을 위로 들어 올린다. 그것을 신호로 회전 블랙홀이 단숨에 거대화. 빛의 고리가 초신성처럼 빛나며 거수의 동체를 안쪽에서부터 양단한다.

거수보다도 크게 펼쳐진, 편평하게 눌린 회전 블랙홀과 그것을 일주하며 빛나는 빛의 고리.

그것은 밤의 요코하마를 밝히며 사람들의 눈에 깊이 새겨졌다.

"저것이 아라하바키…… 추야의 진정한 모습인가."

지상에서 올려다보던 다자이가 열에 들뜬 듯한 목소리로 중얼거렸다.

들어 올린 두 팔. 그 위에는 지상을 비추는 수평의 빛 고리. 그 등에는 불타오르는 검은 날개. 눈을 감은 추야의 얼굴. 악신의 화신. 검은 신수.

그 빛의 고리에 마수가 무너져 빨려 들어간다. 그것은 플러스의 무한대에 마이너스의 무한대가 상쇄되어가는 듯한 과정이었다.

거체가 붕괴하고, 그 육체는 눈 같은 입자가 되어 부드럽게 날리는 가루처럼 빛 고리의 중심으로 흘러 떨어진다.

고중력 영역에서는 시간의 흐름이 느려지기 때문에 바깥에서는 그 붕괴가 몹시도 느릿하게, 우아함마저 갖춘 듯이 보였다.

지금은 거수는 포효하지 않았다.

그저 입을 벌리고 자신의 전생을 받아들이는 듯 말없이, 그저 가만히 서 있었다.

동체에서 발생한 빛 고리가 가슴과 허리를 삼키고, 팔과 다리를 삼키고, 그리고 마지막으로 머리를 삼켰다.

거기에는 소리조차 없었다.

그저 고요한 소멸. 어딘가 달빛이 어울리는, 지독히도 조용한 밤의 절명이었다.

이윽고 빛의 고리에도 수명이 찾아왔다.

회전 블랙홀이 열선을 쏘며 붕괴해 갔다. 작아질수록 열량은 늘어나고, 마침내 블랙홀 자체가 열 광선을 머금은 거대한 빛구슬이 되었다. 증발 과정에서 일어나는 전자파 방출이다.

그것은 제2의 태양이 되어 밤을 밝히고, 이윽고 고요하게, 우아하게 사라졌다.

공중의 추야는 몇 초간 힘없이 떠다닌 후, 등의 검은 날개를 잃고 천천히 낙하했다.

그 몸을 다자이가 받아 든다.

다자이가 닿은 지점에서 이능력 무효화가 발동. 특이점의 에너지를 유지하는 자기모순형 이능력이 물러가고 특이점의 출력이 저하. 이윽고 수렴하여 「문」이 폐쇄. 추야의 전신에서 붉은 각인이 빠져나갔다.

마침내 중력장도 소멸하고 완전한 정적이 돌아왔다.

"수고했어, 추야." 다자이는 안아 든 추야를 향해 희미하게 웃었다. "사인펜을 가져오는 걸 깜빡했으니, 얼굴에 낙서하는 건 참아 주지."

■ 에필로그

  그리하여 사건은 종식되었다.

  수많은 사망자를 낸 대사건이었지만 사람들의 기억에는 거의 남지 않았다. 그 일은 우연히 일어난 태풍이나 정전 같은 것이었다. 피해는 컸지만, 그 일이 도대체 어떻게 일어난 것인지 본질을 알 수 있었던 인간은 거의 없었다.

  물론 유럽 정부의 의도가 작용했기 때문이다.

  요코하마 교외에서 벌어진 거대한 파괴는 비합법 조직 포트 마피아와 적 조직과의 대규모 항쟁에 따른 것이라고 신문에 발표되었다. 총기와 척탄과 무시무시한 양의 폭탄이 날아다녀 지형을 바꾸었다. 그뿐이다.

  그렇다 해도 그 정도로 대규모의 파괴가 일어났기에, 당연한 귀결로서 이능력 범죄 전문가가 움직였다. 군경의 이능력 범죄 대책과. 포트 마피아 같은 비합법 조직의 천적이다.

  그러나 사건으로부터 보름 정도 지났을 때, 군경의 수사는 딱 멎었다. 마치 숨을 거둔 것처럼. 포트 마피아를 철저하게 척결할 수도 있는 사건이라고 생각되었던 만큼 관계자들은 하나같이 고개를 갸웃했다. 포트 마피아는 강대하지만 국내 최강의 흉악범죄 수사 기관인 군경 자체를 입 다물게 할 정도의 영향력은 없다. 포트 마피아는 도대체 어떤 마법을 부린 것인가 하고 관계자들은 생각했다.

포트 마피아는 아무런 마법도 부리지 않았다. 부릴 것까지도 없었다. 영국과 프랑스의 공안 기관이 외무성을 경유해 법무성의 의사 결정에 개입한 것이다. 그리고 빗자루와 쓰레받기로 사건 자체를 빠르게 쓸어 없애 버렸다. 어찌 됐건 세계 최강을 다투는 두 국가의 기밀 병기끼리 격돌해 함께 쓰러져 사라진 사건이다. 일본 정부에게는 사건의 한 조각조차도 보이고 싶지 않았으리라.

유럽 열강의 소화 작업 결과, 포트 마피아의 조직원 중 죄를 추궁당한 자는 극히 일부밖에 없었고, 그 일부도 벌금이나 집행유예가 붙은 가벼운 죄로 끝났다.

그리하여 포트 마피아에 휘몰아쳤던 폭풍, 《암살왕 사건》은 종식되었다.

사건 2개월 후.

과거 《양》의 조직원, 시라세 부이치로는 선착장에서 초조하게 시계를 쳐다보고 있었다.

요코하마의 여객항이다. 여행객들이 커다란 짐을 들고 잔교를 건너고 있다. 시라세는 여객선에 들어가는 사다리 앞에서서 스위스제 손목시계를 노려보았다가 다시 항구 입구 쪽으로 눈길을 보냈다.

시라세는 사람을 기다리고 있었다.

이윽고 선착장 저편에서 대형 바이크가 다가왔다.

차량 통행선에서 빠져나온 그 크림슨 레드색 바이크는 통행객을 피하면서 접근해 잔교 끝에 정차했다. 그리고 운전자가 내려 시라세 쪽으로 걸어왔다.

"여, 많이 기다렸냐?"

추야였다.

"늦었어, 추야!" 시라세는 호통 쳤다. "생명의 은인님의 출항이잖아? 도대체 어디서 뭘 하다 온 거야!"

"그냥 좀."

추야는 바이크의 짐칸에서 모자를 꺼내서 손가락에 챙을 걸고 세로로 빙글빙글 돌리면서 걸어왔다.

"그 모자, 마음에 든 거야? 그놈 거잖아."

"그래." 추야는 잠시 모자를 돌린 뒤 머리 위에 턱 올렸다. "형에게 물려받았다는 건 거슬리지만 편리한 기능이 붙어 있어서. 출항은?"

"5분 후야." 시라세는 다시 한번 시계를 보았다. "추야 너, 향냄새 나. 또 성묘하러 갔던 거지? 그래서 늦은 건가. …… 참 동료애가 깊네. 추야는 너무 짊어지고 있는 게 많아. 그렇게 살면 피곤하지 않냐?"

"너는 너무 짊어지고 있는 게 없어, 시라세." 추야가 시라세 옆까지 와서 멈춰 섰다.

"동료애가 깊은 게 아냐. 저 바이크에 대해 감사하려고 갔을 뿐이야."

추야는 자기가 타고 온 바이크를 턱으로 가리켰다. 유선형 바이크는 차갑게 침묵하고 있다.

"흐음. 뭐 아무래도 좋지만."

시라세는 관심 없다는 듯 대답하고 손을 주머니에 찔러 넣었다.

짧은 침묵.

추야는 여객선을 올려다보았다. 희고, 크고, 낡았지만 튼튼한 배다.

"네가 런던에 가다니." 눈부신 듯이 배를 올려다본 뒤 추야는 그렇게 말했다.

"분하냐? 역시 미래의 왕은 큰 곳에 진을 쳐야지!" 시라세는 잘난 척하며 웃었다. "이번 일로 깨달았어. 죽은 기계 형사도 암살왕도 터무니없는 녀석들이었어. 역시 세계는 넓어! 연구소에서 훔친 보물을 밑천으로 런던에서 새로 시작하는 거야! 언젠가 포트 마피아보다 큰 조직의 왕이 돼서 돌아올 거야. 그렇게 되면 고용해 줄 수도 있어, 추야."

추야는 어이없다는 듯이 한숨을 내쉬고 고개를 저었다. "기대하지."

마침 그때 출항의 기적소리가 울렸다. 여성의 목소리로 승선을 재촉하는 안내방송도.

"시간이 됐다."

시라세는 발밑의 짐가방을 들고 사다리 쪽으로 돌아섰다.

걸어가려는 시라세에게 추야가 말을 걸었다. "조심해라, 시라세. 런던에서 죽게 생겨도 난 도와주러 못 가니까."

"하하하, 너야말로 조심해, 추야. 요코하마에서 죽게 생겨도 난 이제 도와주러 못 가니까 말이야."

"아 예에." 추야는 난감한 듯한 얼굴로 미소 지었다.

"어라? 진지하게 안 듣고 있지. 하지만 난 9년 전에 다리 밑에서, 그리고 얼마 전에 지하 연구소에서 두 번이나 네 목숨을 구했다고. 잊어버렸냐?"

"그 대신 한 번 찔러 죽이려고 했잖아."

"그럼 그건 제하고 플러스 한 번이네."

추야는 웃었다. 시라세도 웃었다.

시라세가 사다리 앞까지 갔다. 그리고 추야를 향해 주먹을 쥐고 내밀었다.

추야도 쥔 주먹을 내밀어 주먹 끝을 가볍게 부딪쳤다. 그리고 주먹을 위아래로 휘둘러 겹치듯이 한 번, 다시 한번 반대쪽에서 겹쳐서 한 번. 그리고 팔꿈치를 부딪치고, 마지막으로 주먹으로 자기 가슴을 두드린다.

옛날에 《양》의 동료 사이에서 나누었던, 동료끼리만 쓰는 인사법이었다.

"그럼 잘 가라."

시라세와 추야는 서로 등을 돌리고 걸어갔다.

둘 다 한 번도 돌아보지 않았다.

추야가 잔교로 돌아가 바이크에 타려고 했을 때 검정색 차가 천천히 다가왔다. 뒷좌석의 창문이 천천히 내려가고 안쪽의 인영이 "추야." 하고 말을 걸었다.

다자이였다.

평소에 보기 드문 모습이다. 검은 정장을 입고 넥타이를 매고 있다. 귀빈 응대용 정장이다.

"앞으로 5분 후에 일이다."

호화 여객선의 사다리 아래에 다자이와 추야가 서 있었다.

그것은 터무니없이 돈이 많이 든 호화 여객선이었다. 조금 전 시라세가 탄 여객선과는 크기도 소재도 비교가 되지 않는다. 도장은 오점 하나 없는 흰색, 5층짜리 객실은 최고급 호텔 수준의 장식이 되어 있고 손님이 어디를 가도 숙련된 승무원이 따라붙는다. 항해 능력도 검증되어 있어서 일반 여객선의 두 배 속도로 항해해도 선내의 흔들림은 보통 여객선의 10분의 1에도 미치지 않는다.

배의 이름은 《보즈웰리언 호》.

고위 정부요인만 승선을 허가받는 정부 전용 여객선이다.

사다리가 내려오고 추야와 다자이가 보는 앞에서 사절단이 내렸다.

먼저 검은 정장의 경호원. 방심하지 않고 사방으로 주의를 기울이고 있다. 전원 허리춤의 옷이 불룩하여 권총을 소지했다는 것을 보여 주고 있다.

그리고 너무나도 공무원으로 보이는 수염 난 남자들이 나타났다. 노련하고, 유능하고, 무슨 생각을 하는지 알 수 없는 회갈색 눈을 한 남자들. 옷은 최고급품이다.

금에 자개 무늬가 들어간 지팡이를 든 남자가 하선을 도우려 하던 승무원을 지팡이 끝으로 거칠게 밀었다. 마치 길거리의 들개를 쫓아낼 때처럼 난폭한 동작으로.

"영국의 고귀한 악귀와 나찰님들이 납시셨어." 다자이가 옆의 추야에게만 들리는 목소리로 중얼거렸다.

그것은 사건의 사후 조사로 온 영국 정부의 고관들이었다.

국가 기밀이 다층으로 겹쳐 발생한 《암살왕 사건》. 단순한 형사 사건에 그치지 않는 중대 사건을 조사하고 국가에 보고하기 위한 조사단이 일본으로 파견되었다. 그리고 포트 마피아가 사건 당사자로서 조사단 마중과 조사 협력을 하겠다고 나선 것이다.

비합법 조직인 포트 마피아가 영국 정부의 조사단을 맞이한다.

기묘한 사태지만 그 나름대로 합리성과 보스의 타산이 숨어 있었다.

먼저, 이번 사건의 전체상을 파악하고 있는 것은 일본 외무성도 군경도 아닌 포트 마피아였다. 왜냐하면 처음부터 유럽 정부는 일본 정부에 이 사건을 철저히 은폐했기 때문이다. 그리고 포트 마피아 입장에서도 대국인 영국 정부의 동향에 눈을 빛내야 할 이유가 있었다.

그것은 국가 기밀이 일으킨 사건인 《암살왕 사건》을 은폐하기 위해 포트 마피아의 관계자를 닥치는 대로 제거하는 것이 아닌가 하는 의혹이 있었기 때문이다.

물론 포트 마피아에는 사건의 진상과 비밀을 밖으로 누설할 마음 따위는 없다. 그러나 영국이 범죄조직이 하는 말을 얼마나 믿을지 알 수 없다. 그래서 마중에 다자이를 파견했다. 만약 관계자를 없앨 작정이라면 다자이가 교섭해서 막아야 한다. 만약 교섭이 실패로 끝나면 상대가 마피아를 없애기 전에 이쪽이 조사단을 없애야 한다. 그래서 추야가 동반했다.

상대가 어떻게 나오느냐에 따라 포트 마피아가 통째로 휘말리는 거대한 국가 간 항쟁이 된다.

"자, 즐거운 속고 속이기의 시작이다."

다자이가 즐거운 듯이 말하고 조사단에게 다가갔다.

접근하는 인영에 경호원이 곧바로 반응해 권총이 있는 허리에 손을 뻗는다.

"먼길 오시느라 대단히 수고가 많으셨습니다. 위대한 영국 제국에서 오신 여러분." 다자이는 돌변하여 유창하고 정중한 목소리로 인사했다. "조사단 분들이시라 판단하였습니다. 송구하지만 대표자는 어느 분이신지요?"

"대표자?" 다자이가 말을 건 경호원 남자는 어느 쪽인가 하면 당황한 듯한 표정으로 고개를 갸웃했다. "우리는 조사단의 기술고문반이라, 대표자라면 울스턴크래프트 박사님이라고 생각합니다만……."

울스턴크래프트 박사?

추야는 고개를 갸웃했다. 어디선가 들은 적이 있다.

"아아." 다자이는 바로 생각이 난 듯했다. "들어 본 이름입니다. 수사관 아담 프랑켄슈타인을 설계한 이능력 기술자이셨지요? 흠…… 당신이 울스턴크래프트 박사님?"

다자이는 경호원의 시선을 좇아 조사단의 가장 위엄 있고 가장 연배가 있는 남자에게 말을 걸었다.

덥수룩한 흰 수염. 후퇴한 이마선. 가슴에는 군사 과학 부문에서 공적을 올린 자에게 수여하는 훈장이 두 개나 달려 있다.

그 노인은 다자이의 목소리를 알아차리고, "허허허." 하고 밝은 웃음소리를 냈다.

"아니, 나는 울스턴크래프트 박사님이 아니오. 그저 따르는 자이지. 박사님은 보시게, 지금 배에서 내리려 하고 계시오."

노인의 시선을 좇아 다자이와 추야가 배의 사다리를 올려다본다.

그 꼭대기에는 특대 여객용 캐리어가 받치는 사람 하나 없이 놓여 있었다── 아니.

"네─, 안녕하세요, 울스턴크래프트 박사입니다. ……오오, 여기가 그 나라인가요. 지도로 본 것보다 크네요."

캐리어의 그늘에서 나타난 그 작은 몸집은 아무리 봐도,

"……몇 살이야, 저거?"

소녀였다.

금발에 백의. 캐리어가 크기는 하지만 그녀의 키는 캐리어에 쏙 숨겨질 정도로 작다. 얼굴 절반을 덮을 정도로 큰 동그란 안경을 쓰고 있다.

그리고 가슴에는 과학에서 공적을 올린 자의 훈장이 스무 개 이상이나 달려 있었다.

"어이 잠깐……." 추야의 얼굴이 굳었다.

"이거 재미있어졌군." 다자이가 기쁜 듯이 웃었다.

소녀는 특대 크기의 짐을 끌어안고——라기보다, 아래로 끌려가는 짐에 거의 매달리다시피 하며 힘들게 사다리를 내려왔다.

"영차, 제가, 영차, 메리 울스턴크래프트 고드윈 셸리, 영차, 박사, 입니다, 영차." 소녀는 한 계단을 내려올 때마다 무거운 짐에 매달리며 기합소리를 냈다. "천재의 두뇌를 가진 소녀, 라고 사람들은 말하지만, 영차, 그렇게 말하는 건 본질을 보는 힘이 없는 사람입니다. 영차. 제 공적은, 어떤 설계도 가능케 하는 이능력의 힘에 의한 것입니다. 영차, 그리고 제가 천재이기 때문입니다."

"이봐, 저 짐 옮기는 거, 안 도와줘도 되나?" 추야는 견디지 못하고 곁에 있던 수염 노인에게 물었다.

"허허허, 박사님은 자기 짐은 남이 못 건드리게 하는 성품

이셔서." 노인은 쾌활하게 웃었다.

"설사 여왕 폐하라 해도 들 수 없지요. 들면 울부짖으니 말이오. 열 살이나 어려진 어린아이처럼."

"그렇게나 어려지면, 엄마 뱃속으로 돌아가는 거 아냐……?" 추야가 진절머리 난다는 얼굴로 말했다.

"게다가 박사님은 저래 봬도 이번 여행을 몹시 기대하고 계셨다오. 저 가방에는 여행에 꼭 필요한 박사님의 소중한 물건들이 꽉 들어차 있지. 아무도 못 들게 할 거요."

"할아범! 나를 너무 평범한 여자아이처럼 이야기하지 않도록 하세요. 나는 키가 작을 뿐이지, 이제 확실히 어른에 가까운걸요. ……영차." 셸리 박사는 드디어 사다리를 끝까지 내려와, 땀을 닦고 나서 옷을 손으로 정돈했다. "후우. 다시 인사드리지요, 일본의 여러분. 어디 보자…… 당신이 추야 군이지요? 아담이 신세를 졌다던데."

아담의 이름을 듣고 추야는 쓴 것을 삼킨 얼굴이 되었다.

그리고 "글쎄." 하고 말했다. "신세를 진 건 우리 쪽이야."

소녀는 커다란 안경을 얼굴 가운데로 고쳐 쓰고 추야를 빤히 보았다.

"그 녀석은 나를 구하고 죽었어. ……박사, 아담은 당신의 최고 걸작이지? 부숴서 미안."

"흠."

셸리 박사는 추야를 오른쪽으로 돌아가 관찰하고, 왼쪽으로 돌아가 관찰하고, 정면으로 와 코앞에서 빤히 보았다. 흥미로운 연구 대상이라도 관찰하듯이.

"당신의 말대로 아담은 나의 최고 걸작이에요." 소녀는 팔짱을 끼고 말했다. "시시한 섬나라의 수사 따위에 파견할 거라면 차라리 연구소에서 계속 버전 업 연구를 하고 싶었을 정도예요."

추야는 말없이 듣고 있었다. 그 표정은 지금 눈앞에 있는 것을 보고 있지 않았다. 추야가 보고 있는 것은 과거의 광경이다.

셸리 박사는 어린아이다운 목소리로 헛기침을 하고 말을 이었다. "아담의 특히 훌륭한 점은 스스로 생각하고 판단할 수 있는 지능을 탑재했다는 점이에요. 즉 아담은 스스로 생각하고, 스스로의 판단으로 희생을 한 거예요."

셸리 박사는 미소 지었다.

"당신에게 그럴 가치가 있었던 거겠죠. 나는 아담을 믿어요. 사과는 감사하지만 신경 쓸 필요는 없어요."

추야는 뭔가 말하려고 입을 열었다가, 결국 말은 할 수 없었다. 돌아갈 길을 잃어버린 어린아이처럼 그저 멍한 얼굴로 그곳에 서 있었다.

다자이는 그런 추야를 보고 어쩔 수 없다는 듯이 작게 웃었다.

"애초에, 그런 시시한 수사에 아담을 사용하다니 처음부터 마음에 들지 않았어요." 셸리 박사는 팔짱을 끼고 부루퉁했다. "정부는 항상 그래요. 기계 수사관을 파견해서, 용건이 끝나면 기밀 정보째로 날려 버리다니. 단독 작전에서 이문화 사회와 상호 교류를 하면 최고의 시험 데이터를 얻을 수 있는데! 사람 목숨을 위해서라면 과학을 소홀히 해도 좋다는 건지!"

추야와 다자이가 눈을 껌뻑이고 있자, 셸리 박사는 "그것을 가져오세요." 하고 부하에게 명령해 팔 정도 길이의 검은 통을 가져오게 했다.

"그런 연유로, 성질이 아주 나쁜 나는 탈착 가능한 서브 프로세서와 불휘발성 메모리를 넣어 두었어요. 정부에겐 비밀로." 그리고 받아든 검은 통의 내용물을 꺼냈다.

"여기에."

팔 정도 길이의 통에 들어 있던 것은 정말로 팔이었다.

마수 기블의 내부에서 탈출할 때 추야가 밖으로 날아가 땅에 박혔던 아담의 오른팔이다.

"그건……." 추야는 얼굴에 물음표를 띄웠다. "사건 후에 현장을 뒤졌지만 결국 그 팔은 발견되지 않았어. 왜 여기 있지?"

"아니, 오히려 여기 있는 게 당연하잖아요?"

셸리 박사는 거대한 여객용 캐리어에 손가락을 댔다. 생체 신호가 인증되고 자동 잠금이 해제된다.

안에서 나온 인영이 그 팔을 받아 들었다. 그리고 장착하면서 말했다.

"안드로이드 조크를 듣고 싶으십니까, 추야 님?"

추야는 멍하니 서 있었다. 놀라서 입을 벌린 채.

이윽고 그 입이 천천히 숨을 들이마셨다. 깊이, 한없이 깊이.

그리고 터지듯 표정을 바꾸고,

"……하하!"

하고 웃었다.

셸리 박사를 비롯한 기술고문반이 현지에 들어간 지 3일 후, 본대인 유럽 합동 조사단이 일본에 들어왔다. 그리고 본 사건에 관한 면밀한 조사를 진행했다.

특히 교외 숲의 전장 터는 가장 면밀한 조사가 이루어졌다. 특이점 병기가 운용상 상정하지 않았던 마수 기블의 폭주, 그리고 그 괴물과의 물리 전투가 벌어졌던 것이다. 게다가 거기서는 세계적으로 전례가 없는 특이점 병기끼리의 격돌과 쌍소멸이 일어났다. 그들은 면밀한 조사를 진행하고, 청취와 녹화영상 조사도 포함하여 귀중한 기록을 입수했다.

포트 마피아는 시종일관 협력적이었다. 숙박시설을 수배하고 이동에 필요한 차량과 운전기사를 제공했다. 조사에 필요한 기자재가 있으면 조달했다. 청취 조사에서는 부하 전원에게 협력하도록 엄명을 내렸다.

조사단은 N이 있었던 지하 연구시설에도 손을 뻗으려 했다. 그러나 그것은 역시 일본 정부가 거절했다. 이능력 연구 기밀이 온갖 곳에 잔뜩 쌓여 있는 장소다. 조사에는 정치가 개입되었고, 대사관의 높은 분들의 밀담 결과 일본 측이 사건의 상세 보고서를 제시하는 것으로 타결되었다.

1개월간의 대규모 조사 끝에 합동 조사단은 결론을 내렸다.

베를렌은 죽었다. 특이점 생명체가 되어 파괴의 한계를 내달린 끝에 내부 에너지를 전부 소비하고 소멸했다. 뒤에는 손톱 하나 남지 않았다.

특이점 병기 「껍질」이 특이점 생명체에 통용되지 않았던 것도 조사단을 놀라게 했다. 이 기록은 유럽의 병기 연구를 더욱 추진하게 만들리라고 조사단은 결론지었다. 그들은 예상 이상의 수확에 기뻐하고, 포트 마피아의 전면적인 협력에 감사하고, 그리고 떠나갔다.

보스인 모리 오가이는 조사단을 항구에서 전송한 후 안도의 한숨을 내쉬었다.

"정말이지, 이번에는 지쳤어." 작아지는 정부 여객선을 보면서 모리는 자기 어깨를 주물렀다.

"정장 단체에 대응하는 건 군 시절에 익숙해졌다고 생각했는데…… 지금은 그저 뜨거운 센차를 마시고 싶군."

"아니, 보스님은 군에 계셨는가?"

꼭두서닛빛 기모노의 여성이 모리 옆에 섰다. 고요다.

"말을 안 했던가?" 모리는 가볍게 웃고 고요를 보았다. "그래서? 심층 지하 격리실의 상태는?"

"아무도 들어가지 않았고, 아무도 나오지 않았네." 고요가 눈을 가늘게 뜨고 말했다. "영광스러운 조사단의 높으신 분들이 알아차린 기색은 없어."

그렇게 말하고 고요는 차가운 웃음을 지었다. 차고 있는 장 도보다도 차가운 냉혈 동물의 웃음.

"그 안에 베를렌이 살아 있다는 것은 발각되지 않았다네."

시간을 거슬러 올라간다.

숲에서 마수 기블이 현현하고, 아담이 자폭하고, 추야가 「문」을 열어 기블을 물리쳤다.

그 4분하고도 30초 후.

장소는 붕괴된 고속도로 고가 터. 파괴된 기초재와 콘크리트, 와이어에 철골, 원통형 파이프 등이 흩어져 시체처럼 쌓여 있다.

그 위에서, 베를렌은 소멸 과정 도중에 있었다.

손가락을 구부릴 수가 없다. 호흡은 얕고, 시야는 어둡게 흐려져 별조차 보이지 않는다. 봉인 문자식에 지나지 않는 베를렌은 본체인 특이점 생명체가 소멸함으로써 생명유지 에너지가 고갈되어 심장이 정지해 가고 있었다.

베를렌의 사고도 호흡과 마찬가지로 얕고 느릿했다. 죽음의 공동에 삼켜지고 있는 중인데도 그의 마음은 파도가 일지 않았고 무언가를 갈구하지도 않았다.

이것이 죽음인가, 하고 베를렌은 드문드문 끊어지는 의식으로 생각했다. 생각한 것보다 거창하지는 않았다. 아픔에 신음하지도, 후회에 아우성치지도, 공포에 이성을 잃지도 않는다. 평온하고, 한없이 허무하다. 애초에 이제 와서 무언가를 아쉬워할 만한 일생도 아니었다. 처음부터 태어나지 않았어야 할 생명이다. 무언가를 아쉬워할 만한 삶을 살아오지 않았다.

단지, 여러 사람에게 폐를 끼치고 말았다. 프랑스 정부, 암살 표적, 포트 마피아, 동생. 그러면서도 결국 아무것도 얻지 못했다. 그것만이 생명의 흔적에 남은 오점 같아서 아주 조금 아쉬웠다.

뭐 됐다. 보는 바대로, 곧 죽을 테니 용서해 다오.

손가락 끝이 차가워지고, 마침내 차가움도 느끼지 못하게 되었다.

고동이 약해지고, 한 번 가볍게 경련한 후.

심장이.

멎었다.

──수십 초가 경과했을 때.

베를렌은 자신이 아직 호흡을 하고 있다는 것을 깨달았다.

시야 끝에 붉은 무언가가 보였다. 그쪽으로 눈길을 보낸다.

심홍색 입방체가 가슴을 관통하여 심장을 둘러싸듯이 발생해 있었다. 그것이 심장을 움직이게 하고 있다.

이것은 대체 무엇이지? 베를렌은 혼란스러웠다. 입방체가 무엇인지 몰랐기 때문이 아니다. 혼란스러운 이유는 너무도 익숙한 것이었기 때문이다.

어째서 이것이 여기에 있지?

"이렇게 엉망이 된 자네를 보는 건 처음이군."

그리운 목소리가 들렸다.

베를렌은 자신의 귀를 의심했다. 그리고 시야에 그가 들어오고 나서는 자신의 눈을 의심했다.

"이봐." 베를렌은 속삭이는 듯한 목소리로 말했다. "이건 아니지. 네가 여기에 나타날 리가 없어."

"확실히." 그 인물은 고개를 끄덕였다. "하지만 있을 수 없는 장소, 있을 수 없는 시간에 나타난다, 그것이 첩보원이라는 존재 아닌가?"

그는 아르튀르 랭보였다.

기모 방한 외투, 목에는 두꺼운 머플러. 머리에는 토끼털 귀마개. 긴 검은머리와 음울해 보이는 눈.

베를렌을 연구소에서 구해 낸 인물이자 파트너. 그리고 베를렌이 배신한 상대.

심홍색 입방체가 만들어 내는 아공간은 랭보의 이능력이 발동됐다는 증거였다. 그 내부의 모든 물질은 랭보의 뜻대로 조종할 수 있다.

"폴. 자네는 첩보의 세계에서 도대체 뭘 배운 건가?" 랭보가 어이없다는 듯이 말했다.

"정을 버리지 않으면 임무를 달성할 수 없다고 그렇게나 가르쳤잖나. 무엇이 임무고, 무엇이 정인지. 인간에 대한 증오를 부딪칠 건지, 동생을 손에 넣을 것인지. 어느 쪽이 임무인지 명확하게 하지 못한 채 내질렀고, 그 결과가 이거다. 기블을 막는 법을 동생에게 가르쳐 주지 않았다면 증오스러운 인류를 몰살할 수 있었을 텐데."

"아아…… 그런가. 너는 랭보의 환각인가." 베를렌은 자조하듯이 말했다. "죽음이 임박했을 때 보이는 환상, 나의 죄책감이 보여 주는 사신이다. 그렇지 않으면 1년 전에 죽은 랭보가 여기 나타날 리가 없어."

"환각도 사신도 아니다. 나는 유령이야." 랭보는 고개를 저었다. "이 나라에서 자네를 기다리고 있었다."

베를렌은 말없이 상대를 빤히 보았다. 그곳에 존재하는 것의 정체를 알아내려는 듯이.

"아니, 유령 따위는 있을 수 없어." 이윽고 베를렌은 고개를 저었다. "비과학적이라서가 아니다. 만약 네가 환각이 아니라 유령이라면 나를 이렇게 구하거나 하지 않아. 나를 저주하고 죽이려 할 거다."

"왜지?"

"나는 너를 배신하고 죽이려 했다." 차가운 목소리가 밤에 울려 퍼졌다.

랭보는 그 말에는 대답하지 않고 고요한 눈으로 쓰러진 베를렌을 마주보았다.

"그 눈은 뭐야. 더 화내라. 더 원망해. 때리고 차고, 목을 졸라 봐라, 랭보!" 베를렌은 쓰러진 채 소리쳤다. "나는 너를 뒤에서 쐈어! 그 탓에 그 폭발이 일어났고, 너는 휘말려 기억을 잃고 자신이 누구인지도 모른 채 이런 이국의 땅끝에서 죽었어! 네가 유령이라면 그렇게 된 이유는 단 하나, 나에 대한 원념 탓이다. 안 그런가, 랭보!"

"반대야." 랭보는 고개를 저었다. "내가 자네를 기다렸던 것은…… 사과하고 싶어서였다."

"사과? 대체 무엇을?" 베를렌은 의미를 모르겠다는 얼굴로 미간을 좁혔다.

"자네를 돕고 싶다고 생각해 왔다. 그리고 돕고 있다고 생각했다." 랭보는 몸을 굽혀 베를렌의 가슴 위에 손을 펼쳤다. "그러나 내가 줄 수 있었던 것은 이해하는 척하는 남자의 판에 박힌 동정에 지나지 않았다……. 그저 사과하는 것만으로는 용서받을 수 없어. 무엇을 줄 수 있을지 계속 생각했다. 그리고 죽음의 순간 답이 나왔다. 이거야."

랭보의 손바닥 밑에서 공간 입방체가 커져간다.

처음 베를렌의 심장에 있었던 그것은 몸을 집어삼킬 정도로 확대되어 베를렌을, 그리고 랭보를 집어삼킬 정도로 거대화했다. 그것은 랭보의 이능력 아공간이다. 그곳에서 랭보는 어떤 일이든 가능케 한다. 죽은 자를 되살리는 것 이외에는.

그 예외가 일어난 듯했다.

베를렌은 자신의 손가락이 까딱 움직인 것을 깨달았다. 손가락이 구부러진다. 착각이 아니다. 눈도 움직인다. 흐려진 시야가 선명해져 간다.

"이것은……."

베를렌은 팔을 움직였다. 몸을 틀어 상반신을 일으킨다. 자신의 손바닥을 보고, 손등을 보고, 주먹을 쥐고, 다시 폈다. 혈류가 손가락을 덥히는 감촉이 느껴졌다.

무슨 일이 일어난 거냐고 물으려 곁의 랭보를 보았다.

랭보는 그곳에 없었다.

쓰러져 있었다.

베를렌 옆에.

"무슨 일이지." 베를렌은 망연히 말했다. "그런가, 너…… 자기 이능력을, 자기 자신에게 쓴 거군?"

"인생에 한 번밖에 쓸 수 없는 방법이지." 랭보는 연약한 미소를 띠고 말했다. "하지만 무사히 성공했다."

「인간을 이능력화하는 능력」.

그것이 아르튀르 랭보의 이능력이었다.

죽은 인간을 이능력 생명체로 변환해 심홍색 아공간 내부에서만 자유자재로 사역한다. 이능력화된 인간은 생전의 신체 성능과 기억을 가지고 이능력까지도 사용할 수 있다. 이단 중의 이단, 유럽에서도 최정예로 취급받는 이능력 첩보원에게 걸맞은 능력이다.

그것을 랭보는 자기 자신에게 썼다.

"신경 쓸 것은 없어. 나는 이미 죽었다." 랭보는 연약하게 말했다. "여기 있는 것은 단지 정보다. 하지만 그래도 상쾌한 기분이야. 자네에게 이것을 남길 수 있었으니."

랭보의 몸이 붉게 빛나기 시작했다. 그런 빛을 베를렌은 본 적이 있었다.

적색 편이다.

"잠깐." 무슨 일이 일어나는지 깨달은 베를렌이 쓰러져 있는 랭보에게 손을 뻗었다.

"잠깐, 랭보. 사라지지 마라."

"생일 선물, 마음에 들어 하지 않으니 말이야." 랭보는 미안한 듯이 웃었다.

"이걸 그 생일 선물 대신인 것으로 해 주게. ──생일 축하하네. 자네가 태어나 주어서 기뻤어."

그리고 입방체 아공간이 급격히 수축해, 베를렌의 심장으로 빨려 들어가 사라졌다.

뒤에 남은 것은 잔해와 베를렌. 그리고 서늘한 밤바람뿐.

베를렌은 망연한 얼굴로 두세 걸음 걸어가 주위를 둘러보고 나서 잔해 위에 주저앉았다.

"하…… 하하하."

고개를 숙이고 메마른 웃음을 흘린다.

"이봐, 랭보. 이런 짓을 하기 위해서 나를 1년이나 기다렸던 건가? 이런 걸 위해서……."

베를렌은 이해하고 있었다. 랭보가 무엇을 했는지.

랭보는 자신을 구하기 위해 스스로를 자기모순형 특이점으로 바꾼 것이다.

자신을 이능력화한 랭보는 그 결과 생겨난 이능력 생명체

인 자신에게 다시 자기 이능력을 사용했다. 그리고 생겨난 자신에게 이능력을 적용. 그것을 무한히 되풀이하여 자기모순형 특이점을 생성했다. 그리고 그 특이점을 마수 기블 대신 베를렌에게 준 것이다.

베를렌은 일어나려 했지만 팔에 힘이 들어가지 않아 잔해에 무릎을 꿇었다.

힘이 약해졌다. 아마도 무한 발산하는 일반적인 자기모순형 특이점의 에너지와 다르게 랭보가 만들어 낸 특이점은 무한 출력은 가질 수 없으리라. 지금까지처럼 중력 이능력을 무진장으로 행사하는 것은 이제 불가능하다.

그러나 베를렌은 그것을 특별히 아깝다고 생각하지 않았다.

더욱 아까운 것을 바로 지금 잃고 말았기에.

"왜지, 랭보." 베를렌은 하늘을 올려다보았다. "왜 너는, 마지막에 웃었지? 나는 너를 배신했다. 그 탓에 너는 죽었다고."

답은 알고 있었다. 이해하고 싶지 않을 뿐이다.

랭보. 자신을 목양신에게서 구해 내 살아가는 자유를 준 남자.

랭보. 자신을 단련하고, 첩보원으로서 키우고, 함께 위험한 임무를 헤쳐 나온 남자.

랭보. 쑥스러워하며 자신에게 생일 선물로 모자를 건넨 남자.

"너는 왜 웃었지?" 베를렌은 떨리는 목소리로 말했다. "자신을 이능력화하면, 너는 인간이 아니게 된다. 기억과 인격을 가진 표층 정보에 지나지 않게 돼. 너는 그걸 알고 있었을 거다. 그런데 왜 나를 기다렸지? 올지 안 올지 모르는 나를 위해, 왜 그렇게까지……."

마침내 베를렌은 깨달았다.

왜 그때 마수 기블을 쓰러뜨리는 방법을 추야에게 가르쳐 주었는지.

인간이 미웠다. 모두 죽어 버리면 그걸로 좋다고 생각했다. 그런데 기블을 소멸시키기 위한 단서를 준 것은, 모두 평등하게 죽으면 된다고는 생각하지 않았기 때문이다.

단 한 명의 예외.

인간을 긍정하기에 충분한 사람.

"미안하다, 랭보." 베를렌은 악문 잇새로 속삭이듯이 말했다. "미안하다, 미안하다, 미안하다, 미안하다, 미안하다, 미안하다, 미안하다. 자네의 우정에 답해 주지 못해 미안하다. 생일 선물을 주었을 때 고맙다고 말하지 않아서 미안하다. 자네가 이제 없다는 것이…… 이제야 겨우 슬퍼."

하늘을 올려다보고, 눈을 감고, 떨리는 목소리로 그렇게 말하고, 베를렌은 정지했다.

계속, 계속 오랫동안 그곳에 머물러, 밤하늘을 올려다보고 있었다.

요코하마.

포트 마피아.

낮과 같은 횟수만큼 밤은 찾아온다. 그리고 밤의 별과 같은 숫자만큼 포트 마피아의 눈은 요코하마에 빛나고 있다.

《암살왕 사건》으로 포트 마피아가 받은 상처는 얕지는 않았다. 무기와 조직원, 귀중한 공격계 이능력자를 몇 명이나 잃었다. 당국에도 주목을 끌었다. 그래서 당분간은 몸을 작게 굳히고, 소리를 죽이고, 힘을 축적해야 했다.

그러나 그럴 가치는 있었다. 이 일이 있고 얼마 후 그 《용두 항쟁》이 일어난다. 요코하마 암흑사회 사상 최악의 88일. 모든 조직을 휩쓸고 몰아친 피의 폭풍. 간판이었던 거친 일을 피하고 활동 규모를 견실한 범위로 제한했던 포트 마피아는 이 용두 항쟁 초기의 피해를 최소한으로 극복했다. 그리고 항쟁 종결 후 허허벌판이 된 암흑사회 안에서 급격히 세력을 펼쳤다. 산불 뒤에 햇살이 가려지지 않아 쑥쑥 성장하는 어린 나무처럼.

그리고 용두 항쟁 종결을 거쳐 마피아는 성장하고 또 변화해 갔다. 《쌍흑》의 대두, 다자이의 간부 승진, 《웃는 레몬 사건》, 《미믹 사건》과 그에 수반된 다자이의 마피아 탈퇴, 그 밖에도 수많은 사건을 거쳤고, 그리고 6년 후 요코하마의 이능력자 조직 무장 탐정사와의 충돌로 접어들었다.

시간은 무엇에게나 평등하게 쏟아진다.

베를렌은 죽지 않았다. 랭보에게 생명을 얻어 몸을 유지하고 포트 마피아의 심층 지하 격리실에 유폐되었다. 그것은 베를렌의 바람이기도 했다. 이미 바깥 세계에 베를렌이 있을 곳은 없었다. 중력 이능력 대부분을 잃었고, 그렇게 되면 유럽의 길고 커다란 손에서 벗어날 수 있는 장소는 지하 깊은 곳의 은신처밖에 없다.

그리고 바깥에 흥미도 없었다. 죽이고 싶은 인간도 없고, 만나고 싶은 인간도 없다. 랭보를 제외하고는.

그리고 랭보는 이제 없다.

처음에 그는 지하에 앉아 독서와 시 짓기만을 벗삼아 시간을 보냈다. 그러다 질리자 랭보와 똑같은 일을 시작했다. 후진 양성이다.

그는 지하 훈련장에서 자신의 암살기술과 지식을 마피아의 정예들에게 주입했다. 긴, 이즈미 교카, 그밖에도 여럿에게. 그의 가르침을 받은 마피아의 살인 청부업자들은 모두 짧은 기간에 일류 암살자가 되었다.

베를렌은 누구에게도 속마음을 밝히지 않았다. 제자에게도, 보스에게도, 왜 그가 부자유스러운 지하 생활을 원하고 계속하는지 결코 소상하게 밝히려 하지 않았다.

제자 육성을 하지 않을 때 그는 그저 등나무 의자에 앉아 무언가를 기다리고 있었다. 무엇을 기다리고 있는지는 아무에게도 말하지 않았다. 무엇을 기다리고 있는지 집요하게 물었을 때는 "폭풍."이라고만 대답했다. 그 폭풍이 의미하는 바가 무엇인지 아무도 알 수 없었다.

6년 후인 지금 베를렌은 마피아에 빼놓을 수 없는 중추인물, 5대 간부 중 한 명에까지 올라 있었다.

그는 지금도 지하에서 조용히 등나무 의자에 앉아 가만히 폭풍을 기다리고 있다.

시라세는 런던으로 건너갔다. 거기서 몇 년인가 가난한 생활을 한 뒤 엉뚱한 일을 계기로 이능력 조직 《길 잃은 양》을 설립해 그곳의 우두머리가 되었다. 영국 이능력 사회가 너무나도 가혹해 "요코하마에 돌아가고 싶어……."라고 시종일관 이야기하지만 운명이 그를 유럽 땅에서 놓아주는 일은 아직 당분간 없을 듯하다.

피아노맨, 알바트로스, 닥, 아이스맨, 립맨 다섯 명은 야마노테의 청결한 묘지에 매장되었다. 지금도 헌화가 끊이는 일은 없다.

하지만 그들은 포트 마피아라는 죽음과 폭력으로 채색된 비합법 기관에 연관된 긴 희생자 목록의 한 줄에 지나지 않는다. 결국은 방대한 이름과 역사의 먼지에 묻혀 잊혀 갈 것이다.

아담은 그 후로도 어려운 사건의 수사에 정력적으로 착수해 공적을 몇 개나 올렸다.

기계만으로 구성된 형사기구의 꿈은 6년이 지난 지금도 이루어지지는 않았——관계자 모두가 "그걸 했다간 곤란할 듯한 느낌이 든다."고 입을 모았기 때문이다——지만, 그 공적을 높이 평가받아 제2호인 인간형 자율 고속 계산기, 여성형 인공지능 이브 프랑켄슈타인이 제조되었다.

이브는 격렬한 성격으로 아담은 그녀에게 설설 기면서도 둘이서 오늘도 사건을 쫓고 있다.

그리고, 추야는——.

추야의 바이크가 키 낮은 건물 사이를 달려 나간다.

그곳은 서쪽, 산인 지방의 가도. 키 낮은 목조 건물이 늘어서 있다. 포트 마피아의 피비린내와는 전혀 인연이 없는 거리다. 사람들은 느긋하게 가도를 오가고 있다. 건물을 끼고 어딘가 멀리서 온천지임을 나타내는 흰 김이 피어오르고 있다.

추야의 바이크는 포장도로를 달려 검은 승용차 옆까지 와서 정차했다.

검은 차의 창문이 내려가고 안에 있는 인물이 말을 걸었다.

"수고 많으셨습니다, 추야 씨." 안에 있던 두 명 중 운전석의 여성이 말했다. 벌꿀색 머리카락을 지닌 여성 마피아 조직원이다. "지금은 표적에 움직임은 없습니다."

"그런가."

추야는 차가 감시하고 있던 방향을 보았다. 그것은 마을에

살그머니 웅크린 목조 단층 구조의 서양식 건물이었다.

결코 눈에 띄는 가옥은 아니다. 넓지만 조용하고, '진료소'라고 적힌 낡은 간판이 걸려 있다. 환자가 출입하는 기색은 없다.

"추야 씨." 차 안에 있던 또 한 명의 마피아가 말을 걸었다. 검은 머리에 검은 외투, 눈매가 날카로운 남자다. "극비 감시 임무라고 보스께 들었습니다. 표적은 그 정도로 위험한 상대인지요."

"이미 임무 내용을 들어서 알고 있잖아." 추야는 바이크에 걸터앉은 채 말했다. "극비다."

눈매가 날카로운 남자는 눈을 감고 목례했다. "주제 넘는 질문을 했습니다."

"여기는 내가 이어받는다. 돌아가도 좋아." 추야는 말했다. "멀리까지 오느라 수고했다."

"황송합니다." 검은 외투의 남자는 무표정으로 머리를 숙였다. "간다, 히구치."

"네, 넵."

명령받은 여성 마피아는 긴장한 모습으로 차에 시동을 걸고 가도 저편으로 사라졌다.

추야는 감시 표적인 가옥을 말없이 바라보았다.

《암살왕 사건》 후 추야의 조직 내 평가는 폭발적으로 올라갔다. 어찌 됐건 마피아를 통째로 멸망시킬 수도 있었던 마수 기블을 단신으로 쳐부순 것이다. 조직에서 추야의 이름을 모르는 자는 없게 되었고, 수많은 부하가 붙었다.

그러나 어느 부하에게도, 혹은 허물없는 동료에게도 추야
는 자신의 과거나 정체에 관해 말하려 하지 않았다.

　　다자이가 했던 말은 옳았다. 추야 안에 새겨진 지시식 로그
가 초기화된 이상 추야가 인간인지 아닌지 판별하는 방법은
존재하지 않았다. 인조 이능력 생명체는 원본의 세포를 특이
점 생명체——추야의 경우는 아라하바키——에게 이식함으
로써 만들어진다. 그래서 육체적으로는 인간과 똑같아 의학
적 검사로 구분할 수가 없다. 일본 전국의 일류 의사와 생체
기술자가 추야를 검사해도 추야가 인격식을 얻었을 뿐인 인
공물인지 아닌지 판별할 수가 없었다.

　　그러나 추야는 딱히 아쉽다고 생각하지는 않았다.

　　자신의 지시식을 초기화하겠다는 결단을 내린 것은 자신이
다. 지금 다시 한번 그때로 돌아갈 수 있다 해도 분명 자신은
같은 결단을 내릴 것이다. 추야는 그렇게 생각했다. 이 몸이
있기에 자신 역시 존재하는 것이다. 정신과 육체는 분리할 수
없다. 손톱도, 머리카락도. 몸에 있는 아주 작은 상처 역시도.

　　추야는 운전용 가죽 장갑을 벗고 자신의 손을 바라보았다.

　　이것이 자신의 손이다. 지문, 희미하게 도드라진 푸른 혈
관. 암시 같은 주름이 새겨진 손바닥. 손목과 엄지 사이에 있
는 작은 상처 하나에 이르기까지.

　　그것은 작고 거무스름한 자상. 무수한 싸움을 헤쳐 온 이상
이 정도 상처쯤이야 온몸에 있었다.

　　추야는 빤히 그 상처를 보았다. 언제 생긴 상처인지 기억나

지 않는다. 하지만 중력으로 대부분의 공격을 막을 수 있는 추야에게는 이런 작은 상처가 오히려 드물다. 몸에 남아있는 것은 고위력의 이능력에 입은 상처나 살상 목적으로 가한 불의의 습격에 생긴 상처가 많다. 예를 들어 시라세에게 찔린 등의 상처 같은.

이런 작은 상처일수록 추야에게는 자신의 정체를 나타내는 엠블럼 같은 것으로 느껴진다.

추야는 문득 기척을 느끼고 시선을 보냈다.

감시 대상 가옥에 움직임이 있었다. 안에서 사람이 나온다.

정원수 너머로 남자가 보인다. 장년 남성. 안경을 끼고 등을 둥글게 말고 있다. 남자는 백의를 입고 있다. 아무래도 개업의인 듯하다.

그 뒤에 기모노 차림의 여성이 나타났다. 개업의와 동년배인 듯한 여성은 집의 정원에 있는 카이즈카향나무 옆까지 와서 거기 놓여 있는 나무 벤치에 나란히 앉았다.

조직이 오랫동안 쫓았던 표적이다. 상대방이 눈치채지 못하게 주거를 특정하는 데 긴 세월을 필요로 했다.

추야는 여기 오기 전에 보스에게서 직접 표적에 관한 설명을 들었다.

표적은 이 지방에 옛날부터 살았던 개업의와 그 아내. 그러나 남편 쪽은 겉모습처럼 친절하기만 한 의사가 아니다. 그는 원래 군인이다. 그리고 마을 의회의 의원도 겸임하고 있다. 즉 방심할 수 없는 인물이라는 뜻이다. 아내는 무사 가문

출신으로 상류 계급의 예법과 예절을 갖추고 있다.

그들에게는 아이가 없다. 옛날에는 있었지만 죽고 말았다. 그렇게 기록되어 있다. 전쟁에 휘말린 것이다. 개구쟁이 소년으로, 초등학교 시절 동창생과 싸움이 벌어졌을 때 자기보다 네 살이나 위의 소년을 때려눕혔다. 부모님을 모욕했다는 것이 싸움의 이유였다. 소년은 연상의 상대, 그것도 무기로 연필을 든 상대에게 한 발도 물러서지 않았다. 자신에게 연필이 박혔는데도 소년은 겁먹은 얼굴 하나 보이지 않고 상대에게 달려들었다.

모리는 그 이야기를 했을 때 이렇게 말을 이었다. 연필심, 즉 탄소라는 것은 반응성이 낮아서 인체에 박혀도 내부에서 잘 변화하지 않는다. 그래서 인체에 연필심이 박혀 안에서 끝부분이 부러지거나 하면 그 탄소는 변화하지 않고 오랫동안 체내에 남는 경우가 많다.

그 소년에게 연필이 박혔던 곳은 오른 손목과 엄지 사이였다고 한다.

추야의 손목과 엄지 사이에 있는 거무스름한 자상과 같은 곳이다.

추야는 부부를 보았다. 남편 쪽이 보자기에 싸 온 감을 꺼냈다. 옆의 아내에게 반을 나눠 주고 사이좋게 둘이서 먹기 시작했다. 아내는 물통을 꺼내 차를 물 잔에 따르면서 남편에게 무슨 말을 했다. 남편은 웃었다. 목소리는 추야가 있는 곳까지는 들리지 않는다.

추야는 보스의 명령을 떠올렸다. 인조 이능력 생명체의 육체는 원본 이능력자의 세포에서 만들어진다. 그래서 인간과 인조 이능력 생명체는 외과적으로는 구별할 수 없다.

그러나 양자가 그때까지 걸어온 역사는 당연히 다르다. 그래서 인체에 새겨진 경험적 차이는 어떻게든 생겨난다. 예를 들면 상처. 원본인 인간에게는 유소년기, 즉 이능력을 특이점화하기 전의 상처가 존재할 수 있다. 그러나 인조 이능력 생명체는 그 이후에 만들어진 것이기 때문에 유소년기의 상처가 없다.

추야는 주머니에 손을 찔러 넣고 바이크에 등을 기댄 자세로 부부를 무심히 바라보았다. 멀리 떨어진 도로 위에서, 왕래하는 차 무리를 사이에 두고 건너편에서.

몇 분이나 그러고 있었을까.

이윽고 부부가 감을 다 먹고 의원으로 들어가자 추야도 그것을 신호로 두 사람에게 등을 돌렸다. 바이크에 걸터앉으면서 전화를 건다.

"보스, 확인이 끝났습니다. 이제 돌아가겠습니다." 추야는 귀에 꽂은 이어폰 마이크를 향해 말했다.

〈정말로 만나고 가지 않아도 괜찮겠나?〉 전화기에서 모리의 아쉬운 듯한 목소리가 들렸다.

〈기껏 찾아낸 걸세. 간부 취임 축하로.〉

추야는 표정을 바꾸지 않고 말했다. "제 가족은 포트 마피 아니까요."

그리고 바이크의 시동을 걸었다.

건조하고 서늘한 바람이 추야의 뺨을 쓰다듬고 먼 하늘로 지나가 사라졌다.

추야는 바람을 눈으로 좇듯이 뒤돌아보고 거기 있는 하늘에 눈길을 주었다.

그 하늘을 추야는 빤히 쳐다보았다. 그 너머에 있는 무언가를. 이 하늘 아래에 지금까지 있었던 무언가, 지금부터 일어날 무언가를.

추야는 그 하늘에서 무언가를 확실하게 읽어 내고 깨달은 듯한 눈을 했다. 그리고 전화기를 향해 말했다. "보스. ……감사합니다."

전화 너머로 모리가 미소 짓는 기척이 났다.

추야는 전화를 끊고 헬멧을 쓰고 바이크를 가속해 가도 쪽으로 달려갔다.

앞만을 보고, 두 번 다시 돌아보지 않았다.

바이크는 맑게 갠 하늘 너머로 멀어지고 작아져, 이윽고 보이지 않게 되었다.

〈끝〉

후기

오랜만에 뵙습니다. 아사기리 카프카입니다.

잘 지내셨나요?

빈즈 문고에서 나온 걸로는 7권째로 쓴 소설『문호 스트레이독스 STORM BRINGER』, 어떠셨는지요.

이 소설은 지금까지의 여섯 권과 비교해도 가장 길고, 가장 난산이었고, 가장 많은 부분에서 이것도 아냐, 저것도 아냐 하고 신음하면서 쓴 소설입니다.

지금까지의 소설을 가지고 계신 분은 책장에 나란히 꽂아 보아 주세요. 두껍습니다. 폭이 굉장합니다. 지금까지 중에 가장 길었던 「55Minutes」조차도 후기가 시작되었던 것은 311페이지부터입니다. 무슨 일이야 아사기리.

덧붙여 말하자면 이 소설은 1년 반 정도 전에 나온 「다자이, 추야 15세」라는 소설의 속편 같은 위치에 있습니다. 그쪽이 전편이고 이쪽이 후편입니다. 「15세」 편에서 이야기했던 아라하바키나 베를렌 같은 요소의 수수께끼, 그것이 본작 안에서 밝혀집니다. 그래서 설마 전편을 읽지 않고 이 책에 돌격한 사람은 없겠지, 없었으면 좋겠다, 고 생각합니다.

만약 계시다면 죄송합니다. '그런 건 알기 힘들잖아, 당연히 못 알아보지, 타이틀을 『다자이, 추야 16세』로 하는 게 인간다운 친절 아니냐'고 화내신다면, 네, 그 말씀이 정말로 옳습니다. 변명의 여지도 없습니다.(후기의 좋은 점은 아무리 혼이 나든 사과하든 결코 물리적으로는 얻어맞지 않는다는 점입니다.)

무슨 말이 하고 싶은가 하면, 전편과 합치면 이 이야기는 엄청나게 긴 이야기가 된다는 것입니다.

하지만 본서가 이렇게 긴 소설이 된 원인은 한마디로 설명할 수 있습니다.

기억하고 계실까요. 제가 전편 「다자이, 추야 15세」의 후기에서, 후편은 '이걸로 쌍흑 과거편은 종료!'라고 말하기에 충분할 정도의 정보는 전부 담으려고 생각한다고 썼던 것을.

네.

그런 겁니다.

생각 이상으로 많았던 겁니다.

파고 또 파도 마르지 않는 추야의 캐릭터성. 이렇게 깊이 있는 캐릭터를 그려낼 수 있었고, 또 여러분께서 읽어 주신 것에 최고의 행복을 느끼면서, 하지만 그건 그렇다 치고 '이 분량, 인쇄할 수 있을까요……'하고 걱정을 받으면서, 본서를 이렇게 간행하게 되었습니다.

하지만 이만큼 썼는데도 아직 하지 못한 이야기가 남아 있습니다. 추야는 앞으로 어떻게 싸우고, 어떻게 간부가 되어

가는가. 다자이가 마피아에서 사라진 후에 추야는 어떤 감정을 품고, 어떻게 성장해 가는가.

하지만 그런 추야의 운명은 또 딩분긴 여러분의 머릿속에 있는 '상상력의 궁전' 속에 맡기고 싶습니다. 그가 가는 길이 어떤 것인지는 아직 비밀이지만 누군가에게 말할 수 있는 단 한 가지는 결코 평온하고 평탄한 길이 아니라는 것입니다.

본서를 간행하는 데 수많은 분들의 도움을 받았습니다. 매번 압도적으로 미려하고 완벽한 일러스트로 소설을 채색해 주시는 파트너 하루카와 산고 선생님. 스케줄과 교정에 매번 억지를 들어 주시는 편집자 시라하마 님. 인쇄, 판매 관계자 여러분. 서점의 여러분. 그밖에 신세를 진 관계자 여러분. 감사합니다.

다음 권에서 만나요.

아사기리 카프카

16세
추야

클로즈업

풀
베클레

클로즈업

ㄴ 바코드

아담
프랑켄슈타인

피 아 노 맨

립 맨
홍보관

플래그스
《깃발회》

닥
외과의

아 이 스 맨
냉혈

알 바 트 로 스
뻐꾸기

〈인용문헌〉

Pope,A,Boyton,H.W.(Ed.).(1901).The rape of the lock : An essay on man and Epistle to Dr.Arbuthnot.Boston : Houghton, Mifflin company

이와나미 문고 『랭보 시집』 제1쇄 나카하라 추야 옮김 (이와나미 서점)

〈참고문헌〉

이와나미 문고 『인간론』 제9쇄 포프 저 우에다 츠토무 옮김 (이와나미 서점)

문호 스트레이독스 STORMBRINGER

2021년 09월 15일 제1판 인쇄
2023년 05월 25일 제3쇄 발행

지음 아사기리 카프카 | **일러스트** 하루카와 산고

옮김 박수진

발행 영상출판미디어(주)
등록번호 제 2002-000003호
주소 07551 서울특별시 강서구 양천로 570 NH서울타워 19층
대표전화 032-505-2973

ISBN 979-11-380-0581-4
ISBN 979-11-319-4230-7 (세트)

BUNGO STRAY DOGS Vol.7 STORM BRINGER
ⒸKafka Asagiri 2021 ⒸSango Harukawa 2021
First published in Japan in 2021 by KADOKAWA CORPORATION, Tokyo.
Korean translation rights arranged with KADOKAWA CORPORATION, Tokyo.

노블엔진(NOVEL ENGINE)은 영상출판미디어 (주)의 라이트노벨 및 관련서적 브랜드입니다.

문호 스트레이독스 관련작 리스트

◆

[코믹스]

문호 스트레이독스 1~20
문호 스트레이독스 데드 애플 1~2
문호 스트레이독스 멍! 1~6
문호 스트레이독스 공식 앤솔로지 1~4
문호 스트레이독스 BEAST 1

[소설]

문호 스트레이독스 1~7
문호 스트레이독스 데드 애플
문호 스트레이독스 외전 아야츠지 유키토 vs. 교고쿠 나츠히코

[단행본]

문호 스트레이독스 낙서 수첩
문호 스트레이독스 가이드북 개화록/심화록

문호 스트레이독스
DEAD APPLE
1~2

안개에 휩싸인 요코하마에서
자신의 이능력과 싸울 수밖에 없게 된 이능력자들——.
어머니의 원수인 야차백설을 쓰러뜨리겠다고 결의하면서도,
그렇게 되면 야차와 다시 하나가 된다는 사실에 망설이는 교카.
마음속 깊은 곳에서 라쇼몽과 싸우길 바라고 있던 아쿠타가와는
둘도 없는 호기에 조용히 투지를 불태운다.
한편 달빛 아래의 짐승과 마주하길 망설이는 아쓰시는….
대인기 이능력 액션 배틀 「문호 스트레이독스」의 극장판 코미컬라이즈, 제2권!

간지이 만화 / 문호 스트레이독스 데드 애플 제작위원회 원작 | 2020년 3월 출간

문호 스트레이독스
공식 가이드북 개화록&심화록

TV애니메이션 「문호 스트레이독스」 완전 독본이 등장했다!

나카지마 아쓰시, 다자이 오사무를 비롯한 캐릭터의 궤적을 자세히 분석한 스토리 해설,

세계를 채색하는 미술 설정. 이 책에서만 읽을 수 있는 상세한 설정 소개 등의 내용이 가득하다.

치밀하게 구축된 「문호 스트레이독스」의 세계를 더욱 깊이 즐기기 위한 공식 가이드북이 합본으로!

제1기를 다룬 「개화록」과 제2기의 암흑시대 편, 길드 편을 다룬 「심화록」을 함께 소장할 수 있는 기회!

제작진×성우×원작자들의 토크, 대담도 가득 담긴
문호 스트레이독스 애니메이션의 모든 정수가 바로 여기에!

아사기리 카프카, 하루카와 산고 원작 / 문호 스트레이독스 제작위원회

NOENCOMICS

이것은, 있었을지 모를 「만약」의 이야기——.
또 하나의 「문호 스트레이독스」가 압도적 화력으로 만화화!

문호 스트레이독스 BEAST

1

납치당한 여동생을 찾기 위해 아쿠타가와 류노스케는
검은 옷의 남자에게 복수를 맹세했다.

하지만 길바닥에서 쓰러져 아사 직전이던 그의 앞에
자신을 무장 탐정사의 사원이라 칭하는 남자,
오다 사쿠노스케가 나타나는데…….

소설로 큰 인기를 끈 문호 스트레이독스 BEAST의 만화판!

만화 : 호시카와 시와스 / 원작 : 아사기리 카프카 | 2021년 8월 제1권 출간